돈키호테를
읽다

돈키호테를 읽다

해설과 숨은 의미 찾기

안영옥 지음

• 이 책은 박준구 기금의 저술 지원으로 출판되었습니다.

이 책은 실로 꿰매어 제본하는 정통적인 사철 방식으로 만들어졌습니다.
사철 방식으로 제본된 책은 오랫동안 보관해도 손상되지 않습니다.

들어가는 글

『돈키호테*Don Quijote*』를 읽을 때마다 우리나라 독자들이 작품을 얼마나 이해할 수 있을지 궁금했다. 각주 840개로는 결코 제대로 읽어 낼 수 없을 번역을 마치면서, 번역 후기에『돈키호테』가 왜 성서 다음으로 위대한지를 독자들은 아직 잘 이해하지 못할 수도 있을 거라고 적었다. 그리고 번역서만으로 부족하다면『돈키호테』해설서로 다시 독자들과 만나겠노라고 약속했다. 이 책은 그 약속을 지킨 것이다.

번역서가 출판된 이후 여러 경로로 많은 의견을 들었다. 공통된 한 가지는, 우리나라에는 어찌하여『돈키호테』와 관련한 제대로 된 이론서가 없냐는 질문이었다. 이러한 항의 비슷한 질문을 받으면서, 아무도 읽지 않을 논문은 쓰면서『돈키호테』를 읽은 사람이라면 누구나 가질 법한 의문을 풀어 줄 생각은 왜 못 했는지, 또『돈키호테』가 어찌하여 세계 제일의 문학 작품으로 평가받는지에 대한 답을 줄 생각은 하지 않았는지, 전공자로서 책무를 다하지 못했다는 무안함과 미안함이 앞섰다. 사실『돈키호테』의 분량이

워낙 방대하기에, 끝까지 읽을 엄두를 내기는커녕 베개로 삼는 경우가 더 많은 것이 현실이다. 누구나 그 제목은 알지만 누구도 읽지 않은 책을 고전이라 하던가. 그래서인지 이 제일의 작품과 관련한 오해만으로 우리는 이 책을 이해했다고 믿곤 한다. 일례로 현실과 동떨어진 생각이나 상식에서 어긋나는 행동을 하는 사람을 볼 때, 우리는 쉽게 〈돈키호테〉라는 별명을 붙인다. 확고해 보이는 이러한 인식의 틀을 부수고자 몇 번인가 펜을 잡기는 했다. 하지만 『돈키호테』가 문화 전반에 끼친 영향의 다양함과 작품이 안고 있는 무궁무진한 의미가 내 글로 인해 그 이상으로 나아가지 못할 경우, 독자의 상상에 족쇄를 채우는 일은 되지 않을까 하는 우려에 펜을 놓았던 것도 사실이다.

호메로스Homeros에서부터 괴테Johann Wolfgang von Goethe에 이르기까지, 어떤 작품이든 그에 대한 수많은 해석이 있어 왔고, 대체로 동의할 수 있는 영역을 지니고 있다. 하지만 『돈키호테』에 대해서만큼은 모두 주관적인 해석을 피할 수가 없다. 작중 인물이 자신의 의견을 내놓고, 화자 역시 자기 의견을 내놓으며, 심지어 독자에게까지 의견을 요구하고 있으니 하나의 이론이 확립되기보다는 관점의 수만큼 많은 논의가 있을 수밖에 없고, 작품 자체의 반어법에 따라 양극단에 있는 견해라도 서로 보완되는 절충식 논의가 가능하니 실로 흥미로운 작품이 아닐 수 없다. 작품 해석에 끊임없는 긴장이 요구되고 현실과 상상의 양극단을 오가며 균형을 잡아야 할 만큼, 『돈키호테』의 세상은 복잡하다. 『돈키호테』로 생철학 이론을 정립한 오르테가 이 가세트José Ortega y Gasset

가 자신의 저서 『키호테의 성찰*Meditaciones del Quijote*』에서 한 말이 그 증거다. 〈인생의 우주적 의미를 이렇게 암시적으로 훌륭하게 보여 주는 책은 세상에 없으며, 작품의 내용 전개가 예측 불허인 데다 이해를 도와주려는 흔적 또한 전무한 책은 이 세상에 없다.〉 그렇다고 맥 놓고 앉아 있자니 우리나라에서 『돈키호테』는 영원히 오리무중으로 남을 것 같아, 독자로 하여금 이 작품에 한 걸음이라도 더 가까이 다가가고 그럼으로써 또 다른 창조로 나서게 할 만할 자극을 주자는 생각에 용기를 내보았다.

앙드레 말로André Malraux는 제2차 세계 대전 이후 정치범 수용소에서, 포로 수용소에서, 유대인 수용소에서, 또는 감옥에서 풀려난 사람들이 세상에서 다시 살아갈 수 있도록 해준 문학서로 도스또예프스끼Fedor Mikhailovich Dostoevskii의 『백치*Idiot*』와 대니얼 디포Daniel Defoe의 『로빈슨 크루소*Robinson Crusoe*』, 그리고 세르반테스Miguel de Cervantes Saavedra의 『돈키호테』를 꼽았다. 그런데 『백치』와 『로빈슨 크루소』를 가능하게 한 작품이 바로 『돈키호테』 아닌가. 미국 문화 비평가 라이오넬 트릴링Lionel Trilling은 『돈키호테』 이후의 모든 산문은 『돈키호테』 주제의 변주곡이라 말했고, 프랑스 비평가 르네 지라르René Girard는 『돈키호테』 이후에 쓰인 산문은 『돈키호테』를 다시 쓴 것이나 그 일부를 쓴 것이라고 했다. 『그리스인 조르바*Zorba the Greek*』를 쓴 카잔차키스Nikos Kazantzakis는 자신의 작품의 헌사를 산초 판사에게 바쳤다. 게다가 현대 문화 전반에 걸쳐 〈최고〉라는 찬사 속에서 여전히 『돈키호테』가 읽히는 것을 보면, 이 작품에 견줄 만한 새로운 작품이 아직 탄생하지 않았음을 절감한다.

　사실 세르반테스가 이 책에 담고자 했던 생각이 무엇이었는지 우리로서는 결코 알 수가 없다. 더군다나 『돈키호테』에 첩첩이 쌓인 이념과 역사가 작품만의 진실을 보는 데 장애 요소가 될 수도 있다. 그러니 단지 세르반테스가 살았던 시대와 그의 삶, 그리고 독서의 결과물이 곧 그의 작품이리라 전제하고 이들에 충실하게 기대는 방법 외에는 다른 길이 없다. 한데 세르반테스 시대의 특성상 작품은 패러디의 연속이고 수사는 반어로 가득하다. 고정된 단 하나의 사실을 전해 주기보다는 다각적이며 개인적인 진리 찾기가 요구된다. 자칫 잘못하다가는 지나치게 주관적인 해석으로, 안내서가 아닌 논문이 되어 버리기 십상이다. 이런 위험을 방지하고자 본 해설서는 기존 연구물들이 공통으로 인정하는 바를 받아들이고 시작한다. 그러면서 작가가 드러내는 부분은 물론, 암시만 하고 넘어가는 부분까지 살펴보려 한다. 소리쳐 알리는 것보다 침묵이 때로는 더 웅변적이기 때문이다. 우리의 직관과 상상으로 읽어 내보라고 독자들을 초대하고 있으니 마법의 눈으로 들여다봐야 할 것이다.

　문학의 기능을 현실과 괴리된 과도한 인간 신뢰에 두어 객관적 현실의 파악을 저해한다며 문학 비관론을 펴는 학자도 있고, 인문적 교양의 수용이 결코 현실 문제 해결로 이어지지 않는다며 문학의 비현실성을 지적하는 학자도 있다. 사실 문화와 문명의 한복판에서 우리는 야만을 목격해 왔다. 바로 이 순간에도 지상에서 지옥을 보고 있다. 그럴 때마다 문학의 무용성이 비어져 나온다. 하지만 생각해 보자. 우리 자신을 되돌아보면 삶이 버거울 때, 외로움에 지쳐갈 때 제일 먼저 손을 뻗어 주었던 것은 한 편의 시, 한 편의 소설 또는 한 편의 수필이나 희곡이었다. 이들은 〈내〉가 왜 여기 있는지, 어떻게 살아야 하는지를 알려 준다. 우리가 놓치고 사는 것들을 찾아 보여 주기까지 한다. 과학의 힘으로, 세상은 앞으로도 경악할 정도로 변해 갈 것이다. 인간성 자체가 급격한 혁명을 겪게 되리라 예언하는 학자도 있다. 어떤 모습이 인간성으로 규정될 것인지는 알 수 없으나 인간에게 자유와 사랑과 믿음보다 더 아름다운 형상은 없으며, 꿈과 정의만큼 소중한 가치도 없을 것이다. 『돈키호테』는 이러한 인간 영혼과 삶과 세상의 보물을 그만의 미학으로 이야기하며 미래를 약속한다.

지옥 같은 세상을 살았던 세르반테스는 결코 감상적 휴머니즘만을 이야기하지 않는다. 문제만을 제기하는 문인도 아니다. 인간의 선한 본성이 사회의 힘에 휘둘려 제대로 기능하지 못하여 함께 타락할 수 있음을 그는 인정한다. 인간이 제아무리 날뛰어도 환경 앞에 굴복할 수밖에 없음도 받아들인다. 이상적 영웅주의도, 이상주의도 불가능함을 수긍한다. 그래서 그는 말한다. 세상은 그럴 수 있지만, 당신만큼은 환경에 휘둘리지 말라고. 스스로의 영혼을 제대로 바라보고 자신만의 삶을 살라고. 당신의 존재와 당신이 원하는 환경을 억압하는 사회에 맞서 투쟁하여 자신을 찾고, 미래 지향적인 세계를 열어 가라고. 계급과 소외와 불평등과 불의가 없는 자유의 왕국을 건설하라고. 그것이 삶이라고 일러 준다. 그것이 세상에서 살아가는 인간의 임무라고 설득한다. 위로의 문학이나 도피의 문학이 아닌, 거역하기 힘든 설득력과 재미로써 진정한 현재의 삶과 미래에의 희망을 촉구하는 작품이다.

이 해설서는 총 2부로 구성되어 있다. 제1부에서는 세르반테스가 액면으로 밝힌 『돈키호테』에 대해 말한다. 〈기존 기사 소설의 패러디〉라는 작가의 집필 목적에 따라 기존 기사 소설을 소개하고, 『돈키호테』에 대한 평가와 작품의 구조를 밝히며, 작품 내용을 요약·해설하면서 패러디의 양상을 정리한다. 세르반테스의 삶 자체가 시대의 거울이므로 시대에 대한 소개 역시 포함했다.

제2부에서는 작가가 기사 소설을 패러디한다는 구실 아래 숨겨 놓은 메시지를 테마별로 밝힌다. 텍스트는 소통을 기본으로 하는 것이기에 독자가 없으면 존재 의미가 사라진다. 특히 『돈키호테』는 독자의 생각을 훈련시키려는 듯 능동적인 참여를 요구하고, 그로써 의미를 생산하는 작품이므로 그가 던지는 암시를 따라가며 그 의미를 읽어 낼 필요가 있다. 본 해설서의 독자들 역시 주어지는 작은 테마들로 『돈키호테』라는 빙산의 몸체를 읽어 내야 할 것이다.

고전 연구야말로 진정한 학문이라는 생각에는 추호의 의심도 없다. 다양한 문화적 지식을 쌓아 감수성과 유연성을 기르고, 깊고 너른 사유를 바탕으로 창조력을 키우며, 자유로운 자아를 형성해 주기 때문이다. 『돈키호테』는 이에 더하여 각별한 재미는 물론, 상호 텍스트성, 메타문학, 마술적 사실주의, 독자의 초대와 작가의 실종 등 현대 문학에서 나타난, 또 앞으로 나타날지 모를 혁신적인 요소들까지 총망라되어 있다. 그러니 본 해설서를 참고하여 『돈키호테』를 직접 읽어 보기를 권한다. 다양한 방식으로 생각할 것을 유도하는 이 작품을 통해, 각자 자신의 논지를 만들어 작품을 평가하고 정리하며 개진할 수 있기를 바란다.

2016년 2월
안영옥

차례

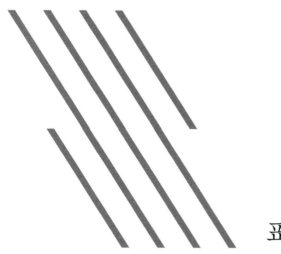

제1부

표층 읽기

1. 작품 구성과 집필 목적

『돈키호테』는 전편『기발한 이달고 돈키호테 데 라만차*El ingenioso hidalgo don Quijote de la Mancha*』(1605)와 속편『기발한 기사 돈키호테 데 라만차*El ingenioso caballero don Quijote de la Mancha*』(1615)로 이루어져 있다. 미겔 데 세르반테스 사아베드라Miguel de Cervantes Saavedra는 57세 되던 1604년 전편의 집필을 마치고 같은 해 9월에 이 작품에 대한 당국의 허가를 받았다. 이듬해 2월 후안 데 라 쿠에스타Juan de la Cuesta가 발간한 『돈키호테』 전편의 구성은 다음과 같다.

당시 관례에 따라 책 출간에 필요한 규정 가격, 정정에 대한 증명, 특허장에 이어 베하르 공작에게 바치는 헌사가 있고, 아주 흥미로운 서문이 그 뒤를 잇는다. 서문은 책 앞부분에 자리하지만 작가가 집필을 마친 뒤에 쓴다는 점을 고려한다면 사실상 작품에 대한 전체적인 안내라 할 수 있다. 특히 이 책에서, 서문 쓰기가 어려워 책을 출판하지 않고 그냥 파묻어 두려 했다는 작가의 고백을 보면 이 서문이 얼마나 중요한지 짐작이 간다. 『돈키호테』의 서문은 세르반테스가 작품을 쓰며 가졌던 갈등이나 고심 및 집필 당시의 상황과 집필 목적, 그리고 인물과 문체 등에 관해 작가의 분신인 셈인 친구와 대화하는 방식으로 이루어져 있다. 다시 말해 작가 친구의 말인 양 하는 것이다. 당시 대중의 인기를 한 몸에 받던 스페인 국민극의 아버지인 로페 데 베가Lope de Vega를 겨냥하여, 작가들이 너나없이 따라 하던 문학적·지적 허세에 대한 우롱과 비난도 드러난다. 특히 작품에 대한 작가의 겸허한 자세가 눈에 띈다. 자신의 다른 작품을 두고 보여 주던 자부심, 즉 자신의 작품에 대한 야망과 인정 욕구가 이 책에서는 전혀 발견되지 않는다. 세르반테스는 1613년 열두 편의 단편을 수록한『모범 소설집Novelas ejemplares』의 헌사에서 〈가장 훌륭한 작품들과 나란히 할 만한 작품〉이라며 스스로의 작품을 치켜세운 바 있다. 그러면서 〈온통 번역본이 판치는 세상에 처음으로 스페인어로, 그것도 어느 것도 모방하지 않고 표절하지도 않은 《노벨라novella》라는 장르를 쓴 사람〉이라며 자신을 칭하기도 한다. 1614년 발간한『파르나소스 여행Viaje al Parnaso』에서는 〈많은 걸 원하지만 적은 것으로 만족한다〉며 〈내가 훌륭하게 한 작업에 대해 찬사를 원했다〉고 자신을 인정해 주기를 바란다. 1616년에 완성한『페르실레스와 시히스문다의 고난Los Trabajos de Persiles y Sigismunda』에는 3세기 그리스 작가인 〈헬리오도로스Heliodoros와도 감히 견줄 수 있는 작품〉이라 적고 있다. 뿐만 아니라 전편을 쓴 뒤 10년이 지난 1615년에 발간한 속편『기발한 기사 돈키호테 데 라만차』의 〈레모스 백작에게 바치는 헌사〉에서는『페르실레스와 시히스문다의 고난』에 대해, 〈제 친구들의 의견에 따르면 그 책은 다다를 수 있는 한 최고점에 이를 수 있는 제일 좋은 책이 될 것〉이라고도 했다.

이러한 사례들과 대조적으로 『돈키호테』 전편의 서문은 〈한가로운 독자여〉로 시작한다. 작가들이 작품을 열 때 보통 〈호기심 많으신 독자〉라든가 〈신중하신 독자〉, 혹은 〈영리하신 독자〉라고 하는 데 반해, 자기 책은 한가하여 할 일이 없는 사람들이나 들춰 보라는 뜻으로 읽힌다. 작가의 겸허한 표현은 계속된다.

하지만 만물은 자신과 닮은 것을 만든다는 자연의 순리를 저 역시 어길 수 없었습니다. 그러니 재주도 없고 배운 것도 없는 제가 어떤 이야기를 만들어 낼 수 있겠습니까? 어느 누구도 생각지 못하는 잡다한 망상에 휩싸여 제멋대로 사는, 주름투성이에 삐쩍 마른 작자가 (……)

다음 페이지에서는 친구에게 하는 말로, 이렇게 이어진다.

오랜 세월 동안 망각의 침묵 속에 잠들어 있다가 이 나이가 되어 세상에 나가면 사람들이 나를 두고 할 말이 많을 것인데, 그것이 나를 얼마나 혼란스럽게 할 것인지 자네는 모르겠는가? 기발하지도 않고 문체도 빈약한 데다 어떠한 박식함이나 교리나 개념도 부족하여 아프리카수염새풀처럼 무미건조한 이야깃거리를 가지고 말일세.

작가가 이토록 의기소침해하는 이유가 궁금해진다. 글을 통해 그 이유는 다음 세 가지로 정리된다. 하나는 〈온갖 불편함이 자리를 잡고 모든 슬픈 소리가 거주하는 감옥에서 탄생시킨〉 작품이라 그렇다. 만일 〈평온하고 평화로운 장소와 들판의 쾌적함과 하늘의 고요함, 샘물 소리로 인한 영혼의 평안이라면 아무리 메마른 예술적 영감이라도 풍요롭게 하고 세상을 경이와 만족으로 채울 자식을 낳는 데 상당한 도움을 주었〉을 텐데 말이다. 체납된 세금을 거두는 징수원으로 일하던 당시, 징수한 돈을 예금해 둔 은행이 파산하고 그로 인해 야기된 재판에서 판사의 부당한 판결로 세르반테스는 1597년 9월부터 이듬해 4월까지 세비야에서 감옥살이를 해야 했는데, 그때『돈키호테』를 구상하고 집필했던 것으로 알려져 있다.

두 번째 이유는 〈오랜 세월 동안 망각의 침묵 속에 잠들어 있다가 이 나이가 되어〉 그 작품을 세상에 내놓게 되었기 때문이다. 『돈키호테』이전에 출간된 작품으로는 1585년에 나온 목가 소설 『라 갈라테아 *La Galatea*』가 유일했다. 세르반테스는 예순이 다 된 늙은 나이에, 그것도 20년의 공백기를 가진 뒤 처음으로『돈키호테』를 세상에 내놓은 것이다.

그리고 마지막 세 번째 이유는, 자기는 학문이 짧고 부족한 데다 〈아리스토텔레스니 플라톤이니 온갖 철학자들의 금언들로 가득하여 독자들이 그 말에 감탄하고 그 작가들을 박식하고 책을 많이 읽는 달변가로 여기는 그런 책들에 있는 마지막 부분의 해설이나 여백에 단 주석도 없는 이 책〉이라 그러하다. 여기에 작가는 언급하지 않지만 한 가지 이유를 더하자면 『돈키호테』는 기존의 이야기 종류, 즉 기사 소설이나 연애 소설, 악자(惡者) 소설, 무어Moor 소설, 목가 소설들 중 어느 장르에도 속하지 않기 때문이었으리라. 세르반테스로서는 앞선 양식과 장르를 따르지 않은 자신의 책에 내려질 속세의 평가가 두려울 수밖에 없었을 것이고, 막연한 불안을 느꼈을지도 모른다. 그래서 작가는 〈자식의 흠을 보지 못하는 아버지〉라는 은유적 표현으로 자신의 마음을 독자에게 전하고 있다.

추하고 아무 매력도 없는 아들을 가진 아비도 때로는 자식에 대한 사랑으로 눈에 콩깍지가 씌어 자식의 허물을 전혀 보지 못하며 오히려 그것을 신중함이나 사랑스러움이라 여기고 친구들에게 자식 놈이 영민하고 멋지다고 자랑하곤 합니다. 그럼에도 저는, 제가 이 『돈키호테』의 아버지 같기는 하지만 철저히 계부의 입장에 서서 그와 같은 오류는 범하지 않으려 할 뿐만 아니라 다른 작가들처럼 이 자식 놈에게서 만날 수 있는 실수들을 용서해 달라거나 모른 척 넘어가 주십사 눈물로써 애원하지도 않을 것입니다. 친애하는 독자여, 당신은 그의 친척이나 친구가 아닐뿐더러 당신의 육체에 영혼과 가장 훌륭한 자유 의지를 갖고 계시고, 왕이 거둬들인 세금이 그의 것이듯 당신도 당신 것의 주인 되시니, 〈내 망토 밑에서는 왕도 죽인다〉라는 말처럼 편할 대로 하십시오. 당신은 이 책에 대한 어떠한 종류의 존경심이나 의무에서도 자유롭습니다. 그러니 보시는 대로 무슨 말씀이든 하실 수 있습니다. 나쁘게 말한다고 당신을 비방할까 혹은 좋게 말한다고 당신에게 상을 줄까, 두려워하거나 고민하지 마십시오.

　이렇듯 그는 작품에 대한 해석을 독자의 절대적인 자유에 맡긴다. 문학 작품치고 독자의 개별적 평가를 전제하지 않는 경우는 없을 터인데, 이렇게 굳이 언급하는 것을 보면 일반적으로 내려지는 대중 평가를 두고 한 말은 아닌 듯하다. 당시 스페인은 조상 때부터 순수 기독교인의 피를 가지고 있어야 한다는 순혈주의를 광적으로 고집하며 자기 검열을 강요하던 사회였다. 전지전능한 종교 재판과 검열이라는 비인간적인 정치권의 압박으로 인간의 기본적인 자유조차 누릴 수 없었던 인간성 말살의 시대였다. 이러한 시대를 견뎌 낸 개종한 유대인의 후손인 비순혈주의자이자 영민한 작가인 세르반테스였으니, 그의 작품에는 겉으로 보이는 것과 달리 검열관의 눈을 피해 감춰 놓은 이야기가 많을 수밖에 없다. 그토록 겸허한 자세와 독자의 뜻에 평가를 맡기겠다는 말에는, 혹시 작품이 문제가 될 경우 그 책임에서 한 발짝 물러서 있겠다는 작가의 마음이 담겨 있을 수도 있다.

　작가는 이 작품의 목적을 〈기사 소설을 공격하기 위해서〉라고 얘기하며, 〈많은 사람들이 증오하지만 더 많은 사람들이 찬양하는 기사 소설의 잘못된 점을 무너뜨리는 데 주안점〉 두고 기존 기사 소설을 풍자하고 패러디하고자 했음을 밝힌다. 이러한 목적은 속편 제74장 마지막 부분에 재차 등장한다. 작품의 작가로 내세운 시데 아메테 베넹헬리는 자신의 펜에게 안녕을 고하는 대목에서 〈내 소원은 다름 아닌, 기사도 책에 나오는 거짓되고 터무니없는 이야기들을 사람들로 하여금 증오하도록 하는 것뿐이었으니 말이다. 나의 돈키호테에 관한 진실된 이야기로 인하여 그런 이야기들은 이미 넘어질 듯 넘어질 듯 비틀거리니, 마침내 완전히 넘어지게 되리라. 안녕〉이라 말한다.

그런데 사실 이 책이 발간된 17세기 초반 무렵에는 앞선 시대를 풍미했던 기사 소설의 권위가 이미 무너지고 없었다. 16세기 동안 기사 소설의 도덕성을 논하던 지식인들과 인본주의자들은 기사 소설이란 할 일 없는 사람들이 시간이나 때우라고 늘어놓은 거짓 투성이 이야기에 바보 짓거리이며, 성적인 욕망이나 부추기고 악습을 낳게 하는 책이라고 신랄하게 비난했다. 그로 인해 1550년 이후 기사 소설의 인기는 사그라지기 시작했고, 대중들은 더 이상 기사 소설에 열광하지도 흥미도 보이지 않았다. 그런 상황에서 작가가 자신의 창작품에 대해 말하며 현실과 맞지 않는 목적을 제시하고, 그것도 수차례에 걸쳐 그 목적이 기사도 이야기의 권위를 실추시키는 데 있다고 강조하니 그 속내가 더욱 궁금해진다. 더군다나 돈키호테가 꿈을 찾아 모험을 떠나게 된 이유가 기사 소설에 탐닉한 그의 독서 습관에 있고, 자신의 완벽성을 이루기 위하여 기존 기사 소설을 모방해야 한다고 주장하기까지 했으니 결론적으로 작가는 기사 소설을 우롱하기는커녕 오히려 기사 소설에 최대의 경의를 바친 셈이다. 결국 작가가 밝히는 『돈키호테』의 집필 목적은 전적으로 반어적 표현으로, 뭔가 감추고 있다는 의심을 지울 수 없게 한다.

서문에 이어 『돈키호테』에는 유명한 문인이나 이름 있는 자들이 작품을 찬양해 주던 당시 관습에 따라 찬양 시가 나열된다. 시인 로페 데 베가는 세르반테스가 『돈키호테』 서문을 쓴 1604년에 발간한 『운율들Rimas』에, 자기와 친분이 있는 귀족들과 친구들을 포함해 총 스물여덟 편의 찬양 시를 넣었다. 하지만 세르반테스는 『돈키호테』를 찬양해 줄 유명 인사를 찾을 필요가 없었다. 기존 기사 소설을 우롱하기 위한 것인지, 혹은 그런 관습을 비웃으려는 것인지, 자기가 읽은 기사 소설에 나오는 인물들이 쓴 풍자시로 찬양 시를 대신한 것이다. 물론 이를 뒤엎는 가설도 있다. 스페인의 바로크 시인 공고라Luis de Góngora y Argote가 로페 데 베가의 글에 대해 부정적인 평가를 내렸는데 로페 데 베가는 이를 세르반테스의 평가로 오해했고, 그래서 자신의 의사에게 보낸 편지(혹자는 공작에게 보낸 편지라고도 한다)에서 돈키호테를 비아냥거렸다고 한다. 그래서 찬양 시를 쓸 사람을 구하지 못한 세르반테스는 자기가 읽은 기존 기사 소설에 등장하는 인물들이 써주었다는 식으로 그 부분을 해결했다는 것이다.

이 인물들이 쓴 시들 중 특히 그 마지막, 12세기 스페인의 영웅 엘 시드El Cid의 명마인 바비에카와 돈키호테의 애마 로시난테가 나누는 익살스러운 대화는 작품의 분위기를 예고하는 듯하다. 바비에카가 로시난테에게 하는 말이다. 〈개똥철학이군.〉 그러자 로시난테가 대답한다. 〈먹지 못해서 그래.〉 작가가 자신의 작품을 개똥철학이라 일컫고, 그 이유로 배가 고파서 그렇다고 말하는 것이다. 이런 식으로 작가는 작가의 분신인 친구의 충고를 충실히 따른다.

또한 신경 쓸 일은, 자네 이야기를 읽으면 우울함이 웃음으로 바뀌고 웃음은 더 큰 웃음으로 바뀌게 하여, 어리석은 사람은 화를 내지 않고 신중한 사람은 그 기발한 착상에 감탄하고 심각한 사람은 경멸하지 않고 진중한 사람은 칭찬하도록 만드는 걸세.

사실 작가는 스스로를 매우 익살스러운 자라고 단정한다. 『페르실레스와 시히스문다의 고난』 서문에서 그는 길을 가다 만난 등장인물인 학생의 입을 통해 스스로를 〈유쾌한 작가로 결국 뮤즈들의 즐거움〉이라 밝힌다. 『파르나소스 여행』에서는 〈나는 어떤 때에 있든지, 어떤 이유에서든지 우울하고 슬픈 가슴에 『돈키호테』로 즐거움을 주었다〉라고 적기도 했다. 『돈키호테』 속편 제3장에서는 인쇄되어 돌아다니는 한 기사의 무훈, 다시 말해 1605년 발간된 『돈키호테』 전편을 두고 등장인물 삼손의 입을 통해 이렇게 말하기도 한다.

「당신의 위대함을 이야기로 써놓은 시데 아메테 베넹헬리에게 축복 있을지어다. 그리고 그 이야기를 모든 사람들이 즐길 수 있도록 아랍어에서 우리의 에스파냐어로 옮기도록 한 그 호기심 많은 자에게도 축복 있을지어다.」

「그러니까 이 이야기는 지금까지 나온 것 중에서 가장 재미있으며 가장 무해한 오락거리라는 겁니다.」

결국 자기 작품은 기존 기사 소설을 패러디하여 가장 무해한 오락거리를 제공한다는 데 그 목적이 있다는 것이다. 전편 제28장에는 집필 목적이 다음과 같이 종합적으로 정리되어 나온다.

대담하기 그지없는 기사 돈키호테 데 라만차가 세상에 나온 시대는 참으로 행복하고 운이 좋은 시절이었다. 이미 이 땅에서 사라지고 거의 멸망해 가는 편력 기사도를 부활시키고 세상에 그것을 되돌려 주고자 하는 아주 존경할 만한 결심을 했으니, 즐길 소일거리가 필요한 우리들의 시대에 그의 진실된 이야기뿐만 아니라 그 안에 담긴, 본 줄거리에 못지않을 정도로 재미있고 기발하며 그럴싸한 단편들이나 일화들을 우리는 지금 즐길 수 있는 것이다.

화자는 이달고가 기사도를 부활시켜 행한 진실된 이야기를 즐길 수 있게 되었음을 칭찬하고 있지만, 작품 속 돈키호테의 거듭되는 실패, 그리고 주변 인물들의 몰이해와 우롱을 보면 〈존경할 만한 결심〉은 반어적 표현이다. 『돈키호테』는 기사도 이야기를 풍자하고, 영웅주의와 귀족적인 이상주의를 조롱하며, 물질적이고 원초적인 삶의 현실 앞에 주인공을 계속 무너뜨림으로써 인간의 고양된 야망을 우스갯감으로 삼는, 일종의 패배주의 작품처럼 여겨지기 때문이다. 물론 작품의 표면적 목적이 기존 기사도 이야기의 권위를 실추시키기 위한 패러디이므로 그런 패배는 당연하다. 패러디는 기존 가치나 체계의 전복이며, 전복을 위한 최고의 수단은 웃음이므로 재미를 위한 것이라는 작품의 목적 또한 달성하는 셈이다.

자세히 들여다보면, 구조에서부터 이 웃음 코드가 시작됨을 알 수 있다. 이야기와 독자 사이에 화자가 끼어들어 인물들이 각자의 관점에서 판단하고 행하는 바들을 해설하고 평가하는데, 그 방식이 우스꽝스럽다. 우리의 영웅이 행하는 모험들은 거의 대부분이 비극적인 결말을 맞이하지만 화자의 평으로 독자는 그 상황을 웃음거리로 받아들이게 된다. 유머를 전적으로 도맡은 화자는 상황을 우스꽝스럽게 몰고 가거나 코믹한 요인들을 강조한다. 작품 각 장의 제목들만 살펴봐도 알 수 있는 일이다.

또한 웃음은 작품에서 서술되는 상황이나 인물들의 행동 자체에서 유발되기도 한다. 상식을 뒤엎는 메커니즘에서 바로 희극성이 발생하는데, 『돈키호테』 속 이야기는 모두 우리의 상식과 상반되는 것으로 이루어진다. 인물의 반대되는 상황 인식이나 극단적 양면성이 최고조를 이룸으로써 독자의 웃음을 유발하는 것이다.

마지막으로 웃음의 코드는 인물들이 사용하는 언어에도 존재한다. 특히 산초라는 인물이 형성되어 가는 과정과 그가 토해 내는 해학을 보면, 카잔차키스가 산초에게 바친 헌사를 이해할 만하다.

『돈키호테』는 이야기되는 것들 모두 거꾸로, 혹은 뒤집어 생각해 봐야 할 정도로 카니발적 색채가 짙은 작품이다. 지배적 사회 규범의 구심점과 힘과 가치를 우롱이나 웃음으로 파괴하고자 하는 패러디와 카니발은 창조적 파괴로 새로운 생명력을 불어넣는다. 웃음으로 계급 조직이 뒤바뀌며, 대립적인 것이 혼합되고 어우러져 새로운 질서가 성립되는 것이다. 돈키호테가 기존의 기사 소설을 모방한다면서 부수고 새로이 창조해 낼 세상이 더욱 궁금해지는 까닭이다.

찬양 시에 이어 본격적으로 작품이 시작된다. 총 52장으로 구성된 전편은 돈키호테의 첫 번째 출정에 앞선 준비(약 20일간)와 출정, 기사로서의 탄생(사흘간), 귀가, 뒤이은 두 번째 출정과 라만차 지역에서의 모험(약 두 달간) 그리고 두 번째 귀가로 이루어져 있다. 전편의 인기는 펠리페 4세Felipe IV가 될 왕자의 탄생 때 이를 축하하기 위한 행사에 『돈키호테』의 등장인물로 분한 광대들이 거리를 행진한 사실로도 입증된다. 게다가 그 인기는 스페인에만 머무르지 않고 1612년 영어, 1614년 프랑스어, 1622년 이탈리아어, 1657년 네덜란드어, 1676년 덴마크어, 1794년에는 독일어로 번역, 소개되었다.

총 74장으로 이루어진 속편 『기발한 기사 돈키호테 데 라만차』는 1606년부터 집필이 시작된 것으로 추정된다. 전편과 마찬가지로 속편 역시 당시 관례에 따른 요구 사항들을 본문 앞에서 해결한 뒤, 귀가 후 한 달 동안의 요양과 뒤이은 세 번째 출정, 아라곤과 카탈루냐 지역에서의 모험(약 넉 달간) 그리고 귀가와 약 열흘 뒤에 맞이하게 되는 우리 영웅의 죽음으로 끝을 맺는다.

2. 작가와 독자의 놀이

　서문에서 세르반테스는 스스로를 돈키호테의 〈계부〉라 이야기한다. 〈도대체 이 무슨 소리인고?〉 독자는 생각할 수 있다. 제1장에서 화자가 1인칭으로 이야기를 시작하기 때문에 독자는 화자가 곧 세르반테스라는 데 추호의 의심도 없이 독해를 시작할 것이다. 그런데 곧이어 화자는 〈사람들은 그가 《키하다》 또는 《케사다》로 불렸다고 하는데, 이에 대해서는 글을 쓴 작가들 사이에 다소 의견 차이가 있는 것 같다〉면서, 이번에는 이 글에 많은 작가들이 개입되어 있으며 화자 자신은 라만차 지역의 어느 자료에 적힌 이야기를 전해 주는 편집자의 태도를 취한다. 그러다가 제8장에 이르러 이 편집자는 돈키호테와 비스카야인과의 결투가 어떻게 되었는지 그 결말에 대한 원고를 찾지 못했다면서, 기존 기사 소설들에서 하듯 가장 흥미로운 부분에서 이야기를 끊어 버린 채 또다시 묘한 입장을 취한다.

　그런데 유감스러운 점은, 이 이야기의 작가가 바로 이 순간 이 대목에서 이 싸움 사건에 대한 이야기를 끝냈었다는 사실이다. 지금까지 그가 적어 온 것들 외에는 더 이상 돈키호테 무훈에 관한 기록을 발견하지 못했다며 용서를 구하고 있는 것이다. 이 작품을 쓴 제2의 작가 또한, 그토록 흥미진진한 이야기가 망각의 법칙에 맡겨져 있다는 것을, 그리고 라만차의 천재들이 이 이야기에 아무런 관심도 가지지 않아 이 유명한 기사를 다루는 그 어떤 서류도 책상이나 문서 보관실에 남겨 두지 않았다는 사실을 믿고 싶지 않았다. 그는 희망을 갖고 이 재미있는 이야기의 결말을 찾아내는 일을 단념하지 않았다. 다행히 하늘이 그를 도왔는지, 제2부에서 보게 될 바와 같은 결말을 발견할 수 있었다.

그런 다음 제9장에서는 이 비스카야인과 돈키호테의 싸움에 대한 이야기를 끊어 버린 것에 대한 〈나〉의 유감이 이어진다.

　이것이 나를 무척 슬프게 했다. 적은 분량이나마 앞부분을 그토록 재미나게 읽었는데, 내가 보기에 훨씬 더 많이 남아 있을 것 같은 그 재미있는 이야기의 나머지 부분을 찾을 길이 없으니, 앞선 즐거움이 오히려 불쾌함으로 바뀌었던 것이다. 그토록 훌륭한 기사의 놀랄 만한 공훈을 기록해 둔 현자가 없었다는 것이 내게는 있을 수 없는 일이며 훌륭하다고 할 수 있는 모든 관습에 어긋나는 일로 보였다.

보다시피 작품의 편집자였던 작가가 이번엔 화자인 〈나〉로 등장해 그토록 훌륭한 기사의 업적을 기록한 현자가 없다는 사실에 분개한다. 그런데 제정신을 가진 사람이라면, 특히 현자라면 정신이 나가 편력 기사의 모험을 하는, 터무니없고 거짓말 같은 기사에 대한 이야기를 기록해 둘 리가 없지 않겠는가. 더군다나 세르반테스는 기존 기사 소설의 가장 큰 단점을 〈개연성 없는 이야기들의 연속〉이라고 작품 속에서 지적하기까지 했는데 말이다. 그럼에도 진실을 기록하는 역사와 기사 모험담의 허구성을 계속 비교하면서, 자기 이야기는 〈역사〉라고 우기는 것이다. 말도 안 되는 사건을 역사라 칭하고 그에 대한 기록이 없다는 사실에 분개한다는 사실, 결국 세르반테스의 반어적 표현인 셈이다.

그렇게 이제 〈나〉라는 화자이자 제2의 작가인 편집자가 원본을 찾아 나선다. 톨레도 알카나 거리에서 장이 선 날, 길바닥에 있는 찢어진 종이라도 읽는 천성을 지닌 이 화자는 한 소년이 팔겠다고 내놓은 잡기장 한 권을 집어 들었는데 그 내용이 아랍어로 씌어 있어 스페인어를 아는 아랍 번역자에게 해독을 부탁한다. 『돈키호테』 전편이 1597년에서 1603년 사이에 쓰였다고 본다면 당시 그라나다에서 쫓겨난 모리스코인, 즉 스페인어를 아는 무어인들이 다수 거주하던 톨레도의 상황이 작품에 실제로 반영되어 있음을 알 수 있다. 아랍어 번역자는 잡기장 여백에 적힌 이야기를 읽다가 웃음을 터뜨리고, 화자가 웃음의 의미를 묻자 그 내용을 읽어 준다. 〈이 이야기에 자주 언급되고 있는 이 둘시네아 델 토보소라는 여자는 돼지고기를 소금에 절이는 솜씨만큼은 라만차를 통틀어 어느 여자보다도 뛰어났다고 한다.〉

〈둘시네아 델 토보소〉라는 이름에 놀란 화자가 책의 제목을 번역시켜 보니 『아라비아의 역사가 시데 아메테 베넹헬리가 쓴 돈키호테 데 라만차의 이야기』이다. 그러니까 『돈키호테』의 작가는 아라비아 역사가 시데 아메테 베넹헬리라는 얘기다. 그럼 제8장까지의 이야기는 이 『아라비아의 역사가 시데 아메테 베넹헬리가 쓴 돈키호테 데 라만차 이야기』의 앞부분을 〈나〉인 화자가 스페인어로 옮겨 소개해 놓은 것이란 말인가? 그건 아니다. 이야기에 따르면, 그것은 화자가 어느 알지 못할 기록에서 본 것으로 되어 있으니 말이다.

한편 원고를 발견한 상황부터가 기존 기사 소설의 패러디라 할 수 있다. 스페인 기사 소설의 모범이자 세르반테스를 매료시켰던, 총 네 권으로 이루어진 기사 소설 「아마디스」 시리즈의 작가인 몬탈보Garci Rodríguez de Montalvo 또한, 자기는 운 좋게도 콘스탄티노플 근처 암자 아래 있는 돌무덤에서 발견된 외국어 원고를 헝가리 상인이 스페인으로 가져온 덕분에 소개할 수 있었다고 적었기 때문이다. 그뿐 아니라 대부분의 기사 소설들이 아무개라는 허구의 인물을 작가로 내세우며 아주 특별한 상황에서 원고를 발견하는 것으로 설정되어 있다. 세르반테스도 이 전례를 따른 셈이다.

그런데 기존 기사 소설과는 다른 점이 여럿이니, 일단 새롭게 발견한 이 원고의 가치가 터무니없다. 편집자인 제2의 작가는 톨레도 시장에서 달걀 여섯 개의 가격에 원고를 구입한다. 이야기는 여느 기사 소설처럼 양피지에 적힌 것이 아니라 잡기장에 기록되어 있다. 사건 발생 시점 또한 〈아주 오래전〉이 아닌 〈얼마 전〉이고, 장소는 〈콘스탄티노플〉처럼 고급스럽고 이국적인 곳이 아닌 스페인에서도 가장 평범한 〈라만차〉 지역이다. 더군다나 한술 더 떠 편집자는 작가를 가리켜 거짓말을 잘하는 〈개 같은 자식인 아랍인〉이라고 부른다. 〈이들은 속임수에 능하고 거짓말쟁이에 망상가들이라서 어떤 진실도 기대할 수 없는〉 자들이다. 또한 전편 마지막 장에서는 〈이 새롭고도 결코 본 적 없는 이야기를 세상에 밝히기 위해 라만차의 고문서들을 모두 뒤지고 조사하느라 엄청나게 노력한 작가가 그에 대한 보상으로 이것을 읽고자 하는 사람들에게 바라는 바는, 세상에서 대단히 사랑받고 있는 기사 소설들에 대한 점잖은 사람들의 믿음과 같은 믿음을 여기에도 달라는 것뿐이다〉라고 당부하는데, 알다시피 점잖은 사람들은 기사 소설을 믿지 않았다. 결국, 화자이자 편집자가 소개한 이야기는 달걀 여섯 개 값어치밖에 안 되는 싸구려에, 잡기장에나 적는 허튼 글이며, 심지어 거짓말쟁이인 아랍인이 쓴 것이니 결국 이 책에 담긴 내용에 믿음을 주지 말라는 이야기 아닌가. 작품 자체에 대한 우롱이다.

이런 우롱은 계속된다. 전편 제16장에서는 작가로 내세운 시데 아메테 베넹헬리가 작중 인물로 언급된다. 기존 기사 소설에서는 작가가 신비로운 인물로 다루어지는 데 반해 『돈키호테』에서는 실제 존재하는 하류층 인물로서 작가를 언급하고 있으니, 작품의 진실성을 끊임없이 왜곡하고 작품의 가치를 강등시키려는 작가의 의도가 점점 분명히 드러나지 않는가.

이야기의 작가가 이 마부에 대해 특히 상세하게 기술한 바에 따르면 그는 아레발로의 돈 많은 마부들 중 하나라는데, 그들은 서로 잘 아는 사이였다고 한다. 먼 친척뻘이라고까지 말하는 사람도 있다.

당시 모리스코인들은 실제로 마부 일을 많이 봤다. 작가는 이 마부의 먼 친척으로 스페인어를 모르는 무어인이다. 작품의 권위를 실추시키기 위한 아랍 작가에 대한 우롱은 몇 차례 더 등장한다. 특히 속편 제40장을 보면 이 책의 작가가 허구의 인물임을 암시하는 대목이 나온다. 화자가 앞선 이야기의 흐름을 끊으면서까지 작가에 대한 찬양을 늘어놓는 내용이다.

이와 유사한 이야기를 좋아하는 사람이라면 누구나 이 책의 원저자인 시데 아메테에게 진심으로 고마운 마음을 표해야 할 것이다. 아무리 사소한 일이라도 분명하게 드러내지 않고서는 넘어가는 일 없이, 세세한 것까지 우리에게 전해 주곤 했던 그의 열의에 대해서 말이다. 그는 생각을 그려 내고 상상을 들추어 내며 무언의 질문에 대답하고 의문을 분명하게 밝혀 주고 문제점들을 풀어 주는, 결국 독자가 알고 싶어 하는 그 모든 것을 미립자에 이르기까지 분명하게 보여 주고 있기 때문이다. 오, 저명하기 그지없는 작가여! 오, 행운아 돈키호테여! 오, 유명한 둘시네아여! 오, 익살꾼 산초 판사여! 모두 다 함께, 그리고 각자 저마다 살아 있는 자들의 즐거움과 모두의 오락을 위해 오래오래 살아가시길!

작중 인물과 달리 작가는 이야기 밖에 있어야 하는데도, 시데 아메테 베넹헬리를 작품에 등장하는 다른 인물인 돈키호테와 둘시네아와 산초 판사와 같이 다루며 찬양하는 것이다. 게다가 이 인용문의 내용과는 달리, 베넹헬리는 결코 저명한 인물이 아니다. 분별 있는 독자라면 믿지도 않을 터무니없는 이야기를 미립자까지 밝힐 정도로 할 일 없는 자일 뿐이다. 작가에 대한 우롱이다. 이어서 속편 제44장에 이른 독자는 다음과 같은 글을 보며 당황하게 될 것이다.

시데 아메테는 번역자가 자기가 쓴 그대로 이야기를 옮겨 놓지 않았다고 말하고 있다. 그건 자기 자신에 대한 무어인의 불평 같은 것으로 볼 수 있다. 스스로 이 돈키호테 이야기처럼 너무 건조하고 제한된 이야기에 손을 대는 바람에, 자기가 보기에 더 진지하거나 재미있는 여담이나 일화들에는 (……)

어떻게 번역이 원본보다 먼저일 수 있을까. 시데 아메테의 원본을 제2의 작가이자 화자인 〈나〉가 장터에서 구입해 번역가에게 부탁하여 스페인 말로 옮겨 놓은 것이 『돈키호테』라 할 땐 언제고, 이젠 번역자가 자기 원고를 제대로 번역하지 않았다며 무어인 원본 작가가 투덜댄다고 말하고 있으니, 이치에 어긋나는 일이다. 더군다나 속편 제12장을 보면, 화자 또한 번역본이 아닌 원본에 대해서도 알고 있다는 사실이 드러난다.

이 진실된 이야기의 작가는 특별히 이것(산초의 당나귀와 로시난테의 우정)에 대해 몇 장 할애했지만 영웅적인 이야기가 갖춰야 할 고상한 기품과 품격 때문에 그 장을 넣지 않았다는 소문이 부모들로부터 자식들에게 전해지고 있다.

분명 처음에는 번역가가 옮긴 원고의 내용을 전해 준다고 했는데, 누락된 부분이 있다는 사실을 화자는 어떻게 알 수 있는 것일까? 또 책의 사건이 바로 얼마 전에 일어난 일인데, 부모들로부터 자식들에게 전해진다는 건 대체 무슨 소리인가? 물론 이 이야기는 거짓말이다. 그뿐 아니라 속편 제34장에서 화자는 저자를 가리켜, 일어난 일과 전해진 일을 고증하여 픽션으로 재구성한 이야기꾼이 아니라 산초의 일을 직접 눈으로 보고 증거하는 자로도 언급한다.

그래서 시데 아메테는 〈잿빛의 모습을 보지 않고 산초의 모습을 본 일은 거의 없으며, 산초의 모습을 보지 않고 잿빛을 본 일 또한 거의 없다〉라고 말하고 있다.

번역가 역시 번역가로서의 의무와 한계를 넘어선다. 속편 제18장의 돈 디에고 데 미란다의 집을 묘사하던 중, 원본에 언급된 세세한 부분을 번역가가 생략했다고 말하는 부분이다.

여기서 작가는 돈 디에고 집의 모든 형편을 묘사하며, 풍족한 농촌 양반의 집에 있는 것들을 그리고 있다. 하지만 이 이야기를 옮긴 사람은 이런저런 세세한 것들은 그냥 넘어가는 게 좋겠다고 생각했다. 그건 이 이야기 본연의 목적에 잘 맞지 않는 것이기 때문이다. 이야기는 재미없는 여담보다는 진실에서 더 힘을 얻는 법이다.

그뿐인가. 속편 제27장에서 번역가는 자기가 보기에 적절치 않다고 생각되는 원본의 표현에 대해 평가하고 설명하기까지 한다.

이 위대한 이야기의 작자인 시데 아메테는 이러한 말로써 이 장을 시작한다. 〈나는 그리스도를 믿는 가톨릭 신자로서 맹세하니…….〉 이 말에 대해 역자는 말하기를, 시데 아메테가 무어인이라는 것에 의심의 여지가 없음에도 불구하고 그가 그리스도를 믿는 가톨릭 신자로서 맹세한다는 것은, 다름이 아니라 그리스도를 믿는 가톨릭 신자로서 맹세하듯 진실을 맹세한다는 의미라고 했다. 다시 말해 자기가 하는 이야기에는 오직 진실만을 말할 것임을 맹세한다는 뜻이다. 따라서 돈키호테에 관해서 쓰고자 했던 것에 있어서, 특히 페드로 선생이 누구였는지와 그 근방 모든 마을에서 놀라움의 대상이 되었던 그의 점쟁이 원숭이가 어떤 원숭이였는지를 말하는 데 있어서, 그는 마치 그리스도를 믿는 가톨릭교인이 맹세하듯 진실을 말하고 싶었던 것이다.

이렇게 세르반테스 자신이 내세운 원저자를 거짓말쟁이로 몰아 작가의 권위를 무너뜨리는가 하면, 작중 인물로 등장시켜 그에게 실제적인 존재감을 부여하기도 한다. 앞뒤로 이야기가 달라지고 번역가가 원본에 대해 해설하고 평가하는 등, 도저히 아귀가 맞지 않는 이 글쓰기는 무엇인가. 기존 기사 소설을 패러디한 이 내용이 거짓임을 모를 리 없는데도, 게다가 역사와 문학을 가르는 기준은 진실성에 있다고 주장하면서도 자기 이야기가 진실 그 자체인 역사라고 우기는 이유는 또 무엇인가. 이렇게 작품의 원작자와 번역가와 불확실한 자료, 그리고 제2의 작가 등을 내세우는 등 온통 반어며 우롱이 넘치는 이 책을 통해 세르반테스가 독자에게 바라는 바는 무엇일까. 기사 소설을 패러디한다는 핑계하에 모든 것을 우롱하는 작가는 자기의 글에서 무엇을 읽어 내주기를 바라는 것일까.

이는 작가에 대한 믿음을 무너뜨리고 그가 하는 이야기를 액면 그대로 받아들이지 말 것을 암시하기 위한 장치라 할 수 있다. 기독교 순혈주의로 살벌하던 17세기 초에 기독교 기사의 모험을 그린 아랍 작가의 이야기가 가당키나 한 일인가. 작가를 아랍인으로 설정한 것 자체가 하나의 속임수임을 파악하고 작품을 제대로 읽어 내보라고 세르반테스가 독자에게 내놓은 힌트인 셈이다. 〈나는 이 이야기에 권위를 부여하지 않는다. 이 이야기는 거짓말일 수도 있다. 이렇게 나는 손을 떼니 알아서들 재미있게 놀아 보라〉며 독자를 초대하고 있는 것이다. 이러한 세르반테스의 의도가 분명하게 드러나는 에피소드가 있다. 속편 제24장, 몬테시노스 동굴에서 경험한 모험 이야기의 진위를 놓고 그것에 대한 판관으로 독자를 초대하는 장면이다.

그러니 이 모험 이야기의 출처가 의심스러워 보인다고 해도 그건 나의 잘못이 아니며, 이러한 까닭에 나는 이 모험이 거짓인지 사실인지를 단정하지 않은 채 이야기를 이어 나간다. 그러니 신중한 독자여, 당신 좋을 대로 판단하시라. 나는 더 이상의 의무도 책임도 질 수 없으니 말이다.

〈이 모험 이야기〉란 궁극적으로 돈키호테 이야기 그 자체를 두고 하는 말일 터, 해석은 독자의 몫이며 이는 독자의 관점만큼이나 다양하여 무슨 해석이든 가능하니 자기는 책임지지 않겠다는 발 빼기다. 전편 서문에서부터 작가는 이러한 사실을 분명하게 밝히고 시작한다.

당신은 이 책에 대한 어떠한 종류의 존경심이나 의무에서도 자유롭습니다. 그러니 보시는 대로 무슨 말씀이든 하실 수 있습니다.

세르반테스가 이렇게 적고 나서 1백 년이 넘게 흐른 뒤 네덜란드의 비평가 판 에펜Justus Van Effen은 〈상식을 벗어나는 이 작품의 외피〉라는 말로써 자신의 생각을 전한다.

고양된 정신의 소유자는 이 작품에서 자기를 만족시킬 수 있는 모든 것을 만난다. 즉 쉽게 다가갈 수 있는 문체, 섬세하고도 빛나는 아이디어, 가장 자연스럽고도 정확하게 연결되어 조화를 이루며 재미있게 직조된 다양한 소재들이다. 철학자들은 이 작품에서 찬탄할 만한 도덕과 인간에 대한 가장 분별 있는 성찰을 만난다. 한마디로 이 작품은 합리적인 비판과 탁월한 이치의 보고다. 이 작품에 대해 이해하는 내용이나 여기서 받아 가는 교훈은 개인의 학문적 소양에 따라 다르다. 젊은이들의 경우, 세르반테스가 터무니없는 기사 소설의 모험담을 우롱할 목적으로 이 작품을 썼다는 사실은 인지할지 모르나 〈이 작품이 품고 있는 진정한 가치〉를 발견할 수는 없을 것이다. 하지만 나이가 들고 지식과 경험을 쌓아 가다 보면 인생의 매 단계마다 계속적으로 주어지는 메시지를 발견하게 될 것이다.

결국 『돈키호테』는 독자의 인간적 성숙도나 지적 능력에 따라, 인생 경험과 독서 수준에 따라 다른 의미를 선물하는 작품이라는 얘기다. 단순하고 제한되어 있는 바둑판에서도 기사들의 능력에 따라 무한정 다양한 게임이 가능하듯이, 독자의 관점만큼이나 다양한 독서법에 따라 그 내용 역시 각각 다르게 전해진다는 메시지는 『돈키호테』 속편에서도 만날 수 있다. 등장인물 중 하나인 삼손 카라스코가 이미 출판되어 세상에 나도는 『돈키호테』 전편에 대해 이야기하는 제3장의 대목이다.

「아이들은 손으로 가지고 놀고, 젊은이들은 읽으며, 어른들은 이해하며, 노인들은 기린답니다. 그러니까 이 이야기는 모든 부류의 사람들이 다들 읽어 알고 있어서, 비루하고 비쩍 마른 말을 보기만 하면 누구나 〈저기 로시난테가 간다〉 하고 말할 정도죠. 그 책을 가장 읽고 싶어 하는 사람들은 시동들입니다. 『돈키호테』 한 권쯤 놓여 있지 않은 주인집 응접실은 없는데, 누가 가져다 놓으면 다른 사람이 집어 들지요. 누구든 덤벼들어 빼앗아 읽기도 하고 또 누구는 빌려 달라고 조르기도 한답니다.」

모든 부류의 사람들이 즐길 수 있고, 각자의 지적 수준과 경험에 따라 가지게 되는 메시지가 다르다. 아이들은 책장을 넘기는 수준의 독서를, 젊은이들은 즐길 정도의 독서를, 어른들은 작품을 이해하는 독서를 한다. 책의 복잡한 의미를 파악할 수 있는 단계를 넘어선 노인들은 작가의 기발한 착상에 감탄하여 작품을 칭찬하고 기억한다.

세르반테스가 이렇게 시데 아메테를 작가로 등장시킨 것에는 글쓰기 전략상 또 다른 이유가 있다. 전편 제2장에서 돈키호테는 첫 출정을 떠나며 〈이 행적을 기술하는 현자가 이른 아침 나의 첫 출발을 묘사하는 장면을 다음과 같이 쓰지 않을 것이라고 누가 의심하겠는가? (……) 오, 그대, 그대가 누구든지 이 흔치 않은 이야기의 기록을 맡게 될 현명한 마법사여!〉라고 말한다. 〈이야기의 기록을 맡게 될 현명한 마법사〉, 즉 등장인물들이 행동을 하면 그것을 기록해야 할 자가 필요하기 때문이다. 요컨대 『돈키호테』는 이미 기록된 이야기이며, 동시에 등장인물들이 행하는 바를 기록해 나가는 이야기다. 그리고 인물들이 할 말이나 행동을 기록할 글쟁이가 바로 시데 아메테다. 등장인물이 행동을 멈추면 시데 아메테는 이 작품을 끝낼 수밖에 없다. 속편 제4장에서 삼손과 더불어 전편에 대한 이야기를 나누던 돈키호테가 〈그런데 혹시 (……) 그 작가가 후속편을 약속하고 있소?〉라고 묻자 삼손은 다음과 같이 대답한다.

「그럼요. 하지만 아직 발견되지 않았으며 누가 그것을 가지고 있는지 모른다고 하더군요. 그래서 그 책이 나올 것인지 안 나올 것인지 우리도 궁금해하고 있답니다. 이런 사정인 데다 〈속편은 절대로 좋지 않다〉라고 말하는 사람이 있는가 하면, 〈돈키호테의 일은 이미 쓴 것으로 충분하다〉라고 말하는 자도 있어서 후속편은 나오지 않을 거라고들 하지요. 토성보다 목성의 영향 아래 태어난 사람들 중에는 〈돈키호테 같은 짓을 더 보여다오. 돈키호테는 돌진하고 산초 판사는 더 말하라. 무엇이든 간에 말이다. 그래야 우리가 그것으로 즐거울 것이다〉라고 말하는 자들도 있긴 하지만요.」

이미 기록되어 완성된 속편의 이야기를 전하는 와중에, 속편이 나올지 안 나올지 모르고 돈키호테는 돌진하고 산초 판사는 더 말해야만 그것들을 글로 옮겨 속편을 채운다니, 『돈키호테』는 분명 〈만들어 가는〉 이야기임이 틀림없다. 이 일을 위해, 즉 이야기를 끌어가기 위해 시데 아메테라는 인물은 반드시 존재해야 했던 것이다.

글쟁이가 필요한 이유는 또 있다. 1614년에 아베야네다라는 필명의 작가가 『돈키호테』 제2권, 즉 위작 『돈키호테』 속편을 발간하는데, 세르반테스는 이 작가의 작품이 가짜라는 사실을 밝히기 위해서라도 더더욱 시데 아메테 베넹헬리를 진짜 작가로 내세워야 할 필요성을 느꼈을 것이다.

작가와 독자의 놀이만 훑어보아도 이 작품이 단지 패러디로서 특정 장르를 비판하기 위한 것만은 아님을, 오히려 이전의 것을 넘어서는 새로운 미학을 탄생시키기 위한 것임을 감지할 수 있다. 기존 소설에서 작가, 즉 일어나는 사건을 목격하여 증언하는 화자로서의 역할이 『돈키호테』에서는 온전히 작품의 구조적 산물로 등장한다. 독자처럼 행세하는 작가의 태도는 현대 소설론에서 가장 중요한 개념 중 하나이기도 하다.

3. 작품 비평

    역사 속에서 탄생한 작품의 수는 이루 헤아릴 수도 없이 많다. 하지만 세대를 거듭한 검증 속에 〈고전〉이라는 이름을 얻게 되는 것은 그중 몇 권뿐이다. 내내 홀대받다가 아주 오랜 세월이 흐른 뒤 그 가치가 재발견되는 경우도 적지 않고, 작가의 생전에는 합당한 평가를 받지 못하다가 시대가 맞아 뒤늦게야 제대로 인정받는 작품도 있으며, 출간 당시에는 엄청난 인기를 누리지만 작가의 죽음과 함께 작품도 묻혀 버리는 경우 역시 존재한다. 『돈키호테』는 이 세 가지 모두에 적용된다. 출판 당시 각계각층의 사람들로부터 엄청난 인기를 얻었으나 합당한 평가는 없었고, 작가의 죽음과 함께 작품까지 완전히 잊혔다가 세월이 흐른 뒤 자국민이 아닌 외국인에 의해 재발견되어 고전으로 부상된 희귀한 작품이다.

    『돈키호테』가 처음으로 세상에 나왔을 때, 최초의 비평은 스페인 국민극의 아버지이자 대중의 인기를 한 몸에 받았으며 사후 국민장의 영예를 누렸던 로페 데 베가의 것이었다. 무엇보다 시인이 되고자 했던 세르반테스를 두고 그는 이렇게 말했다.

시인들에 대해서는 말 않겠다, 지금은 좋은 시절이니. 내년에는 지금 같지 않을 것이다. 하지만 세르반테스보다 나쁜 시인은 없고 『돈키호테』를 찬양할 그런 바보는 없다.

『영민함과 기지의 예술Agudeza y Arte del ingenio』로 스페인 바로크 미학을 정리한 발타사르 그라시안Baltasar Gracian은 『대비평가El Criticón』에서 기사 소설의 권위를 실추시키겠다는 작가들에 대해 언급하던 중, 『돈키호테』의 글쓰기 방식을 두고 〈진창에 진흙을 더하는 일이자 더 큰 바보로 한 작은 바보를 세상에서 제거하고자 한 것〉이라 혹평했다. 로페에게는 공고라가 작성한 비난조의 글을 세르반테스의 것으로 오해했다는 평계라도 있다지만, 그라시안의 경우 그토록 영민한 자가 어찌 세르반테스의 생각을 액면 그 이상으로는 파악하지 못했는지 궁금해진다. 출판 당시 『돈키호테』의 인기는 대단했지만 작품을 제대로 파악하고 있었던 사람은 극소수였다. 무엇보다 앞선 두 비평가들의 혹평으로 대중은 작품의 진가를 제대로 보려 하지 않았고, 그저 웃음이나 주는 오락용으로 받아들였다.

이러한 사실을 루도비크 오스테르크Ludovik Osterc는 『키호테, 교회와 종교 재판El Quijote, la Iglesia y la Inquisición』에서 다음과 같이 증언한다.

군인으로서의 용맹성도, 작가로서의 위대한 재능도, 나라를 위한 공헌도 그가 살았던 사회의 눈에는 전혀 중요하지 않았다. 그 사회는 세르반테스의 작품들이 후대에도 평가받지 못할 거라 믿었다. 어느 누구도 그토록 뛰어나고 훌륭한 거인의 삶에 대해 최소한의 이야기조차 후대에 들려줄 생각을 하지 않았다. 누군가 그의 작품을 칭찬했다면, 작가든 동료든 더 많은 사람들이 그의 작품을 무시하고 혹평했다.

당시 문학계의 총애를 받던 로페 데 베가와 케베도Francisco Quevedo y Villegas의 작품들에 대해서는 탁월하다는 둥 훌륭하다는 둥 칭송이 그칠 날 없었으나, 세르반테스는 철저한 망각 속에 버려졌다. 어느 누구도 모방할 수 없는 예술로 그 모두를 능가했음에도 불구하고 있을 수 없는 일이 벌어진 것이다. 펠리페 시대의 식자층과 이 위대한 작가의 친구로 통했던 자들과 우리의 작가가 생전 존경하고 찬양했던 작가들과 우리의 작가가 관대한 마음으로 침이 마르게 칭찬했던 시인들은 그 냉담하기 그지없는 무관심으로 우리의 위대한 거인을 무덤으로 보냈다. 그의 관대한 마음은 이 위대한 작품과 그 천재성으로만 견줄 수 있을 뿐이다.

칼데론Pedro Calderón de la Barca이나 로페 등 당시 이름 있는 문인이 죽었을 때 사람들은 모두 그들을 기리지 못해 안달이었다. 〈우리는 나라의 영광을 잃었습니다!〉, 〈그들을 추모합시다!〉라는 소리가 스페인 전역에서 들렸고 모두가 이구동성으로 그렇게 떠들어 댔다. 황제도, 왕자도, 귀족도, 사제도, 작가도, 시인도, 국민도, 모두가 똑같은 감정에 고무되어 그들을 잔뜩 치켜세웠다. 문학으로 조국을 빛낸 그들에게 경의를 표했고, 죽은 그 우상의 명성에 어울리는 찬양을 늘어놓았다. 이 유명 인사들의 죽음과 그 유해는 국가 차원의 장례식으로 영광을 누렸다.

세르반테스가 죽었다. 이를 데 없는 멸시와 무시와 철저한 침묵이라니! 모든 사람들, 지식층이나 무지한 자나 귀족이나 서민이나 종교인이나 비종교인이나 시인이나 보통 인간들이나 모두, 세르반테스의 죽음을 모르는 척하려 애를 썼다. 그의 작품을 무시라도 할 양, 우리의 작가가 레판토 해전에서 영웅적으로 싸운 군인이었다는 것을 잊기라도 한 양, 그가 작가였고 시인이었으며 비평가였고 세상 최초의 소설가였음을 기억에서 지우기라도 할 모양새로 모든 사람들이 그랬다.

세르반테스의 유해가 아무런 장식도 수행원도 없이 마드리드의 삼위일체*Trinidad* 수도원으로 동냥이나 주듯 옮겨졌고, 무덤에는 그곳에 세르반테스가 잠자고 있음을 알리는 표찰 하나 남기지 않았다는 말로 이 글은 끝을 맺는다.

알제에서 포로 생활을 할 때 그를 구해 준, 즉 그에게 목숨을 돌려준 삼위일체 교단에 작가의 마지막이 맡겨졌다. 작가의 사망 기록(1616년 4월 22일)을 토대로 2014년 4월부터 유골 탐색이 시작되어 그의 사후 4백 년이 다 된 2015년 3월 17일 그의 유해를 발견했다. 근대 소설의 아버지이자 인류의 바이블을 남긴 세르반테스의 유해가 발견된 것이다. 『돈키호테』 속편 발간 이듬해인 1616년 만 68세의 나이로 숨진 뒤 수도원 건물이 확장되고 여러 차례 재건축되는 동안 단 한 차례도 세인의 기억에서 인출되지 않았던 그의 유해가 드디어 세상에 나왔다. 손상이 심해 작가의 유골을 다른 것과 분리하기 어려울 지경이 되어서야, 이가 빠진 60대 노인의 턱 골상으로 그를 알아본 것이다. 그 외에 그를 입증할 것은 아무것도 없다. 유언장도 사라지고 없다. 스페인 정부는 수도원 성당 입구 안쪽, 바로 왼편에 세르반테스의 새 무덤을 마련했다. 그 수도원으로 사람의 발길이 끊이지 않을 터이니, 세르반테스는 생전에 못다 한 감사를 그 수도원에 죽어서 하게 되는 셈이다.

이토록 철저하게 잊혀 있던 세르반테스가 작가로서 다시 세상으로 나온 것도 스페인 사람들의 공은 아니었다. 영국인 로드 카터릿Lord Carteret이 세르반테스 최초의 전기 출판에 비용을 댐으로써 이 위대한 작가는 다시 사람들의 입에 오르게 되었다. 그레고리오 마얀스 이 시스카르Gregorio Mayans y Siscar가 1737년 후원자 로드 카터릿에게 바치는 헌사와 함께 『미겔 데 세르반테스 사아베드라*Miguel de Cervantes Saavedra*』를 세상에 내놓으면서 그가 비용을 댄 사실이 알려졌다. 이 책에서 그레고리오는 후원자를 향해 세르반테스에 대한 스페인인들의 망각과 멸시를 이야기하면서, 세르반테스의 위대함으로 가득한 문장을 이어 간다.

사람들은 자기들이 살았던 시대가 황금시대였다고 하나 세르반테스나 몇몇 의미 있는 자들에게는 철의 시대였다. 그의 천재성과 그의 말솜씨를 시기한 사람들은 그를 험담하고 조롱했다. 학교를 좀 다녔던 사람들은 그 기발함과 재주에 범접할 수 없음을 깨닫고, 가방끈 짧은 글쟁이라며 그를 무시했다. 오늘날까지 그로 인해 이

름이 남겨진 사람들은 모두 자신들의 권력과 권위를 당대 최고의
천재를 기리는 데 쓰지 않고 아첨꾼이나 광대들에게 탕진했다. 그
시대 수많은 작가들은 그를 입에 올리지 않았고 그에게 무척이나
냉담했다. 그에 대해 그토록 침묵을 지키면서 다른 사람들에 대해
서는 봇물 터지듯 칭찬을 해댔다는 사실이야말로, 그들이 우리의
작가에 대해 아는 게 전혀 없었거나 그에게 엄청난 시기심을 가졌
음을 보여 주는 부정할 수 없는 증거이다.

로드 카터릿은 기념비적인 최초의 『돈키호테』 근대판(1738)의
출판 비용도 댔다. 이후 『돈키호테』와 세르반테스에 대한 연구 및
재발견은 독일의 낭만주의자들 손으로 넘어갔다. 스페인에서는
17세기, 즉 일명 〈황금시대〉에 발간된 작품과 그 시대를 대표하는
작가들을 수록한 『황금시대의 스페인 어문 전집 *Las apologías de la
lengua castellana en el siglo de oro*』(1929)에서조차 『돈키호테』를 다
루지 않았다. 우리나라의 학술원과 같은 스페인 한림원도 18세기
내내 아베야네다가 쓴 위작 『돈키호테』 제2편을 훌륭한 작품으로
치켜세우며 세르반테스의 『돈키호테』를 능가하여 그 작품을 잠재
울 명작으로 평가한 반면, 진짜 『돈키호테』는 철저하게 몰이해와
홀대로 일관했다. 1925년 아메리코 카스트로 Americo Castro가 발
표한 『세르반테스의 생각 *El pensamiento de Cervantes*』이 세르반테스
에 대한 스페인 최초의 비평서로 지금까지 사용되고 있다. 카스트
로의 비평서로 인해 세상은 세르반테스에 대한 스페인 사람들의
냉대를 얼마간 이해하기 시작했다. 카스트로는 『돈키호테』가 겪

었던 수모를 스페인 종교 개혁가들이 겪어야 했던 것과 같이 해석하고 있다. 당시 체제에 순응하면서 지적 출구를 찾았던 소위 지식인들은 무소불위의 정치와 종교 권력이 자기 검열을 강요하던 지옥 같은 세상에서 사회, 정치, 종교, 예술 등에 걸친 개혁안을 미학으로 내놓은 세르반테스의 열정이 두려웠던 것이다. 창작 행위를 통해 스스로를 극복하면서까지 유례없는 깊이와 폭으로 개혁을 주장한 그의 자세에 지성인들은 놀랐다. 그가 주는 메시지를 알았기에, 당시 사회가 요구하던 이데올로기의 선봉에 서서 시대에 아부함으로써 인기를 누렸던 로페 데 베가는 편지로 그를 음해했고, 아베야네다라는 익명의 작가는 자신의 위작 『돈키호테』에 정말로 미치광이인 돈키호테를 등장시켜 진짜에 반기를 들었던 것이다. 세르반테스의 『돈키호테』를 이념적으로나 미학적으로 철저하게 검토하지 않고서는 그런 위작이 나올 수 없는 법이다.

세르반테스가 민감한 당시 시대 문제를 지적했으며 용감하고 살아 있는 진짜 지성인이었음은 케베도의 말로도 입증된다. 17세기 스페인 바로크 미학의 대가였던 프란시스코 데 케베도는 세르반테스의 산문과 운문의 표층 아래 숨어 있던 깊은 의미를 알았기에 〈두려움과 경의〉를 가지고서 그의 작품을 읽었다고 밝혔다. 작품이 품고 있던 인간과 사회에 대한 작가의 메시지를 두 단어로 압축한 셈이다. 19세기 중남미 모더니즘의 선구자인 루벤 다리오Ruben Dario는 이런 시를 남겼다.

사람들이여, 여기 이자를 좀 알아보시오.

자기 조국에 충성을 다했으나

모든 사람들로부터 잊힌

그 의지할 데 없는 가련한 외팔이가 누구요?

누구요? 다시 묻겠으니, 그가 누구요?

거만한 수천 명의 가슴에서

사방에 울리는 메아리들이

친절하게 말하는군.

〈돈 미겔 데 세르반테스의,

가면을 쓴 책입니다.〉

〈가면을 쓴 책〉. 세르반테스 당시 국민극의 아버지였던 로페는 국민적 광기에 동조하여 명예의 기준을 순혈주의에 두었다. 경제력은 약하나 종교로 무장한 순수 기독교 집안 사람들의 상당수가 유대인들과 혼인으로 합쳐졌기 때문에 진정 순혈로 남아 있는 주인공들은 사실상 글도 모르는 시골 농부들이었다. 그래서 로페의 작품 대부분은 가문의 명예가 훼손될 경우 살인도 마다 않는 농부가 왕으로부터 용서받는 것으로 끝맺고 있어, 순수 피의 속인들은 그의 작품에 열광할 수밖에 없었다.

한편 세르반테스처럼 개종한 유대인 후손으로 시대의 모순을 직시한 마테오 알레만Mateo Aleman은 인간을 환경의 희생자로 보고 『구스만 데 알파라체Guzmán de Alfarache』를 통해 인간은 창조자의 실패작이라 말했다. 인간의 첫 번째 아버지인 아담은 배신자에, 어머니인 이브는 거짓말쟁이다. 이들의 자손인 우리 인간은 본성적으로 악하며 이 세상에서 살아간다는 것은 원죄에 따라 그 결과를 감내하는 것이라 말하면서, 알레만은 분노하고 절망한다. 그는 끝내 양심의 자유가 없는 스페인을 버리고 공무원을 매수해 중남미로 가버렸다.

반면 세르반테스는 목숨 바쳐 충성했던 조국으로부터 버림받고 중남미로 보내 달라는 두 번의 청원도 거절당한 채 수치스러운 징발관 일이나 세금 징수원 일로 세상 고생에 이골이 났음에도, 독서와 노예 생활로 배운 박애주의와 이탈리아에서 깨친 인본주의로 자신의 생각을 숙성시킨 끝에 하나로 그릴 수 없는 복잡한 세상을 글로 옮겨 놓았다. 다만 가면으로 가렸을 뿐이다. 결국 세르반테스 당시 목숨을 부지하려면 모순에 눈감은 채 주어진 체제에 순응하며 동조하든지, 그렇게 하고 싶지 않으면 스페인을 떠나면 되었던 셈이다. 이 두 가지조차 불가능하다면 유일한 돌파구인 위장술만이 남는다. 내 양심을 속이지 않기 위해 종교 재판 검열관 혹은 당국의 눈초리를 가리는 가면을 쓰는 것이다.

4. 기사도 이야기

    기사도 이야기란 비범한 인간이 편력을 하며 벌이는 영웅적인 모험담을 광범위한 분량으로 그려 놓은, 산문으로 된 글을 말한다. 주인공 편력 기사는 이국적인, 혹은 가공의 장소를 혼자 돌아다니면서 모든 종류의 사람을 만나고 괴물이나 마법사와 싸운다. 또는 막강한 군대의 지휘 아래 이교도의 군대를 무찌르거나 다른 나라의 군대와 싸워 이긴다. 편력 기사들은 믿기 어려울 정도의 가공할 힘을 지니며 무기를 기막히게 다룰 뿐 아니라 싸움에서는 지칠 줄을 모르고 언제나 가장 위험한 모험에 몸을 던질 준비가 되어 있다. 이들은 기독교적 가치하에 주로 약한 자를 억압하는 폭군, 도적, 변절자, 이교도들에 대항하여 싸우며, 이런 일을 하도록 부추기는 동력은 모험심이다. 그 모험으로 세상에 이름을 남기고자 하는 열망도 있다. 이러한 용기와 함께 정의에 대한 갈망도 편력 기사의 덕목 가운데 하나다. 그래서 가끔 과하다 싶을 정도로 상식에서 벗어나는 정의감에 사로잡히기도 한다. 이러한 명예욕과 정의감과 모험심은 엄청난 희생과 노력을 수반하지만, 이는 자기가 흠모하는 여인으로부터 더 많은 사랑을 얻고 그 사랑을 더 크게 키워 가기 위한 방편이다. 이렇듯 기독교적 가치인 겸허함과 순종과 자기희생을 노래하는 기사도 이야기는 심리적 통찰보다 행동이 우선하고, 영웅적인 미덕과 함께 감상적인 면도 다분한 인물들을 그린다.

기사도 이야기는 12세기 프랑스의 작가 크레티앵 드 트루아Chrétien de Troyes에게서 시작되었다. 아서 왕 시대에 있었으리라 상상되는 영웅들의 사랑과 모험을 운문으로 그린 것이 그 시초이다. 아서 왕은 역사가들의 거짓말과 전설로 전하는 가공의 인물임에도, 사람들은 그를 6세기경 브레타뉴를 통치했던 실존 인물로 믿으며 마케도니아의 알렉산더 3세Alexander III와 프랑스의 샤를마뉴Chalemagne를 절반씩 섞어 이해하곤 한다. 이 아서 왕은 용기와 충정의 표본인 열두 명의 원탁의 기사를 거느리고 있었다. 기사들 중 음유 시인이기도 한 랑슬로Lancelot(스페인어로 란사로테Lanzarote)와 아서 왕의 아내 기네비어Guinevere(스페인어로 히네브라Ginebra) 여왕의 사랑을 그린 『랑슬로, 또는 수레의 기사Lancelot ou le Chevalier de la charrette』와 『이뱅, 또는 사자의 기사Yvain ou le Chevalier au lion』가 크레티앵의 대표작이다. 이 두 작품은 기사도의 표본으로, 여성을 숭배하며 여성에게 봉사하는 이상적인 기사의 사랑을 노래한다. 그의 마지막 작품 『페르스발, 또는 성배 이야기Perceval ou le Conte du Graal』는 프랑스 문학의 진정한 수작으로 평가되고 있다. 페르스발이라는 젊은 기사가 성배를 찾아 나선 모험담을 통해 속세의 기쁨보다도 그리스도교를 통한 구원이 더욱 중요함을 보여 주는 기독교적 영웅담인데, 이 이야기 이후 성배를 소재로 한 이야기가 대거 쏟아져 나왔다.

기사도 이야기의 형식은 크레티앵을 모방한 작가들이 아서 왕을 소재로 하여 자신들의 이야기를 만들어 가면서 고착되었다. 원탁의 기사들에 대한 이야기와 아서 왕 궁정에서 일어난 일이며 성배에 대한 에피소드 등이 개작되고, 모방되고, 운문이 아닌 산문으로 작품화되면서부터다. 그리하여 13세기 초 수백 명의 등장인물과 수백 가지 이야기를 담은 랑슬로 이야기가 다섯 권으로 정리되어 등장한다. 랑슬로와 그의 아들, 군사적으로나 기독교적으로 완벽한 기사의 원형인 갈라스의 모험 이야기다. 이 작품은 단숨에 독자들을 사로잡았고, 작품은 유럽의 기독교 국가들로 퍼져 나갔다.

스페인에는 13세기 이후 랑슬로 시리즈가 번역, 소개되었다. 『성배의 요구La Queste del saint Graal』, 『트리스탄Tristan』, 『메를린Merlin』에 스페인 사람들은 열광했다. 그 결과 얼마 지나지 않아 기존의 모방이 아니라 스페인 작가들의 상상에서 나온 기사도 이야기들이 탄생하기 시작한다. 톨레도 사제인 페란드 마르티네스Ferrand Martinez가 자신의 로마 순례에 대한 실제 이야기와 톨레도 주교인 돈 곤살로Don Gonzalo의 사체를 인수해 온 이야기를 담은 서문, 그리고 시파르 기사와 그의 아들의 이야기를 총 4부로 엮은 『시파르의 기사El caballero Cifar』가 대표적이다. 사제인 작가의 자세가 작품에 반영된 듯 종교적·교육적·서사적 소재들이 마술적 요소와 함께 버무려져 있다. 이야기는 주인공 시파르가 가족과 헤어졌으나 멘톤 왕이 되어 다시 만나고, 그의 아들 로보안은 아버지로부터 통치자는 어떠해야 하는지에 대한 가르침을 받는데, 그 가르침은 그리스 현자들의 금언을 아랍어로 옮겨 모은 『철학의 사화집Flores de filosofía』에 나오는 내용들이다. 마지막 제4부는 로보안이 아버지와 같은 삶을 살다가 티그리다 황제로 등극하며 끝난다. 『돈키호테』와 관련하여 흥미로운 점은 시파르 기사가 대동하고 다니는 하인 엘 리발도의 면면. 주인에게 충성된 모습이나 속담 보따리라는 특징이 산초 판사와 많이 닮았다. 서문에서 작가는 자기는 아랍어로 된 역사서를 옮긴 것이라고 적어 놓는데, 이는 기사도 이야기 형식상의 특징이 되었고 세르반테스도 이 형식을 따랐다.

독창성에 있어서나 그 유명세로 보아 스페인 최고의 기사도 이야기는 『아마디스 데 가울라Amadis de Gaula』일 것이다. 카스티야어*로 된 아마디스 원고 중 일부는 15세기 초의 것이지만 작자 미상의 원본은 14세기 초반이나 중반의 것으로, 총 세 권으로 되어 있다. 세상에 알려진 것은 15세기 초의 것을 메디나 델 캄포의 집정관인 가르시 로드리게스 데 몬탈보Garci Rodríguez de Montalvo가 요약하여 개작한 네 권으로, 1508년 사라고사에서 인쇄되어 16세기 동안 20쇄를 거듭하는 인기를 누렸다.

이 작품은 랑슬로와 트리스탄 이야기에서 영감을 받은 것이기는 하나, 작가의 세련된 감각과 우아하고 정교한 문체로 후대 스

* 스페인은 현재 17개의 자치 지역으로 나뉘어 있고 공식 언어는 네 개다. 우리가 보통 일컫는 스페인어는 스페인 중심부인 카스티야 지역에서 사용하는 〈카스테야노〉를 말한다. 바르셀로나가 있는 카탈루냐 지역에서는 카탈란어를 사용한다.

페인 작가들의 모범이 되었다. 프랑스에서는 스무 번이나 거듭 인쇄될 정도로 인기를 누렸고 등장인물들의 행동은 유럽에서 예의 범절의 표본이 되었다.

당시 현실과는 관계없는 환상적인 줄거리와 아주 먼 옛날 이국적인 장소를 무대로 한 이 이야기는 기사도 소설의 전형이라 불려도 손색이 없다. 이처럼 현실이나 관습과는 거리가 멀어 현실감이 떨어지는 이야기와 달리, 그리 멀지 않은 시대의 익히 알려진 장소를 무대로 하여 당시 사회나 풍습을 충실히 반영한 기사들의 모험 이야기가 15세기에 등장하는데, 이런 이야기들은 완전 허구의 기사도 이야기와 구별하기 위해 기사 소설**이라 하며 대표적인 작품으로 『티랑 엘 블랑*Tirant el Blanc*』이 있다. 스페인 발렌시아 출신의 조아노트 마르토렐Xoanot Martorell이 1460년에 카탈란어로 쓴 작품이다. 카스티야어 번역본은 1511년 바야돌리드에서 『티란테 엘 블랑코*Tirante el Blanco*』로 소개되었다. 이 작품은 기존 기사도 이야기에 나오는 영웅주의와 사랑은 기본으로 삼되, 환상적인 내용 대신 현실감 넘치는 얘기들을 세련된 감각으로 그려 넣었다. 작가가 아마디스 시리즈의 후속편인 『에스플란디안의 무용담*Las sergas de Esplandián*』에 등장하는 비현실적인 요소들에 강한 반감을 가졌던 듯하다. 세르반테스는 돈키호테 전편 제6장 〈우리의 기발한 이달고의 서재에서 신부와 이발사가 행한 멋지고도 엄숙한 검열에 대하여〉 중 신부의 입을 빌려 스페인에 소개된 기사 소설

** 번역서(『돈키호테』 1·2권, 열린책들, 2014)나 본 해설서에서는 〈기사도 이야기〉와 〈기사 소설〉을 통칭하여 〈기사 소설〉이라 적었다.

을 평가하는데, 이 티란테 이야기에 대한 찬사가 독보적이다.

「여기 백의의 기사 티란테가 있었다니! 이리 줘보게, 친구. 이 책
에 빠져 이게 오락의 전부가 된 적도 있었다네. (……) 정말이지 친
구여, 특히 문체로 보아 이건 세계에서 제일 잘 쓴 책일세. 다른 모
든 기사 소설과 달리 이 책에서는 기사들이 먹고, 잠자고, 자기 침
대에서 죽고, 죽기 전에 유언을 하는 등 보통 사람들이 하는 짓을
그대로 하고 있다네. (……) 이 책을 집에 가지고 가서 읽어 보게.
그러면 내 말이 사실이라는 것을 알게 될 걸세.」

『돈키호테』 마지막 부분에 돈키호테가 〈선한 자 알론소 키하
노〉로 돌아와 죽음을 맞는 장면에서도 이 작품이 연상된다.

그 전까지 돈키호테는 전반적으로 『아마디스 데 가울라』를 모
방하는데, 이 기사 소설의 줄거리는 이렇다. 가울라 지역의 왕 페
리온이 원정 중 브레타뉴의 공주 엘리세나의 성에 머물게 된다.
두 사람의 하룻밤 사랑의 결과가 바로 아마디스다. 비합법적인
관계에서 태어난 아마디스는 배에 실려 강물에 떠내려가는데, 이
를 간달레스라는 기사가 데려다 키우며 아마디스의 부모가 누구
인지를 궁금해한다. 수려한 용모와 용감한 청년으로 자라난 아마
디스는 온갖 모험을 하고, 그를 도우는 마녀, 한 번도 얼굴을 드러
낸 적이 없기 때문에 〈얼굴이 알려지지 않은 여자〉라는 별명을 가
진 우르간다와 늘 그를 추적하는 아르칼라우스 마법사가 모험에
개입한다. 아마디스는 그란 브레타뉴의 왕 리수아르테의 딸 오리

아나 공주를 사랑하여 섬기는데, 원본은 비극으로 끝난다. 아마디스의 동생 갈라오르와 아들 에스플란디안과 오리아나 공주의 아버지 리수아르테 왕이 아마디스와 싸우게 되고 아마디스는 이들의 정체를 모른 채 동생 갈라오르와 왕 리수아르테를 죽이는 것이다. 결말에 이르러 아들인 에스플란디안이 아버지 아마디스를 죽이자 이 모습을 본 오리아나 공주는 창문으로 몸을 날리고, 우르간다가 에스플란디안에게 아마디스가 그의 아버지임을 밝힌다.

반면 몬탈본이 개작한 내용에서 리수아르테 왕은 아마디스와 평화 협정을 맺고 아마디스는 에스플란디안이 아들임을 알게 된다. 그리고 리수아르테 왕이 마법에 걸리자 아마디스가 통치하는 것으로 이야기는 끝을 맺는다.

이후 아마디스의 자식과 그 친척 기사들이 무용담으로 엮이고, 동생 갈라오르와 이복동생 플로레스탄, 그리고 사촌인 스코틀랜드의 아르가라헤스에 대한 이야기가 후속으로 발간되며 많은 인기를 누렸다. 『에스플란디안의 무용담』은 아마디스 아들의 이야기이며, 이는 다시 『리수아르테 데 그레시아Lisuarte de Grecia』, 『페리온 데 가울라Perión de Gaula』, 『아마디스 데 그레시아Amadís de Grecia』, 『플로리셀 데 니케아Florisel de Niquea』 등의 작품으로 이어졌다. 하지만 갈수록 화려하고 요란스러우며 복잡, 난해해지는 문체에 내용은 도저히 믿을 수 없을 정도로 제멋대로 흘러가면서 기사도 이야기의 권위를 점점 실추시켰다. 돈키호테의 머리를 돌게 만든 요인 중의 하나인 이 난해한 문체의 예는 돈키호테 전편 제1장에서도 만날 수 있다.

〈나의 이성을 만든 비이성적 이성은 그토록 내 이성을 약하게 하고 이렇게 그대의 아름다움을 불평한다〉라든가 〈별들로 그대의 신성함을 신성하게 하고, 그대의 위대함을 그대에게 마땅하게 하는 드높은 하늘〉 등이 그러했다.

이러한 문장들 때문에 이 가여운 기사는 정신을 잃고 아리스토텔레스가 단지 이 일만을 위해 부활한다 할지라도 그 뜻을 캐내거나 이해하지 못할 그러한 것들의 뜻을 캐내고 이해하기 위해 밤을 지새우곤 했는데 (……)

아마디스 가계의 이야기로 시리즈를 만들어 가듯, 팔메린을 주인공으로 꾸민 팔메린 시리즈도 탄생한다. 1511년 발표된 『팔메린 데 올리바*Palmerin de Oliva*』를 시작으로 『프리말레온*Primaleon*』과 『팔메린 데 잉갈라테라*Palmerin de Ingalaterra*』 등이 있다. 이 밖에 이 시리즈와 관계없는 기사도 이야기들이 16세기 동안 스페인에 난무하지만, 모두가 터무니없고 황당한 이야기들이라 기사 소설에 대한 불신으로 장르 자체가 사라져 버리게 된다.

『돈키호테』 전편 제21장을 보면 16세기 스페인 기사도 이야기에 가장 많이 등장하는 요소들이 정리되어 있다. 당시의 작품들을 일괄하는 데 충분히 도움이 될 만하다. 인적도 드물고 모험을 성공적으로 끝내 봤자 알아줄 사람이 없는 곳에서 모험을 찾아다니느니 차라리 황제나 전쟁 중의 왕자를 섬기러 가는 게 좋을 듯하다고, 그래야 상도 얻고 기록으로도 남겨질 거라는 산초의 말에 대한 돈키호테의 대답이다.

「그러나 그런 곳에 가기 전에 인정을 받으려면 모험을 찾아 세상을 돌아다닐 필요가 있다네. 몇몇 모험을 치러야 명성과 그에 걸맞은 명예를 얻을 수 있기 때문이네. 무훈으로 이미 알려진 기사가 되어 있어야 어느 군주의 궁으로 가더라도 우리가 성문으로 들어서는 것을 보자마자 아이들이 〈이자가 태양의 기사야!〉라든가 〈뱀의 기사야!〉라든가 또는 우리가 위대한 업적을 세웠을 때 일컫는 그런 이름들로 떠들고 말하면서 (……) 이렇게 손에서 손으로, 입에서 입으로 업적이 알려지면서 아이 어른 할 것 없이 떠들어 대면, 그 요란한 소리를 듣고 왕국의 왕이 궁정 창가에 서시게 되지 않겠나. 그러면 그 기사를 보시게 될 것이고, 보시자마자 갑옷이나 방패의 문장을 알아보시고는 틀림없이 이렇게 말씀하시겠지. 〈여봐라! 나의 궁전에 있는 기사들은 모두 나가서 저기 오는 기사도의 꽃을 영접하도록 하라.〉 (……) 왕은 계단 중간까지 마중 나와 기사를 포옹하며 우정의 표시로 얼굴에 입을 맞춘 다음 왕비가 있는 거실로 갈 걸세. 거기서 기사는 왕비와 함께 그분의 따님인 공주를 만나게 되는 게야. (……) 정말 나무랄 데 없는 가장 아름다운 공주들 중의 한 분이어야 하네. 그러고 나면 공주는 아주 조신하게 기사에게 눈길을 줄 것이고 기사는 공주의 눈을 바라보며 서로 상대편을 인간이라기보다 좀 더 성스러운 존재로 여기고, 어떤 영문인지도 모른 채 복잡한 사랑의 밧줄에 묶인 포로가 되어 자기들의 애달픈 마음과 열망을 어떻게 전해야 할지 몰라 가슴 아파할 걸세.」

이런 이야기들에 16세기 스페인 사람들은 신분이나 직위에 관계없이 매료당했다. 글을 읽을 줄 모르는 사람들은 『돈키호테』 전편 제32장에서 객줏집 주인이 말하듯이 귀로 들어 즐겼다. 카를로스 1세Carlos I는 『벨리아니스 네 그레시아*Belianís de Grecia*』에 열광하여 작가인 페르난데스Jerónimo Fernández에게 그 후속편을 쓰도록 했고, 성녀인 테레사 데 헤수스Teresa de Jesús는 젊은 시절 기사도 이야기에 빠져 동생 로드리고 데 세페다Rodrigo de Cepeda에게 기사도 이야기를 쓸 것을 종용했다. 예수교 창시자인 이그나시오 데 로욜라Ignacio de Loyola 또한 부상에서 회복될 동안 시간을 보낼 오락물로 기사도 이야기를 읽었다고 한다.

　그때만 해도 아메리카 대륙을 인도로 알았던 스페인 신대륙 정복자들 역시 기사도 이야기에 심취해 자신들이 획득한 땅을 기사도 이야기에 나오는 이름으로 불렀다. 그 예로, 1519년에서 1521년 사이 멕시코를 정복한 에르난 코르테스Hernán Cortés는 태평양에서 커다란 반도를 발견하고는 그곳을 1510년에 발간된 『에스플란디안의 무용담』 제157장의 내용 〈인도의 오른쪽으로 캘리포니아라고 하는 섬이 있었는데, 지상에 있는 낙원과 같은 곳이다〉에서 〈캘리포니아California〉라는 지명을 취했다. 환상적인 이야기로 넘쳐 나는 책에 등장하는 상상 속 장소가 오늘날 미국의 주 이름으로 탄생된 것이다. 또 다른 예도 있다. 1512년에 기사 소설 『프리말레온』이 발간되었는데 여기엔 주인공이 파타곤Patagon이라는 이름의 거인을 포로로 잡아 길들이는 이야기가 나온다. 탐험가 마젤란Ferdinand Magellan은 1520년 스페인 배를 이끌고 남아메리카 남단으로 원정을 갔다가 그곳에서 키가 장대만 한 원주민을 만나게 되자 이들을 기사도 이야기에 나오는 거인 파타곤이라고 불렀다. 현재 파타고니아Patagonia라는 지명이 거기서 유래한다. 남위 40도 부근을 흐르는 콜로라도 강 이남에 해당하는 곳으로, 마젤란 원정대가 발견한 원주민들은 키가 1미터 80센티미터 되는 장신의 테우엘체Tehuelche족이다. 원정대원의 키가 평균 1미터 55센티미터였던 것에 비하며 거인임이 틀림없다.

이렇게 『아마디스 데 가울라』를 필두로 기사도 이야기는 수많은 독자들을 낳았고, 그 이야기가 진짜라고 믿는 사람들까지 속출했다. 작품 속 아마디스가 죽자 정말로 실존 인물이 죽은 양 통곡하는 자도 있었고, 아마디스가 벨테네브로스란 이름으로 페냐 포브레로 고행을 하러 들어간 대목에서는 책을 치며 그렇게 만든 오리아나 공주를 저주한 사람에 대한 이야기도 있다. 이렇게 소설 속 이야기를 실제로 일어난 일인 양 착각하는 사람이 많았다는 기록을 보면 키하나인지 케사다인지 하는 양반이 기사 소설에 심취한 나머지 그 내용을 곧이곧대로 받아들여 자기도 세상에 나가 편력 기사와 같은 모험을 하고자 한 것도 그리 정신 나간 일이 아니며, 그리 현실성 없는 이야기가 아님을 시사한다. 하지만 수많은 아류 작품들로 인해 기사 소설의 인기는 1550년 이후에 꺾이기 시작했다.

5. 역사적·사회적 배경

『돈키호테』는 유럽과 스페인에서 말과 글로 전해 내려오던 다양한 전통들이 모여 있는 문화 텍스트다. 동시에 16세기 펠리페 2세의 마지막과 17세기 펠리페 3세의 초반부에 놓인 스페인 사회의 긴장과 염려들을 결합시켜 상상으로 쏟아 놓은 문학 텍스트이기도 하다. 따라서 유럽 문화와 스페인 역사의 중심부에 서지 못하면 작품을 제대로 파악할 수가 없다. 특히 세르반테스의 삶 자체가 작품이라 할 정도로, 환경은 그의 삶을 숙성시켰다. 이렇게 보면 당시 스페인 사람들이 『돈키호테』를 즐기고 이해하는 데는 별 어려움이 없었을 수 있다. 하지만 다른 문화권과 다른 시대에 사는 우리는? 『돈키호테』는 한 시대에만 적용되는 산물일까? 그건 아니다. 작품은 한 시대의 산물일지언정 이상적인 〈나〉란 언제나 추구해야 할 꿈이고, 이상적인 〈환경〉은 언제나 열어 가야 할 목표이기 때문이다.

로마의 지배하(B.C. 219~A.D. 411)에 놓여 있던 1세기 중엽부터 스페인에는 기독교가 들어와 전파되기 시작했고, 하드리아누스Hadrianus 황제가 집정하던 117년에서 138년 사이에는 예루살렘이 멸망하며 세계 각지로 흩어진 유대인들의 일부가 들어왔다. 스페인에서 태어난 테오도시우스Theodosius 황제가 380년 기독교를 제국의 공식적인 종교로 인정함으로써 이렇게 기독교와 유대교가 그런대로 공존하던 중, 711년에 이슬람교도인 아랍인들이 스페인에 들어오면서 스페인은 세 개의 종교와 세 인종으로 나뉘어, 이들 간의 조합으로 나라의 기본 틀이 이루어진다. 이슬람교도가 들어옴으로써 북쪽으로 내몰린 기독교도들은 자신들의 영토를 되찾고자 전쟁을 벌이는데, 이것이 바로 국토 회복 전쟁이다. 국토 회복 전쟁은 기독교도가 스페인 내 마지막 아랍 왕국이었던 그라나다를 정복함으로써 1492년 막을 내릴 때까지 750년이상 지속되었다. 전쟁 당시 유럽 전역의 기독교 왕국으로부터 도움을 얻은 스페인은 14세기 중반 남아 있던 무어인들을 무어인 최후의 왕국이 된 그라나다로 모두 몰아넣었다.

이 마지막 왕국을 정복하기란 쉬운 일이었지만 기독교 왕국 내 왕과 귀족들의 권력 다툼으로 1백여 년의 세월이 흘러갔다. 국토 회복 전쟁이 거의 중지되어 있다시피 했던 1453년, 콘스탄티노플이 이슬람교도의 수중에 떨어지자 교황은 다시 십자군을 조직할 것을 요구했고, 카스티야 왕국의 엔리케 4세Enrique IV가 그 요구에 응했다. 종교와 관련해서는 왕보다 카스티야 지역민들이 더 열정을 보였으므로 그의 후계자이자 이복 여동생 이사벨 1세Isabel I는 전쟁 비용을 어렵지 않게 확보할 수 있었고, 이윽고 아라곤 왕국의 페르난도 2세Fernando II와 혼인으로 힘을 합쳐 일명 〈가톨릭

왕들〉이라는 이름으로 영토 통일을 이루어 나갔다.

물리적인 통일과 함께 정신적인 통일의 필요성을 느낀 이들은 국가적 차원에서 최초로 종교 재판소(〈이단 심문소〉라고도 하는) 설치를 교황에게 요구했고, 교황 식스투스 4세Sixtus IV는 1478년에 이를 허락했다. 1492년 그라나다를 정복한 지 두 달 뒤 〈가톨릭 왕들〉은 개종한 유대인 가문의 자손이자 첫 번째 종교 재판 총괄자인 토마스 데 토르케마다Thomás de Torquemada의 충고를 받아들여 개종하지 않은 유대인들은 모두 스페인 땅을 떠나도록 했다. 종교 재판소에 첫 번째 소송이 있었던 1483년부터 종교 재판소가 문을 닫은 1822년까지, 개종하지 않은 이들이 모두 떠난 뒤에도 총 34만 1,021명이 종교 재판에 회부되었고 그중 10퍼센트가 화형이나 참수형에 처해졌다는 통계를 보면, 이는 결국 종교라는 이름으로 자행된 반인륜적 범죄였다.

당시 백만 단위로 세어지던 머릿수에서 17만 명의 개종하지 않은 유대인이 떠나고 개종을 거부한 무어인들도 떠났지만 종교 재판소의 위력은 수그러들지 않았다. 국민들이 순수한 기독교도인지, 개종한 유대인과 무어인들이 진정으로 기독교도가 되었는지를 감시하고 판단하는 도구로 이용되었기 때문이다. 이때 감시와 판단의 기준은 피에 두었다. 순수한 기독교도의 피를 가진 기독교 가문인지 아니면 유대교나 회교도인 선대의 피를 물려받은, 즉 순수하지 못한 피를 소유한 가문인지를 캐냈던 것이다. 18세기 계몽 시대에서조차 아리스토텔레스Aristoteles는 순수 기독교 피를 가진 자라며 그의 물리학을 받든 반면, 갈릴레오 갈릴레이Galileo

Galilei의 물리학은 그가 유대인이라는 이유로 철저하게 배척했을 정도니 16세기에는 오죽했겠는가. 더한 모순은, 앞서 언급한 첫 번째 종교 재판관의 경우에서처럼 권력이나 금력이 있는 사람들 중 상당수는 이미 서로의 피를 섞었다는 사실이다. 페르난도 왕의 외가 역시 유대인 가문이었으니 말이다.

이렇게 종교적 믿음이 아닌, 순수 피에 근거한 소외는 사람의 직업까지 바꾸어 버렸다. 더군다나 명예의 척도가 사람들의 입에 달려 있었기 때문에 의사나 약사, 변호사, 대사, 세금 징수원, 왕실 재정 담당관, 고관대작 자제들의 선생 등 유대인들이 도맡았던 일은 어느 누구도 하려 들지 않았다. 유대인이면 똑똑하다는 인식 때문에, 지적인 일과 관계된 업무나 전문직 또는 금융업이나 상업을 하는 자는 유대인으로 간주되는 한편 무식이 순수 기독교 가문임을 알리는 코드가 되어 버리는 웃지 못할 일이 일어나기도 했다. 머리를 써서 생산하는 일과 관계된 것이면 유대인이라는 의혹을 불러일으켰으므로 생산적인 지적 노동에서도 모두가 손을 떼 버렸다.

그리하여 개종하여 스페인 땅에 남은 30만여 명의 유대인들은 상당수가 종교와 관련한 일을 하거나 종교 재판소의 일원이 되었다. 바르톨로메 데 라스 카사스Bartolome De Las Casas 신부, 테레사 데 헤수스 성녀, 루이스 데 레온Luis de León 수사, 후안 데 라 크루스Juan de la Cruz 성자는 개종한 유대인 가문의 후손이고 세르반테스의 할아버지인 후안 데 세르반테스Juan de Cervantes는 종교 재판소에서 변호사 일을 봤다. 한마디로, 〈순수 피〉라는 문제로 스페인의 사회와 경제와 정치는 모두 종교적 사안이 되어 버린 것이다. 선대에 유대인이었음을 증명하는 객관적인 증거에 입각한 것이 아니라 사람들이 그렇게 말하면 그게 사실이 되어 버리는 세상이니, 이런 환경에서는 자신의 의지대로 자기의 정체성을 살릴 수도, 자신의 뜻으로 무슨 일을 할 수도 없었다. 바로 이런 시대를 세르반테스는 살았다.

그로부터 한 세기 전만 해도 스페인은 신대륙을 정복하고, 그로 인해 신천지가 열려 인간 사고의 지평선이 확대된 듯 여겨졌다. 과학이 발달함에 따라 세상에 대한 왕성한 호기심과 지식욕으로 인간의 존재 의미에 대해 숙고하기까지 했다. 그런데 불과 몇십 년 뒤 순수 피냐 아니냐가 인간의 존재 의미이자 가치 판단의 기준이 되어 이웃을 의심하고 고발을 일삼았으니, 막 움트기 시작한 문명의 싹이 야만에 짓밟힌 셈이다.

이것은 중세 기독교의 교권 만능에 밀린 개인 말살이 아니다. 19세기 말과 20세기 초반의 절대화된 물질에 흡수된 자아의 지리멸렬한 붕괴와도 다르다. 현대 사회에 흡수되어 자아를 상실한 현대의 인간상도 아니다. 실체와 존재 사이에서, 하고자 하는 것과 해야만 하는 것 사이에서 인간의 기본적인 자유조차 누릴 수 없는, 미치지 않으면 그야말로 돌아 버릴 것 같은 인간성 말살에 다름 아니다. 교권과 수많은 봉건 군주의 횡포에 시달렸던 중세 시대보다 더 개인의 존재에 대한 인정이 간절했던 것은, 르네상스기를 거치는 동안 인간은 자유인임을 자각하고 인간의 상상력이 얼마나 대단한지, 전통보다 개인의 사고가 얼마나 소중한지를 이미 맛본 터였기 때문이다.

〈가톨릭 왕들〉의 외손자인 카를로스 1세의 섭정 동안 스페인은 5대양 6대주에 걸쳐 스페인 군인이 없는 곳이 없을 정도로 엄청난 대제국을 이루었다. 상업적·행정적·재정적으로 그 어느 때보다도 유대인이 절실했던 시기에, 유대인의 피가 섞였다는 의심을 받지 않는 농부 가계의 사람들이 왕의 참모 자리를 차지했다. 글을 읽을 줄도 쓸 줄도 모르는 부모 밑에서 자란 이들이다. 16세기 중순, 로페 데 루에다Lope de Rueda의 막간극에 등장하는 시종 가르구요는 유대인들의 직업인 약사의 아들로, 자신이 직업을 갖게 될 경우 제일 먼저 자기 가문을 아는 사람이 하나도 남지 않도록 친척들을 모두 죽이겠다고 말한다. 그리고 순수 기독교인들의 삶의 가치인 〈조용한〉 삶을 살기 위해 상인이 되지 않을 것이며, 길을 걸어다닐 때에는 거드름 피우는 발걸음으로 다닐 거라고도 한다. 17세기 스페인의 문인이자 정치가였던 케베도는 유대인이나 무어인이 순수 기독교 피를 가진 사람으로 보이려면 무식하고, 행동은 거만하고, 골치 아플 일 없이 말을 타고 유유자적하게 돌아다니는 삶을 살면서, 아는 사람이 전혀 없는 곳에만 가면 된다고 쓰고 있다. 이미 16세기 전반부터, 어떤 형태로든 교육받은 사람의 후손이라는 사실 하나만으로도 그 사람은 순수 기독교인이 아니라는 여론이 팽배해 있던 터였다.

이렇게 남에게 보여지는 모습이 진실보다 중요한 사회적 가치가 되었던 나라는 유럽에서 스페인이 유일하다. 그러다 보니 16세기 말에 접어들며, 여론에 의지하는 순수 혈통의 기독교인이라는 점 외에는 인간 존재를 규명할 어떠한 가치도 스페인에는 존재하지 않게 된다. 자존감이라든지 양심의 자유 같은 인간의 내적 가치나 부와 지적 노동이라는 외적 가치, 어느 하나 의미 있는 것이라곤 없었다. 오로지 사람들이, 그리고 사회가 나에 대해 무슨 말을 하는가에 온 신경을 집중하는 시대였다.

진정으로 독실한 기독교인이 되는 것도 중요하지 않았다. 앞서 보았듯이 성녀, 성자, 수사라는 이름의 종교인과 성경 주석자들이 다름 아닌 개종한 유대인 가문의 사람이었고, 세르반테스 역시 마찬가지였다. 카를로스 1세의 아들 펠리페 2세는 어느 때보다도 국고 관리가 필요했던 시기에 나라 재정을 총괄하는 부서의 일원이자 통화 업무와 관련하여 많은 경험을 쌓은 은행가 로드리고 데 두에냐Rodrigo de la Dueña를, 개종한 유대인의 손자이며 염색공의 아들이라는 이유로 내쫓았다. 특히 왕자 시절부터 가톨릭교회의 열렬한 수호자였던 펠리페 2세 당시, 가톨릭교회는 왕권과 신을 동등하게 놓기 위해 고군분투하더니 1564년에는 트리엔트 공의회Council of Trient에서 결정한 조항을 스페인 국법으로 지정하기까지 했다. 그 결과 왕은 정의와 평화를 수호하기는커녕, 가난하고 힘없는 자들에게 온갖 고통의 짐을 내리는 불의의 집행자가 되었다.

성서를 주해하거나 염색공의 아들이라는 사실이 소외의 이유가 된다는 것은, 즉 아무리 사소한 것이라도 인간의 존재 그 자체를 위협할 수 있는 사회였음을 의미한다. 스페인 사람들은 16세기 초에 일어난 종교 개혁 혹은 르네상스라는 이름하에 일어난 변화에 눈과 귀를 막고 있었다. 이러한 사회적 분위기는 유럽에서 유례없는 스페인만의 위기를 자초했고, 스페인인의 문화적·사회적 입지는 한마디로 공백으로 넘겨져 버렸다. 반면 피레네 산맥 너머의 나라들은 신과의 관계를 새로이 정립하고자, 또한 무지했거나 잘못 알고 있었던 세상을 바로 알고자 새로운 길을 모색하는 데 열심을 다하고 있었다. 어떤 가문의 사람인지가 아니라 무슨 일을 하는지가 중요했던 이들과는 대조적으로, 스페인 사람들은 존재 자체가 문제가 되는 혼란스러운 삶을 살았던 것이다.

이렇게 개인의 존재 정립부터 불가능한 사회에서 어떤 일이 가능할 수 있었을까. 마테오 알레만Mateo Alemán은 저서 『구스만 데 알파라체Guzmán de Alfarache』에서 그 위기를 이러한 문장으로 정리한다. 〈16세기 말과 17세기 초 카스티야로부터는 페스트가 내려오고, 안달루시아로부터는 배고픔이 올라오고 있다.〉 가톨릭으로 유럽을 한데 묶으려 두었던 엄청난 무리수, 즉 가톨릭교회의 투사이자 종교 개혁에 대항하는 거점으로서의 스페인을 이루고자 혈안이 되어 있던 결과, 16세기 말에 이르러 스페인은 네 차례 이상의 국가 파산이라는 엄청난 위기로 들어서더니, 17세기에는 결국 주저앉고 만다. 중남미에서 들여온 거대한 부를 국가의 부로 키울 만한 인재를 제거하고, 종교로써 유럽의 헤게모니를 잡으려는 야망에 하루도 쉬지 않고 전쟁을 거듭한 결과였다.

유럽에 평화가 찾아온 펠리페 3세 시절, 왕과 왕의 권한을 위임받은 귀족들이 축제와 사치와 부패로 국고를 탕진하고, 중남미 무역으로 돈을 번 상인들은 교역을 하기보다 땅 매입에 자금을 쏟아

부으며, 상류층은 대규모 사업에서 벗어나 임대 수입이나 연금으로 살았다. 순혈주의 때문에 유대인들이 도맡아야 했던 직업은 누구도 하지 않으려 한 데다 일을 하면 명예를 잃는다는 사고까지 겹쳐 노동을 경시한 결과 땅은 황무지로 버려지고, 기술이 없어 목축으로 얻은 털은 원자재로 수출되어 비싼 완제품으로 수입되었다. 똑똑하면 유대인이라는 여론 때문에 무식이 자랑거리가 된 세상은 배고픔에 시달리는 서민과 일자리가 없어 방황하는 부랑자로 넘쳐 났다.

돈키호테 전편 제39장 〈포로가 자기의 인생과 일어난 일들에 대하여 이야기하다〉에서 당시에 권력과 부를 원하는 자가 할 수 있는 일이 언급되는바, 바로 〈교회냐, 바다냐, 궁정이냐〉였다. 성직자가 되든지, 배를 타 장사 기술을 연마하든지, 궁에 들어가 국왕을 섬기든지 하라는 것이다. 이렇게 해서 스페인 국민의 절반이 종교인과 하급 귀족 이달고로 이루어지게 된다. 이들은 면세의 혜택을 누린 반면, 목축업이나 가내 수공업 정도의 제조업으로 먹고 살던 사람들이 나라의 국고를 책임지고 있었다. 그 결과 스페인은 겉으로는 무적함대인 양 대제국으로 보이지만 안으로는 쇠락의 늪으로 깊게 빠져드는, 한마디로 순리 밖에 사는 마법에 걸린 사람들의 나라가 되었다.

인간의 자유와 사회 정의가 무엇인지 모르고 생각과 노동이 죽음의 덫인 나라, 이런 모순투성이의 스페인 현실에 대다수 지식인들은 눈을 감고 잘나가던 자신들의 펜을 꺾었지만, 세르반테스는 그 현실을 미학으로 투영하여 인간다운 세상을 열어 보인다. 제국의 겉껍질 안쪽에 존재하는 비참한 현실이라는 모순적 실체를 진실과 우롱, 외형과 실제, 광기와 제정신, 희극과 비극 간의 끊임없는 역설로 드러낸 것이다. 이러한 역설의 놀이로『돈키호테』는 자신의 정체성을 찾아 더 나은 존재 지향적 미래로 나아가려는 인간과, 마법에서 깨어나 새롭게 세워질 유토피아적 세상을 그려 내고 있다. 세르반테스 또한 살아남고자 했으나 그 방식은 달랐다. 그는 권력에 복종하기를 거부하고 잘못된 종교의 가르침에 도전하며 평등의 원칙에 어긋나는 특권층을 붕괴시키는 일을 미학적으로 이루어 냈다.

물론 그의 시대처럼 지독한 사회적 억압이나 지적 통제에서만 훌륭한 작품이 나온다는 논리는 아니다. 주어진 환경을 어떤 식으로 이용하느냐에 따라 시대를 넘어서는 걸작이 나오기도 하고, 시대에 순응하는 범작이 나오기도 한다. 누군가는 가난에 쪼들리면 문학적 야망을 키울 문학적 토대를 갖지 못한다고 말한다. 또 지적으로 성숙한 사회일수록 사회 제도나 법률에 대한 비판과 고발을 담은 작품이 많다고 주장하는 사람도 있다. 하지만 세르반테스에게는 이런 것들이 적용되지 않는다. 그는 그 시대 스페인의 가난과 세상 고초를 모두 겪었다.

개인 도서관이 생겨나고 문화 후원자가 존재하는 등, 당시 스페인은 〈황금시대〉라는 이름에 걸맞게 문화 활동이 왕성했다. 비록 그 문화가 종교와 정치의 막강한 권력 밑에서 시녀로 살았지만 말이다. 데카르트René Descartes의 합리주의가 등장한 이후 로크John Locke가 인간 경험에 확실성을 부여하고 백과전서파의 현

실적 사고로 계몽주의적·윤리적·정치적 진보에 대한 믿음이 승
승장구하던 문명의 한복판에서, 19세기까지 종교 재판소를 존치
시키며 복수를 위한 수단으로 종교를 사용한 유일한 나라가 바로
세르반테스의 땅, 스페인이었다.

6. 본문 해설과 패러디 양상

전편 『기발한 이달고 돈키호테 데 라만차』는 두 번의 출정과 두 번의 귀가로 이루어져 있다. 제1장에서 제6장까지가 첫 번째 출정과 첫 번째 귀가를, 이후 나머지가 두 번째 출정과 두 번째 귀가를 다룬다. 작가는 기존의 기사 소설의 권위를 실추시키기 위한 목적으로 이 작품을 쓴다고 했으니, 이를 중심으로 패러디가 이루어지는 양상을 살피며 작품에 다가가 보자.

첫 번째 출정과 귀가, 두 번째 출정과 귀가

제1장

작품은 우리 주인공의 신분과 그의 일상에 대한 이야기로 문을 연다. 기사 소설의 패러디인 이 소설이 주인공을 패러디하며 시작하는 것이다. 그는 얼마 전 스페인의 다른 지역들에 비하면 별 볼일 없는 라만차 지역의 한 마을에 살았던, 〈이달기아 *hidalguía*〉라는 스페인 하급 귀족 타이틀을 가진 이달고다. 라만차 지방은 현재 스페인의 열일곱 개 자치 지역 가운데 다섯 개의 주로 이루어진 방대한 카스티야 라만차의 네 개 주(톨레도, 시우다드 레알, 알바세테, 쿠엔카)에 해당한다. 17세기에는 농업과 목축업을 주요 생계 수단으로 삼은, 즉 촌스러움을 상징하는 지역이었으며, 그 북서쪽에 있는 카스티야 이 레온 지역과 달리 순수 혈통의 기독교인들보다 개종한 유대인들이 더 많이 살던 곳이다. 순혈주의가 가장 큰 이념이던 시대에, 주인공을 우롱하기 위한 설정이 장소에서부터 시작되는 것이다. 특히 라만차 남쪽 지역인 시우다드 레알과 알바세테 주에는 유대교에서 기독교로 개종한 이들이 상당수 정착해 땅에 투자하며 살았다. 뿐만 아니라 스페인어 〈만차mancha〉는 〈물이 없는 건조한 땅〉이라는 어원을 갖고 있지만, 이후 〈얼룩〉, 〈오염〉, 〈더러움〉 등의 의미로 사용되고 있으니, 주인공의 성분이 유대인으로 얼룩졌다는 함의도 읽힌다. 기독교로 개종하여 스페인에 살던 무어인인 모리스코인들이 1568년부터 1570년까지 그라나다 근처 알푸하라스에서 반란을 일으켰다가 실패하여 왕령으로 추방당해 몰려온 곳 역시 이 지역이었기에, 기독교인들의 관점에서 본다면 라만차는 인종적으로나 종교적으로나 많이 오염된 곳이었다.

이런 곳 어디인지에 대한 구체적인 명시가 없는 주인공의 고향, 그리고 그의 출생이나 유년기에 대한 정보가 전무하다는 점에서도 『돈키호테』는 기존 기사 소설과는 다르다. 『아마디스 데 가울라』의 경우만 해도 주인공의 부모와 할아버지와 주인공의 탄생

배경이 기술되며, 주인공은 왕손으로 당연히 기사의 길을 가게끔 운명 지어져 있다. 반면 우리의 주인공에 대한 정보는 지극히 미미하며 오히려 주인공을 우롱하는 분위기가 지배적이다.

이 작자의 성(姓)에 대해서도 작가들마다 이야기하는 바가 다른데, 누구는 〈키하다Quijada(턱뼈가 튀어나왔다는 의미. 돈키호테의 턱을 상상해 보라)〉라고 하고 또 누구는 〈케사다Quesada(치즈로 만든 요리인 케사디야quesadilla는 케사다의 축소사다. 당시 치즈를 많이 먹으면 미친다는 말이 있었다)〉라고 하지만 아마도 〈키하나Quijana〉가 맞지 않을까 하고 능청을 떨면서 그다지 중요성을 부여하지 않는다. 기존 작품에서는 주인공들이 모두 구체적인 이름을 갖고 있을 뿐 아니라 대개가 왕족이나 귀족 가문의 자손이다. 고향도 평범한 곳이 아니라 페르시아, 콘스탄티노플, 골, 트라피손다 제국 등과 같은 멀고도 이국적인 곳이다. 반면 전편에서 우리 주인공의 무대는, 톨레도에 잠깐 들를 뿐 라만차 남쪽에서 시에라 모레나까지 이어지는 게 전부다.

또한 기존 기사 소설의 주인공은 훌륭한 집안의 혈기 넘치는 젊은이이며 준수한 외모의 소유자들이다. 이들의 모험은 모두 거창하고도 장엄하게 치러지고, 승승장구하여 얻은 명성은 모두 그가 모시는 아름다운 공주에게 바쳐진다. 반면 우리의 주인공은 재산의 4분의 3을 먹는 데 쓰는데, 그것도 잘 먹지를 못한다. 16~17세기에는 소고기의 가격이 쌌으므로 양고기보다 주로 소고기를 넣은 음식을 먹고, 나머지 돈을 입는 데 쓰면 그것으로 돈이 바닥날 정도라니 가난하다. 그래서 하인이라고는 가정부 한 사람이 전부다(당시 법령에 의하면 가난한 자는 기사가 될 수 없다). 그리고 우리의 주인공은 토요일마다 베이컨이나 소시지가 든 달걀 요리를 먹는다. 이는 개종한 유대인들에게 그 개종이 진정한 것인지 확인하는 방편으로 가톨릭교회가 먹도록 강요한 음식이다. 다시 말해 우리의 주인공은 기독교 교리의 핵심, 즉 순종과 겸허함과 자기희생을 대변하는 독실한 기독교인이었던 기존 기사 소설의 주인공과는 달리, 그저 개종한 유대인의 후손일 뿐이다. 쉰에 가까운 나이인지라 노인이나 신는 〈발 보호용 덧신〉을 신고, 가끔 사냥이나 하며 무위도식적인 삶을 살고 있다. 이렇듯 기사의 일상 삶에 대한 자질구레한 이야기는 기존의 소설에서 찾아볼 수 없는 것이다. 당시 외모에 따른 성격을 분석한 우아르테 데 산후안Huarte de San Juan의 『기지의 시험Examen de ingenios』에 의하면, 우리의 주인공은 화를 잘 내며 우울한 기질에, 한 가지에 몰두하여 미칠 수 있는 성향의 인물이다.

그런 그가 기사 소설을 너무 읽는 바람에 〈분별력을 완전히 잃어버려 세상 어느 미치광이도 하지 못했던 이상한 생각을 하게 되었다. 그것은 명예를 드높이고 아울러 나라를 위해 봉사하는 일로, 편력 기사가 되어 무장한 채 말을 타고 모험을 찾아 온 세상을 돌아다니면서 자기가 읽은 편력 기사들이 행한 그 모든 것들을 스스로 실천해 보자는 것이었다. 모든 종류의 모욕을 쳐부수고 수많은 수행과 위험에 몸을 던져 그것들을 극복하면 영원한 이름과 명성을 얻을 것이라고 여겼다〉. 기사 소설에서 이야기되는 것을 실제로 일어난 일이라 믿고 자신도 그 일을 직접 해보자는 것이다.

기사 소설 때문에 미친 사람이, 더군다나 약하고 늙은 이달고가 〈자기 팔의 용기로 적어도 트라피손다 제국의 왕좌쯤은 얻은 듯한 기분〉이다. 트라피손다 제국은 프랑스 서사시에 등장하는 곳으로, 『기사도의 거울Espejo de caballerías』의 주인공 레이날도스 데 몬탈반은 트라피손다라는 가공할 만한 왕국을 손에 넣는다. 우리의 주인공은 그런 자와 자기를 동일시한다. 전편 제7장에서는 아예 자기를 그 프랑스 기사로 믿어 버리기까지 한다. 그런데 우리 주인공이 레이날도스 기사를 최고의 인물로 꼽는 이유가 우스갯감이다. 〈자신의 '성에서 나와 닥치는 대로 훔〉치고 〈저 바다 건너 순금으로 만들었다고 전하는 마호메트상을 훔쳤〉기 때문이다. 자기 주머니를 불리고자 노상강도 짓을 한 사람이다. 이달고의 서재에 있던 책을 검열하는 전편 제6장에서 마을 신부 역시 레이날도스를 대도둑인 카쿠스보다 더 지독한 도둑으로 평가하고 있다. 게다가 속편 제1장에서 돈키호테가 이자의 외형을 묘사하는 대목을 보면 그의 품위 또한 말이 아니다. 〈얼굴이 넓고 붉으며, 눈은 약간 튀어나오고, 눈알은 춤추는 것 같고, 사소한 일에 목숨을 걸고, 너무 화를 잘 내며, 도둑들과 타락한 인간들의 친구라고 감히 말하겠습니다.〉 이 같은 인물을 존경한다니, 결국 주인공에 대한 우롱이다.

우리의 주인공은 그런 기사가 되기 위해 증조부 때 사용했던, 즉 15세기 말에 입었던 옷, 그것도 낡고 녹이 슨 갑옷을 두 세기 지난 시점에 꺼내 손질한다. 설상가상으로 투구는 얼굴 가리개가 없는 어린애들이나 쓰는 빵떡모자 같다. 그는 일주일을 들여 직접 마분지로 얼굴 가리개를 만들고 얼마나 튼튼한지 시험해 보지만 난칼에 부서지자 쇠막대기를 안에 댄 두꺼운 판지로 다시 만들어 투구의 머리 부분에 초록색 끈으로 묶는다. 하지만 이번에는 다시 시험할 용기가 없어 그만하면 됐다고 여기고 그냥 쓰기로 한다. 무장이 아니라 카니발이나 가면극을 위한 분장이다. 오늘날, 구멍 나고 색 바랜 갓을 끈으로 잡아맨 채 누렇게 변색된 두루마기를 걸치고 헛기침을 하며 갈지자 걸음으로 거리를 활보하는 사람을 상상해 보라. 그만큼 우습고 기괴한 모습의 주인공이 탄생한 것이다.

갑옷이 해결되자 이번에는 기사라면 당연히 가져야 할 말을 준비하는데 이 말 역시 기사의 말로는 전혀 어울리지 않는, 사람들의 웃음거리나 될 모양새다. 하지만 그에게는 세상에 둘도 없는 존재라, 그는 말 이름을 짓는 데 나흘을 고민하다 〈로시난테 Rocinante〉라고 부르기로 한다. 〈고상하며 부르기도 좋은 데다, 지금은 세상의 모든 말들 가운데 제일가는 이 말이 전에는 일개 평범한 말이었으며, 어쨌든 이는 지난 일이었다는 의미도 갖고 있었기 때문이다.〉 말의 이름을 짓고 나니 이제 자신에게도 새 이름을 붙여 주고 싶다. 여드레를 고민하다 〈돈키호테 데 라만차〉라 부르기로 한다. 여기서 〈돈don〉은 스페인에서 사용하던 경칭으로 어느 정도 사회적 신분이 있는 사람들에게만 붙였다. 하지만 우리의 주인공은 그런 신분이 아니다. 경칭을 받을 자격이 없는 자에게 경칭을 붙이는 건 그자를 우롱할 의도가 있을 때나 그렇다. 〈키호테〉역시 조롱에 다름 아니다. 접미사 〈오테ote〉에서 우리의 주인공이 매번 매질, 〈아소테azote〉를 당한다는 사실을 익살스럽게 암시한 것일 수도 있고 원래 그 단어가 갖는 의미, 즉 갑옷의 일부로 허벅지 보호대를 뜻할 수도, 혹은 성적인 의미로 〈남성의 상징이 결코 약해지거나 느슨해지지 않음〉을 뜻할 수도 있다. 주인공의 나이를 생각해 보면 웃지 않을 수 없는 이름이다. 우리의 주인공은 그 이름에 기존 기사들의 본을 따라 자기가 사는 지역의 이름인 〈라만차〉를 붙여 〈돈키호테 데 라만차〉라고 스스로에게 세례 주듯 이름을 짓는다. 신이 인간을 창조한 것처럼 한 인물이 스스로를 새롭게 탄생시킨 것이다.

　이제 남은 것은 사랑할 귀부인을 찾는 일이다. 기존 기사 소설에 나오는 모든 기사들이 귀부인과 사랑에 빠져 있어서 위험에 처할 때는 그 귀부인에게 도움을 청하고, 승리를 거둘 때는 그 귀부인에게 영광을 돌렸던 일을 그는 기억하고 있었다. 그래서 자신이 한때 흠모했던, 그러나 정작 당사자는 그런 사실조차 모르고 있는 이웃 마을 엘 토보소의 처자 알돈사 로렌소를 생각해 내어 이 처자에게 상상 속 귀부인의 칭호를 준다. 역시 지명을 함께 넣어 의미 있고 울림 좋은 〈둘시네아 델 토보소〉라 부르기로 한다. 『스페인 속담 사전Vocabulario de refranes』의 저자 코레아스Gonzalo Correas에 따르면, 16~17세기 스페인에서는 재미를 위해 특정한 의미를 암시하는 용어로 이름을 지었다고 한다. 둘시네아Dulcinea(〈달콤한〉, 〈꿀〉이라는 의미. 창녀들을 그렇게 부르기도 했다)의 주인공 알돈사Aldonza는 천한 직업을 가진 여자의 이름으로 통했다. 1604년 『스페인 가곡집Romancero general』에는 알돈사라는 이름의 창녀가 등장하고, 케베도의 악자 소설에서는 악동의 모친 이름으로 언급된다. 전편 제26장과 제31장에서 산초는 정신적으로만 그녀를 그리는 주인과 달리 이 여인의 외모에 대해 잘 알고 있다. 가슴에 털이 나고, 건장하고, 목소리도 우렁차며, 애교라곤 전혀 없다. 주인공에 대한 우롱이 그가 모실 귀부인에게로 이어지는 셈이다.

제2장

이렇게 출정 준비를 마친 우리의 주인공은 중세 기사들의 이상인 정의와 공평을 실천하기 위해 7월의 무더운 아침나절, 아무도 모르게 마당 뒷문으로 빠져나와 들판에 나선다. 말이 가고 싶은 대로 내버려 둔 채 길을 가면서, 기사 소설의 문체에 중독된 우리의 주인공은 앞으로 가지게 될 영광과 역사에 남을 자기의 무훈에 대해 현자가 쓸 바를 상상하며 혼자 이렇게 중얼거린다. 〈금발의 아폴론이 넓고 광활한 땅의 표면 위로 그의 아름다운 머리카락인 금실을 펼치자마자, 빛깔도 아름다운 작은 새들이 하프 같은 소리로 시샘 많은 서방님의 부드러운 이부자리를 버리고 라만차 지평선의 문과 발코니로 사람들에게 모습을 드러낸 장밋빛 여명의 여신에게 달콤하고도 부드러운 하모니로 인사하자, 그 즉시 이름 높은 기사 돈키호테 데 라만차는 잠자리를 박차고 유명한 말 로시난테에 올라 오래되고도 익숙한 몬티엘의 들판을 걷기 시작했노라.〉 이 대목은 기존 기사 소설의 과장해서 떠벌리는 문체에 대한 우롱이다.

들판에 나서자마자 자신이 기사 서품식을 받지 않았다는 사실에 놀란 돈키호테는 처음 만나는 사람으로부터 서품을 받을 마음을 먹고, 날이 저물어 객줏집에 도착하면서 그의 광기는 현실을 기사 소설 속 이야기로 왜곡하기 시작한다. 객줏집은 멋진 성이요, 객줏집 문에 서 있던 몸을 파는 여인네들은 성문 앞에서 노니는 아름다운 규수나 귀부인이라 믿어 버리는 것이다. 돼지치기가 부는 뿔 나팔을 기사의 도착을 알리는 난쟁이의 나팔 신호로, 객줏집 주인을 성의 주인으로 여기고 그에게 기사 서품식을 해줄 것을 요구한다. 그가 귀부인으로 확신한 여인네들은 말몰이꾼 몇 명과 함께 세비야로 가던 도중 그곳에 묵게 된 것으로, 당시 세비야는 중남미의 부가 몰려오고 스페인의 상품이 수출되던, 그래서 유럽의 모든 이들이 몰려들었던 매혹적인 도시였다.

제3장

젊은 시절 안달루시아의 산루카르며 세비야에서 고약한 일을 배우고 저지르기도 했던 객줏집 주인은 아주 교활한 자로 벌써 자기 손님의 분별력에 문제가 있는 것을 알고는, 웃음거리를 만들어 보자는 속셈과 더 큰 화를 피하려는 목적으로 그날 밤 돈키호테의 청을 들어준다. 그리하여 성스럽고도 엄숙하게 치러져야 할 기사 서품식은 천박하고 품위 없는 모양새로 진행된다. 주인이 마부들에게 주는 짚과 보리를 적어 놓은 장부로 기도문을 외더니, 칼등으로 돈키호테의 등을 지독스레 내려치는 것이다. 또한 서품식을 받은 기사에게 칼을 채우고 박차를 끼우는 일은 보통 귀부인들의 몫이지만, 우리의 영웅에게는 앞선 두 명의 여인네가 있다. 기사 소설에서 기사들이 받던 엄숙한 서품식의 패러디인 셈이다. 창녀들이 서품식을 돕는다니, 주인공에 대한 우롱이 도를 넘기 시작한다.

기사 서품식과 관련하여 스페인 알폰소 10세Alfonso X 현왕이 주관하여 만든 법서인 『7부 법전Las siete partidas』 중 제2부 제21장 제21항에 다음과 같은 내용이 있다. 〈서품식을 줄 자격이 없는 사람이 서품식을 치른 경우와 서품식을 받는 사람이 미친 사람이거나 가난한 사람일 경우, 그리고 귀족적으로 수행해야 할 기사 서품식을 장난으로 했을 때는 기사가 될 수 없다.〉 가난한 사람은 기사가 될 수 없다는 사실은 돈키호테 속편 제6장에서 주인공의 조카에 의해 다시 한 번 강조되기도 한다. 〈늙으셨는데도 용감하다 생각하시고, 환자이시면서 힘이 있다 하시고, 지칠 나이이신데도 뒤틀린 것들을 바로잡으시려 하시고, 무엇보다도 기사도 아니시면서 기사라 하시니 말씀이에요. 이달고들은 기사가 될 수 있지만 가난한 이달고들은 기사가 될 수 없거든요.〉 그리고 장난으로 기사 서품식을 받은 사람의 경우, 그가 광기에서 치유되고 부자가 된다 하더라도 기사가 될 수는 없다고 법으로 명시되어 있었다.

이렇게 보면 돈키호테 이야기는 그 시작부터 잘못된 셈이다. 작품에서 분별 있는 사람이라면 어느 누구도 돈키호테를 기사로 보지 않는다. 산양치기와 같은 촌사람과 광적인 욕망을 가진 검술사의 사촌, 사랑으로 인해 미쳐 버린 카르데니오, 바보 같은 과부 시녀 도냐 로드리게스나 돈키호테를 진짜 기사로 여길 뿐이다. 만일 산초 판사를 돈키호테의 기사 서품식 전에 등장시켰다면, 그 역시 종자가 되어 돈키호테를 따라 모험의 길에 오르지 않았을 것이다. 종자가 등장하기 전에 서품식을 치르도록 꾸민 세르반테스의 구성력이 남달라 보이는 대목이다. 성이 아닌 객줏집에서 이뤄진 돈키호테의 기사 서품식을 봤더라면 제아무리 순진한 산초라 해도 돈키호테를 믿지 않았을 것이니 말이다.

이렇듯 작품은 주인공의 광기로 인한 실수 위에서 흘러간다. 그리고 여기서 짚고 넘어가야 할 점이 있다. 주인공은 착하고 영리하며 관대할 뿐 아니라 분별력이 있어 논리 정연한 대화를 할 수 있는 인물이다. 그의 광기는 자기 자신을 기사로 생각한다는 것과 주변의 것들을 기사 소설에 나온 허구의 세상에 맞추는 데 국한될 뿐이다.

제4장

정식 기사가 되어 기뻐하며 객줏집에서 나온 우리의 주인공은 객줏집 주인이 준 충고에 따라 편력을 위해 필요한 물건을 챙기고 종자도 구할 겸 집으로 돌아가는데, 그때 양을 잃어버려 주인으로부터 매를 맞고 있던 하인 안드레스를 발견한다. 약자에게 벌어지는 불의를 목격한 돈키호테는 이 일을 편력 기사가 맞이할 수 있는 절호의 기회라 여겨 이 일에 개입하고 자기 딴에는 정의를 세웠다고 만족스러워하지만, 오히려 피해자에게 더 많은 해를 입히는 결과를 초래하고 만다. 앞으로 이어질 돈키호테식 정의 실현의 전형적인 실패 사례다. 이후 전편 제31장에서 안드레스를 다시 만났을 때, 그는 돈키호테가 자기 일에 개입하지 않았더라면 좋았을 거라면서 이렇게 말한다. 〈편력 기사 나리, 혹시 다시 만났을 때 제가 발기발기 찢기고 있는 걸 보시게 되더라도 제발 저를 구해 주거나 도와주려 하지 마세요. 제 불운은 그냥 제가 감당할 테니 내버려 두세요. 그 불운도 나리의 도움으로 인한 것만큼은 아닐 테니까요. 이 세상에 태어난 모든 편력 기사들과 당신께 하느님의 저주가 있기를 바랍니다.〉

안드레스와의 모험 후 다시 길을 가던 그는 무르시아로 비단을 사러 가는 톨레도 상인들과 마주치게 된다. 비단은 원래 그라나다에서 주로 생산되었다. 하지만 누에고치에서 실을 뽑아 짜던 일을 도맡아 하던 모리스코인들이 반란을 일으켰고, 그 결과 1570년 이후 그들이 카스티야 지역으로 추방되자 그라나다 사람들은 뽕나무를 베어 냈다. 나무를 돌보던 인력이 모자라 그나마 남아 있던 나무에 병이 들자 그라나다 비단 산업도 망해 버렸다. 따라서 당시 톨레도 상인들은 부득이 무르시아로 가서 비단을 구해야 했던 것이다.

이 상인들의 일행을 본 우리의 주인공은 기존 기사 소설 속 주인공들이 했듯이 길을 막고 자기의 귀부인이 세상에서 가장 아름답다고 고백하도록 한다. 〈그 부인을 보지 않고도 그렇게 믿고 고백하고 확인하며 맹세하고 지키는 게 중요한 것이오.〉 깊은 믿음의 행위이지만 기사도 세계를 알 리 없는 톨레도 상인들에겐 터무니없는 요구에 우스갯소리일 뿐이다. 당연한 수순으로 상인들은 우리의 영웅을 우롱하고, 화가 난 돈키호테는 그들에게 덤벼들다가 길 중간에서 로시난테가 넘어지는 바람에 말과 함께 들판에 나뒹굴고 만다. 그러자 일행 중의 하인 하나가 잔인하다 싶을 정도로 돈키호테에게 매질을 가해, 우리의 주인공은 완전히 녹초가 되어 도저히 일어날 수가 없게 된다.

제5장

몸을 전혀 움직일 수 없다는 것을 알게 된 돈키호테는 만투아 후작의 로망스를 떠올려 자신이 그 비슷한 상황에 처해 있던, 샤를마뉴의 열두 용사 중 한 사람인 발도비노스라 생각한다. 마침 그곳을 지나가던 이웃 농부 페드로 알론소는 그가 〈키하나〉 어른이라는 걸 알아보지만 돈키호테는 이렇게 말한다. 〈나는 내가 누구인지 알고 있소.〉 존재에 대한 확신으로 가득 찬 그를 이웃이 돌봐주고 집으로 데려가는데, 그 와중에도 우리의 주인공은 자신이 기사 소설에 나오는 발도비나스의 숙부인 만투아 후작이라 생각했다가, 또 무어 소설 『아벤세라헤스와 아름다운 하리파 이야기 *Historia del Abencerrajes y de la hermosa Jarifa*』에 나오는 무어인 아빈다라에스라고도 상상한다. 왜냐하면 자기는 〈아까 말한 사람들은 물론 프랑스의 열두 기사와 라 파마의 아홉 용사 전부도 될 수 있다는 것을 알고 있〉기 때문이다. 생각하고 믿으면 이루어지는 이러한 자아 분열적 현상은 전편 제7장 앞부분에서 레이날도스 데 몬탈반으로 상상한 뒤 다시는 일어나지 않는 일시적인 것으로, 이후 작품 내내 돈키호테는 늘 돈키호테다. 완전한 돈키호테가 되기 전 과도기의 모습인 셈이다.

제6장

돈키호테의 출정 후 집에서는 난리가 났다. 돈키호테의 조카딸과 가정부가 돈키호테의 친구인 신부와 이발사에게 이 사실을 알리자, 이들은 그 광기의 원인이 기사 소설에 대한 탐닉에 있다는 결론을 내린다. 그래서 집에 돌아온 돈키호테가 깊은 잠에 빠져 있는 동안 신부와 이발사는 그의 서재에 있던 책들을 검열하여 수많은 책들은 화형에 처한다. 신부의 검열은 그때까지 발간된 소설과 시집에 대한 평가로, 이는 문학에 대한 세르반테스의 취향과 생각을 대변하기도 한다. 이 장에서 소개되는 작품들 중에는 1586년과 1587년에 발간된 『질투의 환멸 Desengaño de celos』과 『에나레스의 요정들 Ninfas de Henares』, 1591년에 발간된 『이베리아의 목동 El pastor de Iberia』 등이 있는데, 속편 제26장 산초가 자기 부인에게 보내는 편지의 날짜가 1614년 7월 20일로 되어 있는 것으로 보아 이 모든 이야기는 최근의 일로, 시간적인 면에서도 기존 기사 소설의 패러디라 할 수 있다.

제7장

산초 판사의 등장이다. 시종 산초 판사 없이 돈키호테만의 모험만으로 이야기를 끌어갔다면 주인공의 기나긴 독백이나 우리에게 제공하는 작가의 정보가 이 작품의 전부였을 것이다. 하지만 돈키호테가 산초 판사를 대동함으로서 주인과 종자 간의 대화로 이야기는 한결 풍성해진다. 이들 각자의 이야기에서 독자는 나름의 관점으로 작중 인물들의 기분이나 성격이나 모험에 대한 정보를 얻게 되고, 극에서 사용되던 대화를 소설로 끌어들인 작가는 등장인물이 주고받는 말로써 상황이나 인물에 대한 이야기를 대신한다.

기존 기사 소설, 예로 아마디스 시리즈에서는 귀족들만이 대화를 나눈다. 그래서 독자는 언어적으로나 이념적으로 귀족의 관점에서 주어지는 단 하나의 정보만을 가질 뿐이다. 당시 유행하던 연애 소설이나 목가 소설 역시 마찬가지다. 반면 『돈키호테』는 등장인물마다 제각각의 언어 유형과 생각이 있다. 바흐찐Mikhail Bakhtin의 개념을 빌려 오자면 〈다성성 소설〉이며, 또도로프Georgi Todorov의 개념을 끌어오자면 개별적 관점에서 자기의 언어와 생각을 보여주는 잡다한 목소리로 이루어진 이야기다. 더군다나 인물들은 한 가지 어투나 수사를 고집하지 않고 상황에 따라 말의 모양새를 바꾼다. 인물들의 특징이 그들이 말하는 바와 다른 사람들이 그에 대해 말하는 바로 그려지기 때문에, 작품에는 수많은 돈키호테와 수많은 산초가 존재한다. 그 내용이 서로 대립되는 경우 독자는 다양한 관점으로 사물을 이해할 수 있고, 단 한 가지 관점에서는 얻을 수 없는 생동감을 맛볼 수 있다.

돈키호테의 이웃에 사는 착한 사람 산초는 머리가 약간 모자라는 농부로 소개된다. 물론 늘 그렇게만 그려지는 것은 아니다. 작품이 흘러가면서 성격과 인품이 변하고 사고가 발전하더니 주인 돈키호테만큼이나 현명해지고, 한편으로는 주인의 광기에도 전염되어 간다. 산초는 기사의 종자가 된다는 게 어떤 의미인지 모른다. 기존 기사 소설에서 종자는 기사가 될 후보생이자 견습생이지만 산초는 이런 의미를 생각해 볼 마음도 없다. 그저 모험에서 얻

게 될 섬의 통치자를 시켜 주겠다는 주인의 약속 때문에 종자로
나서는 것이다. 심지어 그는 그 섬이라는 게 뭔지도 모른다. 사방
이 뭍으로 막힌 라만차에서 살아온 돈키호테가 그저 기사 소설에
서 읽어 알게 된 용어이기 때문이다. 어떻든 산초도 주인과 같이
자신의 꿈을 갖게 되고, 속편에서 그 꿈은 일시적으로나마 실현되
기도 한다.

　이렇게 해서 뚱뚱하고 땅딸막한 종자 산초와 마르고 길쭉한 돈
키호테, 즉 당나귀를 탄 ── 기존 기사 소설에서 당나귀를 탄 종자
는 없다 ── 바보와 말을 탄 똑똑이가 탄생한다. 이 둘의 대화로
독자는 돈키호테와 산초의 영혼을 들여다볼 수 있을 뿐만 아니라,
기사의 이상 세계와 종자의 현실 세계, 주인의 천진난만함과 종
자의 단순함과 익살, 기사의 관대함이나 교양과 종자의 투박함과
무식을 통해 웃음의 세계로 안내된다. 이제 이들의 대화에서 흘러
나오는 온갖 사람과 사건에 대한 평가나 판단은 모두 독자의 몫
이다.

제8장

　돈키호테 모험 중 가장 유명한 풍차 모험 이야기다. 로시난테를
탄 돈키호테와 당나귀를 탄 산초는 길을 가던 중 들판에 서 있는
풍차들을 발견한다. 이것을 보자마자 돈키호테는 머릿속을 가득
채운 기사 소설 이야기에 따라 그것을 거인으로 단정한다. 산초가
바람의 힘으로 돌아 방아를 움직이는 풍차라고 일러 주지만 주인
은 말한다. 〈자네는 이런 모험을 도통 모르는 모양이구먼.〉 당연

하다. 산초는 기사 소설에 대해선 전혀 모른다. 반면 돈키호테의 머릿속은 온통 기사 소설 세상으로 가득 차 있다. 우리 영웅의 눈에 풍차는 기존 기사 소설에 등장하는 거인으로, 사람들에게 피해를 입히는 심술궂고 사악한 존재인 것이다. 그러니 기사들이 그들과 싸워 이겼던 것처럼 그 역시 그들을 무찔러야 한다. 풍차와 붙어 싸웠으나 돈키호테는 결국 땅바닥에 내동댕이쳐지는데, 그런 자신을 책하는 산초에게 그는 이렇게 말한다. 〈그 현인 프리스톤이 승리의 영광을 내게서 앗아 가려고 거인들을 풍차로 둔갑시킨 게야. 내게 품고 있는 그자의 적의가 이 정도란 말일세. 그러나 그자의 사악한 술법도 내 선의의 칼 앞에는 별 볼 일 없게 될 거야.〉 기존 기사 소설에서 기사들의 일을 훼방 놓던 못된 마법사의 술책처럼, 풍차의 둔갑 역시 마법사의 소행이라고 그는 주장한다.

다음 날 이들은 임대용 노새를 타고 가던 성 베네딕트 교단의 사제 두 명과 마차 여행 중인 비스카야 부인 및 그녀를 대동한 네댓 명의 말 탄 사나이들, 그리고 노새를 끌면서 걸어오던 두 하인을 만난다. 그리고 과연 돈키호테는 이들을 기사 소설에서 흔하게 등장하는 악의 무리, 공주를 납치해 가는 마법사들이라고 상상해 버린다. 기사의 의무로 그는 이 공주를 풀어 줘야 한다. 그가 두 명의 사제 중 한 명에게 덤벼들자 다른 한 명은 줄행랑을 친다. 돈키호테는 마차에 다가가 기사 소설에 나오는 내용으로 부인에게 말을 건다. 물론 기사 소설에 나오는 문체 또한 그대로 이용한다. 하지만 마차의 행로를 막고 선 채 엘 토보소로 가서 자기 무훈의 영광을 알리라는 그의 말에 화가 난 비스카야 하인은 우리의 주인공

에게 시비를 걸고 이 시비에 돈키호테는 결투를 제안하는데, 여기
이 엄청난 싸움의 결말에 이르러 이야기가 끝나고 만다. 화자는
그때까지 자기가 적어 온 것 외에는 더 이상 돈키호테 무훈에 관
한 기록을 발견하지 못했다면서 용서를 구하며 제8장을 맺는다.

제9장

여기까지 다른 작가들이 쓴 정보나 라만차 고문서 보관실에 보
관되어 온 서류들을 편집해 준 사람인 양 행세해 온 세르반테스
는, 제9장에 들어 더 이상의 이야기를 찾지 못한 것을 유감스러워
한다. 그러던 어느 날 화자는 톨레도의 알카나 시장에서 원본을
발견하고, 아랍인 시데 아메테 베넹헬리가 아랍어로 쓴 그 원고를
아랍인 번역가에게 맡겨 에스파냐어로 옮기도록 한다. 1609년 완
전히 추방당하기 전까지 톨레도에는 그라나다에서 쫓겨난 모리
스코인들이 많이 살았기에 에스파냐어를 아는 무어인을 만나는
일은 어렵지 않았을 것이다. 제9장 이후에 나오는 이야기는 그러
한 모리스코인 번역가가 번역한 원고 내용으로, 화자는 이후로도
작품 중간중간에 끼어든다. 외국인이 외국어로 쓴 원고를 번역해
서 소개하는 기존 기사 소설의 틀을 본떠 구성되었으니, 원고 발
견에서 번역까지의 과정 또한 모두 패러디인 셈이다.

비스카야인과의 싸움에서 승리를 거둔 돈키호테는 기사 소설
에서 늘 하듯이 패자인 비스카야인에게 명령한다. 〈이 기사가 엘
토보소 마을로 가서 비할 데 없이 아름다운 도냐 둘시네아를 찾
아 내가 보냈다고 이르고 그분 뜻대로 처분을 기다리겠노라고 약

속해야 한다〉는 것이다. 하지만 이 모험에서 거둔 돈키호테의 완벽한 승리는 이후 다시는 일어나지 않고, 언제나 매질을 당하거나 우롱당하며 끝난다. 또한 주인공은 패자에게 자기의 귀부인을 찾아가라고 하지만, 엘 토보소에 둘시네아라는 귀부인은 존재하지 않는다. 알돈사 로렌소라는 농부 처자만 있을 뿐이다.

제10장

돈키호테와 산초는 다시 길을 가며 피에라브라스 향유에 대한 이야기를 주고받는다. 이 장부터 주인과 종자 간의 대화는 기존 기사 소설의 엄격함에서 벗어나 아주 친밀하고도 살아 튀는 대화로 바뀐다. 대화를 통해 돈키호테의 터무니없는 기사도 소설 속 세상과 산초의 현실관이 분명하게 드러난다. 피에라브라스 향유에 대해 돈키호테가 산초에게 설명하는 부분이다.

〈그 향유는 말이지 (……) 그 사용법을 기억하고 있는데, 이것만 있으면 죽음을 겁낼 필요도 없고 웬만한 상처로 죽을 염려도 없다네. 따라서 내가 이것을 조제하여 자네에게 주는 날이면 어느 전투에서든 내 몸이 반으로 두 동강 나는 것을 볼 경우 (……) 자네는 땅에 떨어진 몸 한쪽을 피가 굳기 전에 안장 위에 남아 있는 나머지 몸에다 정확하게 아주 잘 맞추어 붙이기만 하면 되는 게야. 그리고 나서 내가 말한 향유 두 방울만 나에게 먹여 주면 내가 사과보다 더 싱싱해지는 모습을 보게 될 걸세.〉

믿기지 않는 마법의 힘을 지닌 향유에 대한 설명을 듣고 난 뒤 너무나도 현실적이며 코믹한 산초의 대답은 기존 기사 세계를 한

방에 무너뜨리며, 인물을 살아 있는 이웃처럼 느끼게 한다.

〈그런 것이 있다면 (……) 약속하신 섬은 그만두시고, 제 봉사의 대가로 세상에 보기 드문 그 영약을 만드는 법을 가르쳐 주시면 더 바랄 게 없겠습니다요. 어디를 가나 1온스에 2레알은 받을 테니 그것만 있으면 남은 삶을 영예롭고 편안히 살 수 있겠습니다요.〉

산초의 이러한 말들은 그가 내뱉는 속담과 경구는 물론 어휘 사용의 실수와 어우러지며 차츰차츰 주인과 맞먹을 정도로 비중을 얻어 가고, 산초가 어떤 인물인지도 확실하게 드러낸다. 결국 속편 제3장에서 삼손 카라스코는 세간에 출판된 『돈키호테』 전편에 대한 독자들의 반응을 전하며 산초에게 이렇게 말한다. 〈작품에서 가장 많이 묘사된 인물의 말보다 당신의 말을 듣는 게 더 재미있다는 사람도 있다오.〉

날이 저물었지만 이들은 숙소를 찾지 못하여 목동들의 오두막 근처에서 하룻밤을 보내기로 한다.

제11장

산양치기들은 돈키호테 일행을 기꺼이 받아 준다. 저녁 식사가 끝나 갈 즈음 이들이 개암나무 열매를 내놓자 돈키호테는 개암을 한 주먹 집어 들어 가만히 들여다보면서 황금시대에 대한 일장 연설을 늘어놓는다. 〈옛사람들이 황금시대라고 일컬은 그 행복한 시대, 행복한 세기가 있었으니 (……) 그 시대를 살았던 사람들은 《네 것》, 《내 것》이라는 이 두 가지 말을 몰랐기 때문이라오. 그 성스러운 시절에는 모든 것이 다 공동 소유였소. (……) 사기도 없었으며 속임수도 없었고 진실과 평범을 가장한 사악한 행동도 없었소. 정의도 말 그대로 정의였소. 오늘날처럼 배경과 이해관계가 정의를 교란하고 모욕하는 일은 없었소.〉고대 그리스 로마의 작가와 문예 부흥기 작가들이 말하던, 미덕과 인간의 선함이 지배하던 이상적인 시대에 대한 이야기다. 중세 예찬도 근대 거부도 아닌, 돈키호테의 이상적인 세상에 대한 이 이론이 반어적 표현인지 아닌지에 대해서는 작품 전체의 문맥으로 파악해야 할 것이다.

第12장~第14장

돈키호테와 산초는 산양치기들로부터 목동 그리소스토모와 마르셀라의 사랑 이야기를 듣게 된다. 이때 돈키호테와 산초는 그저 관객의 입장이다. 마르셀라의 냉담함에 자살한 그리소스토모의 비극적인 이야기로, 문체와 양식과 분위기가 목가 소설과 유사하며, 마르셀라의 자유 의지론은 돈키호테와 닮아 있다. 〈저는 자유로워 남에게 속박되는 것이 싫습니다.〉특히 이 이야기는 시골의 삶을 드러내는데, 산양치기들의 촌스러움과 무식함이 현실적으로 묘사되는 반면 목동들은 살라망카 대학에서 공부한 유식한 자로 이상적인 분위기 속에서 묘사된다.

第15장

돈키호테와 산초는 목동 그리소스토모의 장례식에서 만났던 사람들과 작별하고 마르셀라가 사라진 숲 속으로 들어간다. 낮잠을 즐겨야 할 시간인지라 로시난테를 풀어 주고 쉬던 중, 로시난

테가 사고를 친다. 우연히 그곳에 갈리시아 마부들이 자기네 조랑
말을 풀어 놓았는데, 로시난테가 그들 사이로 끼어든 것이다. 갈
리시아 마부들이 그런 로시난테를 두들겨 패자 이를 본 돈키호테
와 산초는 그들에게 달려들지만, 오히려 그들에게 실컷 맞아 결국
녹초가 되어 바닥에 나뒹굴게 된다.

제16장

　겨우 일어난 이들은 돈키호테가 성으로 본 어느 객줏집에 도착
한다. 그곳 돈키호테가 머물게 된 다락방의 침상 곁에는 한 마부
가 있는데 그는 그날 밤 추하기 그지없는 아스투리아인 하녀 마
리토르네스와 즐기기로 약속이 되어 있다. 마리토르네스는 〈얼
굴은 넓고 목덜미가 짧고 코가 납작하고 한쪽 눈은 사팔뜨기이고
다른 한쪽 눈은 별로 건강해 보이지 않〉으며, 〈발바닥에서 머리까
지 7팔모(약 147센티미터)도 안 되는 데다가 너무나 짐이 되는 등
짝은 그녀로 하여금 필요 이상으로 땅바닥을 쳐다보게〉 한다고
묘사된다. 밤이 되어 마부를 찾아온 마리토르네스의 기척을 느끼
자 돈키호테는 그 성에 있던 아름다운 아가씨가 자기한테 반해 그
날 밤 부모님 몰래 잠시 함께하러 온 것이라 생각한다. 그녀의 천
박한 장식이나 악취도 그에게는 그저 아름다운 장신구와 향내로
만 느껴진다. 돈키호테가 심취해 읽은 기사 소설 『아마디스 데 가
울라』에서 엘리세나 공주와 페리온 왕 사이에 벌어진 밤의 밀회
를 상상한 것이다. 돈키호테가 마리토르네스를 막고 있다는 생각
에 마부는 기사의 좁은 턱뼈를 사정없이 갈기고, 소란에 잠이 깬

주인이 마리토르네스를 찾자 그녀는 두려워 산초의 잠자리로 숨어들어 산초와 한바탕 주먹질을 해댄다. 마침 그날 객줏집에 묵고 있던 성스러운 형제단 단장까지 이 소란을 듣고 가세하는 바람에 소동은 더 커지게 된다.

제17장

그 결과 두드려 맞고 뼈가 갈린 돈키호테와 산초는 침상에 누워 서로의 불운을 얘기하는데, 그러던 중 돈키호테는 상처를 치유할 피에라브라스 향유를 생각해 낸다.

이 향유는 1170년경에 읊어진 프랑스의 무용 찬가 「피에라브라스」에 나오는 무어인 발란의 아들이자 거인인 피에라브라스에서 나온 이름이다. 이 작품에 의하면 발란과 피에라브라스가 로마를 정복하여 그곳에 있던 성물들을 약탈했는데, 그중 예수의 몸을 방향 처리하는 데 사용된 향유를 마시면 상처가 치료되었다고 한다. 프랑스인들과 무어인들 간의 싸움이 계속되던 중 프랑스 기사 가운데 올리베로스가 큰 무훈을 세워 결국 피에라브라스를 기독교인으로 만드는 데 성공하였고, 샤를마뉴는 그 향유를 다시 로마에 돌려줬다는 줄거리다. 믿기지 않는 성스러운 전설을 기독교적 믿음과 정신으로 소설화한 이야기로, 스페인에서는 『프랑스의 열두 기사와 샤를마뉴 대제, 그리고 올리베로스가 위대한 대장 발란의 아들이자 알렉산드리아의 왕인 피에라브라스와 싸운 살벌했던 전투에 대한 이야기*Historia del emperador Calomagno y de los doce pares de Francia, e de la cruda batalla que hubo Oliveros con Fierabrás, rey*

de Alejandría, hijo del grande almirante Balán』라는 제목으로 1525년
세비야에서 발간되어 많은 인기를 누렸다.

돈키호테는 이 같은 기사들처럼 되고자 스스로 피에라브라
스 향유를 만들기로 한다. 로메로와 포도주와 기름과 소금을 모
두 섞여 끓여 혼합액을 만들어 양철로 된 기름통에 넣은 뒤 여든
번 이상 주기도문을 외고, 또 그만큼의 아베 마리아와 성모 찬가
와 사도신경을 외고, 말 한 마디 한 마디 할 때마다 성체 강복식인
양 성호를 긋는다. 그러고 나서 그것을 마시는데, 마시자마자 그
는 토하기 시작하더니 구토로 속이 뒤집혀 땀을 비 오듯 흘리지
만 이후 세 시간이 넘도록 잠들어 있다가 깨어나 보니 몸이 아주
가벼워지고 부러진 곳도 다 나은 듯 느낀다. 이 효력을 본 산초 또
한 향유를 마시는데, 불쌍한 산초의 위는 주인의 것 같지 않았는
지 정말 마지막 순간이 왔다고 생각할 정도로 고통을 받는다. 이
에 돈키호테는 말한다. 〈내가 보건대 산초, 자네는 아직 정식 기사
가 아니라서 그런 고통을 겪는 것 같네. 이 약은 기사가 아닌 사람
에게는 효험이 없는 것으로 알고 있네.〉이 환장할 주인의 말에 산
초는 울분을 터뜨린다.

다음 날 아침 돈키호테와 종자가 떠나려 하자 객줏집 주인은
숙박과 저녁 식사, 두 마리 짐승에게 준 짚과 보리에 든 비용 정산
을 요구한다. 이곳이 성이 아닌 객줏집임을 알게 된 돈키호테는,
어떤 객줏집에서 자든 숙박비는 물론이고 그 외 어떤 비용도 지불
하지 않는 편력 기사의 법도를 자기가 어길 수 없다며 나간다. 객
줏집 주인은 종자 산초에게 같은 요구를 하지만 종자 역시 주인

과 같은 내용으로 답한다. 마침 그때 객줏집에 있던 짓궂은 사람들이 산초를 담요 위에 올려 사육제 때 개를 갖고 장난치듯 그를 높이 던져 올리면서 즐기기 시작하는 바람에 산초는 엄청난 고통을 당하고, 그는 작품 마지막까지 이 사건을 잊지 못한다.

제18장

다시 들판에 선 주인과 종자는 양옆에서 모래 먼지를 일으키며 다가오는 양 떼와 만나는데, 돈키호테는 그것을 광활한 들판 한가운데서 서로 맞붙어 싸우기 위해 오는 두 군대라고 생각하여 이들에 대해 설명하기 시작한다. 기존 기사 소설에서 묘사하듯 각 군대 소속 기사들과 그들의 문장과 방패에 대해 장황하게 그려 내면서도, 나름의 희극성을 더하고 상상 속의 장소뿐 아니라 실제로 존재하는 장소까지 나열하는 그의 대사에서 기존 기사 소설의 내용과 문체에 대한 우롱이 돋보인다. 『페보의 기사 *El caballero del Febo*』 속 트레바시오 황제와 싸우는 알리칸드로 황제의 군대, 그리고 『팔메린 데 잉갈라테라』 마지막 부분에 등장하는 기사들에 대한 장황한 묘사를 우스꽝스럽게 패러디한 것이다. 전쟁의 동기와 각 군대의 수장들 또한 희화화함으로써 독자로 하여금 서로 다른 종교를 믿는 군주들 간에 벌어지는 전쟁에 대해 성찰하게 하며, 동시에 성경에서 평화의 상징으로 등장하는 양, 즉 불쌍한 신하들이 어디까지 전쟁을 견뎌 내야 하는지도 생각하게 한다.

이 에피소드에서 드러나는 주인공의 영웅주의 역시 패러디되어 작품 내내 코믹한 대결로 형상화된다. 특히 등장하는 인물들의 이름은 기존 기사 소설의 이국적인 이름들과는 대조적으로 가장 흔한 이름들이다. 산초가 담요 위에서 폴짝폴짝 뛴 사건을 두고 마법의 짓이었는지 아니었는지 논쟁을 벌일 때, 돈키호테가 장난친 놈들을 가리켜 〈유령이나 저승의 귀신〉이라고 하자 산초는 이렇게 대답한다. 〈저를 갖고 장난친 놈들은 나리께서 말씀하시는 것처럼 유령도 아니고 마법에 걸린 인간도 아닙니다요. 저희들과 똑같이 살과 뼈로 된 인간들입니다요. 놈들이 저를 헹가래 칠 때 서로 이름을 부르는 것을 들었거든요. 한 놈은 페드로 마르티네스라 했고, 또 한 놈은 테노리오 에르난데스라고 했고, 객줏집 주인은 왼손잡이 후안 팔로메케라고 했습니다요.〉

돈키호테는 현실을 자신의 기사 속 이야기에 적용하여 왜곡하고, 현실의 모습을 보게 되었을 때는 자기에게 원한 있는 마법사들이 자기의 영광을 앗아 가기 위해 꾸민 장난으로 치부한다. 자기는 진짜 군대와 싸웠는데, 마법사들이 그것을 양 떼로 바꾸었다는 것이다. 반면 산초는 여전히 현실 그대로를 보고 있다.

제19장

그날 밤 돈키호테와 산초는 어둠 속에서 길을 가다 맞은편에서 다가오는 별 같은 수많은 불빛을 본다. 두 사람은 길 한쪽으로 비켜서서 그 불빛의 정체가 무엇인지 주의 깊게 살펴보고자 한다. 하얀 셔츠를 입은 사람들이 손에는 횃불을 들고 그 뒤로 검은 천을 씌운 들것이 따르는 것을 보자, 돈키호테는 여지없이 기사 소설에서 읽었던 모험 속으로 들어간다. 〈이 순간 광경이 자기가 책

에서 읽은 모험 중 하나로 상상 속에 생생하게 그려졌던 것이다.〉
그는 그 들것이 부상을 당했거나 살해당한 기사를 실어 가는 관이
므로 자기가 복수를 하지 않으면 안 된다고 생각하지만 일행 중
한 명에게 다가가 누가 기사를 죽였는지를 묻자 이런 대답이 돌아
온다. 〈하느님이시지요. 말하자면, 페스트 열을 매개로 하느님이
취하신 거지요.〉 이 말로 소설의 긴장감은 무너진다. 들것에 실린
자는 싸우다 죽은 게 아니라 당시 흔했던 병으로 죽은 것이다. 복
수할 일이 사라지고 만다.

『팔메린 데 잉갈라테라』에 따르면 플로리아노 기사는 편력을
하던 중 돈키호테가 본 것과 같은 상황을 목격하고 같은 질문을
한다. 시체를 옮기던 하인은 죽은 기사가 용감한 기사 포르티브
란으로 전날 네 명의 기사와 싸우다 죽었노라 알리며 플로리아
노에게 복수해 줄 것을 부탁한다. 그렇게 하면 플로리아노 기사의
명예는 커질 것이고 다시는 그러한 배신은 일어나지 않을 거라는
말과 함께. 그래서 돈키호테 또한 누가 그 기사를 죽였는지를 물
었던 것이다. 하지만 현실의 세상은 기사 소설과 다르다.

이 모험 이야기에서 돈키호테는 산초로부터 〈슬픈 몰골의 기
사〉라는 호칭을 기분 좋게 받아들인다. 기존의 편력 기사들이 상
황에 따라 이름을 달리했던 것을 모방한 것이다. 속담 보따리 산
초가 쏟아 내는 속담이 이 장에서 처음으로 등장한다. 〈죽은 사람
은 무덤으로 산 사람은 빵으로.〉

제20장

이 장에서는 무시무시하면서도 웃음을 자아내는 빨랫방망이 모험에, 토랄바라는 여자에 대한 일화가 양념으로 더해진다. 빨랫방망이의 정체를 알게 되기까지 두려운 밤을 보내는 동안 산초의 행각, 그리고 두려움에 그토록 떨었던 모험이 어처구니없는 일로 밝혀졌을 때 산초가 내뱉은 이야기를 통해 독자는 그가 점점 더 영민하고 익살스러운 인물로 변해 가는 것을 알 수 있다. 특히 주인과 종자의 자유로운 대화가 기존 기사 소설에서는 도저히 상상할 수 없을 정도로 친밀하고도 산뜻하게 펼쳐지는데, 여기서 종자는 주인의 말을 흉내 냄으로써 그를 우롱하기까지 하는 것이다. 이런 종자의 행태를 보고 주인이 책하는 내용은 기존 기사 소설의 또 다른 패러디라 할 수 있다. 〈그리고 앞으로 한 가지만 알아 두게. 나와 말을 너무 많이 하는 것은 좀 삼가 주고 참아 주었으면 하네. 여태까지 내가 읽은 수많은 기사 소설에서 자네가 하듯이 주인에게 그토록 말을 많이 한 종자는 단 한 번도 본 적이 없네.〉 그러면서 돈키호테는 기사와 종자 사이에서의 예의에 대해 이러한 일화를 들려준다. 〈아마디스 데 가울라의 종자 간달린은 피르메 섬의 백작이었는데, 이 사람에 관한 것을 읽어 보면 자기 주인에게 말을 할 때는 늘 손에 모자를 들고 고개를 숙이고 몸을 터키식으로 완전히 굽혔다고 하네. 그리고 돈 갈라오르의 종자 가사발은 어떤 인물이었을 것 같은가? 그 사람은 참으로 말이 없었네. 그 놀랄 만한 침묵이 얼마나 훌륭했는지는, 그 진실하고 위대한 이야기 속에 그 사람의 이름이 단 한 번밖에 나오지 않는다는 걸

보면 알 수 있지.〉

제21장

이튿날 돈키호테와 산초는 비를 피하고자 이발용 대야를 머리에 쓰고 오던 한 이발사를 만난다. 대야가 쇠로 되어 있고 아주 깨끗하여 무척이나 빛나 보였다. 이것을 본 순간 돈키호테는 이탈리아 기사 소설 주인공인 레이날도 데 몬탈반이 무어 왕 맘브리노를 죽이고 획득했다는 그 유명한 투구를 상상한다. 돈키호테는 이발사를 위협하여 아주 쉽게 투구를 손에 넣고는 멋진 결투로 획득한 것이라 믿으며 그것을 머리에 쓴다. 일개 놋대야일 뿐인 것을 머리가리개로 쓰는 돈키호테가 산초에게는 그저 우스울 따름이다. 돈키호테의 허락을 얻은 산초는 당나귀를 버려 둔 채 줄행랑 친 그 이발사의 안장을 마구로 취한다. 이 에피소드는 제44장과 제45장에서 다시 언급된다.

제22장

스페인 속담에 〈양배추와 양배추 사이 상추〉라는 게 있다. 『돈키호테』에서는 단지 재미를 위한 에피소드 사이사이 생각해 볼 문제들을 심어 놓았다는 뜻으로 해석할 수 있겠다. 다시 길을 가던 돈키호테와 산초는, 열두 명쯤 되는 남자들이 모두 굵은 쇠사슬에 목이 염주처럼 꿰이고 손에는 수갑을 찬 채 호송원들에게 끌려 걸어오는 모습을 보게 된다. 이들은 돈키호테 상상의 소산물이 아니라 실제 범죄자들로, 배에서 노 젓는 형을 받아 왕에게 봉사하기 위해 억지로 끌려가는 사람들이다. 돈키호테는 그들을 멈춰 세워 그들이 지은 죄와 형에 대해서 묻고는 중세 기사들의 의무 중 하나, 즉 노예나 본인의 의지에 반하여 끌려가는 자들을 구해야 한다는 생각에 그들을 풀어 준다. 지은 죄에 대한 처벌은 망각한 채, 하느님과 자연이 자유롭게 한 자를 인간이 구속할 수 없다며 죄수들의 도움을 얻어 모두 해방시키는 것이다. 자유롭게 풀려난 죄수들은 그러나 돈키호테의 행동이 정말로 미친 자나 할 수 있는 것으로 보고 그와 산초에게 돌팔매질을 해댄다.

죄수들 중 한 사람인 히네스 데 파사몬테는 세르반테스가 젊은 시절 알았던 실제 인물, 아라곤 출신의 헤로니모 데 파사몬테로 그는 세르반테스와 같은 부대에 있었고 레판토 해전에도 함께 참전했다. 1574년에서 1592년까지 터키의 포로가 되어 노를 젓다가 온갖 역경을 이겨 내고 자유의 몸이 되었을 때 『헤로니모 데 파사몬테의 삶과 고난 *La vida y trabajos de Gerónimo de Passamonte*』이라는 자서전도 썼다. 세르반테스가 이 인물을 스페인 배에서 노 젓는 형에 처해진 범죄자로 강등시켜 작품에 묘사한 이유는 군 생활 동안 가졌던 그에 대한 증오심 때문이라 알려졌는데, 그는 속편에서 페드로 선생으로 다시 등장한다.

이 에피소드에 대한 논란은 낭만주의 시대부터 지금까지 계속되고 있다. 자유의 수호자이자 폭력에 항거하는 용사라는 이론과, 사회적으로 위험한 자를 풀어 주는 가장 큰 불의를 저지른 정신 나간 자라는 반박이다.

제23장~제24장

죄수들을 풀어 주었다가 보답은커녕 오히려 큰 봉변을 당한 돈키호테는 종자에게 이야기한다. 〈내가 늘 듣기로 산초여, 천한 인간들에게 잘해 주는 것은 바다에 물을 붓는 격이라 하더군. 자네의 말을 들었더라면 이렇게 괴롭지는 않았을 텐데. 그러나 이미 저질러진 일이니, 꾹 참고 앞으로의 교훈으로 삼아야겠네.〉

왕이 곧 법인 곳에서 왕의 노예를 풀어 주었으니 돈키호테는 범죄자가 된 셈이다. 산초도 그 일을 거든 터라, 두 사람은 당시 들판에서 일어난 범죄를 추적하던 성스러운 형제단이 두려워 시에라 모레나 산으로 숨어든다. 돈키호테가 자신은 두려워서 물러나는 것이 아니라고 주장하자 산초의 말이 뒤따른다. 〈물러나는 것은 달아나는 것이 아니며 (……) 지혜로운 자는 내일을 위해 오늘을 삼갈 줄 알고, 하루에 모든 것을 모험하지 않습니다요.〉 이에 그는 더 이상 아무 말 없이 산초가 이끄는 대로 산에 들어가고, 거기서 산초는 히네스 데 파사몬테에게 당나귀를 도둑맞는다.

이윽고 두 사람은 연인 루스신다에게 버림받았다고 생각하여 산속에서 미쳐 살고 있는 카르데니오를 만난다. 뒤에 이어지는 내용에 따르면 카르데니오는 친구 돈 페르난도에게 자기의 여인을 뺏겼고, 돈 페르난도는 결혼을 전제로 취한 도로테아를 루스신다 때문에 버렸다. 버림받은 도로테아 역시 고통을 못 이겨 이 산에 들어와 도피 생활을 하고 있었다. 이들의 사랑이 어떻게 흘러가고 어떤 결말에 이르는지는 제23장부터 제36장에 걸쳐 이야기된다. 이렇게 작가는 연애 소설 이야기를 들려주면서 사이사이 돈키호테의 모험 이야기를 함께 엮어 나간다. 한편 도로테아는 돈키호테의 모험에 있어 매우 중요한 인물로 등장한다.

제25장

제24장 카르데니오의 이야기에 이어, 돈키호테가 산초를 시켜 둘시네아 델 토보소에게 편지를 보내고 스스로 고행에 들어가는 이야기가 펼쳐진다. 모험을 찾아 편력하는 일을 잠시 멈추고 시에라 모레나 산에서 속죄의 고행을 하기로 결심한 것이다. 이 고행에 대해서는 돈키호테와 산초의 대화를 통해 그 정보를 얻을 수 있다.

〈이 기사가 한 일들 중에서 자기의 신중함이나 가치와 용기와 인내와 지조와 사랑을 가장 잘 보여 준 것이, 바로 자기가 사랑하는 귀부인 오리아나에게서 버림받자 속죄할 목적으로 페냐 포브레 산으로 들어갔던 일이네.〉 돈키호테의 이러한 말에 산초는 다시 묻는다. 〈그러니까 (……) 나리께서 이 먼 곳에서 하시겠다는 일이 대체 뭡니까요?〉 이에 돈키호테가 사랑에 상처 입거나 다른 동기로 인해 절망하여 숲의 고적한 장소를 찾던 기사 소설의 주인공을 모방하려 한다고 대답하자, 산초는 다시 묻는다. 〈어느 귀부인이 나리를 멸시했나요? 아니면 둘시네아 델 토보소 님이 무어인이나 혹은 기독교인하고 무슨 유치한 장난이라도 했다는 증거라도 잡으셨나요?〉

이런 식으로 세르반테스는 기존 기사 소설 속의 기사들이 금식을 하고 기도를 하거나 정신 나간 짓들을 벌이는 이유에 대한 정보를 독자에게 전하는 것이다. 이때 돈키호테의 마음을 가장 사로잡고 있던 작품은 바로 『아마디스 데 가울라』와 『광란의 오를란도Orlando Furioso』다. 아마디스는 자신의 여인 오리아나로부터 버림받았다고 생각하여 페냐 포브레로 들어가 거기서 벨테네브로스라는 이름으로 은자에게 고해하고 시도 지으며 속죄의 시간을 갖는다. 한편 광란의 오를란도는 미녀 앙헬리카와 메도로의 사랑을 알게 되자 미쳐서 반나체로 나무를 뽑고 목동과 짐승들을 죽였다.

돈키호테가 아마디스의 속죄와 오를란도의 광기를 흉내 내기로 하자 산초는 이렇게 제안한다. 〈그냥 물이나 솜 같은 부드러운 것에 찧는 것으로 만족하시면 안 될까요?〉 산초가 보기에 기사 소설 속 기사들의 행동은 터무니없고 그렇게 하는 이유도 상식 밖이기 때문이다. 결국 돈키호테는 기도하고 시를 짓고 윗도리만 걸친 채 물구나무를 서서 자기의 물건을 고스란히 내보이는 것으로 미친 짓을 보여 주는데, 여기서 독자는 미친 짓을 하겠다는 우리의 주인공이 그것이 미친 짓임을 알고 있다는 데 미루어 그의 정신이 말짱하다는 사실을 깨닫게 된다.

우리의 영웅은 산초를 시켜 둘시네아에게 편지 심부름을 보내면서, 그가 제대로 찾아갈 수 있도록 자기가 사랑하는 귀부인이 로렌소 코르추엘로와 알돈사 노갈레스의 딸임을 밝힌다. 산초는 이 말에 무척 놀란다. 자기도 잘 알고 있는 그 처자가, 더구나 자기와 같은 신분인 그 여인이 주인님의 마음을 그토록 장악하고 있으리라고는 상상조차 못 했던 것이다. 이때 돈키호테는 시인들이나 목가 소설 속에 등장하는 여자들은 모두 작가의 상상의 소산물이며 자기의 여인 또한 상상으로 이상화한 인물임을 밝힌다. 〈내가 말하는 것들이 모두 그러하다고 나는 상상한다는 것이네. 넘치는 것도 모자라는 것도 없이 바로 말 그대로 말일세. 나는 아름다움에 있어서나 고귀함에 있어서 내가 원하는 모습 그대로 상상해 본다네.〉 소설을 통틀어 둘시네아가 알돈사 로렌소임을 밝히는 돈키호테의 고백은 이것이 유일하다.

한편 둘시네아에게 보내는 돈키호테의 편지는 기사 소설에 등장하는 사랑의 시를 패러디한 것으로, 기사 소설에서 흔히 발견되는 고어와 진지함이 고스란히 담겨 있다.

제26장~제30장

시에라 모레나에 돈키호테를 남겨 둔 채 산초 판사는 둘시네아에게 편지를 전하기 위해 길을 나선다. 담요로 헹가래를 당한 객줏집에 도착했을 때 돈키호테를 찾아 나온 고향 마을의 신부와 이발사를 만난 산초는 이들에게 돈키호테의 모험을 이야기하고 그가 지금 속죄를 하고 있다는 것, 그리고 자기는 편지 심부름을 가는 중임을 알린다. 하지만 곧 편지를 갖고 오지 않았다는 것을 깨달은 산초는 기억을 살려 편지를 외워 보는데 그 내용이 가관이다. 여기서도 세르반테스는 기사 소설의 연서를 저급하게 변형시켜 웃음을 자아냄으로써 패러디를 보여 주는 것이다. 돈키호테를 데려가기 위해 다 함께 산으로 들어간 신부와 이발사와 산초는 카르데니오와 도로테아를 만나고, 이들의 사랑 이야기가 장황하게 펼쳐진다.

이야기를 마친 뒤 돈키호테의 사정을 들은 도로테아는 그를 산에서 나오게 할 공주 역할을 맡겠노라 자청하고 미코미코나 공주로 분해, 자기의 왕국을 거인으로부터 되찾을 때까지 어떤 모험에도 개입하지 않을 것이라는 약속을 돈키호테로부터 얻어 낸다. 이 때문에 산초는 자기 주인이 기니와 에디오피아의 대국 미코미콘Micomicón(원숭이mico와 대원숭이micón의 합성어) 왕국의 왕이 될 것이라고 확실히 믿는데, 다만 그 왕국이 흑인들의 땅에 있는 터라 자기 신하가 모두 흑인들로 이루어질 것이라 생각하니 그것이 유감스럽기만 하다. 하지만 곧 그 문제에 있어서도 멋진 해결책을 생각해 내니 바로 이러하다. 〈그들을 싣고 에스파냐로 데려와 팔아 버릴 수도 있으니, 현금으로 주는 곳으로 실어 가면 되는 게지. 그 돈으로 평생 편하게 지낼 수 있는 직함이나 일을 살 수도 있지 않겠어?〉

16세기에서 17세기 초반까지, 스페인 세비야에는 흑인 노예 시장이 존재했다. 흑인 노예 장사는 원래 포르투갈과 스페인 왕실이 맺은 알카소바(1479)와 토르데시야스(1494) 협정에 따라 포르투갈 왕의 신하들만이 아프리카, 특히 기니로부터 노예를 데리고 와 거래하도록 정해져 있었지만 포르투갈이 스페인에 속한 1580년 이후, 포르투갈에 살던 개종한 유대인들이 지독한 그곳 종교 재판소를 피해 카스티야로 대거 이동하면서 스페인에서도 노예가 거래되기 시작했다. 1595년 이후부터는 왕실의 허가를 받아 신대륙으로 보낼 노예 거래권이 포르투갈인들에게 주어졌고 이들은 매년 4,250명의 흑인 노예를 신대륙으로 보냈는데, 스페인을 거치지 않고 아프리카에서 직접 실어 날랐다. 당시 10만이었던 세비야의 인구 중 약 8퍼센트인 7,860명이 노예였으며, 그중 60퍼센트가 흑인으로 4,800명이나 되었다. 특히 스페인의 주요 도시인 바야돌리드, 마드리드, 톨레도로로 유입된 노예는 1580년부터 그 수가 증가하기 시작하여 1615년에 정점을 찍었다. 『돈키호테』 전편 집필 당시에는 확장 일로에 있었으므로 산초는 이 일에 정통하다. 당시 미장이가 1년 동안 벌 수 있는 돈이 금화 90두카도였던 것에 비해, 흑인 노예 한 명을 거래하면 1백 두카도를 벌 수 있었다. 30~40명이면 3천~4천 두카도가 된다. 이 금액은 산초가 50여 년을 일해야 손에 넣을 수 있는 돈이며 공직을 사는 데도 충분한 액수다. 그러니 산초는 노예 장사를 하여 당시 모든 사람들이 추구하던, 평생 놀고먹을 직함이나 공직을 사려 하는 것이다. 아직 통치자로서의 자질은 찾아볼 수 없는 모습이다.

돈키호테를 집으로 돌려보내려는 미코미콘 왕국 작전은 그의 머릿속에서 벌어지는 상상 속의 일이 아니다. 속임으로 이루어지기는 하지만 실제로 일어나는 일이다. 도로테아는 목적을 이루기 위해 기사 소설 양식대로 환상적인 이야기를 우스꽝스럽게 지어낸다.

제31장

미코미콘 왕국을 되찾아야 한다는 말에 속아 길을 가던 중, 돈키호테는 산초를 불러 둘시네아에게 보낸 편지에 대해 물어본다. 산초는 엘 토보소에 가지 않았으니 모든 걸 지어내야만 한다. 이 대화에서 돈키호테는 둘시네아를 기사 소설 속 여인의 이미지에 충실하게 묘사하는데, 즉 이미 알돈사 로렌소가 아닌 둘시네아만이 그의 머릿속에 존재하는 것이다. 반면 둘시네아가 알돈사 로렌소라는 걸 알고 있는 산초는 편지를 제대로 전해 주었다고 우기며 현실의 시골 아낙 알돈사를 머리끝부터 발끝까지 묘사한다. 다시 말해 알돈사를 두고 주인의 이상화된 모습과 산초의 현실적인 모습이 대조를 이루며 나열되는 장면이다. 이런 산초의 둘시네아는 이후 속편에서 더 투박한 모습으로 등장한다.

第32장~第35장

신부와 이발사와 도로테아와 카르데니오, 그리고 산초가 객줏집에 모여 앉는다. 돈키호테는 쉬러 들어가 그 자리에 없다. 신부는 한 여행객이 객줏집에 놔두고 간 원고 〈당치 않은 호기심을 가진 자에 대한 이야기〉를 읽어 주는데 그 내용이 제35장까지 이어진다. 『돈키호테』의 줄거리와는 아무런 관계도 없는 이 곁가지 이야기의 무대는 16세기 초의 피렌체이며, 사건은 『광란의 오를란도』 제43곡 〈사랑의 이야기〉에서 가져온 심리극의 형태로 진행된다.

신부가 읽어 주던 이 이야기는 돈키호테가 잠결에 방에 있던 가죽 술 부대를 작살내며 소동을 벌이는 통에 잠시 끊긴다. 미코미코나 공주의 적인 거인을 무찔러야 한다는 중압감에 그는 꿈속에서 전투를 벌였던 것이다.

제36장

돈키호테의 소동이 끝나고 〈당치 않은 호기심을 가진 자에 대한 이야기〉 낭독이 끝나자 객줏집에 도로테아를 버린 돈 페르난도와 카르데니오의 여인인 루스신다가 들어온다. 이들의 얽히고 설킨 사랑은 모두가 만족하는 수준에서 해결된다.

제37장~제38장

도로테아는 돈키호테가 집으로 돌아갈 수 있도록 계속 미코미코나 공주 역을 맡기로 한다. 잠시 후 알제에서 포로 생활을 하다 풀려난 자가 소라이다라는 아름다운 무어 여인을 대동하고 객줏집에 도착하고 모두가 모인 저녁 식사 자리에서 돈키호테는 학문과 군사에 대한 일장 연설을 늘어놓는다. 돈키호테의 군사, 문학, 수사학에 대한 해박한 지식을 보여 주는 이 연설은 제38장까지 계속된다. 이후 제41장까지 이어질 〈포로 이야기〉의 입문 격이다.

제39장~제41장

루이 페레스 데 비에드마라는 포로가 객줏집에 모인 사람들에게 자기의 삶에 대해 들려준다. 레판토 해전 참전과 알제의 포로로 있었던 일, 기독교인으로 개종하기를 원하는 소라이다와의 사랑과 자유의 몸으로 풀려나 스페인으로의 도망 오기까지에 대한 이야기다. 세르반테스의 극작품 「알제 목욕탕Los baños de Argel」에 나오는 내용과 유사하다. 세르반테스가 직접 몸으로 겪어 알고 있는 그곳 포로들의 삶과 이슬람 관습 및 감방의 모습 등이 그려지고, 이야기에 등장하는 인물들 중에는 실존했던 이들도 있다. 포로가 언급한 사건과 정보에 의하면, 세르반테스는 이 이야기를 1589년부터 썼다가 이후 『돈키호테』에 삽입한 것으로 추정된다. 따라서 〈포로 이야기〉는 스페인에 있던 무어인이나 무어인들의 땅에 살던 스페인 사람들에 대한 이야기를 그린, 당대 많은 인기를 누린 무어 소설류이자 동시에 사실을 기록한 역사라 할 수 있다.

제42장

〈포로 이야기〉가 마무리된 그날 밤 객줏집에 한 판관이 딸을 대동하고 도착한다. 이 사람은 곧 포로의 동생인 후안 페레스 데 비에드마로 밝혀지고, 곧 두 사람의 눈물겨운 상봉이 이루어진다.

제43장

판관의 딸 도냐 클라라와 노새 몰이꾼으로 변장한 돈 루이스의 사랑 이야기가 펼쳐지는 한편, 돈키호테는 자기가 성으로 본 그 객줏집의 보초를 서겠노라 나섰다가 객줏집 딸과 하녀 마리토르네스의 장난에 넘어가 헛간 구멍으로 손목이 묶여 매달린 채 로시난테의 안장 위에서 우스꽝스러우면서도 고통스러운 밤을 보낸다. 주인공에 대한 또 다른 우롱이다.

제44장

밤새 돈키호테를 받치고 있던 로시난테는 한 나그네 무리가 몰고 온 말 때문에 몸을 움직이고, 그 바람에 안장에서 미끄러진 우리 영웅의 고통스러운 비명으로 다음 날 아침이 열린다. 이 나그네들은 노새 몰이꾼으로 변장하고 도냐 클라라를 몰래 따라온 돈 루이스 아버지의 하인들이다. 이들은 주인의 명령대로, 돈 루이스를 집으로 데려가려 하고, 돈 루이스는 판관에게 도냐 클라라를 사랑하니 허락해 달라고 간청한다.

그 와중에 다른 한 사람이 객줏집으로 들어서는데, 그는 돈키호테에게 맘브리노의 투구를 빼앗기고 산초 판사에게 당나귀의 길마를 바꿔치기당한 이발사로 투구와 길마에 대한 분쟁을 일으킨다. 모두가 보는 앞에서 그 두 물건은 자기 것이며 이 자들은 도둑이라고 주장하지만, 당연하게도 돈키호테에게는 먹히지 않는다.

제45장

돈키호테에게 대야는 자신이 전투에서 획득한 맘브리노 투구다. 신부와 돈키호테 친구인 이발사와 돈 페르난도와 카르데니오는 이 소송에 개입하여 그저 재미있게 놀아 보자고 돈키호테 편을 든다. 이때 세 명의 여행객이 객줏집에 들어오다가 이 엉뚱한 일에 이의를 제기하면서 한바탕 소동이 일어난다. 당나귀의 길마는 말의 장신구로 결론이 나고, 대야는 주인이 두려운 산초에 의해 〈대야 투구〉로 규정된다. 이때 여행객들 틈에서 이 모든 것을 보고 듣던 한 성스러운 형제단원이 돈키호테의 인상착의를 보고 죄수들을 풀어 준 사람임을 확인한 뒤 체포령을 발동하여 다시금 새로운 소동이 일어난다.

제46장

〈돈키호테는 미친 사람으로, 죄를 물을 수 없다〉는 신부의 주장에 모든 일이 해결된다. 신부는 이발사에게 대야값으로 8레알을 물어 주고 길마를 돌려준다. 도로테아가 페르난도와 떠나야 하므로 미코미코나 공주 작전은 더 이상 이어 갈 수 없다. 그들 모두는 통나무로 짠 우리에 돈키호테를 넣은 다음 마침 그곳을 지나던 소달구지에 실어 데려갈 작전을 짠다. 변장한 돈 페르난도와 그의 친구들과 돈 루이스와 하인들과 관리들, 그리고 객줏집 주인을 포함한 모두가 돈키호테의 방에 가서 잠들어 있던 그의 손발을 묶어 우리 안에 넣고는 쉽사리 부수지 못하도록 단단히 못질을 한다. 이발사가 목소리를 꾸며 기존 기사 소설에 나오는 메를린 마법사를 흉내 내 기사의 운명을 예언하자, 예언이 마음에 든 돈키호테는 그 새로운 상황을 받아들인다.

제47장~제50장

소달구지에 실려 가던 돈키호테는 이것이 자기가 읽은 기사 소설에서는 듣도 보도 못한 일이라는 걸 깨닫지만, 그저 이 시대의 기사도와 마법은 옛날 방식과 다른가 보다고 생각한다. 일행과 작별을 고한 뒤, 산초는 로시난테의 고삐를 잡은 채 당나귀에 올라타고 신부와 이발사는 성스러운 형제단 관리 두 사람과 함께 객줏집에서 출발한다. 가는 도중 한 교단 회원을 만나, 신부는 그와 더불어 문학과 특히 기사 소설에 대해 이야기를 나눈다. 이들의 대화는 제50장까지 펼쳐지는데, 문학과 당시 작가들에 대한 세르반테스의 견해를 들을 수 있는 흥미로운 자료이다.

제51장
산양치기 에우헤니오를 만나 그와 레안드라라는 여인의 사랑 이야기를 듣는다. 목가 소설 고유의 문체로 쓰인, 목가 소설을 향한 예찬이다.

제52장
잠시 우리에서 풀려나 있던 돈키호테의 호의를 이해하지 못한 에우헤니오는 그를 무시하고, 이로 인해 둘 사이에 싸움이 벌어진다. 싸움 도중 나팔 소리가 들려오자 뭔가 새로운 모험이 자신을 부른다고 생각한 돈키호테는 그곳을 지나던 고행자들 일행을 공격하지만 신부가 소동을 마무리한다. 결국 그는 다시 우리에 갇힌 채 그 모습 그대로 고향에 도착하고, 조카딸과 가정부가 그를 맞이한다.

마지막 대목에서 세르반테스는 돈키호테에 대한 더 이상의 소식은 발견하지 못했다며, 하지만 라만차 사람들의 기억에 의하면 돈키호테가 세 번째로 집을 나가 사라고사에서 벌어진 무술 경연 대회에 참가했다는 소문만이 전해진다고 적는다. 그리고 자신이 만난 한 의사가 새로 지으려는 어느 낡은 암자의 무너진 토대에서 납 상자 하나를 발견했다면서, 그 상자에 있는 돈키호테의 무훈 중 분명하게 밝힐 수 있는 내용들만을 소개하겠다고 밝힌다. 〈라만차 지역, 라 아르가마시야의 한림원 회원들이 용감한 돈키호테

데 라만차의 삶과 죽음에 임하여 기록한 비문〉과 〈둘시네아 델 토 보소를 칭송하는 소네트〉, 그리고 〈로시난테를 칭송하는 소네트〉가 그것들로, 이 유머러스한 시들은 마드리드와 그 밖의 도시에서 곧잘 열리곤 하던 문학 모임을 우롱하는 내용이다.

마지막으로 세르반테스는 아리오스토의 『광란의 오를란도』에 나오는 시구인 〈아마도 다른 사람이 더 훌륭한 펜으로써 노래하리라〉라는 문장으로 작품을 맺는다.

돈키호테의 세 번째 출정, 그리고 귀가와 죽음

속편 『기발한 기사 돈키호테 데 라만차』에서 작가는 전편과 같은 조건들(규정 가격, 정정에 대한 증명, 승인서, 특허장, 헌사)을 책 서두에 수록한 후 역시 독자에게 드리는 서문을 넣는다.

이 서문은 위작 『돈키호테』의 작가인 아베야네다가 자신에게 가한 모욕에 대한 답이다.

다만 제가 유감스럽게 생각할 수밖에 없는 것은, 그가 저를 늙은이에 한쪽 팔이 불구라며 비난했다는 점입니다. 제 손으로 시간을 정지시켰어야 했거나 저한테서는 시간이 흘러가지 못하게 했어야 했던 것처럼, 그리고 제가 어느 주점에서 놀다가 한쪽 팔을 잃기라도 한 것처럼 말입니다. 저는 지난 세기와 금세기, 그리고 앞으로 올 세기에서도 다시 못 볼 가장 귀한 기회에서 팔을 잃었는데도 말입니다.

세르반테스는 자신을 질투 많은 인간으로 그린 것에 대해 항변하며 이렇게 적고 있다.

저는 어떤 사제를 추궁할 필요가 없습니다. 더군다나 그 인물이 종교 재판소의 관리라면 더욱 그렇습니다. 그리고 혹시 그가 그 말을 한 것이 내가 짐작하는 바로 그 인물 때문이라면, 그는 전적으로 잘못 알고 있는 겁니다. 저는 그 사람의 재능을 지극히 존경하고, 그의 작품과 그가 끊임없이 행하는 덕스러운 일에 놀라 마지않고 있기 때문입니다.

이 마지막 대목은 〈그 사람〉, 즉 로페 데 베가에 대한 일종의 비아냥이다. 사제였음에도 로페의 문란한 생활은 모든 사람들이 알고 있을 정도로 유명했다. 또한 우리의 작가는 자기의 이름과 고향을 숨긴 채 떳떳하게 나타나지 않는 위작자의 비겁함을 탓하고, 그가 책을 써 돈과 명예를 얻을 수 있다고 생각했다면 그건 미친 짓이라며 두 명의 미치광이에 대한 이야기를 들려준다.

세르반테스는 아베야네다라는 가명 아래 숨은 위작 『돈키호테』 작가가 누구인지를 알고 있었다. 전편에서 그를 우롱한 바 있으니 누구인지는 뻔한 사실이나, 우리의 작가는 경쟁자인 그의 이름을 밝히지 않음으로써 복수를 한 셈이다.

제1장

서문에 이어, 우리의 영웅이 집에 돌아와 요양을 마친 뒤의 이야기가 전개된다. 돈키호테가 제정신을 되찾은 듯 보이자 신부와 이발사는 그가 얼마나 좋아졌는지 직접 확인하기로 한다. 그들의 대화가 기사도에 대한 이야기에 이르기 전까지 주인공의 정신은 말짱하지만, 결국 기사도에 관해서만큼은 전혀 변하지 않았음이 드러난다. 이렇게 이들이 대화를 나누고 있던 중 돈키호테의 집으로 산초가 들어온다.

제2장

산초 판사는 돈키호테에 관한 세간의 이야기와, 살라망카에서 공부해서 학사가 되어 돌아왔다는 삼손 카라스코가 들려준 소식을 전한다. 그들의 모험이 『기발한 이달고 돈키호테 데 라만차』라는 이름으로 이미 책이 되어 나돌고 있다는 것이다. 그러더니 산초는 그 학사를 데리고 오겠다며 찾으러 갔다가 곧 그와 함께 돌아온다. 『돈키호테』 속에서 『돈키호테』를 이야기하는 것이다. 이 속편에는 이미 인쇄되어 세상에 알려진 전편을 읽은 사람들도 등장하는데, 이들의 입장은 실제 독자들과 같다.

제3장

돈키호테의 부탁으로 삼손 카라스코는 책에 대한 독자들의 다양한 의견을 전한다. 세르반테스는 이렇게 속편의 내용을 전편에 관한 이야기로 채우고 있다. 속편 군데군데 등장하는 인물들이

10년 전에 출판된 책에 대해 찬양이나 비평 등의 의견을 쏟아 놓으니, 이는 『돈키호테』 전편에 대한 문학 비평인 셈이다. 특히 〈제가 알기로 그 이야기는 지금까지 1만 2천 부 이상 인쇄되었답니다. 못 믿으시겠다면 그 책이 인쇄된 포르투갈, 바르셀로나, 발렌시아에 가서 물어보십시오. 그리고 암베레스에서도 인쇄되고 있다는 소문이 있으니 곧 이 책이 번역되지 않을 나라나 언어가 없을 것이라 추측되옵니다〉라는 삼손의 말은 역사상 최초의 베스트셀러에 대한 기록이자 훗날 정확하게 맞아떨어진 예언이지만, 사실 이 대목에는 약간의 착오가 있다. 『돈키호테』가 바르셀로나에서 발간된 것은 1617년이었으며 네덜란드의 암베레스에서는 1670년에, 브뤼셀에서는 1607년에 발간되었다. 세르반테스가 판권을 넘긴 로블레스판에 대한 언급이 없다는 점도 의아하다.

또한 이 장에서 세르반테스는 돈키호테의 말을 통해 재미있는 책을 쓰는 작가의 자질에 대해 언급하기도 한다. 〈이야기를 짓거나 책을 쓰려면 그것들이 어떤 종류의 것이든 간에 뛰어난 판단력과 성숙한 이해력이 필요하다는 것이오. 재미있는 말을 하거나 구수하고 그럴싸한 글을 쓰는 것은 위대한 천재성이 요구되는 일이오. 그래서 연극에서 가장 분별력 있는 인물은 바보 역이라지. 바보로 보이기를 원하는 사람은 바보여서는 아니 되는 법이니 말이오.〉 그러면서 책들이 너무 쉽게 발간된다는 점도 지적하고 있다. 〈마치 튀김 과자인 양 책을 쓰고 그것들을 마구 쏟아 내는 사람들도 있더군.〉 그 말에 대한 삼손 카라스코 학사의 금언이다. 〈아무리 나빠도 뭔가 좋은 점이 하나도 없는 책은 없습니다.〉

인쇄된 책이 갖는 위험에 대한 이야기도 빠지지 않는다. 비평가들의 시기심 때문에 작품의 훌륭한 점들이 제대로 평가받지 못한다는 것이다. 결국, 돈키호테와 산초와 삼손의 대화를 통해 세르반테스는 시기를 받는 『돈키호테』 전편의 처지를 전하는 셈이다.

이어지는 삼손의 대사 역시 『돈키호테』 전편을 향한 세간의 비평을 의식한 듯 보인다. 〈저는 그런 비평가들이 좀 더 인정이 많아지고 좀 덜 용의주도해져서 자기들이 험담하는 작품의 밝디밝은 태양의 미립자에까지 신경을 쓰지 않아 주었으면 합니다.《훌륭한 호메로스도 때때로 존다》라는 말도 있으니, 가능한 한 작품에 그림자를 적게 하고 빛을 주기 위해서 작가가 깨어 있던 사실을 더 많이 고려해 주었으면 한답니다. 그리고 그들이 좋지 않게 본 것이 아마도 한낱 점일 수 있으니 말입니다. 사실 그 점이 때로는 얼굴을 더 아름답게 보이게도 하거든요. 아무튼 저는 책을 출판하는 사람은 대단한 위험에 처하게 된다고 말씀드리는 겁니다. 책을 읽는 사람들 모두를 만족시킬 수 있고 즐겁게 할 수 있는 그런 작품을 쓴다는 일은 불가능하고도 불가능하니까 말입니다.〉 이러한 가설을 뒷받침하듯, 돈키호테는 삼손에게 묻는다. 〈나를 다룬 책은 몇 사람만 좋아했겠지.〉 이에 대한 삼손의 대답이다. 〈오히려 그 반대입니다.《모자란 것도 셀 수 없도다》란 말과 같이 그 이야기를 재미있어 하는 사람은 셀 수 없이 많습니다.〉 독자들은 주로 〈모자란〉, 즉 단순 무식한 사람들이다. 작품을 제대로 이해하는 사람의 수는 적고, 책은 시기심 때문에 제대로 평가되지 않는다는 의미로 읽힌다. 앞서 삼손의 말이 그 이유가 될 수 있다. 〈인쇄된 책은 천천히 읽히기 때문에 그만큼 결점이 쉽게 눈에 띄고, 그것을 지은 자의 명성이 높으면 높을수록 그만큼 철저히 조사되기 때문입니다.〉

이렇게 세르반테스는 자신의 작품에 대한 문학 비평을 시도하는 동시에 집필 목적으로 밝힌, 기사 소설의 권위를 실추시키려는 노력도 이어 간다. 제3장 첫 부분에는 〈편력 기사에 대한 것이니 분명 격조 높고 숭고하고 유명하고 장엄하며 진실된 내용이리라 생각했다〉라는 대목이 나온다. 자기 이야기가 인쇄되어 출판되었다는 이야기를 들은 돈키호테가 자신의 생각을 밝힌 것인데, 이 생각이 텍스트 내용과 전혀 맞지 않는다는 사실을 독자들은 안다. 이후 제16장에서 거울의 기사와 결투를 치르고 승리를 거둔 돈키호테가 느끼는 감정 또한 앞선 기술이 사실이 아님을 증명한다. 〈그동안 기사도 일을 수행하면서 얻어맞았던 셀 수 없을 정도로 많은 몽둥이질도, 이를 반이나 날아가게 했던 돌팔매질도, 갤리선으로 끌려가던 죄수들의 배은망덕함도, 양구에스인들의 거만함과 말뚝 세례도 생각나지 않았다.〉 보다시피 우리의 기사는 매번 우롱만 당할 뿐 격조 높을 일도, 숭고할 일도, 장엄할 일도 없었기 때문이다.

제3장 마지막 부분에는 당나귀를 도둑맞은 일이며, 1백 에스쿠도의 돈과 관련한 작가의 실수에 대한 지적이 언급되고, 이에 대한 해명과 세 번째 출정 결심에 대한 내용이 제4장으로 이어진다.

제4장

당나귀를 도둑 맞은 일에 대해, 부르넬로라는 도둑이 말을 훔쳐 갔던 것과 같은 방식으로 자기의 당나귀를 빼내 갔다고 산초가 설명하자 삼손은 〈잘못된 부분은 거기가 아니오. 당나귀가 나타나지도 않았는데 산초가 그 당나귀를 타고 있었다고 작가가 말한 부분이지〉라고 지적한다. 이에 산초는 〈이야기를 쓴 사람이 잘못 알았거나, 아니면 인쇄한 사람이 신경을 덜 썼거나 했기 때문〉이라 응수할 뿐이다. 또한 시에라 모레나 산에서 얻었던 금화 1백 에스쿠도에 대해서는 자기 가족을 위해 썼다며, 돈에 대해 따지지 말라고 말한다. 〈각자 자기 가슴에 손을 대고 백을 흑으로 흑을 백으로 판단하는 일은 말아야〉 한다고, 〈사람은 누구나 다 하느님이 만드신 대로인데, 더 악한 경우도 많〉다고 산초는 항변한다. 이후 제27장에서도 당나귀 도난 건에 대한 이야기가 다시 등장하는데, 이때도 산초는 인쇄한 사람들에게 잘못을 전가한다.

제5장

〈제5장을 번역하기에 이르러 이 이야기의 번역가는 이 장의 출처가 의심스럽다고 말하고 있다. 왜냐하면 산초 판사가 그의 짧은 식견에서 기대되는 것과는 다른 말투로 말을 하고 있으며, 그가 알고 있을 리가 없는 상당히 세세한 부분까지 말하고 있기 때문이라는 것이다.〉 이렇게 화자는, 산초와 그의 아내 테레사 판사 대화와 관련하여 이 장의 출처가 의심스럽다는 번역가의 말을 전하며 서두를 연다. 이런 화자의 개입은 이 장 중반에 또다시 나온다. 〈여기서 하는 말들은 모두 산초의 능력을 넘어서는 것들이며, 따라서 이 부분은 번역자로 하여금 이 장의 출처를 의심하게 만든 두 번째 대목이다.〉 이는 산초 판사가 돈키호테와 다니며 식견이 넓고 생각 또한 깊은 인물로 변해 가고 있음을 보여 준다.

제6장

돈키호테가 가정부와 조카딸에게 궁정 기사와 편력 기사의 차이점을 이야기해 주자, 조카딸은 이렇게 대답한다. 〈삼촌은 기사도 아니시면서 기사라 하시니 말씀이에요. 이달고들은 기사가 될 수 있지만 가난한 이달고들은 기사가 될 수 없거든요.〉 우리는 애초에 기사가 될 수 없는 사람의 모험 이야기를 읽고 있는 것이다.

제7장

주인의 세 번째 출정 결심을 눈치챈 가정부가 삼손 카라스코를 방문하고, 산초는 봉사에 대한 대가를 두고 돈키호테와 거래를 한다. 기존 기사 소설에서라면 있을 수 없는 일이다. 가정부의 생각과 달리 삼손이 오히려 모험을 떠나도록 돈키호테를 부추기자, 이에 주인과 종자는 떠날 마음을 먹는다. 모험을 다시 시작하기 전, 그들은 둘시네아의 축복과 허락을 구하고자 엘 토보소로 길을 나선다.

제8장

두 사람은 긴 대화를 주고받으며 길을 간다. 산초는 가지도 않았고 전하지도 않았던 돈키호테의 편지 심부름에 대해 세세하게 거짓말을 늘어놓고, 돈키호테는 훌륭한 명성을 얻고 찬사를 받는 방법을 알려 준다. 다음 날 어두워질 무렵 마침내 그들은 엘 토보소 근처에 다다른다.

제9장

주인과 종자가 엘 토보소에 들어선 것은 자정 무렵이다. 돈키호테는 어둠 속에서 둘시네아의 성을 찾고자 하지만 아무리 뒤져도 그런 성이 나올 리 없음을 아는 산초는 주인의 말에 퉁명스럽게 대꾸할 뿐이다. 어둠 속 눈에 들어온 커다란 건물을 보고 성으로 오인한 돈키호테는 산초를 데리고 그곳으로 가지만 그들이 마주친 건 교회였다. 스페인 어느 곳을 가든 마을 중앙에는 언제나 교회나 성당이 있으니 당연한 일이다. 산초는 자신이 꾸민 거짓말이 들통 날까 두려워 엘 토보소 마을에서 나가 떡갈나무 숲에 돈키호테를 숨겨 둔 채, 자기만 다시 마을로 돌아가 둘시네아에게 말을 전하기로 한다.

제10장

돈키호테가 산초에게 명을 내린다. 자기의 귀부인을 만나 그분의 포로가 된 기사로 하여금 부디 뵐 수 있도록 허락해 주시고, 무엇보다 그분으로 인해 자기의 모든 일과 어려운 기획들을 아주 행복하게 성공할 수 있도록 축복을 내려 주십사 말씀드리기 전까지는 자기 앞에 돌아오지 말라는 것이다. 당나귀를 몰아 주인과 멀어진 산초는 심란한 마음에 나무 발치에 주저앉아 이 상황에 대해 고심한 끝에 가장 간단하면서도 기발한 해결책을 찾는다. 엘 토보소 쪽에서 나귀를 타고 다가오는 세 명의 농사꾼 여인네들을 보자마자 그는 돈키호테에게 돌아가 둘시네아가 두 명의 시녀를 거느린 채 이곳으로 주인을 만나러 온다고 알린다. 돈키호테는 그녀를 만나러 나가지만 자기 눈에 들어오는 건 세 마리 당나귀를 타고 오는 세 명의 농사꾼 여인네들밖에 없다며 의아해한다. 산초는 개의치 않고 그 세 여인네들을 맞이하러 앞으로 나가서는 여인네들 중 한 사람이 타고 있던 당나귀의 고삐를 잡고 땅바닥에 무릎을 꿇더니 돈키호테가 하듯, 기사 소설 속 용어들을 할 수 있는 한 가장 훌륭하게 모방해서 말한다. 〈아름다움의 여왕이시고 공주님이시며 공작 부인이신, 도도하시고 위대하신 마님이시여…….〉 아무리 봐도 그 여인네들은 둥근 얼굴에 납작코로 아주 멋진 얼굴은 아니었기에, 돈키호테는 놀라 감히 입을 떼지도 못한 채 멍하니 있다. 하지만 산초는 기지를 발휘해 그를 멋지게 속여 넘기고, 결국 돈키호테는 그 일을 사악한 마법사의 장난으로 믿어 버린다. 자신의 두 눈을 안개로 덮고 비구름으로 씌워, 그 비할 데 없는 아름다운 자태와 얼굴을 자기 눈에만 가난한 시골 농사꾼 여인의 모습으로 보이게끔 둔갑시켰다는 것이다.

여인네들이 떠난 뒤에는 그들에 대한 주인과 종자의 평가가 뒤따른다. 주인의 눈에 그들은 세 명의 농사꾼 여인네였고, 둘시네아라고 한 여인에게서는 마늘 냄새가 났으며, 외모는 추했다. 전편에서 둘시네아에 대해 이야기했던 내용과 달리, 산초는 매력적인 여인을 보았다고 거짓말을 한다.

이 에피소드로 돈키호테의 광기가 새로운 국면으로 접어들었음이 드러난다. 전편에서 돈키호테는 현실을 기사도 세상의 것으로 상상하여 이상화시키고, 천하고 추하기까지 한 주변의 모든 모습들을 아름답고 영웅적인 세상으로 고양시켰던 반면 산초는 그런 주인의 잘못을 지적하고 실제의 모습을 보도록 독려했다. 하지만 여기서 두 사람의 역할은 바뀌어 있다.

제11장

돈키호테는 마법사들이 둘시네아에게 저지른 악의에 찬 장난에 대해 곰곰이 생각하며 종자와 대화를 나누는데, 언급한 바와 같이 이미 제10장부터 두 사람의 역할이 바뀌었다. 돈키호테는 더 이상 감각으로든, 믿음으로든, 상상으로든 현실을 왜곡하지 않는다. 있는 그대로 본다. 잘못은 모두 영광을 빼앗기 위해 자기를 추적하는 마법사들의 짓으로 자기에게만 제 모습이 보이지 않는 거라고 믿는다.

길을 가던 그들은 「죽음의 궁정」이라는 극단의 배우들이 탄 짐수레와 마주친다. 다음 연극을 위해 이들은 앞선 오전 연극에서 분장했던 그 모습 그대로 가는 중이다. 그래서 악마가 노새를 몰고 죽음과 천사와 황제와 큐피드와 여왕과 황제가 마차 안에 타고 있다. 돈키호테가 배우들과 이야기를 나누는 사이 극단 단원 중 이상하고 난잡한 복장을 한 익살꾼이 소 오줌통으로 땅을 두들기고 방울을 흔들어 대면서 뛰는 바람에 로시난테가 놀라 들판으로 내달리고, 돈키호테는 그 바람에 말에서 떨어져 로시난테와 함께 바닥에 뒹군다. 화가 난 돈키호테가 배우들을 상대로 결투를 신청하지만 이들은 이미 손에 돌멩이를 잔뜩 들고서는 돈키호테를 표적 삼아 반원형으로 둘러선 채 그를 기다리고 있다. 이에 산초가 〈죽음이 있는 군대에 맞서 혼자 덤벼든다는 것은 용감하기보다는 오히려 무모한 짓 (……) 황제도 친히 싸우시며, 이들을 착한 천사 악한 천사들이 다 돕고 있거든요〉라며 말리자, 더 이상 소동 없이 모험은 끝난다. 로페 데 베가가 같은 이름의 성체극을 썼고, 등장인물들 역시 이 작품의 그것과 같다는 점이 흥미롭다.

제12장
인간의 삶을 연극에 비유하며 산초와 이야기를 나누던 돈키호테는 자신의 종자가 갈수록 현명해지며 사려가 깊어짐을 느끼고, 그런 돈키호테에게 산초는 이렇게 대답한다. 〈그건 나리의 신중함이 얼마간 저한테로 옮겨 붙었기 때문일 겁니다.〉 산초가 점점 변하고 있다.

이 둘은 밤이 상당히 깊어진 뒤에야 야외에서 잠을 청하는데 곧 무슨 소리가 들려 잠을 깬다. 제정신인 사람들이 이제 편력 기사란 없다고 그토록 강조했건만 그 한적한 곳에서 완전 무장한 편력 기사를 만난 것이다. 카실데아 데 반달리아라는 여인을 귀부인으로 모시고 있는 이자는 종자까지 거느린 채 시를 읊고 있다. 〈숲의 기사〉의 등장이다. 돈키호테는 이 기사와 대화를 시작한다.

제13장

한편 산초는 그의 종자와 매우 흥미로운 이야기를 나누는데, 특히 그가 주인에 대해 평하는 내용으로 산초와 돈키호테의 관계를 가늠할 수 있다. 〈그분은 꿍심이라고는 전혀 모르는 분이라는 겁니다. 오히려 물 항아리 같은 영혼을 가진 사람이죠. 누구에게도 나쁜 짓을 할 줄 모르고 모든 사람에게 좋은 일만 해요. 악의라고는 전혀 없어요. 어린아이라도 대낮을 밤이라고 하여 그분을 속일 수 있다니까요. 이런 순박함 때문에 나는 그 사람을 내 심장막만큼이나 좋아하게 되었고, 아무리 터무니없는 짓을 해도 그 사람을 버리고 갈 수가 없게 되었단 말입니다.〉

제14장

돈키호테와 〈숲의 기사〉가 나눈 이야기를 전한다. 〈숲의 기사〉는 자기가 수많은 기사들을 무찔렀는데 그중에서도 유명한 기사 돈키호테 데 라만차와 일대일로 붙어 이긴 뒤, 그 사람의 둘시네아보다 자기의 카실데아가 훨씬 아름답다고 고백하게 했다고 전한다. 이 말을 들은 돈키호테는 자신이 진짜 돈키호테이며 이를 무기로써 입증해 보이겠다고 한다.

날이 밝자 산초는 〈숲의 기사〉 종자의 기괴할 정도로 큰 코에 경악하는 한편 얼굴을 투구로 완전히 가린 〈숲의 기사〉는 돈키호테의 요구에도 불구하고 얼굴을 내보이기를 거부한다. 결투에서 상대를 제압한 돈키호테가 그의 투구를 벗기자 삼손 카라스코의 얼굴이 드러나고, 종자 역시 가짜 코를 떼자 산초는 그가 자신의 대부이자 이웃인 토메 세시알이라는 사실에 놀란다. 돈키호테는 이 모든 것이 자신의 영광을 앗아 가려는 마법사들의 새로운 장난이라는 결론을 내리며, 패자에게 둘시네아가 카실데아보다 아름답다는 것을 고백하게 한다. 그런 뒤 이제는 〈거울의 기사〉가 된 〈숲의 기사〉를 엘 토보소로 보내며 둘시네아의 분부에 따를 것을 요구한다.

제15장

이제 화자는 〈숲의 기사〉이자 〈거울의 기사〉가 바로 삼손 카라스코로, 신부와 이발사와 모의하여 돈키호테를 다시 고향으로 돌려보내고 2년 동안 모험을 나가지 못하도록 하기 위해 그의 뒤를 따라왔다는 사실을 독자들에게 전한다. 2년이면 광기를 치료할 수 있을 거라고 생각하여 산초 판사의 대부이자 이웃을 커다란 가짜 코로 분장시켜 종자인 양 데리고 왔던 것이다. 그런데 결투에서 패배하며 결과는 반대로 일어났다. 이에 화가 난 삼손은 이젠 그를 집으로 돌려보내기 위해서가 아니라 복수를 위해 돈키호테를 다시 찾아오리라 결심한다.

제16장

이 사건으로 돈키호테는 편력 기사가 정말로 존재하며, 기사 소설에서처럼 악의에 찬 마법사들이 현실을 다른 모습으로 바꾼다고 더더욱 확신하게 된다. 이 모험에서 기사 소설을 패러디한 자는 다름 아닌 삼손이다. 기존 기사 소설에 나오는 대로 변장하고 행동했으니 말이다. 갑옷 소리, 사랑의 소네트, 사랑하는 여인에 대한 비통한 탄식, 기사의 종자 등으로 기사 소설의 내용을 분명하게 알고 있는 돈키호테로서는 이미 제12장에서 그가 편력 기사임을 분명히 알아챌 수 있었다.

산초와 돈키호테는 〈거울의 기사〉가 삼손으로 둔갑하고 그의 종자가 토메 세시알로 둔갑한 이야기를 나누며 계속해서 길을 가던 중 녹색 외투를 걸치고 말을 탄 한 신사를 만나 그의 집에 초대를 받는다. 〈녹색 외투의 기사〉라 불리는 그 사람의 이름은 돈 디에고 데 미란다로, 신중하고 교양 있고 유복하고 건전한 생활을 영위한 인물의 원형이다. 그는 돈키호테의 광기에 놀라면서도 그의 재치에 매혹당한다. 돈키호테는 그에게 자기 책이 벌써 3만 부나 인쇄되었고 곧 3천만 부가 인쇄될 거라고 하지만, 그 책을 읽지 않았고 책에 대한 소문도 듣지 못한 돈 디에고 데 미란다에게는 과장인 셈이다. 기사 소설의 세계를 믿는 돈키호테와, 기사 소설의 이야기가 거짓이 아니라고 생각하는 사람들이 있을 수 있는지 반문하는, 즉 기사 소설에 대해 부정적인 견해를 보이는 돈 디에고의 관점이 대비된다.

제17장

산초의 잘못으로 양유를 뒤집어쓰게 된 돈키호테가 얼굴을 닦고 있을 때, 왕에게 바치려는 사자를 실은 수레가 그들 쪽으로 온다. 이 장면을 본 순간 돈키호테는 여지없이 기사 소설에서 읽은 내용, 무시무시하고 강하고 사나운 사자들과 싸워 이긴 영웅들의 이야기를 떠올린다. 하지만 돈키호테가 맞붙은 사자는 조금 다르다. 돈키호테의 강요로 사자지기가 우리에서 풀어 주었건만, 사자는 돈키호테에게 엉덩이를 보인 채 아주 느리고도 굼뜨게 우리 안에 다시 누워 버린다. 이 모험을 지켜본 〈녹색 외투의 기사〉는 〈정확하고 품위 있고 옳은 말만 하는데, 하는 짓은 터무니없고 무모하며 멍청하기만〉 한 이 인물의 극단적인 양면성에 놀란다.

제18장

돈 디에고의 집에서 우리의 주인공은 그의 아들, 시를 쓰는 돈 로렌소와 문학에 대한 이야기를 나눈다. 아들 역시 사려 깊으면서도 때로는 터무니없는 그의 말에 감탄하고, 기사 소설과 무관한 주제에서 보여 주는 그의 분별력과 영민함에 놀라며, 불행한 모험을 찾아 돌진하는 그의 고집과 집요함에 탄복한다.

제19장~제21장

돈 디에고의 집에서 나흘을 머문 뒤, 돈키호테는 기존 기사 소설의 영웅들이 하듯 자기가 받은 환대와 은혜에 감사를 표하며 떠나는 것을 허락해 달라고 돈 디에고에게 청한다. 무엇보다 편력 기사가 오랜 시간 빈둥대며 안락에만 몸을 맡기고 있는 게 좋아 보이지 않는다는 이유다. 근처에 모험이 많다는 이야기를 듣고서, 그는 사라고사의 시합 날이 될 때까지 그 지방에서 시간을 보내고자 한다. 가장 먼저 하고 싶은 일은 몬테시노스 동굴에 들어가 보는 것이다.

다시 모험의 길을 나선 돈키호테의 이야기는 여기서 잠깐 중단되고, 가난한 바실리오와 미녀 키테리아와 부자 카마초의 사랑 이야기가 제21장까지 전개된다. 부자 카마초와 바실리오의 애인인 미녀 키테리아와의 결혼식에서 일어나는 사건이다. 세르반테스는 이 부분에 시골 연회 모습을 아주 세세하게 전한다. 이야기는 그리소스토모처럼 자살할 수밖에 없는 상황에 있던 바실리오가 책략으로 결국 애인 키테리아와 결혼하는 것으로 마무리되는데, 그 책략에 속아 놀아난 카마초와 그의 친척들이 교활한 바실리오를 공격하려 하자 돈키호테는 아주 합리적이며 설득력 있는 연설과 조언으로 모든 일을 평화롭게 무마시킨다. 돈키호테를 용기 있고 호걸스러운 사람으로 여긴 바실리오는 그를 자기의 집으로 초대한다.

이 에피소드에서 카마초는 다섯 번이나 부자로 강조되는바, 여기서 〈아초*acho*〉는 스페인에서 경멸조로 쓰이는 어미라는 점이 흥미롭다. 부자를 우롱할 목적으로 끌어낸 이 에피소드에는 당시 종교적·사회적으로 이슈가 됐던 문제는 물론 1563년 트리엔트 공의회가 결정한 사항들에 대한 우롱이 숨어 있다. 공의회는 비밀 결혼을 금지하고 혼인 시 사제의 입회와 세 사람의 증인, 그리고 아버지의 결혼 허락 조항을 넣었다. 하지만 이 에피소드에서는 아버지의 모습이 보이지 않으며, 그럼에도 신부는 바실리오의 연극에 속아 이들의 결혼을 인정하는 것이다. 이를 통해 세르반테스는 부모의 권한이 중요함을 인정하면서도 강요하지 말 것과 무엇보다 사랑이 중요하므로 자식의 말에 귀를 기울일 것을 조언하는 한편, 사제가 공의회 규정을 어기도록 만들어 종교에 도전한다. 또한 반종교 개혁의 로마 가톨릭교회는 스스로 신교와 다르다는 점을 강조하기 위해 자기네가 진정한 종교임을 나타내는 한 예로 기적을 들었는데, 사람들이 바실리오의 책략을 보며 〈기적〉이라고 하자 이를 〈사기〉라고 바로잡는 점 또한 눈여겨볼 만하다.

제22장

돈키호테와 산초는 제19장에서 만났던 검술사의 사촌(세르반테스는 이자를 그냥 〈사촌〉이라고만 부른다)을 안내인으로 동반하고 몬테시노스 동굴을 향해 길을 나선다. 사촌은 〈세계에서 제일 먼저 코감기에 걸린 자가 누구였는지〉를 비롯해 세상의 온갖 것을 알고자 하는, 돈키호테와 죽이 맞는 인물이다. 지식에 대한 그의 욕망에 산초가 〈바보 같은 질문을 하고 엉터리 같은 대답을〉 한다고 말하자 여기서 돈키호테는 이렇게 대답한다. 〈알거나 기억해 둘 만한 가치가 별로 없는 것을 굳이 알고 싶어 하고 조사하느라 지쳐 버리는 사람들이 있지.〉 인본주의자가 되고 싶다는 사촌의 이야기를 들어 세르반테스는 당시 박식한 척 온갖 지식들을 섭렵하려 들던, 소위 인본주의자라 자칭하던 자들을 우롱하는 것이다.

사촌의 안내로 몬테시노스 동굴에 도착한 우리의 영웅은 밧줄로 몸을 묶고 동굴 아래로 내려간다. 30분이 지나 사촌과 산초가 밧줄을 당겨 돈키호테를 꺼내 보니 그는 깊은 잠에 빠져 있다.

제23장

잠에서 깨어난 돈키호테는 자신이 동굴에서 본 〈합리적으로 생각할 수 있는 한계를 지나치게 넘어서〉며 〈사실이라고 생각할 여지를 발견할 수가 없는〉 바를 설명하기 시작한다. 기사 소설에 나오는 환상을 꿈으로 꾼 것이든, 영웅의 잠재의식이든, 언어와 이성을 뛰어넘는 형상을 보았다는 것이다.

그는 화려한 궁정에서 론세스바예스 전투 중 죽은 기사 두란다르테의 친구인 몬테시노스의 영접을 받는다. 두란다르테는 대리석으로 된 무덤에 누워 있다. 상복을 입은 하녀들이 두란다르테가 섬기던 공주 벨레르마를 동반하고 등장한다. 몬테시노스의 설명에 따르면 이들은 모두 메를린의 마법에 걸려 있는데, 거기에는 왕비 기네비어도 있고 기사 란사로테와 그 밖의 여성들도 있다. 이들은 모두 돈키호테 데 라만차가 마법을 풀어 주기만을 기다리고 있다. 돈키호테는 이곳에서 산양처럼 깡충깡충 달리는 농사꾼 아가씨 세 명을 보는데, 이들은 얼마 전 산초가 돈키호테에게 소개했던 그 아가씨들로 그중 하나가 바로 둘시네아다. 몬테시노스에 의하면, 이들은 며칠 전에 그곳에 왔으며 역시 마법에 걸려 있다.

산초는 〈주인의 이런 말을 듣고 자기 머리가 돌아 버리거나 웃다가 죽어 버리지나 않을까 생각〉한다. 하지만 돈키호테와 사촌은, 샤를마뉴 대제나 아서 왕을 소재로 한 기사 이야기에 나오는 요소들은 물론, 스페인에서 로망스로 불리면서 개작된 내용까지 언급되는 이 내용을 거짓이나 꿈이라고 생각하지 않는다. 몬테시노스와 두란다르테와 벨레르마는 이미 잘 알려진 인물들로, 여기에 세르반테스는 두란다르테의 종자 과디아나와 시녀 루이데라와 그녀의 일곱 딸과 두 조카딸을 창조해 뒤섞었다. 기존 기사 소설에 등장하는 이야기를 패러디하느라 이들을 모두 우스꽝스럽고 괴기한 모습으로 형상화하는데, 정작 이야기를 들려주는 돈키호테 본인은 그 기괴함을 결코 깨닫지 못하는 것이다. 둘시네아가 마법에 걸려 촌스러운 농사꾼 처자로 변했다는 산초의 거짓말로 인해 그의 의식 속 마법과 관련한 이야기가 몽환적인 분위기에서 표출된 듯 보인다.

이 에피소드 역시 다양하게 해석되는데, 특히 인간 존재의 가장 비밀스러운 양상을 드러내는 이미지이자 상징이라는 관점에 주목할 만하다. 인간의 정신적인 메시지, 또는 잠재된 세상의 상징적 세계를 이 세상과 다른 차원의 상상으로 전달했다는 이론이다. 그 과정은 종교인이 깨달음을 얻거나 신의 계시를 받는 단계와 유사하다. 일단 속세의 때를 벗고 자연의 신비와 접할 수 있는 특별한 곳(동굴)으로 간다. 동굴은 다른 세계의 비밀을, 또는 진리를 경험할 수 있는 특별한 공간이다. 레오나르도 다 빈치Leonardo da Vinci의 「암굴의 성모Virgine delle Rocce」를 떠올려 보라. 그동안 시간은 다른 차원의 문제가 되고, 그곳에서 사람은 먹지도 자지도 않는다. 이 세상으로 다시 돌아올 때는 꿈에서 깨어난다고 표현하며, 그때부터는 새로운 방법으로 사물을 보고 행동하게 된다.

속편 제18장에서 돈키호테는 그 동굴에 대한 놀라운 이야기가 있음을 알고, 제22장에서 그것이 사실인지 눈으로 직접 보고 싶다는 욕망을 드러낸 바 있다. 특히 마법에 걸린 둘시네아 공주를 되찾고자 하는 마음이 간절했던 돈키호테는 그리스 신화에서 오르페우스가 죽은 아내 에우리디케를 찾아 지하 세계로 내려가듯 위험한 모험을 감행하는 것이다. 새로운 깨달음을 얻는 과정은 쉽지 않다. 그는 팔과 칼의 힘으로 입구를 막은 풀숲을 제거하고 기도와 애원을 드린 뒤, 민담에서처럼 밧줄에 몸을 묶고 다른 세계로 들어간다. 밧줄을 통해 동굴로 내려가 지식이나 보물을 얻는다는 이야기는 민담이나 기사 소설에서도 흔하게 등장한다. 거기서 그는 깊은 잠에 빠지는데 이는 곧 상징적인 죽음이다. 이 죽음의 세상에서 그는 여행을 한다. 아이네이아스와 단테에게 안내자가 있었듯 돈키호테에게는 몬테시노스가 있다. 그는 죽은 사람들을 만난다. 30분 있었을 뿐이지만 그는 먹지도 자지도 않은 채 사흘을 보냈다고 생각한다. 저세상에서 시간의 흐름은 이 세상에서보다 훨씬 빠르다. 몬테시노스는 그곳의 비밀을 모두 들려준다. 무엇보다 돈키호테가 동굴로 내려가고자 했던 것은, 즉 저세상과 교류하고 싶었던 것은 그의 잠재의식 속에 있던 욕망 때문이다. 둘시네아의 마법과 관계된 비밀을 알고 싶다는 마음 말이다. 그곳에서 돈키호테는 둘시네아를 만나고, 때가 되면 몬테시노스가 둘시네아를 마법에서 풀어 낼 방법을 알려 줄 거라는 이야기를 듣는다. 둘시네아의 두 몸종이 6레알의 돈을 청하지만 돈키호테는 가진 돈이 4레알밖에 없어 그것을 준다. 그러자 그들은 공중제비를 넘고 사라지는데, 이는 마법 동화 속에서 흔히 만나는 결말이다.

돈키호테는 동굴에서 과거 영웅적 삶의 신비들을 갖고 있는 당사자들을 만났고, 이들은 돈키호테의 무훈을 인정하며 더 많은 무훈을 이룰 수 있는 힘을 주었다. 언젠간 둘시네아의 모습이 원래대로 돌아오리라는 희망도 갖게 되었다. 이 일을 두고 돈키호테는 〈그것은 다 진실이기에 반박의 여지도, 논쟁의 여지도 없다〉고 단언하지만 산초는 〈헛소리〉라 한다. 산초 또한 속편 제55장, 섬 통치를 끝내고 공작의 성으로 돌아오던 중 심연에 떨어지지만 돈키호테와 같은 경험은 하지 못한다. 이후 작품은 둘시네아를 마법에서 풀어 내는 이야기로 흘러간다.

제24장

군인이 되고자 길을 가던 시동과 만난 돈키호테는 그와 더불어 군사에 대한 이야기를 나눈다. 훌륭한 군인과 죽음에 대한 대화 중 그는 생각지도 않은 죽음, 예기치 않게 갑자기 찾아온 죽음이 가장 훌륭한 죽음이라는 로마 장군 카이사르의 말을 전한다.

날이 저물어 돈키호테 일행은 객줏집에 도착한다. 주인이 평소와 같이 객줏집을 성으로 보지 않고 진짜 객줏집으로 판단하자 산초는 아주 기뻐한다. 이 속편이자 돈키호테의 세 번째 출정에 대한 이야기를 기술하는 데 있어 세르반테스는 전편에서와 다른 기법을 사용한다. 농사꾼 아가씨들을 농사꾼 아가씨로 보았듯이, 돈키호테는 객줏집도 객줏집으로 본다. 현실을 있는 그대로 보기 시작한 것이다.

제25장

그 객줏집에 페드로 선생이라는 자가 도착한다. 거의 뺨을 절반이나 차지할 정도로 큰 녹색 호박직 천으로 왼쪽 눈을 가리고, 점치는 원숭이와 인형극단을 데리고 다니는 자로, 객줏집 주인은 아주 기쁘게 그를 영접한다. 돈키호테와 산초가 점괘를 부탁하자 원숭이가 주인의 어깨에 올라앉아 주인 귀에 대고 말하는 듯하더니 다시 팔짝 뛰어 바닥으로 내려앉는다. 그러자 페드로 선생이라는 자는 돈키호테 앞으로 가 무릎을 꿇고 그의 다리를 두 팔로 감싸 안으며 〈이미 오래전에 잊힌 편력 기사도를 다시 부활시킨 고귀한 분이시여!〉라고 부름으로써 그 자리에 있던 모든 이들을 놀라게 한다.

곧 페드로의 인형극을 올릴 무대가 만들어지고, 페드로의 하인이 변사가 되어 극의 내용을 설명하려 한다. 객줏집에 있는 사람들 모두 무대 앞에 자리를 잡는다.

제26장

인형극은 샤를마뉴 대제 이야기에서 가져온 것으로, 가이페로스와 그의 아내 멜리센드라에 대한 내용이다. 돈키호테는 재미있게 공연을 관람하며 중간중간 잘못된 설명이 나오면 아주 올바른 분별력으로 바로잡아 준다. 그는 무어인들이 사는 마을에 종소리가 울려 퍼진다는 것은 옳지 못하다고 지적한다. 무어인들은 종을 쓰지 않고 북과 치리미아와 닮은 일종의 나팔 피리를 사용한다는 것이다. 무어인의 관습에 대한 세르반테스의 해박한 지식을 보여주는 대목이다. 그리고 작가 자신의 억울한 옥살이 때문인지, 무어인들 사이에서는 〈검사의 기소장〉이나 〈재판 진행 중의 구금〉

같은 게 없다고도 알려 준다.

하지만 가이페로스가 아내 멜리센드라를 구해 아내가 포로로 잡혀 있던 산수에냐에서 도망치고 무어인들이 이들을 추적하는 장면에 이르자 돈키호테는 〈도망가는 두 연인을 도와주는 것이 당연한 일이라는 생각에 벌떡 일어〉나더니 칼을 뽑아 들고는 단숨에 뛰어올라 무어 인형들을 박살 내고 무대를 몽땅 쓰러뜨리고 만다. 다 부수고 난 뒤에야 진정이 된 돈키호테는 페드로 선생의 불평에 이렇게 대답한다. 〈나를 쫓아다니는 그 마법사들이 내 눈앞에서는 사람 모습으로 보여 주다가 곧장 자기가 원하는 모습으로 둔갑시킨 게 틀림없소.〉 그러고는 산초를 시켜 망가진 인형값과 입은 손해를 흥정하여 돈으로 모두 지불하고 다시 길에 오른다.

이 에피소드는 작가와 독자의 관계라는 점에서 『돈키호테』 작품 자체와 같은 구조로 되어 있다. 히네스 데 파사몬테와 그가 분한 페드로 선생과 그의 조수는, 세르반테스와 시데 아메테 베넹헬리, 그리고 번역가이자 해설자와의 관계와 상응한다. 히네스 데 파사몬테가 직접 나서지 않고 페드로 선생으로 등장하듯, 세르반테스도 가상의 작가와 번역가로 등장하고 있다. 가이페로스와 멜리센드라는 돈키호테와 둘시네아의 반영인 셈이다. 가이페로스가 무어인 왕궁에 붙잡힌 멜리센드라를 구출해야 하듯이, 돈키호테는 마법의 포로가 된 둘시네아를 구해 내야 한다.

제27장

이 장에서 세르반테스는 시데 아메테의 입을 빌려 그 페드로 선생이 누구였는지 알려 준다. 언급했듯이 그는 바로 전편의 갤리선 노예, 돈키호테가 행방시켜 줬음에도 산초의 당나귀를 훔쳐 간 히네스 데 파사몬테다. 〈히네스 *ginés*〉는 저질에 상소리나 하는 농부를 부를 때 사용하던 호칭이고, 〈파사몬테 *pasamonte*〉는 〈산으로 들어간다〉는 의미로 범죄를 저지른 뒤 산으로 숨어드는 인간을 뜻한다. 전편 제22장에서는 〈파라피야 *Parapilla*〉라고 불렸는데, 이는 곧 〈훔치는 자〉를 의미한다. 이름을 〈페드로〉로 바꾼 이유는 세르반테스가 1615년에 발표한 여덟 편의 희극 중 「페드로 데 우드레말라스 *Pedro de Udremalas*」와 관련하여 이해할 수 있다. 이 작품에서 페드로는 교활하고 무모한 사기꾼에 도둑으로 등장한다. 저지른 범죄가 너무 많은 그는 사법 기관에 발각되지 않기 위해 왼쪽 눈을 가렸는데, 당시 애꾸눈에 대한 평판은 아주 나빴다. 이러한 인간이 원숭이와 인형극으로 밥벌이를 하고 있다. 그는 이미 돈키호테에 대해 잘 알고 있으니 속이는 일은 식은 죽 먹기다.

이 설명에 이어 세르반테스는 25장에서 시작된 스페인에서 전통적으로 벌어지던 마을 간의 싸움 에피소드를 짤막하게 전한다. 당나귀 울음소리라는 어처구니없는 일로 일어난, 하지만 전쟁도 불사할 이 싸움을 돈키호테는 참으로 현명하고 박식한 일장 연설로 평화롭게 마무리하려 한다. 하지만 주인이 잠시 숨을 돌리는 사이 산초가 끼어들어 내기 시작한 당나귀 울음소리에 마을 사람들은 분노하고, 그 결과 산초는 장대에 맞아 땅바닥에 쓰러지고 만다. 창을 들고 덤벼들던 돈키호테는 중간에 끼어드는 사람이 너무 많아 복수는 그만두고 최고의 속력으로 줄행랑을 친다.

제28장

〈용감한 자가 달아나는 경우는 속임수가 확실할 때이며, 더 나은 기회를 위해 자기 몸을 지키는 것은 신중한 자의 도리다.〉 산초를 버려 두고 줄행랑을 친 돈키호테의 말에 산초는 자신의 봉사를 걸고 주인과 흥정을 벌인다. 산초의 과한 욕심에 화가 난 돈키호테의 말이다. 〈그런데 편력 기사도의 종자가 지켜야 할 규정을 위반한 자여, 내게 말 좀 해보게나. 《제가 당신을 섬길 테니 매달 그 정도에서 얼마나 더 지불해 줄 거냐》 하고 자기 주인과 대면하여 흥정하는 편력 기사의 종자를 보거나 읽은 적이 있는가?〉 물론 없다. 기사 소설의 세상에 사는 돈키호테에게 현실 속 산초의 행각은 배은망덕 그 자체다. 이에 눈물을 글썽이며 하는 산초의 대답이 그의 인물 됨을 보여 준다. 〈나리, 저를 용서해 주세요. 저의 미숙함을 불쌍하게 여겨 주세요. 그리고 전 아는 게 별로 없다는 것을 알아주세요. 제가 말이 많은 것도, 결코 나쁜 마음에서 그러는 게 아니라 병 때문이라는 것도 헤아려 주세요. 실수를 하고 고치는 사람은 하느님도 용서해 주신다지 않습니까요.〉 산초는 점점 더 변해 가고 있다.

제29장

에브로 강에 도착한 돈키호테와 산초는 배 한 척을 발견한다. 순간 돈키호테는 다시 기사 소설에 나오는 이야기를 떠올려, 그 배가 자신의 도움이 필요한 지체 높으신 분을 구하라는 뜻으로 마련된 것임을 산초에게 알린다. 산초의 눈에 그 배는 그저 어부의 것일 뿐이지만 주인의 명령에 따라 떠나기 위해 당나귀와 로시난 테를 함께 나무에 매어 둔다. 거기까지는 『팔메린 데 잉갈라테라』 에 나오는 모험 이야기와 아주 유사하다. 물론 이는 기사 소설에 단골로 등장하는 모험으로, 노도 주인도 없이 버려진 배가 유명한 영웅을 인도하는 내용은 매우 흔하다. 배에 올라 프톨레마이오스 의 이름을 들먹이던 돈키호테는 그들이 이미 강을 따라 바다에 닿 았을 뿐 아니라 적도까지 지나친 것으로 상상한다. 하지만 현실의 배는 강의 건너편으로 가다가 물레방아를 만나고, 거센 물살에 빨 려들 지경에 이른다. 물방앗간에서 일하던 사람들이 얼굴이며 옷 에 온통 밀가루를 뒤집어쓴 채 장대를 들고 그들을 구하려 뛰어나 오자 돈키호테는 그들이 사악한 망나니들로 감방에 사람을 억류 하고 있다고 생각하여 칼을 빼 든다. 결국 방앗간 사람들의 도움 으로 물레방아의 격류 속으로 빨려들지는 않았으나, 대신 배가 뒤 집히는 바람에 주인과 종자는 둘 다 물속에 빠지고 만다.

제30장
돈키호테의 터무니없는 짓들에 자기의 꿈이 너무나 멀리 있다 고 생각한 산초는 주인 곁을 떠날 생각을 하지만 곧 걱정과 정반 대의 일이 일어난다. 아라곤 땅에 성을 가진 공작 부부의 초대를 받아 그곳에 머물게 된 것이다.
이들은 우연히 만난다. 에브로 강 모험 다음 날 해 질 무렵 한 아리따운 귀부인이 매사냥을 즐기는 것을 본 돈키호테는, 기존 기 사 소설에서 하듯 종자 산초를 시켜 자신이 봉사할 수 있도록 허락을 내려 주십사 부탁한다. 이미 인쇄되어 돌아다니고 있는 돈키호테와 산초의 모험을 알고 있던 차, 공작 부인은 그들을 기쁘게 맞이한다. 그녀는 산초의 언행이 무척이나 재미있어 단지 즐거움을 위해 그를 자기 곁에 두려 하고, 이것을 모르는 산초는 귀부인에게 진심 어린 애정을 느낀다.

이 이야기는 제30장부터 제57장에 걸쳐 전개된다. 세르반테스는 이 궁이 있는 장소나 소유주의 이름을 구체적으로 밝히지 않았으나, 사라고사 인근 페드롤라에 살던 카를로스 데 보르하Carlos de Borja와 마리아 루이사 데 아라곤María Luisa de Aragón의 성이었을 것이라는 추측이 설득력을 얻는다.

공작 부부는 『돈키호테』 전편뿐 아니라 많은 기사 소설을 읽은 터라 그 내용을 모두 꿰고 있으며, 기사 소설에 미쳐 있는 기발한 주인과 익살의 대가인 그의 종자에 대해서도 정확하게 파악한다. 최고의 귀족으로 진짜 하인들을 두루 거느리며 진짜 성에 살고 있는 그들은 마치 광대를 궁에 들인 듯 돈키호테와 산초로 재미 좀 보자는 계획을 세우고는, 모든 하인들에게 돈키호테의 기분을 맞춰 주며 기사 소설의 방식으로 행동할 것을 지시한다. 공작의 집사 역시 기사 소설과 모험에 해박한 데다 영민하여 주인이 의도한 대로 돈키호테와 산초를 갖고 놀 능력이 충분하다. 공작은 자신의 재산과 권력으로 옛 편력 기사들의 삶과 모험을 재현해 낸다.

제31장
지금까지의 모험들과는 달리 화려한 성에서 주인들의 대접을 받자, 돈키호테는 이것이 환상이 아니라 진짜 편력 기사의 모험이라는 사실을 처음으로 실감하게 된다. 책에서 읽은 지난 세기의 편력 기사들이 받은 것과 같은 대우를 받고 있으니 머릿속에 있는 소설의 세계를 상상할 필요가 없으며, 출판되어 읽힌 실제 기사가 되었으니 자신이 진정한 기사임을 확인시켜야 할 요구도 없어졌다. 다른 사람들이 그를 기사로 모시는 것이다. 〈이런 대접을 받은 그는 자신이 환상 속에서가 아니라 진짜 편력 기사라는 사실을 처음으로 전적으로 실감하고 믿게 되었다. 책에서 읽은 지난 세기의 편력 기사들이 받은 것과 같은 대우를 받고 있었으니 말이다.〉 그러니 제64장 바르셀로나 해변에서 〈하얀 달의 기사〉와의 결투는 진짜 결투가 되어야 하고, 미친 사람으로서 우리에 갇혀 집으로 귀가한 전편과는 달리 제66장부터는 약속을 지키기 위해 자발적으로 집으로 돌아가야 한다. 자기들이 누구인지 알려야 할 이유가 없어진 돈키호테와 산초는 행동도 변해 간다. 돈키호테는 굳이 영웅적인 모험을 찾아다닐 필요가 없으며, 산초 역시 주인과 더불어 상황 파악에 현명해진다. 제26장에서 망가진 인형값을 치르고 제29장에서 망가진 배를 보상해 주는 모습에서도 이를 짐작할 수 있다. 또한 이전까지 현실을 왜곡한 당사자는 돈키호테와 산초였지만, 이제는 다른 인물들이 현실을 왜곡하며 연극을 펼친다.

하지만 이런 연극에도 예외적 인물이 있으니 그 하나가 공작의 집을 드나들던 성직자다. 그는 『돈키호테』를 읽는 행위 그 자체가 터무니없는 일이라고 공작을 나무라던 사람으로, 돈키호테를 영접하는 공작 부부의 모습에 화를 낸다. 〈공작 나리, 나리께서는 이

알량한 자의 행동을 우리 주님께 보고드려야 합니다. 이 돈키호테인지, 돈 바보인지, 아니면 뭐라고 하든지 간에, 이 작자는 나리가 바라는 만큼 그렇게 우둔한 사람은 아닌 것 같습니다. 그런데 나리께서는 이 작자에게 앞으로 계속 그 어리석고 터무니없는 짓을 하도록 쉽사리 기회를 베풀어 주고 계시는군요.〉 다른 한 사람은 제48장에 등장하는 공작 부인의 명예 시녀인 도냐 로드리게스다. 아둔하고 미련하고 바보스러운 그녀는 돈키호테를 진짜 편력 기사로 믿고, 부농의 아들에게 우롱당한 자기 딸의 명예를 찾아 달라며 도움을 청한다. 기존 기사 소설에 곧잘 등장하는 곤경에 처한 과부 시녀에 대한 패러디인 셈이다.

제32장~제34장

제32장에서 공작의 하인들이 두 주인공을 우롱하기 위한 수염 세척식 소동을 벌이고, 제33장에서는 몬테시노스 동굴에서의 모험을 공작 부인에게 들려주는 산초의 이야기와 둘시네아 공주가 정말 마법에 걸렸을 수도 있다는 공작 부인의 이야기가 언급된다. 산초를 통해 몬테시노스 동굴의 모험을 알게 된 공작 부부는 두 사람을 놀래 주기 위해 장난을 꾸미고 하인들에게 모든 것을 세세히 일러 주며 준비시킨다.

돈키호테를 위해 멧돼지 사냥을 벌이던 날 밤이 깊어지자, 무시무시한 분위기 속에서 악마가 등장하고 뒤이어 현자 메를린을 비롯한 마법사들이 나타난다. 이 에피소드는 기사 소설이나 민담 등으로 유럽 전역에서 전해 내려오던 〈악마의 야생 수렵〉을 패러디한 내용이라 할 수 있다. 악마의 야생 수렵이란 계절이 바뀔 무렵 비바람이 매섭게 치는 밤에 군인이나 사냥꾼이나 고통에 울부짖는 영혼들이 악마의 천둥소리와 함께 무리 지어 나타나는 모습, 또는 거인이나 왕이 이끄는 기사 무리가 사냥개를 대동하고 나타났다가 사라지는 환영을 두고 하는 말이다. 미지의 자연에 대한 두려움이 인간의 상상과 합쳐져서 만들어진 민담으로, 14세기 초에는 프랑스 카니발 행사에 차용되기도 했다. 하늘을 향해 고함을 외쳐 대는 거인의 인솔하에, 사람들이 가면을 쓰고 방울을 흔들어 대거나 북과 달구지 바퀴를 부딪쳐 엄청난 소음을 만들어 내며 거리를 행진하는 것이다.

이것이 스페인에도 유입되어 카탈루냐와 바스크 지방에서는 〈검은 사냥꾼〉이라는 이름으로 전하고 있다. 형벌로 고통에 떨어진 영혼의 울부짖음, 즉 겨울바람이 맹렬하고 천둥 번개를 대동한 폭우가 쏟아질 때면 아낙들과 어린애들은 불 가에 둘러앉아 주문을 외듯 〈사제의 개들〉이라는 말을 중얼거린다. 사냥을 좋아하던 한 사제가 미사를 집전하던 중 토끼 한 마리가 나타나자 미사는 팽개친 채 개들을 데리고 토끼 뒤를 쫓아다녔다는 데서 나온 말이다. 사제는 저주를 받아 결코 잡히지 않을 토끼 뒤를 쫓으며 숲이며 들로 돌아다녔는데, 겨울밤이면 이들이 지나다니는 소리가 들린다는 것이다. 번개와 천둥과 바람과 빗소리가 토끼를 쫓는 사제의 소리로 들렸던 모양이다. 이러한 믿음은 1610년 바스크 로그로뇨에서 벌어졌던 마녀사냥과도 관련된다. 마녀 하나가 사냥을 좋아하는 사제를 해코지하려고 토끼로 둔갑하자 사제는 개들을 데리고 숲이며 들로 이를 추적했다는 것이다. 물론 토끼는 잡히지 않는다. 또한 카탈루냐에서는 미사 집전 중 토끼가 나타나자 궁정의 신하는 미사는 제쳐 둔 채 개들을 데리고 쫓아 나갔고, 이에 저주를 받아 이후 7년에 한 번씩 밤이 오면 유령 같은 토끼를 쫓아 말을 타고 다닌다는 전설이 내려온다.

이 이야기는 속편 제11장 돈키호테가 둘시네아를 시골의 추한 아낙네로 바꾸어 버린 마법사들의 장난에 대해 곰곰이 생각하며 길을 가던 중 마주한 모험에도 차용되었다. 흉측하게 생긴 악마가 끄는 달구지와 소 오줌통으로 땅을 두들기며 방울을 흔들던 익살꾼을 보고 산초는 〈악마〉라고 불렀으며, 돈키호테는 〈지옥의 가장 깊고 어두운 감방에 박혀 있는〉 자들이라고 했다. 그랬던 것이 제34장에서는 둘시네아의 마법을 푸는 일과 관련하여 더 많은 분량으로 세세하게 차용되었고, 제73장에 이르면 또다시 둘시네아 마법과 연관되어 언급된다.

둘시네아가 마법에 걸렸다는 산초의 거짓말로 시작되어 그 마법을 풀고자 하는 노력과 토끼로 마법을 예언하는 마지막까지, 속편 전체가 둘시네아의 마법을 중심으로 진행되는 셈이다.

제35장

아서 왕 시리즈에 등장하는 메를린은 중세의 악마 역을 맡은 사람들이 하던 양식대로 엄숙하게 예언을 하지만 그 내용은 우습기만 하다. 예언에 따르면, 둘시네아의 마법을 풀 방법이란 다름 아닌 산초가 자기의 엉덩이를 삼천삼백 대 모질게 매질해야 한다는 것이다.

매질은 17세기 스페인 사회에서 가장 많이 이용되던 처벌 방식이다. 특히 예수 고난을 재현하기 위해 종교 단체 일원들이 종교 행사 때 많은 사람들이 보는 앞에서 자기의 등에다 행했는데, 『돈키호테』에서는 산초가 그런 고행자가 된 셈이다. 매질은 어른인 경우 등판에 하고 어린애의 경우에만 엉덩이에 한다. 그런데 메를린은 산초 엉덩이에 매질을 하라고 한다. 엄숙한 종교 행사를 사랑의 고행으로 강등시키는 것으로도 모자라 엉덩이에 하라니 결국 우롱이다.

이 매질에 관한 내용은 작품의 마지막 부분이라 할 제72장까지 계속된다. 제36장에서 공작 부인은 〈미적지근하고 느슨하게 하는 자선 행위는 아무런 효용도 가치도 없다〉면서 모질게 때릴 것을 요구하지만 제67장에서 산초는 자기 엉덩이 매질이 마법에 걸린 둘시네아를 마법에서 푸는 것과 무슨 관계가 있는지 도저히 이해할 수 없다는 반응을 보인다. 즉 작가는 이 에피소드를 통하여 당시 겉치레로 행하던 매질, 그리고 종교 행사 때 돈으로 다른 사람을 시켜 했던 눈가림용 고행, 과도하고 위선적인 고행을 비난하는 것이다.

산초가 자신에게 때려야 하는 매질 때문에 주인과 종자의 처지는 뒤바뀌고 만다. 주인은 종자가 스스로에게 매질을 하여 둘시네아를 마법에서 풀어 주기를 간청하고, 산초는 주인의 간구 앞에서 매질을 무기로 삼아 주인에게 돈까지 요구하게 된다.

제36장

이 장에서 산초는 아내 테레사에게 편지를 대필해 보내는데, 그 날짜가 1614년 7월 20일로 되어 있다. 속편은 전편의 모험이 끝난 뒤(1605년) 한 달간 요양을 하고 떠난 세 번째 출정에 대한 이야기이므로 아귀가 맞지 않지만, 작가의 실수나 부주의로 인한 것이 아님을 독자는 속편 제59장에서 보게 된다. 그리고 곧 백작 부인 트리팔디, 즉 돌로리다 부인의 가슴 아픈 사연이 시작된다.

제37장~제40장

〈슬픔에 잠긴 과부 시녀〉 트리팔디 백작 부인의 모험 이야기가 이어진다. 그녀는 마법에 걸려 수염이 난 괴기한 모습으로, 역시 똑같은 마법에 걸린 과부 시녀들을 대동한 채 돈키호테 앞에 나타나 아주 먼 곳에 있는 칸다야 섬으로 가줄 것을 요구한다. 거인 말람브루노가 청동으로 된 암원숭이로 바꾸어 놓은 안토노마시아 공주와 알 수 없는 금속으로 된 무시무시한 악어로 바꾸어 놓은 돈 클라비호를 마법에서 풀어 주기 위해서다. 그들을 원래의 모습으로 돌리는 일은 오직 돈키호테만 할 수 있다.

16세기와 17세기에 같은 내용으로 문체나 어휘에 있어서도 매우 유사한 작품이 두 편 있었다. 하나는 『나폴리 왕의 딸 아름다운 마갈로나와 프로방스의 아주 도전적인 기사 피에레스 이야기 *Historia de la linda Magalona, hija del rey Nápoles, y del muy esforzado caballero Pierres de Provenza*』이며, 다른 하나는 『카스티야의 왕 마르카디타스의 아들인 아주 용감하고 도전적인 기사 클라마데스와 토스카나 왕의 딸 아름다운 클라르몬다의 이야기*Historia del muy valiente y esforzado caballero Clamades, hijo de Marcaditas, rey de Castilla, y de la linda Clarmonda, hija del rey de Toscana*』이다. 전자는 유모의 도움으로 프로방스 백작의 아들인 피에레스, 일명 〈열쇠의 기사〉가 공주 마갈로나를 말에 싣고 도망간다는 줄거리이며, 후자는 기사 클라마데스가 온갖 역경을 이겨 내고 사악한 크로파르도 왕의 목마 클라빌레뇨를 타고 연인 클라르몬다와 함께 도망간다는 이야기다. 기사 피에레스는 본 에피소드에 등장하는 돈 클라비호의 전신이며, 사악한 왕 크로파르도는 말람브루노Malambruno(거대한 체구의 사악한 인간이라는 뜻)의 전신이다.

세르반테스는 두 이야기를 결합시켜 〈슬픔에 잠긴 과부 시녀〉이야기를 만들었다. 물론 패러디다. 우선 백작 부인의 이름 〈트리팔디Trifaldi〉는 이탈리아어로 〈속이다〉, 〈우롱하다〉라는 단어 〈트루파레*truffare*〉에서 왔으며, 동시에 아리오스토의 『광란의 오를란도』에 등장하는 인물 트루팔딘의 변형이다. 공주 안토마시아의 삼촌이자 거인이며 마술사인 말람브루노가 조카의 죄를 물어 청동으로 된 원숭이로 바꾸고 상대 남자인 돈 클라비호는 금속으로 된 악어로 만들어 버렸는데, 원숭이는 〈음탕〉, 〈방종〉, 〈음란〉의 상징이며 악어는 〈위선〉의 상징이다. 또한 시녀인 백작 부인을 〈로부나Lobuna〉라고도 부르니, 이는 〈음란〉의 상징으로 창녀나 음탕한 여자를 칭하는 〈암늑대〉라는 뜻이다. 〈소루나Zorruna〉라고도 부른다는 내용이 덧붙는데, 이 단어에도 〈속임과 위선〉의 상징이자 육체적인 욕망의 상징인 〈소라*zorra*〉, 즉 〈여우〉라는 뜻이 들어 있다. 기사인 돈 클라비호의 이름에는 〈클라보*clavo*〉, 즉 〈못〉이라는 의미가 있다. 이 사람의 전신 피에레스가 〈열쇠의 기사〉이니 결국 못과 열쇠는 남성의 상징이라 할 수 있다. 돈 클라비호는 기사이지만 기사로서 한 일이 전혀 없다. 기타 치기, 춤추기, 시 짓기, 노래하기 등 모든 행위들이 성적 의미를 암시하며 결국 공주는 결혼 전에 임신한다. 공주의 이름인 안토노마시아Antonomasia도 분절하면 〈안토나Antona〉와 〈마스*mas*〉가 된다. 17세기 코레아스가 수집한 속담에 의하면 흑인과 정교를 맺은 여인의 이름이 안토나이며, 공고라의 색정적인 시에도 음탕한 여자로 안토나가 등장한다. 그리고 이런 여자들보다 〈마스(더하다)〉한 여자가 바로 공주 안토노마시아인 셈이다.

이런 인물들을 등장시켜 라만차의 기사가 꿈꾸었던 영웅적인 모험을 음탕한 사랑의 모험으로 강등시키고 싸움을 해결하도록 요구하는 것이다. 게다가 공작 부부의 장난으로 꾸민 이 모험에서 백작 부인으로 분한 사람은 그 집의 집사이고, 함께 온 열두 명의 시녀들도 모두 그 집 하인들이다. 당시 수염 난 남자 같은 여자는 험담가에 호색녀라 창녀처럼 취급했다. 이런 종류의 여자들을 위해 모험을 해달라는 부탁에 대한 산초의 반응이다. 〈더군다나 이 양반들 수염 깎는 일 때문이라면 더욱이 그렇게 할 의무가 없습니다요.〉

제41장
공주의 왕국인 칸다야로 가려면 아주 먼 곳을 재빨리 날아갈 수 있는 목마 클라빌레뇨를 타야 한다. 거인 말람브루노가 보내주기로 되어 있는 클라빌레뇨의 도착이 늦어지자 돈키호테는 말람브루노가 자기와 결투할 엄두를 못 내서인지, 아니면 자기가 이 모험을 위해 정해진 기사가 아니어서인지 몰라 불안해한다. 결국 야만인 네 명이 목마를 어깨에 메고 와 돈키호테와 산초가 거기 오른다. 산초는 여자처럼 한쪽으로 다리를 모으고 타는데 말이 남성성을 상징하는 짐승임을 감안하면 바뀐 성 역할이 카니발적 요소로 비친다. 공작 일행은 눈가리개를 한 이들이 정말 공중으로 날아올라 대기를 가른다고 생각하도록 온갖 작전을 쓴 뒤 모험을 끝낼 양으로 클라빌레뇨의 꼬리에 불을 붙인다. 목마 안에는 폭죽이 가득 들어 있어서 요란하고 기이한 소리를 내며 공중으로 치솟고, 그 바람에 돈키호테와 산초는 절반을 그슬린 채 땅바닥에 나뒹굴고 만다. 이것으로 그들은 트리팔디 모험이 끝났음을 알리는 양피지를 발견하는데, 거기에는 마법에 걸린 이들이 모두 원래의 상태로 돌아갔으며 둘시네아도 종자의 매 맞기가 끝나면 자유롭게 풀려나 돈키호테의 품에 있게 될 것이라 적혀 있다.

이렇게 기사 소설의 패러디가 공작의 하인들에 의해 이루어지고, 그러한 장난에 돈키호테는 당연히 걸려들지만 산초는 다르다. 모험을 두고 하는 산초의 능청스러운 거짓말에 공작 부부는 반박할 수가 없다. 그렇게 하면 자기들이 꾸민 장난이 들통 나기 때문이다. 이렇게 보면 산초가 오히려 그들을 우롱한 셈이다. 산초는 자기의 관점을 관철하는 데 그치지 않고 공작 부부를 지배하기까지 한다. 하늘을 나는 동안 일곱 마리의 산양 새끼를 봤다는 산초의 말에 공작은 더 이상 참지 못하고 이렇게 묻는다. 〈거기 그 산양들 중에 무슨 돼먹지 못한 놈이라도 있었는가?〉 이 말에 산초는 답한다. 〈아뇨, 나리. 제가 듣기로, 터무니없이 까부는 놈은 한 마리도 없다고 했습니다요.〉 스페인어 〈산양cabrón〉에는 〈오쟁이 진 남편〉이라는 심한 욕이 들어 있다. 산초의 거짓말을 더 이상 받아 줄 수 없었던 공작이 욕으로 산초를 공격하지만, 산초는 실제로 공작 가문의 조상 도냐 루이사 데 카브레라가 저지른 부정에 대한 비밀을 암시하는 말로 이를 되받는다. 〈터무니없이 까부는 놈pasar de los cuernos de la luna〉이라는 표현 중 〈뿔〉을 뜻하는 〈cuerno〉에도 〈오쟁이 진 남편〉이라는 의미가 들어가니 말이다. 결국 공작 부부는 〈더 이상 산초에게 이 여행에 대해서 묻고 싶지 않았다〉.

제42장~제43장

돈키호테와 산초를 우롱하는 공작의 장난은 산초의 야망이자 꿈으로 이어진다. 산초의 바라타리아 섬 통치에 관한 이야기다. 정복한 섬의 영주를 시켜 주겠다던 돈키호테의 약속이 이루어진 것이다. 섬으로 통치하러 떠나기 전 돈키호테가 산초에게 주는 충고가 제43장까지 전개된다. 참으로 정신이 말짱하고 선의에 차 있을 뿐 아니라 명석한 이해력을 보여 주는 조언으로, 작가는 도덕적 가르침뿐 아니라 앞으로 있을 잔인한 연극을 위한 서문으로서 이를 활용한다. 세르반테스의 멋진 유머일 수도 있다. 물론 내용은 그리스 로마 고전 시대와 세르반테스 시대의 작품에 등장하는 금언들이다. 여기서 〈섬〉은 기사 소설에 자주 언급되어 나오던 용어로, 산초는 여전히 그것이 무엇인지 모른다.

제44장

전편의 구조와 속편의 구조를 비교하며, 속편은 전편과 달리 독립된 이야기나 본 줄거리에 곁다리로 붙는 이야기를 끼워 넣지 않으려 노력했으니 그 노고를 알아 달라는 원작자의 부탁으로 제44장이 시작된다. 산초를 향한 돈키호테의 그리움과 가난에 대한 탄식, 그리고 공작 부부의 하녀인 알티시도라의 우롱이 줄거리를 이룬다. 이어지는 장부터 산초의 섬 통치 이야기와 공작의 성에 머물고 있는 돈키호테의 이야기가 번갈아 나오며 교차된다.

제45장

산초를 어떻게 다루어야 할지 미리 귀띔을 받은 공작 부부의 하인들과 함께, 산초는 인구가 1천 명에 이르는 공작의 영지에 도착한다. 내막을 모르는 마을 사람들은 그를 성대하게 맞이한다. 이 유명한 섬에 취임하러 오는 자라면 의무적으로 주어지는 질문에 대답해야 한다며, 공작의 집사는 산초에게 세 가지 난제를 낸다. 새 통치자의 대답을 통해 마을 사람들이 그의 지혜를 가늠하고 그로써 그분의 부임을 기뻐하거나 슬퍼한다는 것이다. 산초가 지혜롭게 이 문제들을 모두 해결하자 그 자리에 있던 사람들은 새 통치자의 판단력과 판결에 감탄한다. 이 세 가지 판결 내용은 사실 당시 서민들 사이에서 떠돌던 이야기다. 비록 글을 읽거나 쓸 줄은 모르지만, 산초가 〈속담 보따리〉라는 명성에 어울리게 민초들의 지식에 해박하고 실용적인 사고와 타고난 기지를 가진 인물임을 보여 준다.

제46장

그동안 공작 부부의 성에서는 돈키호테를 사랑하게 되어 둘시네아를 시샘하는 양 행동하는 알티시도라가 고양이로 돈키호테를 우롱한다.

제47장

통치자로서의 자격을 보여 준 산초가 만찬이 차려진 식탁으로 안내되어 괴롭힘을 당하는 이야기가 전개된다. 통치자의 건강을 돌본다는, 이름도 우스꽝스러운 티르테아푸에라Tirteafuera(〈밖으로 던져 버리라〉라는 뜻) 출신의 의사 페드로 레시오 데 아구에로Pedro Recio de Agüero(〈지독한 예감〉이라는 뜻)가 여러 가지 건강상의 이유를 들어 산초가 먹고 싶은 음식에는 손도 못 대게 하는 것이다. 산해진미를 눈앞에 두고도 못 먹는 통치자 자리, 즉 권력에 대한 산초의 첫 번째 실망이다.

산초는 의사의 그러한 처방에 크게 화를 낸다. 〈내게 먹을 것을 주시오. 주지 않겠다면 이 통치자 자리를 가져가 버리기를 바라오. 자기 주인에게 먹을 것도 주지 않는 직책이라면 콩 두 알 가치도 없소.〉 이때 공작의 우편배달부가 도착하여 전해 준 편지에는 산초의 목숨을 노리는 자객이 그날 밤에 불시에 기습한다고 하니

조심하라는 내용이 들어 있다.

제48장

고양이에게 할퀴어 생긴 상처 때문에 얼굴에 붕대를 감은 채 알티시도라의 구애를 생각하며 잠 못 이루던 돈키호테는, 한밤중에 찾아온 과부 시녀 도냐 로드리게스의 기괴한 이야기를 듣게 된다. 과부 시녀는 그에게 자기 딸의 명예를 되찾아 달라고 부탁하러 온 것이다. 공작의 성에서 빈둥대며 안락에만 몸을 맡기는 생활에 양심의 가책을 느끼고 빨리 모험에 나서야 한다고 생각하는 돈키호테와 달리, 주인인 공작은 그들을 우롱하는 데 시간과 돈을 낭비할 뿐 건설적인 일이라고는 전혀 하지 않는다. 시녀인 도냐 로드리게스의 딸이 당한 불의에도 자기 이익 때문에 눈을 감는 이 인물을 통해 세르반테스는 당시 귀족들의 행태를 꼬집는다.

제49장

산초 판사가 섬으로 야간 순찰을 나갔다가 겪은 일이 전개된다.

제50장

공작의 시동이 산초의 편지와 공작 부인의 편지를 들고 산초의 아내를 찾아간다. 산초 판사가 섬의 통치자가 되었다는 소식을 들은 아내 테레사 판사와 딸 산치카, 그리고 신부와 삼손 카라스코의 반응에 대한 이야기가 전개된다.

제51장

산초가 섬을 통치하면서 행한 일과 그가 제정하여 지금까지 그 곳에서 지켜지고 있는 법령이 소개된다.

제52장

도냐 로드리게스가 부탁한 딸의 명예를 위해 돈키호테는 그 일의 당사자인 젊은이에게 결투를 신청하고, 공작은 이를 위해 준비를 하지만 결투 상대를 자신의 시종 토실로스로 대신할 마음을 먹는다.

제53장

드디어 산초 판사의 통치에 종말을 고하게 될 사건이 일어난다. 통치 이레째 되던 날, 공작의 하수인들은 섬에 수많은 적이 침입해 왔다며 산초를 깨우고는 무기랍시고 둥근 방패 두 개를 앞뒤에 대어 꼼짝달싹 못 하게 한 다음 손에 창을 쥐여 주며 그를 우롱한다. 서 있지도 못할 형편에 넘어지자 하수인들은 그 위로 지나다니며 산초를 짓밟는다. 잠시 후 승리했다는 환호와 함께 산초를 일으켜 세우지만, 산초는 무기를 내려놓고 마구간에 있던 자기의 잿빛 당나귀에게 다가간다. 당나귀를 얼싸안고 눈물을 글썽이며 그동안의 오만과 야망을 후회하고 자신의 한계에 대한 이야기를 신하들에게 늘어놓은 산초는 섬 통치자 자리에 작별을 고한 뒤 돈키호테를 만나러 공작 부부의 성으로 출발한다. 인간의 야망에 대해 생각해 볼 만한 이야기다.

제54장

통치를 그만두고 주인을 찾아 돌아오던 산초는 우연히 이웃이었던 모리스코인 리코테를 만난다. 리코테는 1610년 7월 라만차 지역의 모리스코인들을 추방하라는 왕령으로 쫓겨났다가 몰래 다시 스페인으로 돌아온 터이다. 당시 심각하고도 논란의 여지가 많았던 스페인의 역사적 사건을 세르반테스는 픽션에 접붙여 현실감 넘치는 문학으로 탄생시켰다. 자신의 극작품인 「알제의 대우El trato de Argel」(1585년)와 모범 소설 「개들의 대화El coloquio de los perros」(1613년)에서 작가는 모리스코인들을 적대시하고 그들의 추방을 옹호했으나, 그로부터 2년 뒤 발간된 이 『돈키호테』 속편에서 그는 리코테와 그의 가족들을 아주 명예로운 인물로 묘사하며 추방 사건을 다룬다. 기독교로 개종한 선한 자들을 가혹하게 추방한 사건에 대해 스페인 국민으로서 양심의 가책을 느꼈던 듯하다.

『돈키호테』의 리코테 일행이 내놓은 음식에는 스페인 음식인 하몽 뼈다귀가 나오는데, 이 돼지고기를 먹을 수 있는 사람은 진정으로 기독교로 개종한 사람이었다. 결국 리코테와 그의 가족은 기독교인임에도 불구하고 추방당했던 셈이다. 왕도 그렇게 명할 수밖에 없었을 거라는 리코테의 고백 또한 액면 그대로 받아들이기에는 무리가 있다. 『돈키호테』가 워낙 반어적으로 쓰인 작품이기 때문이다. 다만 이 에피소드를 통해 세르반테스가 말하고자 하는 바는 이 대목일 수 있다. 《《에스파냐 사람 그리고 도길 사람, 모디 하나, 조은 첸구(에스파냐 사람 그리고 독일 사람, 모두 하나, 좋

은 친구).》 그러면 산초가 대답했다. 《조은 첸구지, 정말로!》》

제55장

리코테와 만나 지체한 탓에 성을 앞에 두고 밤을 맞이하게 된 산초는, 아침이 되면 다시 길을 나서자는 마음으로 쉴 곳을 찾다가 그만 어두운 구덩이로 떨어진다. 구덩이에서 헤맨 끝에 결국 그는 돈키호테와 만나고, 그의 도움으로 구덩이에서 빠져나와 공작의 성에 도착한 뒤에는 통치했던 동안의 일을 들려준다.

제56장

돈키호테가 과부 시녀 도냐 로드리게스의 딸의 명예를 위해 벌인 결투의 결말. 당연히 돈키호테는 일대일 결투로 딸의 명예를 지키려 한다. 공작은 그 일을 위해 장소를 마련하며 기사 소설에서처럼 심판 볼 사람까지 준비시키는데, 실은 부농의 아들 대신 토실로스라는 자기의 하인을 내보내려는 속셈이다. 하지만 토실로스가 시녀의 딸을 보는 순간 한눈에 반해 결투를 포기하고 투구의 얼굴 가리개를 벗자 상대가 부농의 아들이 아님을 알게 된 도냐 로드리게스와 그녀의 딸은 항의하고, 이에 돈키호테는 자기를 추적하는 사악한 마법사들이 승리의 영광을 빼앗기 위해 그의 얼굴을 바꾸어 놓은 것이라 주장한다. 결국 또다시 둔갑 사건으로 상황이 종료된다.

제57장

돈키호테는 성에서 안일하게 보내는 생활이 잘못된 것이라 여기고 공작 부부에게 떠날 수 있게 허락해 달라고 부탁한다. 사라고사로 가고자 길을 나선 날, 공작 부인의 하녀들 중 자유분방하고 대담한 알티시도라는 한순간도 둘시네아를 잊지 못하는 돈키호테를 사랑하는 척 다시 한 번 연기를 한다. 『티란테 엘 블랑코』에 나오는 플라세르 데 미 비다Placerdemivida(〈내 인생의 즐거움〉이라는 뜻) 하녀를 떠올리게 하는 대목이다.

제58장

길을 가던 돈키호테와 산초는 성자로 대우받던 기사인 산호르헤, 성 마틴, 산티아고의 조각상을 운반하던 사람들과 만나고, 이어서 가르실라소와 카모에스의 목가를 실연하고자 하는 목동 차림의 처자들을 만나 즐거운 담소들을 나눈다. 돈키호테는 길 한가운데 나서서 만용을 부리다가 투우 떼에 차여 바닥에 구른다. 전편에서와 달리 이번에는 돈키호테도 소 떼를 군대로 보지 않는다.

제59장

객줏집에 도착해서도 돈키호테는 이를 성으로 보지 않고 객줏집으로 보는데. 이 점을 세르반테스는 강조하는바, 사실 속편이 시작된 후 돈키호테는 한 번도 객줏집을 성으로 보지 않았다. 저녁 식사를 하러 식탁 앞에 앉았을 때 그는 얇은 칸막이로 나뉜 옆방에 든 두 명의 신사가 『돈키호테』 제2권에 대해 이야기하는 것을 듣게 된다. 속편 서문에서 언급한 위작, 즉 아베야네다의 『돈키호테』를 말하는 것이다. 이 작품의 터무니없는 거짓말에 대해 들은 돈키호테는 그 책이 가짜라는 걸 알리기 위해 그 두 신사에게 말한다. 〈바로 그 이유로 나는 사라고사에 발을 들여놓지 않겠소. 이렇게 해서 그 새로 나온 이야기의 작가가 거짓말을 하고 있다는 것을 세상에 폭로할 것인데, 그러면 사람들은 그가 이야기하고 있는 돈키호테가 가짜라는 것을 알게 될 테지.〉 그렇게 그는 예정했던 사라고사에 가지 않고 바르셀로나에서 열리는 무술 시합에 참가하기로 계획을 바꾼다. 아베야네다의 『돈키호테』가 1614년 7월에 발간되었으니 이 제59장의 이야기는 7월 이전일 수가 없다. 이렇게 날짜를 맞추어 이야기를 전개시키다 보니 앞서 산초가 자기 아내 테레사에게 보낸 편지의 날짜가 1614년 7월 20일이 된 것이리라.

제60장
객줏집을 나와 바르셀로나로 가는 엿새 동안 그들에게 글로 남길 만한 일은 일어나지 않았다. 그 마지막 날 밤 숲 속에 있던 중, 나무들에 사람의 발과 다리가 가득 걸린 것을 본 산초가 무서워 고래고래 소리 질러 돈키호테를 부르자 돈키호테는 이렇게 설명한다. 〈자네가 손으로만 더듬고 눈으로는 보지 못한 이 발과 다리들은 이 나무들에서 교수형을 당한 도망자들이거나 도적들이 틀림없네. 그들을 이곳에서 처형하곤 하는데 스무 명을 잡으면 스무 명, 서른 명을 잡으면 서른 명을 한꺼번에 목매달아 죽이지. 이런

곳인 걸 보니 우리가 바르셀로나 가까이에 와 있는 게 틀림없네.〉

돈키호테의 생각이 맞았다. 날이 밝아 오자 마흔 명이 넘는 도적 무리가 이들을 둘러싸고는 카탈루냐어로 자기네 두목이 올 때까지 꼼짝 말라고 명령한다. 두목은 잠시 후 도착하는데, 〈서른네 살쯤 되어 보였으며, 건장하고 중간보다 약간 큰 키에 눈초리가 엄하며 가무잡잡했다. 철갑 차림에 그 지방에서는 페드레날이라 부르는 소형 권총 네 자루를 양옆에 차고는 튼튼해 보이는 말을 타고 왔다〉. 자기 부하들이 산초를 약탈하려 하자 두목은 그러지 말라고 만류하며 돈키호테에 다가가 말한다. 〈그렇게 슬퍼하지 마시오, 착한 자여, 그대는 잔인한 오시리스 같은 인간의 수중에 떨어진 게 아니라, 가혹하기보다는 인정 많은 로케 기나르트의 손에 있으니 말이오.〉

용감하고 귀족적이며 정의로운 두목에 대한 이야기이다. 속편이 진행되어 갈수록 독자들은 돈키호테보다 산초가, 특히 이 장에서는 돈키호테보다 로케가 더 큰 비중을 차지한다는 것을 알아차릴 것이다. 돈키호테가 사건의 관객으로 밀려나는 것이다. 대단히 훌륭하고 이치에 맞는 로케 기나르트의 말과 비교하면 돈키호테의 이야기는 참으로 부질없고 약해 보인다. 이런 로케가 돈키호테에겐 존경의 대상이다. 특히 돈키호테는 그의 부하들이 여행자들을 데리고 왔을 때 그가 보인 관대함, 또한 형평에 입각한 정의를 실천하는 모습에 감동한다. 〈아무런 방해도 받지 않고 자유롭게 당신네들 길을 계속 갈 수 있도록 통행 허가증을 드리겠소. (……) 군인이나 여성, 특히 지체 높으신 여성분들을 욕보일 생각은 내게

조금도 없으니 말이오.〉

　히네스 데 파사몬테와 마찬가지로 로케 또한 실존했던 인물이다. 본명은 로카기나르다Rocaginarda로, 1582년에 태어나 『돈키호테』 속편이 발간됐던 서른세 살 무렵에는 바르셀로나 주변을 장악한 도적 떼의 두목이 되어 있었다. 스페인 정부는 카탈루냐 지역에서 횡행하던 이 도적 떼를 소탕하느라 많은 어려움을 겪었다. 로카기나르다의 경우 페드로 만리케Pedro Manrique 부왕의 사면을 받았고 1611년 6월 30일 이탈리아와 플란데스에서 10년간 왕을 위해 봉사했다. 이후 나폴리로 가서 세르반테스를 후원했던 레모스 백작의 보병 대장으로 일하기도 했다. 하지만 1613년 12월 세르반테스가 『돈키호테』 속편을 집필하고 있을 무렵, 그는 무모하게도 중남미에서 온 은 궤짝 111개를 덮쳤다. 더군다나 카탈루냐 도적들은 프랑스의 캘빈교도들과 긴밀한 관계를 유지하고 있었으니, 도적질은 어떤 면에서 중세 봉건 체제에서 파생된 현상이자 당시 불안했던 정치와 부왕들의 통치 체제에 대한 반감으로 인한 것임을 알 수 있다. 특히 프랑스 서남부 지방의 산적 중엔 가스코뉴 사람들이 많았다는 사실이 프랑스와 캘빈교도와의 긴밀한 관계를 분명하게 보여 준다. 『돈키호테』에서도 로케 기나르트의 무리들은 〈대부분이 프랑스 서남부 출신인 가스코뉴인들로, 촌스럽고 거칠고 방자한 그들에게 돈키호테의 말(육체뿐 아니라 영혼을 위해서라도 이런 위험천만한 생활을 그만두라는)이 먹힐 리가 없었다〉. 그리고 산속에서 숨어 지내며 도적질하던 이들에게는 바르셀로나에 힘 있는 친구들이 많았다. 『돈키호테』의 로케 기나르트도 바르셀로나에 사는 친구 돈 안토니오 모레노에게 돈키호테를 소개한다. 이렇듯 세르반테스는 당시 사람들을 열광시킨 사람이나 널리 알려졌던 사건들을 다루며 스페인 내부의 문제와 극적인 모험 정신을 보여 주고 있다.

그런데 여기서 주목해야 할 점이 있다. 돈키호테가 처음 출정했을 때 그는 현실을 왜곡했고 스스로를 다른 인물로 여기기도 했다. 두 번째 출정에서도 마찬가지였고, 산초를 위시하여 그를 둘러싼 사람들은 모두 그를 그 오류에서 빠져나오게 하려고 애썼다. 그런데 지금까지 본 세 번째 출정 이야기에서 현실을 왜곡하는 것은 돈키호테가 아닌, 그를 뺀 나머지 인물들이다. 돈키호테는 현실을 그대로 보고 제대로 인식한다. 아라곤, 즉 공작 부부의 성에서도 주변 기사 소설에 나오는 대로 현실을 꾸며 낸 주변 인물들의 장난질에 응했을 뿐이다. 그렇게 전편 라만차에서의 모험은 돈키호테가 만든 것이고, 아라곤에서는 다른 사람들이 만들어 낸 것인데 반해 카탈루냐에서 그는 진짜 모험을 만난다. 로케 기나르트와 부하 산적들과의 모험, 결혼을 약속한 돈 비센테 토레야스가 자신을 기만했다고 생각하여 치명적인 상처를 입힌 젊은 처자 클라우디아 헤로니마의 모험이다.

제61장

〈돈키호테는 이러한 로케와 사흘 낮 사흘 밤을 함께 보냈다. 3백 년을 함께한다 하더라도 그의 생활 방식은 볼거리가 넘칠 것 같았고 놀라운 일도 계속 일어날 것만 같았다.〉 돈키호테는 로케가 발부해 준 통행증과 로케 부하들의 호위로 성 요한 축제 전야에 바르셀로나 해변에 도착한다. 다음 날 아침, 한 번도 바다를 본적이 없는 데다 그때까지 단조롭고 편안한 삶을 살았던 라만차 사람 돈키호테와 산초의 눈에 들어온 바다, 그리고 기뻐하는 땅과 대포의 연기는 커다란 놀라움의 대상이 된다. 하지만 놀라움과 함께 우롱이 우리의 두 주인공을 기다리고 있으니, 그 시작이 짓궂은 아이들이 로시난테와 잿빛 당나귀에게 가한 장난이다.

제62장

로케 기나르트의 친구인 바르셀로나의 기사 돈 안토니오 모레노는 부자이자 재치 있는 사람으로 점잖으면서도 밉살스럽지 않게 장난치는 것을 좋아한다. 돈키호테가 자기 집에 머물게 되자 어떻게 하면 해를 입히지 않고 그의 광기를 세상에 알릴 수 있을지 고민하던 그는 자기 친구 몇몇을 불러 식사를 한 뒤, 청동으로 된 흉상의 머리를 보여 주면서 무슨 질문이든 정확한 답을 해주는 마법의 머리라고 일러 준다. 모두가 그 말을 믿고 흉상에게 질문하고 돈키호테 역시 몬테시노스 동굴에서의 모험이 사실이었는지 꿈이었는지, 또 산초의 매질은 실행될 것인지, 둘시네아의 마법을 푸는 데 효과는 있겠는지 묻는다. 산초는 자기가 다시 통치를 할수 있을지, 종자 생활에서 벗어날 수는 있을지, 처자식을 다시 볼수 있을지를 묻고 그에 대한 모호한 답들을 듣게 된다. 곧이어 시데 아메테가 그 마법의 머리의 진실을 알리며 그때까지 식사에 초대된 모두가 속고 있었음이 밝혀진다. 마법의 머리에 대한 소문이 바르셀로나 전역으로 퍼져 나가자 〈돈 안토니오는 불철주야 우리 믿음을 감시하는 자들의 귀에 그 소식이 들어가지나 않을까 두려워 스스로 종교 재판소의 관리들에게 이러한 사실을 알렸고, 그러자 이들은 무지한 서민들이 이 일로 큰 소란을 일으키지 않도록 하기 위해 그것을 부숴 버리고 더 이상 사용하지 말라고 명했다〉. 자기 검열과 종교 재판소의 위력을 보여 주는 에피소드다.

한편 얼마 뒤 우리의 주인공은 인쇄소를 방문하고 그곳에서 문학에 대한 생각과 번역에 대한 의견을 밝힌다. 특히 위작『돈키호테』에 대한 비난이 주를 이룬다.

제63장

돈 안토니오 모레노와 친구들이 돈키호테와 산초를 갤리선으로 데려가는데, 바다에서의 생활에 해박한 세르반테스는 배에서 일어나는 일들을 정확하고도 전문적인 용어로 묘사한다. 한편 늘 용감하기만 했던 우리의 주인공은 돛대가 떨어져 내리는 소리에 〈무서워 떨며 어깨를 움츠〉리고 〈아주 창백한 얼굴이〉 될 정도로 용기가 쇠해 간다. 그러던 중 몬주익으로 부터 알제 해적들의 쌍돛대 범선이 나타났다는 신호를 받고, 결국 갤리선에 타고 있던 두 주인공도 같이 출항하게 된다.

처음으로 진짜 전쟁이 작품에 등장한 것이다. 스페인과 기독교 세계의 가장 막강한 적인 터키인에 맞서는 전쟁이다. 터키인들은 기사 소설에서 편력 기사들이 수천 번 싸워 이겼던 원수이기도 하다. 돈키호테는 진짜 눈앞에 적군의 배를 두게 된 셈이다. 티란테 엘 블랑코, 에스플란디안, 리수아르테 데 그레시아, 팔메린 데 올리바, 나아가 미겔 데 세르반테스가 물러서지 않았던 적군 말이다. 돈키호테는 실제로 총성을 듣고 자기 옆에 군인 두 명이 죽어 넘어지는 모습도 목격한다. 적군의 배를 따라잡아 해적들을 생포하고 보니 선장은 산초의 친구 리코테의 딸인 안나 펠릭스로 밝혀지며, 그녀가 남장을 하고 선장이 되어 바르셀로나까지 오게 된 기구한 이야기가 뒤를 잇는다. 사건이 종결되고 다들 뭍에 내리자, 이들은 안나 펠릭스의 연인인 돈 가스파르 그레고리오를 구출하기 위해 알제에 갈 방법을 강구한다.

이 에피소드에 등장한 배들은 바르셀로나 해안을 경비·수호하고 나라에 식량 공급을 위해 존재했던 실제의 것들이다. 본문의 추격전 또한 수시로 벌어졌던 일로 기록되어 있다. 카탈루냐 갤리선은 1609년부터 네 척이 있었고, 세르반테스는 1610년 여름에 바르셀로나에 머물렀으므로 실제로 그와 같은 추격전을 목격했을 수 있다.

제64장

돈키호테는 돈 가스파르 그레고리오를 구출하는 일에 자신이 나서겠다고 하지만 이 제안은 묵살당한다. 진짜 벌어진 모험이니 돈키호테의 광기를 즐길 마당이 아닌 것이다. 이렇게 보면 돈키호테의 환멸은 그의 영웅적인 이상과 평범한 속세 간의 괴리에서 온 것이라 할 수 있다. 정말로 용기와 영웅주의가 필요한 상황에서 기사로서 그의 열망은 아무 쓸모가 없으며, 중세적 이상인 영웅주의와 용기가 현대에는 무용지물이라는 이야기다.

시대가 낳은 진짜 모험가인 로케 기나르트와 만난 이후, 기사 소설을 너무 읽어 편력 기사로 재탄생한 돈키호테는 무너져 내리기 시작한다. 진짜 산적의 모험과 대비되면서 그의 모험은 한갓 우스꽝스러운 소극이 되어 버리는 것이다. 제63장의 해전에서도 그의 존재는 사라져 버릴 정도로 미미하며 미친 짓으로 웃음조차 주지 못한다. 돈키호테의 진정한 슬픔은 이렇듯 자기 시대의 불의 앞에서 아무것도 할 수 없다는 데 있다. 돈키호테의 종말이 가까이 오고 있음을 암시한다.

해전 이틀 뒤 바닷가에서 산책을 하고 있던 돈키호테에게 한 기사가 나타난다. 머리 꼭대기에서 발끝까지 무장하고 휘황찬란한 하얀 달이 그려진 방패를 든 그는 돈키호테에게 결투를 신청한다. 자기의 귀부인이 둘시네아와 비교도 되지 않을 정도로 더 아름답다는 것을 인정하고 고백하지 않겠다면 결투를 받아들여야 한다는 것이다. 물론 돈키호테는 둘시네아의 명예를 지키려 하고, 그러자 〈하얀 달의 기사〉는 바로 그곳에서 결투를 신청한다. 이 말을 전해 들은 부왕은 돈 안토니오와 다른 많은 기사들을 데리고 바닷가로 나가 결투를 허락한다. 결투에서 〈하얀 달의 기사〉의 말이 어찌나 막강한 힘으로 부딪쳐 왔는지 돈키호테와 로시난테는 땅바닥에 나뒹굴고 만다. 〈하얀 달의 기사〉가 즉각 돈키호테에게로 다가와 투구에 창을 들이대자 돈키호테가 하는 말이다. 〈둘시네아 델 토보소는 세상에서 가장 아름다운 여인이고 나는 이 땅에서 가장 불행한 기사요. 그리고 내가 쇠약하여 이 진실을 저버린다는 것은 옳지 않소. 기사여, 그대는 그 창을 압박하여 나의 목숨을 앗아 가시오. 나의 명예는 이미 빼앗았으니 말이오.〉 이 말이 참으로 진실되며 돈키호테 삶에서 극적인 순간임을 알 수 있는 증거는, 그가 다른 자리에서 늘 읊어 대던 기사 소설의 고어가 여기에는 전혀 사용되지 않는다는 데 있다. 자기 삶에서 가장 비통하고 고통스러운 순간에 돈키호테는 기사의 세계에서 나와, 즉 책의 세상에서 나와 현실의 세상에서 진실과 마주한 것이다.

〈하얀 달의 기사〉는 그 말에 이렇게 답한다. 〈둘시네아 델 토보소 귀부인의 아름다움에 대한 그 명성은 원래의 그 온전한 모습으로 영원무궁하기를 바라오. 단지 나는 위대한 돈키호테가 1년 동안, 아니면 내가 명하는 시점까지 고향에 물러가 있는 것으로 만족하겠소.〉 둘시네아에게 불명예를 입히는 일만 요구하지 않는다면 그 밖의 것은 약속을 지키는 진정한 기사 돈키호테를 보면서 산초는 너무나 슬프고 서러워 무슨 말을 해야 할지, 무엇을 해야 할지 모른다. 〈기독교 문학에서 가장 아름다운 인물은 바로 돈키호테〉라는 도스또예프스끼의 말이 증명되는 순간이다. 지금까지 우리의 주인공은 계속 우롱만 당했으나, 그로 인해 그의 아름다움은 더욱 부각되어 왔던 것이다.

제65장

〈하얀 달의 기사〉가 돈 안토니오 모레노에게 자기가 누구인지를 밝힌다. 바로 돈키호테를 광기에서 치유하고 싶었던 학사 삼손 카라스코다. 돈키호테는 패배 후 엿새 동안 자리보전을 하며 서글프고도 애달픈 마음으로 괴로워하며 보낸다. 한편 개종자가 돈 그레고리오를 구한 이야기로 바르셀로나에서의 모험은 일단락된다.

제66장

집으로 돌아가는 돈키호테와 산초의 여정은 슬프기만 하다. 돈키호테는 갑옷을 벗은 채 로시난테를 타고, 산초는 주인의 갑옷을 실은 당나귀를 끌면서 걸어간다. 이제는 종자가 맥 빠진 주인의 용기를 북돋워 준다.

제67장

별다른 사건 없이 집으로 돌아가는 동안, 돈키호테는 다시 편력 기사의 모험을 하게 되기까지 1년간 목동의 삶을 보내기로 계획한다. 자기는 목동 키호티스가 되고 산초는 목동 판시노, 삼손은 목동 카라스콘 그리고 신부는 목동 쿠리암브로라고 이름까지 정해 둔다. 사람의 존재는 일로써 가능하므로, 일이 바뀌면 인간의 정체성을 결정짓는 이름도 바뀌어야 한다는 것이 그의 생각이다. 기사 소설을 너무 읽어 정신이 돌았던 돈키호테가 이제 목동의 삶을 산다고 하니, 이 또한 그의 서재를 차지하고 있던 목가 소설의 영향이라 할 수 있다.

제68장

돈키호테의 서글픈 귀향은 6백 마리가 넘는 돼지 떼들에 짓밟히고 또다시 공작 부부의 우롱거리가 되는 일들로 채워진다.

제69장~제70장

공작의 성으로 끌려간 돈키호테와 산초는 돈키호테의 잔인함 때문에 죽어 버린 알티시도라를 되살리는 연극의 희생양이 된다. 모든 고통은 산초의 몫이다.

제71장

돌아가는 동안 둘시네아를 마법에서 풀어 내기 위해 산초가 자기 자신에게 가해야 할 매질을 두고 주인과 종자 간의 실랑이가 벌어진다. 결국은 산초는 매당 가격을 매기고는, 꾀를 내 자기 몸이 아니라 나무에 매질을 가하며 자기가 맞는 것처럼 꾸민다. 물론 주인은 산초의 꾀를 알지 못한다. 다시 길을 가던 그들은 한 여인숙에 묵게 된다.

제72장

여인숙에서 매질을 마무리 짓기 위해 밤이 오기를 기다리던 돈키호테와 산초는 돈 알바로 데 타르페라는 신사를 만나게 된다. 이자는 위작 『돈키호테』에 나오는 인물로, 돈키호테와 산초의 설명을 듣고 자신이 등장한 책이 위작임을 깨닫게 된다. 이에 그는 촌장 앞에서 진술하기를, 여러 가지 상황으로 보아 지금 직접 눈으로 보고 만나고 말을 나누는 이 돈키호테와 산초는 자신이 알고 있는 작품 속 그들과 다르며, 따라서 자신이 등장한 작품은 위작이라고 말한다. 또다시 픽션 속에 픽션이 들어오는 셈이다.

제73장

드디어 돈키호테와 산초는 고향에 도착한다. 마을 입구에 이른 두 사람 앞으로 수많은 사냥개와 사냥꾼들에게 쫓긴 산토끼 한 마리가 도망을 온다. 산초가 토끼를 붙잡아 돈키호테에게 내밀자, 돈키호테는 중얼거린다. 〈불길한 징조로다, 불길한 징조로다! 산토끼가 달아나고 사냥개들이 그 뒤를 쫓으니, 둘시네아는 나타나지 않겠구나!〉 산초의 매질이 끝났으니 예언대로 둘시네아의 마법이 풀릴 거라 기대했건만, 〈야생 수렵〉 전설에서 언급했듯이 불길함을 암시하는 토끼를 보자 둘시네아가 마법에서 풀리지 않았다고 이해한 것이다. 이런 주인을 보며 산초는 자기가 토끼를 잡아 주인의 품에 놔드렸으며 주인은 녀석을 품에 안아 달래고 있다면서, 이것이 무슨 나쁜 조짐이며 불길한 징조인지 되묻는다. 그러면서 반종교 개혁론에 힘을 실어 줬던 〈징조나 조짐에 신경 쓰는 사람은 모두 바보로 생각하라〉고 일러 준 돈키호테의 말을 상기시킨다.

마을에서는 신부와 학사가 이들을 알아보고 반갑게 맞이한다. 물론 산초의 부인 테레사 판사와 딸 산치카도 있다. 돈키호테는 신부와 이발사를 따로 데리고 가 그간의 사정과 앞으로의 계획을 간단히 들려준다.

제74장

하지만 결투에서의 패배로 인한 우울함과 마법에서 풀려나지 못한 둘시네아에 대한 슬픔으로 돈키호테는 병석에 눕게 된다. 엿새 동안 열에 시달리다가 마지막 날 잠에서 깨어난 그는 큰 소리로 말한다. 〈이제 나는 자유롭고 맑은 이성을 갖게 되었구나. 그 증오할 만한 기사도 책들을 쉬지 않고 지독히도 읽은 탓에 내 이성에 내려앉았던 무지의 어두운 그림자가 이제는 없어졌거든.〉 그러고는 친구들 앞에서 자신은 더 이상 돈키호테 데 라만차가 아니라 알론소 키하노라고 고백하며 신부에게 고해를 들어 달라면서, 유언장을 만들도록 공증인도 불러 줄 것을 부탁한다.

산초는 정말 슬피 울며 주인에게 말한다. 〈나리, 돌아가시지 마세요, 제발. 제 충고 좀 들으시고 오래오래 사시라고요. 이 세상에 살면서 인간이 저지를 수 있는 최고의 미친 짓은 생각 없이 그냥 죽어 버리는 겁니다요. 아무도, 어떤 손도 그를 죽이지 않는데 우울 때문에 죽다니요. 나리, 그렇게 게으름뱅이로 있지 마시고요, 그 침대에서 일어나셔서 우리가 약속한 대로 목동 옷을 입고 들판으로 같이 나갑시다요. 혹시 모르잖습니까요. 어느 덤불 뒤에서 마법에서 풀려난 도냐 둘시네아 귀부인을 발견하게 되는지도요. 꼭 보셔야 하잖아요. 만약 패배한 것 때문에 고통스러워서 돌아가시는 거라면요, 제게 그 잘못을 돌리세요. 제가 로시난테의 뱃대끈을 제대로 매지 않아 나리를 쓰러뜨리게 만든 거라고 하시면 되잖아요.〉

하지만 돈키호테는 자신이 이제야 제정신으로 돌아왔다며 유언장의 내용을 불러 준다. 재산은 조카딸인 안토니아 키하나에게 주되 결혼할 때는 기사도 책에 대해서 모르는 사람과 해야 하고, 만일 그러지 않는 경우에는 그 재산을 잃도록 한다. 그리고 가정부와 산초에게도 얼마간의 돈을 남긴다. 위작 『돈키호테』에 대한 유감도 잊지 않는다.

드디어 돈키호테는 죽고, 시데 아메테 베넹헬리가 자기 펜에게 안녕을 고하며, 자기의 소원은 사람들로 하여금 기사도 책에 나오는 거짓되고 터무니없는 이야기들을 증오하도록 하는 것이었음을 밝히는 글로 작품은 끝난다.

분수를 모른 채 꿈을 좇아 살다 현실의 벽에 무너져, 자기의 삶이 정신 나간 짓이었다고 고백하며 죽는 주인공. 이상이 실제와 맞닥뜨렸을 때 아무런 힘도 발휘할 수 없었던 속수무책의 주인공. 인간의 어리석음과 무모함, 이상의 허망함과 야망의 무의미함으로 인간의 삶은 단지 꿈이며 꿈은 단지 꿈일 뿐이라는 진리를 주는 듯 보인다.

17세기 독자들은 이 작품을 단지 기사 소설의 아류로 즐겼고 비평가들 또한 그런 소설로 평가했다. 주인공 돈키호테를 일종의 코믹한 아마디스로 여긴 것이다. 하지만 시간이 흐르면서 『돈키호테』가 단순히 기존 기사 소설을 풍자하기 위한 작품이 아니며, 주인공의 삶 또한 보이는 그대로가 아니라는 이론들이 힘을 얻어 가기 시작했다.

19세기에 들어 『돈키호테』에 대한 평가는 달라진다. 〈해가 지는 일은 없다〉던 대제국 스페인이 네덜란드의 경제력과 영국의 해적 앞에 맛본 환멸을 그린 작품, 또는 대제국을 이룬 자신만만하던 전사 이달고가 시대의 변화 앞에 허무하게 무너져 악인이나 부랑자로 전락하거나 가난에 찌들어 버린 모습을 그린 작품, 그것도 아니면 세르반테스가 젊은 시절 가졌던 꿈을 환상적 창조물로 부각시킨 작품이라는 것이다. 일례로 영국 낭만주의 시인 바이런Baron Byron은 『돈키호테』를 가리켜, 위대한 한 민족을 죽여 버린 책이거나 그 민족의 무모함을 보여 준 서사적 예술이라고 했다. 독일 낭만주의자들은 『돈키호테』를 이상의 힘에 떠밀려 현실과 괴로운 싸움을 해야 하는 인간의 비극적 투쟁론으로 봤다.

그런데 20세기를 거치면서 이와 전혀 다른 새로운 이론들이 대거 등장한다. 주인공이 미치게 된 원인은 기사 소설에 있지만 『돈키호테』는 그러한 작품에 국한되지 않음은 물론, 제국의 환멸이나 이상향을 향한 인간의 회의적 조소를 감상케 하는 작품만도 아니라는 것이다. 이런 이론에 기대지 않더라도 패러디는 기존의 것을 파괴함으로써 새로운 것을 창조하는 일이며, 본 바와 같이 『돈키호테』는 기존 기사 소설만이 아니라 모든 문학 장르, 온갖 인문 사회 서적들은 물론 당대 사회와 유럽에서 떠돌던 민담과 전설, 속담, 명언 등을 통하여 기존 기사 소설과는 완전히 다른, 복잡하면서도 새로운 소설로 탄생된 것임을 감지할 수 있다.

결국 세르반테스는 그 시대에 어울리고 그 시대 독자의 수준에 맞는 기사 소설의 새로운 버전을 만든 것이 아니라, 인류를 사로잡은 요소들을 사실주의에 결합시킴으로써 하나의 독창적인 작품을 낳은 것이다. 객줏집 주인이나 그의 딸 혹은 하녀 마리토르네스 같은 단순한 독자부터 날카롭고 명철한 지식인까지, 모두가 즐길 수 있는 장르를 새로 만들어 낸 셈이다. 우롱과 패러디를 체계적으로 사용하여 독자들이 즐기도록 하는 동시에 이것들로 감춘 수수께끼를 풀어 보라고 초대까지 하고 있으니, 재미나게 웃으면서 능동적인 독자가 되어 그 숨겨진 이야기를 읽어 내야 할 것이다.

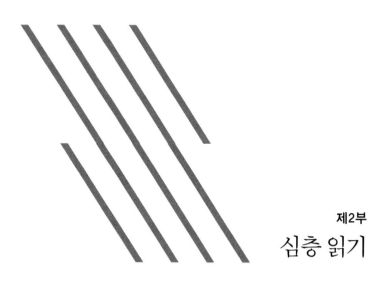

제2부

심층 읽기

1. 〈쓴다, 고로 감춘다〉 ── 노련한 익살꾼

20세기 스페인의 지성 호세 오르테가 이 가세트는 『키호테의 성찰』에서 이렇게 묻는다. 〈우롱으로 가득 찬 이 겸허한 소설보다 더 심오한 책이 있을까?〉 그는 속에 감춰진 것을 읽어 낸다는 의미로 돈키호테 작품에 대한 자신의 이야기를 〈성찰〉이라고 이름 했다. 그러면서 세르반테스를 아주 재주 좋은, 겉으로만 기독교인인 척하는 자, 스페인 작가들 중에 가장 불경스러운 자라고 같은 책에 적는다. 이는 세르반테스가 부도덕한 인물이라는 뜻이 아니다. 로마 가톨릭교회의 모질고 혹독하고 음험한 손길에서 빠져나오기 위하여, 갈릴레오처럼 자신이 말한 진실을 거짓이라 고백하도록 강요당하지 않고 자기가 쓴 글이 검열에 걸려 화형에 처해지지 않도록 하기 위해 취한 그의 자세를 언급한 것이다. 이러한 태도를 두고 오르테가는 〈영웅적인 위선〉이라 했고, 대표적인 세르반테스 연구자인 아메리코 카스트로 역시 오르테가의 영향을 받아 세르반테스를 〈노련한 위선자〉라 표현했다. 부정적인 의미로 이해되는 이 〈위선〉이나 〈위선자〉라는 단어는 원래 그리스어 〈hypocrites〉에 그 어원을 두며, 라틴어로 옮겨 와 연극에서 〈인물을 재현해 보이다hypokrinein〉라는 동사에 뿌리를 둔 〈배우hypocrita〉라는 뜻으로 사용되었다. 배우는 자신의 모습을 감추고 극의 상황에 따른 인격의 인물을 꾸며 보여 줘야 하기 때문에, 이런 의미에서 부정적인 의미가 파생되어 나옴 직하다. 심리학자 칼 융Carl Gustav Jung은 상황에 따라 꾸며 내는 인물을 〈다중 인격자〉라고 부른다.

고대 그리스에서 배우들은 인물을 소화하기 위해 상황에 따라 가면을 사용했고, 이 가면은 배우가 보이고자 하는 인물의 인격과 동일시되었다. 이렇게 보면 오르테가가 말한 〈영웅적인 위선〉은 세르반테스가 부조리한 환경에 매몰되지 않고 자신의 양심을 지키기 위해 써야만 했던 가면인 셈이다. 진실을 숨긴 채 작품의 인물과 소설을 구성하고자 사용한 미적·수사학적 개념의 〈가면〉이다. 사회적·정치적·종교적인 모순의 시대를 예술로서 진지하게 그려 내고자, 동시에 그런 사회의 보수주의자들의 완력에 거부당하지 않도록 하기 위한 방편으로 쓴 가면 말이다. 제대로 된 문학을 하기 위해, 자유를 지키고 목숨 줄을 잇기 위해, 세르반테스 자신의 양심에서 나온 미학 형식이다.

그의 글쓰기를 두고 간책이니 계략이니 술책이라는 용어를 사용하곤 하는데, 이 부정적인 가치를 암시하는 이 단어들은 원래 〈노련함〉, 〈기술〉, 〈솜씨〉, 〈재주〉라는 아주 긍정적인 의미를 갖고 있다. 이 점을 상기해 보면 세르반테스는 기발하게 새로운 우주를 조형하여 우리가 그것을 즐기면서도 놀라고 열광하여 그 세계의 새로운 영역과 다양한 면을 발견하도록 노련한 재주를 부렸던 것이다. 바로 〈패러디를 통한 우롱의 가면〉이라는 재주다. 이렇게 세르반테스는 삶이란 그리 단순한 것이 아님을, 눈에 보이는 것이 다가 아님을 일깨우고 있다. 그의 위선은 당시 사회가 강요하던 규정에 무너지지 않고자 선택한 가장 진지한 작가의 자세다. 자기 것이 아닌 것을 강요하던 사회에 맞서 저항하고 도전하기 위한 방편으로 작가는 주인공의 고매한 영웅주의를 우롱하고 그의 모험을 실패와 실패로 이어 가게 하여 고귀한 이상주의를 놀림감으로 삼았다. 생각하면 다치는 세상에서 데카르트Rene Descartes의 〈생각한다, 고로 존재한다〉라는 명제 대신 그는 〈생각한다, 고로 감춘다〉라고 해야 했고, 단지 생각에 머물지 않고 행동으로 옮겨 〈쓴다, 고로 감춘다〉라고 할 수 밖에 없었다.

이 가면은 기존 기사 소설을 공격하여 속세에서 누리고 있는 권위를 무너뜨린다는 얼굴을 하고 있다. 방법은 단순하다. 기존 소설을 완벽하게 모방하면 된다(전편 제35장). 완벽한 모방을 통해 덜 완벽한 모방 대상을 완벽하게 파괴하는 것이다. 그런데 세르반테스가 기존 기사 소설에서 파괴하고자 하는 것은 기존 비평가들이 비판하며 공격하던 기독교 교리에 어긋나는 비도덕적 면에 있지 않았다. 다음은 전편 제 47장에 등장하는 교단 회원의 말이다.

「나는 기사 소설 중에서 전체 이야기가 이야기의 요소요소와 일치하는 작품을 본 적이 없답니다. 중간이 처음과 상응하지 않고, 끝이 처음이나 중간과 연결되지도 않더라는 겁니다. 이야기가 어찌나 제각각 따로 노는지 균형 잡힌 모양새를 만든다기보다 키메라나 괴물을 만들 작정인 것 같습니다.」

기존 기사 소설의 구조에 대한 비판에 이어 그는 문체에 대한 비판과 개연성의 부족을 지적한다.

「이것 말고도 문체는 딱딱하고, 무훈들은 믿기지 않고, 사랑은 음탕하며, 예의는 볼썽사납기만 하고, 싸움은 지루하고, 말하는 것은 다들 바보 같고, 여행은 엉터리더군요. 결국 신중하게 쓴 것이라고는 눈 씻고 봐도 없다는 겁니다. 그러니 이런 작가들은 쓸모없는 인간들이며 기독교의 나라에서 추방되어야 마땅하다고 봅니다.」

그러면서도 기사 소설의 좋은 점을 늘어놓기도 한다.

「그 작품들에서 작가의 훌륭한 재능이 돋보일 수 있다는 것입니다. (……) 평온한 문체와 기발한 창의력으로 될 수 있는 한 사실에 가깝게 묘사한다면, 그것은 곧 다양하고도 아름다운 매듭으로 직조된 천을 만드는 일이 될 것입니다. 끝내 놓고 난 뒤 작품이 그런 완벽성과 아름다움을 보인다면 글쓰기로써 얻을 수 있는 최고의 목적을 달성하는 셈이죠. 즉, 이미 말한 것처럼 가르치는 동시에 재미있는 작품 말입니다. 왜냐하면 이런 책에 풀어 놓는 글은 작가를 서사적이거나 서정적이거나 비극적이거나 희극적으로 볼 수 있게 하는 여지를 주거든요. 그 안에 아주 달콤하면서도 즐거운 시학과 웅변학이 내포하고 있는 그런 부분들이 다 들어 있으니 말입니다.」

결국 세르반테스가 밝힌 집필 목적은 가면이고 책략이며 위선이다. 세르반테스는 기사 소설을 혐오하지도 비난하지도 않는다. 그것은 그저 완벽한 미학을 위해 필요한 비평일 뿐이다. 전편 제32장에서 신부가 객줏집 주인한테 돈키호테가 기사 소설을 주야장천 읽어 머리가 돌았다고 하자 돌아오는 답이다.

「어떻게 그럴 수 있는지 모르겠네요. 제가 보기에 이 세상에 그보다 더 훌륭한 읽을거리는 정말이지 없는 것 같거든요. 저도 다른 책들과 함께 그런 책을 두세 권 갖고 있습니다만, 그건 저뿐만 아니라 다른 많은 사람들의 기운을 북돋워 줘요. 추수 때가 되면 많은 일꾼들이 이곳으로 모여드는데, 글을 읽을 줄 아는 사람들은 늘 있어서 그들 가운데 하나가 그런 책 한 권을 집어 들면 서른 명이 넘는 우리가 그 사람을 삥 둘러싸고 앉는답니다. 그러고는 그 사람이 읽어 주는 것을 흰 머리칼 수천 가닥이 빠질 정도로 재미있게 듣지요. 적어도 내 경우에는, 기사들이 격렬하고도 무시무시하게 때리는 대목을 듣고 있노라면 저도 모르게 그렇게 해보고 싶어지고, 밤이고 낮이고 그런 이야기만 들으면서 지내고 싶어지거든요.」

이러한 찬양은 객줏집 안주인이나 하녀 마리토르네스의 입을 통해서도 계속된다. 기사 소설에 대한 신부의 비난은 이것들이 거짓말에 정신 나간 이야기들로, 〈아주 잘 정돈된 나라에서 일이 없거나 일할 필요가 없을 때를 위해, 혹은 일을 하려 해도 할 수 없는 사람들의 마음을 즐겁게 해주기 위해〉출판이 허가된 책이라는 데 있다. 세르반테스는 이 말을 충실히 따라 가면을 더욱 튼튼히 썼으며, 바로 이러한 점 때문에 『돈키호테』에 대한 연구는 지금껏 계속되고 있다.

세르반테스는 서문에서 자기의 분신인 셈인 친구의 입을 빌려 〈어리석은 사람은 화를 내지 않고 신중한 사람은 그 기발한 착상에 감탄하고 심각한 사람은 경멸하지 않고 진중한 사람은 칭찬하도록〉 만들고자 함을 밝히는데, 작품이 진행되어 가면서 이런 면이 강조되다 보니 속편 제3장에서는 돈키호테의 말을 통해 자기의 이야기를 이해하려면 설명이 필요하다고 밝히기도 한다. 반면 삼손 카라스코는 〈그런 건 아닙니다. 아주 분명해서 이해하기 어려운 건 없습니다. 그래서 아이들은 손으로 가지고 놀고, 젊은이들은 읽으며, 어른들은 이해하며, 노인들은 기린답니다〉라고 답한다. 작품을 둘러싼 친구와 돈키호테와 삼손의 의견이 각각 다른 셈이다. 세르반테스 자신은 입을 다문 채 작중 인물들이 평가하도록 내버려 둔다. 셋 다 맞는 이야기이고 상호 보완되어 작품의 성격을 밝히고 있지만, 그중 가장 비중 있는 의견은 돈키호테의 것일 게다. 이야기를 만들어 가는 자가 돈키호테이기 때문이다. 그런데 이 말은 다른 두 인물이 작품을 평한 내용에 비하면 분량에 있어 극히 적다. 도덕적으로나 종교적으로 검열관들의 눈에 거슬릴 수 있는 최소한의 느낌이나 생각을 차단하기 위한 방법이다. 세르반테스는 작품 중 검열에 걸릴 수 있는 혁명적인 발상들을 내

뺄은 다음, 검열관들에게 고민의 여지를 주지 않기 위해 이런 식으로 곧장 다른 내용으로 넘어가는 방법을 곳곳에 사용했다.

표면상 눈에 거슬리는 내용이 없으니 검열에 걸릴 것도 없다. 그래서 전편 왕의 특허장에서는 〈아주 유용하며 쓸모 있는 책〉이라는 평가까지 받는 것이다. 심지어 속편 검열관의 승인서에서는 〈기독교적 믿음에 우려를 불러일으킬 만한 내용, 혹은 훌륭한 본보기로서의 품위와 덕스러움에 역하는 내용은 없으며 오히려 박식하며 유익한 내용이 많았다. (……) 이로써 이 작품은 기독교가 질책하는 법들을 아주 현명하게 검열하고 있으니, (……) 병을 치료하고자 하여 달콤한 약을 맛있게 먹었더니 생각지도 않게 아무런 부담이나 역겨움도 없이 가장 치료하기 어려운 고약한 면을 유쾌하게 깨우치고 그것을 혐오할 수 있게 하는 것과 같은 아주 유용한 책이다〉라고 한다. 속편 제3장에서 삼손이 결정적으로 검열관의 눈을 가렸기 때문이다. 〈그러니까 이 이야기는 지금까지 나온 것 중에서 가장 재미있으며 가장 무해한 오락거리라는 겁니다. 책 어느 한 군데서도 기독교적이지 못한 생각이나 불순한 말을 찾아볼 수 없고, 그 비슷한 것도 없으니 말입니다.〉

이렇듯 작품이 시대가 요구하는 바에 어긋나는 점이 전혀 없다고 생각하도록 하기 위해, 또 전적으로 로마 가톨릭교회가 요구하는 바를 충실히 지키고 있다고 믿도록 하기 위해 세르반테스는 위선자가 되어야 했다. 로마 가톨릭교회의 가혹한 마수에서 벗어나기 위한 예방책이자 최선의 방법이 바로 〈영웅적인 위선〉인 〈가면〉이었다.

2. 나는 내가 누구인지 알고 있다

제4장에서 돈키호테는 객주집 주인으로부터 기사 서품식을 받고 종자를 구하러 기분 좋게 집으로 돌아가다가 무르시아로 비단을 사러 가던 톨레도 상인 무리를 만난다. 책에서 읽은 행적들 중 흉내 낼 수 있는 것은 모두 흉내 내리라 생각하던 돈키호테에게는 마침 딱 맞아떨어진 기회가 아닐 수 없다. 돈키호테는 그들에게 〈라만차의 왕후이며 비할 데 없이 아름다운 둘시네아 델 토보소보다 더 아름다운 여자는 이 세상에 없다고 고백〉할 것을 요구하지만 오히려 둘시네아를 모욕하는 대답만을 듣고, 이에 입을 잘못 놀린 장사치를 향해 달려들다가 로시난테가 넘어지는 바람에 함께 들판에 나뒹굴게 된다. 이렇게 넘어지고도 계속 허세를 부리는 그를 보고 장사치 하인 중 하나가 얼마나 모질게 두드려 팼는지, 그는 완전히 녹초가 되어 도저히 일어날 수가 없다. 그래서 땅바닥에 드러누워 꺼져 가는 숨결로 자기가 읽은 기사도 이야기를 읊조리고 있는데, 마침 같은 동네 사는 농부가 방앗간에 다녀오는 길에 바닥에 누워 있는 돈키호테를 발견하고는 자기 당나귀에

신고 온다. 돌아오는 내내 자기는 기사 소설에 나오는 사람이라고 말하는 돈키호테를 향해 농부가 당신은 그런 인물이 아니라 착한 키하나 나리라고 말해 주자, 돈키호테는 이렇게 대답한다.

「나는 내가 누군지 알고 있소. 그리고 아까 말한 사람들은 물론 프랑스의 열두 기사와 라 파마의 아홉 용사 전부도 될 수 있다는 것을 알고 있소.」

이런 그가 속편 제42장 〈산초가 섬을 통치하러 가기 전에 그에게 준 충고와 신중하게 고려될 만한 다른 일들에 대하여〉에서는 산초에게 이렇게 충고한다.

「자네 자신에게 눈길을 보내 스스로가 어떤 인간인지를 알도록 하게. 이것은 세상에 있을 수 있는 가장 어려운 지식일세.」

〈자기 자신이 누군지 아는 일〉이야말로 세상에서 가장 어려운 지식이라 말하는 돈키호테. 자기가 누군지를 알고 있다는 돈키호테. 그는 어떻게 자기를 안다고 말할 수 있을까.

『돈키호테』에는 우리 주인공에 대한 결정적인 정보가 아무 것도 없다. 제1장에서 언급되는 그의 일상생활을 읽어도 그가 누구인지, 어떤 인물인지에 대한 본질적인 내용은 알 수 없다. 화자의 이야기는 모두 주인공의 외부 상황 묘사로 일관될 뿐이다. 형용사로 겹겹이 쌓아 놓은 내용들은 주인공 실체에 대해서는 한 마디도 언급하지 않는다.

얼마 전 라만차 지역의, 그 이름이 잘 생각나지 않는 어느 한 마을에 한 이달고가 살고 있었다. 예사 이달고들이 그러하듯 (……) 사냥을 좋아했다.

세세한 환경에 대한 설명은 문학적으로 현실감을 더해 주지만 주인공을 구체적으로 알게 하는 건 아니다. 이런 식의 서술은 계속된다.

사람들은 그가 〈키하다〉 또는 〈케사다〉로 불렸다고 하는데, 이에 대해서는 글을 쓴 작가들 사이에 다소 의견 차이가 있는 것 같다.

소설의 마지막 부분에서는 그의 이름은 이 중 어느 것도 아닌 〈키하나〉라 한다. 즉 키하다, 케사다, 케하나 또는 세뇨르 키하나, 그리고 구티에레스 키하다가 되었다가 작품 속편 마지막에는 작가가 정한 이름이 아닌, 주인공 자신이 스스로에게 일종의 세례명으로 준 〈착한 자 알론소 키하노〉가 되는 것이다.

주인공의 이름 역시 하나로 정하지 않은 까닭은 어디에 있는 것일까? 이렇게 주인공 고향이 라만차의 어느 곳이라고 하면서 구체적인 장소를 밝히지 않는 이유는 또 무엇일까? 스페인어권 문학에서 지명은 인간성을 결정하는 데 엄청난 영향을 행사한다. 아르헨티나의 팜파 지역이 아닌 곳에서 마르틴 피에로Martin Fierro를 연상하기란 어렵다. 『모험가 살라카인Zalacain el aventurero』은 바스크 지역에서만 가능할 것 같다. 태어나서 자란 환경이 인간성을 결정짓는 데 중요한 요인이라는 것을 보여 주는 예이며, 물론 우리 주인공의 이름이 구체적으로 정해지지 않은 근거이기도 하다.

세르반테스는 기독교로 개종한 유대인의 후손이다. 유대인들의 관습에 따르면 이름이 사람의 실체를 형성하는 데 신비로운 힘을 행사한다고 한다. 그러니까 호칭이 정체성을 결정한다는 이야기이자, 개명이 인간성을 근본적인 면까지 바꾸게 한다는 믿음이다. 그래서 이들은 일상생활에서도 개명을 큰일로 여긴다. 우리의 주인공은 죽음에 직면했을 때를 제외하고는 한 번도 자기의 이름을 고집하지 않는다. 그에게 주어진 예명도 그러하다. 횃불에 비친 주인공의 얼굴을 보고 산초는 그를 〈슬픈 몰골의 기사〉라고 한다. 모험에서 돌팔매질로 이빨이 몽땅 빠져 볼이 쑥 들어가 초췌해진 탓이다. 하지만 이 예명도 얼마 가지 않아 〈사자의 기사〉로 바뀐다. 사자들 앞에서 그의 용맹성을 보인 뒤 본인이 붙인 또 다른 이름이다. 〈슬픈 몰골의 기사〉와 〈사자의 기사〉는 같은 인물이 아니다. 기사 생활을 마감하고 목동의 삶을 살려고 할 때의 우리 주인공 이름은 또다시 〈목동 키호티스〉로 바뀐다. 존재는 행위로 규정된다는 작가의 지론이다. 이러한 비결정론은 주인공의 계보에서도 드러난다.

상식적으로 작품의 주인공이라면 화려한 전통의 가문과 족보를 떠올리기 마련이다. 세르반테스 이전에 스페인 문학을 주도했던 기사 소설이나 악자 소설에서는 독자들이 주인공에 대해 추측

할 수 있는 결정적인 요소들이 많다. 출생지가 어느 곳인지, 가족으로 누가 있으며 가문은 어떠한지에 대해 세세하게 기술되어 있다. 스페인 최초의 기사 소설인 『아마디스 데 가울라』의 주인공 아마디스 데 가울라는 아름다운 엘리에나 공주와 용장인 페리온 데 가울라 왕의 아들이자 영국 소방국의 왕손으로 태어났다. 그러한 출생 신분으로 판단컨대 아마디스는 흠잡을 데 없는 영웅이 될 것임을 독자들은 의심치 않는다. 반대로 스페인 최초의 악자 소설인 『라사리요 데 토르메스의 삶La vida de Lazarillo de Tormes』의 경우, 주인공 라사리요는 살라망카 근처에서 제분업을 하면서 도둑질을 일삼는 아버지와, 아버지가 죽자 흑인 노예와 정분을 맺은 어머니 사이에서 태어났다. 이 역시 그의 앞날을 불 보듯 짐작하게 하고, 과연 그는 빈틈없는 악인으로 자라난다. 반면 〈키하나〉인지 〈케사다〉인지에서 자신에게 세례 주듯 그 이름을 붙인 돈키호테는 새로 태어난 인물이다. 운명을 예견할 수 있는 과거가 없는 아담과 같은 인물. 자기 것이라고 말할 수 있는 무엇도, 그의 인간성을 대변해 줄 수 있는 어떠한 것도 없이 스스로 자신을 창조한 인물이다.

이것만이 아니다. 소설 전반에 걸쳐 이야기 흐름이 한 치 앞을 예측하기 어렵다. 보통 기사 소설에서처럼 일련의 모험담들이 획일적으로 반복, 나열되는 게 아니기 때문이다. 이야기의 실마리를 쥐고 있는 이는 누구일까? 작가이자 화자로 등장하는 세르반테스도, 이후 작가로 등장한 시데 아메테도 아니다. 이들은 상황 설명으로 의무를 끝내고 등장인물들이 각자의 관점에서 사건을 끌어

갈 뿐이다. 전편 제1부 제8장의 에피소드는 작가의 무궁무진한 창조력에서 나온 것이라고 단정하기에 조급한 감마저 든다. 핵심적 내용을 전개시켜야 할 순간에 혼란이 온 듯, 인물들이 어떻게 되어 갈지 독자에게 영감을 요구하는 모양새다. 작품 전체를 두고 일정한 틀에 맞게 앉은 사건이 하나도 없다. 오히려 각 사건이 어떻게 진행되려나 하는 호기심이 소설 전체에 걸쳐 점점 커져 갈 뿐이다. 주인공 또한 사건이 진행됨에 따라, 즉 자신에게 주어진 환경을 살아감에 따라 스스로에 대한 의식을 얻는다. 다시 말해, 우리는 완성된 주인공이 아니라 갓 태어난 기사로 생성 중인 주인공을 보고 있는 것이다. 세르반테스는 시데 이메테 베넹헬리라는 작자를 내세워 그 사람의 이야기를 독자에게 보여 주는 것처럼 하고 있지만, 사실 소설은 완성된 것이 아니며 오히려 등장인물들이 만들어 가는 사건들로 조금씩 형성된다.

돈키호테는 일반적으로 보아 온 통속적인 모험의 기사가 아니다. 그는 매 순간 요구에 의해 형성되어 가는 인물이다. 『아마디스 데 가울라』에서 오리아나는 고귀한 여인으로, 아마디스는 최고의 기사로 운명 지어져 있다. 그러나 과거가 없는 우리의 영웅 돈키호테는 근본적으로 행위에 가치를 두고 그 행위로서 개인의 삶을 형성해 간다. 삶이란 건설적인 행위로서 이미 완성되어 주어진 것이 아니라 각자의 부단한 노력으로 행동하는 일들의 집합체이기 때문이다.

우리의 삶은 근본적으로 끊임없는 선택의 역사이며, 그러하기에 때로는 여러 가지 가능성 사이에서 결단을 요구한다. 우리의 이달고 역시 인생을 선택해야 했다.

> 그는 몇 번이나 펜을 잡고 그 이야기의 결말을 쓰고 싶다는 충동
> 에 휩싸였다. 만일 그보다 더 크고 끊임없는 생각들이 그를 방해하
> 지 않았더라면 실제로 그렇게 했을 것이며, 더 훌륭하게 해냈을 것
> 이다. (전편 제1장)

주인공의 삶은 세 가지 가능성 앞에 놓여 있으며 그는 이들 중
에서 하나를 선택해야 한다. 원래의 삶, 이달고로서의 무위도식적
삶이 그 첫 번째 가능성이다. 두 번째는 인용문에서와 같이 작가
가 되는 길이다. 마지막 셋째는 무엇보다도 주인공의 생각을 지배
했던, 아마디스와 같은 편력 기사로 모험의 길을 떠나 정의를 실
현하여 후대에 이름을 남기는 일이다.

무위도식적 생활의 포기는 결코 지울 수 없는 과거로부터의 해
방을 위한 세르반테스 자신의 불가피한 선택으로 해석된다. 개종
한 유대인의 후손으로서 사회적 핍박과 소외에서 벗어나기 위한
방법은 그 길뿐이다. 하지만 과거가 없는 주인공에게 글 쓰는 일
보다 더욱 매력적인 것은 편력 기사로서의 삶이다. 주인공은 절대
적인 선택의 자유를 따라 기사의 길을 가는 것으로 결론 내린다.
개인 자유 의지의 발동이다. 비결정론에 따른 일체의 속박에서 해
방된 개인이 이러한 선택을 하게 된 이유는 분명히 존재한다.

이 이달고는 틈이 날 때마다 ― 1년 중 대부분이 그랬다 ― 기

사 소설을 읽는 데 푹 빠져서 사냥이나 재산을 관리하는 일조차 까맣게 잊고 말았다는 사실이다. 기사 소설에 대한 호기심과 도취가 정도를 넘어서, 읽고 싶은 기사 소설을 구입하느라 수많은 밭을 팔아 버릴 정도였다. 이렇게 하여 사들일 수 있는 책은 모두 집으로 가져왔는데, (……) 결국 그는 이런 책들에 너무 빠져든 나머지 매일 밤을 뜬 눈으로 꼬박 새웠고, 낮 시간은 멍하게 보냈다. 이렇게 거의 잠을 자지 않고 독서에만 열중하는 바람에 그의 뇌는 말라 분별력을 잃고 말았다. (……) 그리하여 자기가 읽은 허무맹랑한 이야기들을 모두 진실이라 생각하기에 이르렀고, 마침내 이 세상에 그런 이야기보다 더 확실한 것들은 없다고 여기게 되었다. (전편 제1장)

살면서 접하게 되는, 또는 주어지는 환경은 다양하다. 이러한 환경 앞에 우리는 우리의 삶을 정주시켜야 할 적절한 자리를 선택해야 한다. 세상의 거대한 만물상 앞에서 혼돈에 빠져 정체된 인간으로 살 것이 아니라 분명한 자신의 위치를 확보해야 한다. 삶이란 구체적이고 유일한 것이며 개인적인 것이기 때문이다. 그런데 확보해야 할 위치는 그저 내게 오는 게 아니다. 인간이 자기 능력을 최대한 기울일 때 비로소 완벽하게 자기의 것이 된다.

주인공이 선택한 편력 기사로의 길은 아담처럼 갓 태어난 생명체를 가진 〈나〉의 선택 의지다. 그 선택 의지는 기사이기를 원하는 옹호 의지로, 옹호 의지는 행동하고자 하는 모방 의지로, 모방 의지는 자기 자신의 창조 의지로 나아간다.

자신을 가울라의 아마디스나 토르메스의 라사리요처럼 〈라만차의 돈키호테〉로 이름한 것, 이는 어떻게 하면 자기가 선택한 운명에 가장 완벽하게 접근할 수 있는지를 보여 주는 예다. 자기가 애독한 기사 소설의 주인공처럼 되려는 모방이다. 예술 작품의 모방은 역사적으로 적어도 플라톤Platon 시대부터 시작됐다. 대화편 『프로타고라스Protagoras』에서 그는 인간은 예술의 모방을 통해서 자기 생에 새로운 면, 즉 명성이나 덕이나 지혜를 얻는다고 주장한다. 아리스토텔레스 『시학Poetics』의 골자도 미메시스mimēsis, 즉 모방이다.

문예 부흥기에 들면서 이 모방론은 새로운 가치를 얻게 되는데, 대표적으로 조르조 바사리Giorgio Vasari는 우리의 예술은 완전한 모방에서 이루어진다고 하며 다음과 같이 모방의 대상을 구분한다. 자연의 모방과 대가의 작품 모방이다. 야코브 부르크하르트Jacob Burckhardt는 『이탈리아 르네상스의 문화Die Kultur der Renaissance in Italien』에서 국가 개념을 하나의 예술 작품으로 이해한 듯하다. 마키아벨리Niccolò Machiavelli 모방론이다. 우리의 주인공이 조르조 바사리의 미학론이나 야코브 부르크하르트의 국가론에서 시작했다는 주장은 아니다. 다만 역사가 보여 주듯이 인간은 자기의 완벽성을 모방으로 이루었음을 말하려는 것이다.

전편 제23장 시에라 모레나 산에서의 고행 사건은 모방론의 단적인 예다. 세상 사람들과 떨어져 외로운 산속에서 자연과 더불어 속죄의 고행에 나선 건 단지 그가 가장 좋아하고 애독했던 기사 아마디스 데 가울라를 닮고자 하는 의지라고 기술하고 있다. 아마디스는 자기 생의 한순간 오리아나로부터 멸시당했다고 느껴,

중세 시대 비탄에 빠진 연인의 모습으로 험하고 초라한 페냐 포브레 산에 들어가 고행을 한다. 우리의 영웅도 나무랄 데 없는 기사가 되기 위해서 치러야 하는 필수적인 요건으로 고행의 길을 결심한다.

「내가 이곳을 헤매는 이유는 (······) 여기에서 무훈을 세우고자 하는 뜻도 있다는 말이지. 나는 그 무훈으로 세상에서 영원한 이름과 명성을 얻게 될 걸세. 한 편력 기사를 완벽하고도 유명한 기사로 만들 수 있는 그런 일을 모두 마무리 지을 정도로 대단한 무훈이지.」(전편 제25장)

완벽하고 유명한 기사로 만들 수 있는 그 모든 일에 자신의 삶의 목적을 둔 우리의 주인공. 이미 기사도 시대가 끝난 상황에서 이를 가능하게 하는 것은 오로지 모방 의지뿐이다.

「화가가 자기 예술로 유명해지고 싶으면 자기가 아는 가장 뛰어난 화가들의 원화를 모방하면 된다네.」(전편 제25장)

결국 그가 고행을 하는 이유는 완벽한 기사가 되고자 하기 때문이다.

「나는 이렇게 생각한다네. 아마디스를 가장 잘 모방하는 편력 기사야말로 기사도를 완벽하게 성취하는 데 가장 가까이 갈 수 있

으리라고 말일세.」 (전편 제25장)

완벽한 기사가 되고자 하는 〈나〉의 의지는 결국 기사 아마디스의 환경까지 모방하게 한다. 이렇듯 자기 생을 이루려는 의지 앞에는 별다른 동기가 없는 법이다. 이어 산초의 질문과 돈키호테의 대답이 이어진다.

「제가 보기에는 나리, 그런 짓을 한 기사들은요, 그런 바보짓이나 고행을 할 이유가 있었거나 그렇게 할 수밖에 없는 상황이었거든요. 그런데 나리께서는 일부러 그렇게 미쳐야 할 이유가 있나요? 어느 귀부인이 나리를 멸시했나요? 아니면 둘시네아 델 토보소 님이 무어인이나 혹은 기독교인하고 무슨 유치한 장난이라도 했다는 증거라도 잡으셨나요?」 (……) 「바로 그거야. 그게 내 일의 절묘한 점이네. 편력 기사가 이유가 있어서 미친다면 감사할 일이 뭐가 있겠나. 핵심은 아무런 이유도 없는데 미치는 데 있는 것이야. 내 귀부인으로 하여금, 아무런 이유도 동기도 없는데 저만한 일을 하시는 분이니 무슨 이유가 있을 경우에는 어떤 일을 하실지 모른다는 생각을 하게 하는 거지.」 (전편 제25장)

아무런 이유가 없는데 하려는 것. 단지 의지의 발로다. 더군다나 우리의 영웅이 꿈꾸는 환경은 자기가 처한 시대와 동떨어져 있으므로 그 괴리를 감당하기 위해서는 인간 의식을 넘어선 의지가 유일한 지지대인 셈이다. 몸의 모든 무게를 손가락 하나로 지탱하는 곡예사와도 같다. 이성 위에 군림하는 강한 의지의 인간이다. 무엇을 위한 절대 의지인가. 내가 왜 나의 창조자가 되어야 하는가. 인간의 삶은 각자의 창조이기 때문이다. 그래서 우리의 영웅 돈키호테는 자신의 전 존재가 된 기사 소설을 통해 확대된 자아로 일체의 속박에서 해방된 의지의 거인이자 비범함을 낳는 창조적 인간으로 탄생한 것이다.

돈키호테 이전에도 시대의 억압 앞에서 인간성의 부활을 위한 나름의 노력은 있어 왔다. 신비주의 종교 사상이나 목가 소설 속의 행복, 극중 비이성적인 불합리와의 화음, 악자 소설에서의 타락과 절망은 역설적인 방법으로나마 인간성의 부활을 위한 움직임이다. 하지만 다루기 어렵고 이해할 수조차 없는 무질서한 우주에 자신의 운명을 맡기는 수동적 관망자로서의 삶의 자세를 세르반테스는 용납할 수 없었다. 자신이 창조한 〈나〉, 분명한 목표를 갖고 행동으로써 완성해 가는 〈나〉는 당연히 자기가 누구인지를 알아야 한다. 불합리와 모순덩어리로 나라는 존재를 박탈하는 외부의 강권에 맞서 내가 되고자 하는 〈나〉는, 적대시하고 억압하는 현실에 맞서 스스로를 지탱하고 존속시키기 위한 모체가 되어야 한다. 따라서 자신에게 해가 되든 아니든 간에, 자기 자신이야말로 스스로의 길을 선택할 자유가 있는 존재라 믿고 꿈과 의지로 미래 지향적인 삶을 향해 돌진한다.

현대에 들어서는 이를 〈이유 없는 행위〉라는 문학의 차원으로 조명하기도 한다. 삶의 가치가 형이상학적인 문제에서 윤리적인 문제로 옮아오면서 개인주의 문제가 구체적으로 대두되었다. 러시아의 도스또예프스끼는 〈신-인간〉이라는 전통적인 개념을 전복한 〈인간-신〉이라는 개념을 작품에 끌어들여 절대적 자유를 누리는 인간 행위를 보여 주려 했다. 『죄와 벌 *Prestuplenie i nakazanie*』에서 라스꼴리니꼬프가 늙은 전당포 여주인을 살해한 이야기를 기억할 것이다. 프랑스의 앙드레 지드Andre Gide는 도스또예프스끼의 열렬한 독자로서 이에 영감을 얻어 『교황청의 지하도 *Les Caves du Vatican*』의 라프카디오를 창조했으며, 스탕달Stendhal은 『적과 흑 *Le Rouge et Noir*』의 쥘리앵 소렐을, 까뮈Albert Camus는 『이방인 *L'Étranger*』의 뫼르소를 창조해, 신의 일을 하는 인간을 만들어 냈다. 하지만 이들 중 돈키호테만큼 의지가 강한 인물은 없다. 물론 우리의 주인공은 이들 같은 범죄자도 아니다.

돈키호테의 행위는 두 가지 측면에서 해석해 볼 수 있다. 현실에 맞선 영웅의 외적 행위와 자기 자신에 대한 도전이라는 내적 행위다. 전자의 경우, 세상에 도전장을 던진 행위의 결과는 한마디로 실패다. 자기의 이상을 땅에 내리지 못했기 때문이다. 〈나〉가 아닌 〈그〉이기를 거부하는 돈키호테의 모험, 즉 실패에 실패를 거듭하는 모험의 양상으로도 이는 쉽게 증명된다. 반면 후자에 대해 말하자면, 그는 자기의 존재 의미를 기사 소설을 통해 이루었다. 모순의 세계에 당당히 맞서 개인의 존재 가치를 높이고 불합리한 세상에 과감히 맞섰다. 발을 땅에 디딘 채 머리로 살고자 한다면, 본래의 의식은 정신 저 밑바닥에 남아 있어야 한다. 그럼으로써 스스로의 의식은 절대적으로 자유로운 의지의 세계로 변모한다. 이렇듯 행위를 통해 〈나〉를 살아 있도록 하려는 의지가 바로 그의 존재 이유다. 결국 이 〈나〉는 돈키호테 세계의 살아 있는 정신의 우주인 셈이다. 돈키호테의 〈나〉는 데카르트의 사유하는 〈나〉와는 다른 행동하는 〈나〉이다. 〈행동한다, 고로 존재한다.〉 행위로 자신을 창조하고 실현해 가는 의지의 인간이다.

바르셀로나 해안에서 〈하얀 달의 기사〉에게 패한 순간에도, 돈키호테를 그토록 용감한 기사로 만들어 준 의지는 사라지지 않는다. 다만 더 이상의 모험은 포기해야 한다. 그리고 행위가 없는 편력 기사는 분명 영웅이 될 수 없다. 〈기발한 이달고〉가 기사로 행동함으로써 〈기발한 기사〉가 되었는데, 행동이 없게 된다면 더 이상 존재할 수 없는 것이다. 따라서 돈키호테는 돈키호테이기를 그만두어야 한다.

「나는 이제 돈키호테 데 라만차가 아니라 알론소 키하노라오.」

(속편 제74장)

만일 행위로의 의지가 존재 이유라면 모든 행위의 부정은 존재의 거부이며 이는 죽음을 내포한다. 그러므로 작품의 가장 논리적인 결말은 주인공의 죽음이다. 그렇지만 죽은 이는 알론소 키하노이지 돈키호테가 아니다. 돈키호테는 인간의 귀족적인 조건인 의지, 행위의 의지를 자기의 환경에 충실히 반영하며 살았기에 불사조로서 독자들의 기억 속에 살아남아 오늘날도 새로운 독자들과 만남으로 계속 새로운 생명을 탄생시키고 있다.

3. 풍차 ― 거인의 진실

사물은 인간의 관점에 따라 다른 모습으로 존재한다. 같은 장소에서 동일한 사물을 봤다고 했을 때 사람마다 내리는 해석은 그 수만큼이나 다양할 수 있다. 사고를 형성한 환경의 차이가 크면 클수록 그 깊이와 폭도 깊고 넓어진다. 결국 세상에 불변하는 유일한 실재란 존재하지 않으며 인간 개개인의 관점만큼이나 다양한 해석들만이 존재하는 것이다. 그런데 우리는 극히 적은 일부의 지식을 사물의 총체, 즉 진리인 양 말한다. 아무 대상이나 하나 취해 거기에 다양한 가치 체계를 적용시켜 보면, 대상에 보편적으로 주어진 하나의 특성 이외에 다른 여러 가지 가치들을 대입할 수 있음을 금세 깨닫게 될 것이다.

일례로 땅이라는 것은 천문학자, 지질학자, 농부에게 각기 어떠한 의미일까. 천문학자에게 지구의 땅은 거대한 우주 공간의 일부이며 수학적 공식을 이용해 천체에 대한 이론을 펼 때 하나의 기준점이 될 것이다. 지질학자에게는 그 구성 물질이나 형성 과정, 과거에 살았던 생물, 구조 등을 판단해야 할 대상이 될 것이며, 농부에게는 생명력이 꿈틀대는 공간이 될 것이다.

또 다른 예로 가보자. 숲을 무엇이라고 생각하는가? 직관적으로 우리는 숲이 무엇인지 알고 있다. 그러나 우리가 알고 있는 그것이 숲의 본질이라 단언할 수 있겠는가? 주위에 소나무며 물푸레나무가 열댓 그루 있다면, 이를 숲이라 부를 수 있겠는가? 분명 아니다. 이것들은 숲에서 보이는 나무일 뿐이다. 어느 위치에서 보든 숲은 하나의 가능성일 뿐이다. 우리가 거니는 오솔길도 그렇고 물이 흘러내리는 샘도 그렇다. 나뭇가지에서 놀고 있는 새들의 노랫소리도 숲이 무엇인지 말할 수 있는 하나의 가능성일 뿐, 그것의 본질은 아니다. 그럼 본질이란 무엇일까? 가능한 모든 관점의 총합이다. 광선을 한쪽에서만 흐르게 하여 사물을 파악하는 단일적 성격의 인식론이 아니라, 사방에서 흘러 들어오는 광선의 한복판에 사물을 놓고 보는 인식론이 필요하다. 그럼으로써 각 관점들은 서로 배척함이 없이 통합되며, 통합된 총체적인 지식을 얻는 그 힘을 우리는 통찰력이라 이른다. 누구나 이러한 통찰력을 가질 수 없으므로 〈개념〉이라는 것이 존재하지만, 삶의 도구로서 개발된 개념이 얼마만큼이나 사물의 본체에 상응할 수 있을까? 사물들을 구별하는 데 혼돈이 없게 하며 사물 간에 경계선을 그어주는 역할로는 충분하지만 그것이 사물 자체일 수는 없다.

만일 갓 말을 배우기 시작한 어린아이나 외국어를 공부하는 사람들에게 사물의 해석을 기존 관념에서 벗어난 틀에 맞추도록 요구한다면, 요구하는 자는 미친 자이고 그 요구에 응하며 배우는 자도 미친 자로 취급될 것이다. 이미 인간이 만든 기존 관념과 개념에서의 이탈은 이유를 막론하고 미친 짓으로 간주되기 때문이다. 비록 편협적이고 불확실한 논리의 세상에서나마 우리에게 주어진, 또는 우리가 배운 상식 안에서 모든 이해관계가 성립된다. 하지만 달리 생각해 보자. 「창세기」 1장에는 태초에 하느님이 〈모든 사물을 만드시고 이름을 지으셨다〉라고 되어 있는데, 지금 우리가 갖고 있는 관념의 세계가 신이 명하신 세계와 일치한다고 어찌 장담할 수 있으랴. 서로 다른 환경에서 자라 관념과 인식의 세계를 달리하는 두 사람에게 동일한 사물이나 사건이 다르게 해석되는 건 당연한 일이다. 객관적인 인식 질서의 파괴는 지탄받을 일이지만, 언어나 인간의 인식 행위를 영원불변의 것으로 오해한다면 이 또한 일종의 환상이다.

처음 고향을 떠나 모험 길에 오른 돈키호테가 온종일 걷다 어두워져 도착한 주막을 보고 해석한 바를 살펴보자.

보고 생각하고 상상하는 모든 것이 책에서 읽은 대로 되어 있고 또 될 것이라 믿고 있는 우리의 모험가에게는 이 객줏집이 네 개의 탑과 은빛 찬란한 첨탑, 그리고 위로 여닫는 다리와 성 둘레로 깊게 판 해자가 있으며 그 밖에 책에 묘사된 요소들을 모두 갖춘 성으로 보였다. (전편 제2장)

이렇게 〈믿음〉과 자기의 〈관념〉으로 객줏집을 성으로 본 주인공에게는 그곳 주인이 성주로 보이는 것도 당연하다. 이어지는 전편 제8장, 산초와 함께한 두 번째 모험에서 들판에 서 있는 풍차들을 발견한 돈키호테는 산초에게 말한다. 〈친구 산초 판사여, 저기를 좀 보게! 서른 명이 넘는 어마어마한 거인들이 있네. 나는 싸워 저놈들을 몰살시킬 것이야.〉 그러자 이에 대한 산초의 답이다. 〈나리, 저기 보이는 것은 거인이 아닙니다요. 풍차입니다요. 팔로 보신 건 날개인데, 바람의 힘으로 돌아서 방아를 움직이죠.〉 하지만 돈키호테는 다시 이렇게 말한다. 〈보아하니 자네는 이런 모험을 도통 모르는 모양이구먼. 저건 거인이야.〉

농부로서의 경험과 지식을 갖춘 산초에게 풍차란 바람의 힘으로 날개를 움직여 맷돌을 돌려 밀을 빻는 농촌의 필수품이다. 반면 우리의 주인공에게 풍차는 기사 소설에 등장하는, 키가 장대만 하고 팔이 네 개나 달린 거인이며 따라서 즉시 무찔러야 할 사악한 대상이다.

이와 같이 주인과 종자의 관점 차이로 일어나는 사건은 꾸준히 이어진다. 그중 전편 제20장 에피소드를 하나 더 들여다보자. 어두운 밤, 갈증을 못 이겨 물을 찾아 헤매던 두 사람은 밤이 깊어 높다란 나무들 사이로 들어선다. 깜깜한 밤중에 쇠와 쇠사슬이 마찰하는 소리와 함께 박자에 맞춰 무언가를 두들기는 소리와 요란한 물소리를 듣게 되자 이들은 공포와 놀라움에 빠진다. 돈키호테는 기사 정신을 발휘하여 모험에 도전하려 하지만 산초의 계략으로 로시난테가 움직이지 못하자 결국 안타까워하면서 날이 샐 때까지 기다리기로 한다. 날이 밝아 그들을 그토록 두려움의 도가니로 몰아넣었던 것이 여섯 개의 빨랫방망이가 번갈아 내리치는 소리라는 것을 알게 되자 돈키호테는 산초에게 꾸짖듯이 말한다.

〈기사인 내가 저런 소리를 다 알아듣고 빨랫방망이 소리인지 아닌지를 구별해야 한단 말인가? 정말이지 나는 생전 그것들을 본 적이 없어. 오히려 자네야 말로 평민으로서 이런 물건들 속에서 태어나고 자랐으니 한 번쯤 저런 것을 본 적이 있을 것 아닌가.〉

『예술의 비인간화 *La deshumanización del arte*』에서 오르테가는 이러한 관점을 잘 설명해 준다.

우리의 정신과 사물의 관계는 사물에 대한 생각, 즉 그 사물에 대한 관념의 형성에 근거한다. 엄격히 말해 우리는 현실로부터 형성된 관념을 갖고 있는 것이지 현실을 갖고 있는 것이 아니다. 관념은 망루와 같아 거기서 우리는 세상을 바라본다. 괴테가 말했듯 이 새로운 개념은 우리에게서 새로 생겨나는 기관과도 같다. 그러므로 정상적인 머리를 가지고 관념으로써 사물을 보는 우리는 그 관념에 대해 자각하지 못한다. 눈으로 무엇인가를 바라볼 때 자기 자신을 보지 못하는 것과 같은 이치다. 달리 말하자면, 생각한다는 것은 관념을 통하여 현실을 포착하려는 열망이다. 머리는 자연적으로 관념으로부터 세상으로 나아간다. 하지만 관념과 사물 사이에는 절대적인 거리가 있다. 실체는 언제나 그것을 품으려 하는 관념에 의해 가려진다. 대상은 관념으로 생각되어지는 그 이상의 것이다. 관념은 늘 볼품없는 골격, 우리가 현실로 가고자 할 때 사용하는 발판과 같은 것이다. 그런데 인간적 속성은 관념과 현실을 혼동하게 하고 결국 현실과 그것에 대한 관념을 동일한 것으로 믿게 하는 경향이 있다.

돈키호테의 눈에 보이는 세계는 머리를 거치며 그의 관념인 기사 소설상의 세계에 투영된다. 이러한 현상은 사물을 인식하고 판단하는 데만 국한되지 않는다. 돈키호테는 자기 종자가 구사하는 어휘들이 적절하지 못하거나 틀린 경우, 많은 대목에 걸쳐 지적하거나 나무란다. 산초는 자연스러운 어투로 이야기하지만 무지로 인해 어휘들을 제대로 사용하지 못하는 반면, 돈키호테의 어법은 기사 소설의 문체와 비슷하고 세련미가 있다. 이러한 양상 앞에서 세르반테스의 태도가 흥미롭다. 그는 어느 누구에게도 우월성이나 정당성을 주는 재판권을 행사하지 않는다. 현실은 다양하기 때문에 그러한 다양성을 반영하지 않는 정의는 무엇이든 현실을 왜곡하는 일이 되며, 또한 그 자체로 언어의 효력을 상실한다는 사실을 일러 주는 듯하다.

이렇게 세르반테스는 언어도 각자의 차원에서 사용되어야 함을 주장하며, 그러한 예는 방언에도 적용된다. 그에게 방언은 현실의 다른 이면일 뿐이다. 작품 전편 제2장, 객줏집 식사 대목에서 생선 대구를 두고 그는 이렇게 언급한다. 〈카스티야 지방에서는 아바데호라 하고 안달루시아에서는 바칼라오라 하며 다른 지역에서는 쿠라디요, 또 다른 지역에서는 트루추엘라라고 부르는 (대구.)〉 또한 전편 제41장에서는 스페인에 있는 무어인들이 지역마다 이름을 달리하기도 한다. 〈베르베리아에서는 아라곤의 무어인들을 타가리노라고 부르고, 그라나다의 무어인들은 무데하르라고 하지요. 페스 왕국에서는 엘체라고 합니다.〉

한 사물의 실체를 총체하려는 이상향을 구하고자 했던 만큼이나 현실에 접근하기 위한 인간의 노력을 알리고자 노렸했음이 느껴지는 대목들이다. 현실의 모습은 전통이나 관습에 따라 상당한 차이가 생기고 개인의 관점에 따른 차이 역시 존재하는데, 이를 무시하려는 태도는 큰 오류일 수밖에 없다. 돈키호테가 머리가 돌 정도로 기사 소설을 읽었다는 것은, 그의 머리가 기사 소설 세계로 꽉 차 있다는 뜻이다. 주체는 자신의 의지로 환경을 설정하고 그에 따라 개체가 형성되며, 다시 주체는 형성된 개체에 대한 인식으로 환경을 파악한다. 환경을 판단하는 망루는 각자가 지닌 관념의 세상이리라.

조물주가 만든 각 사물의 실체는 하나일 것이며 그 진리도 분명 하나일 것이다. 그러나 언어라는 인간의 창조물은 시간과 공간에 예속되어 있는 불완전한 도구이므로 사회의 유기체 속에서, 인간의 관념 세계 속에서 서로 다른 다양한 의미를 만들어 낸다. 이런 현상은 개념의 세계에만 국한되는 게 아니다. 개념의 변화는 당연히 모든 체계의 변화를 수반한다. 단 한 가지 생각만을 강요했던, 그래서 모두가 그 한 가지 사실에 미쳐 있었던 상황을 부정하고 그러한 체제에 첨예하게 도전하여 〈다름〉이 인정받는 세상을 열기 위한 작가의 염원을 반영한 에피소드들이다.

4. 대야 투구의 명제

전편 제21장, 빨랫방망이 사건 직후 돈키호테는 한 사나이가 마치 황금처럼 번쩍이는 물건을 머리에 쓴 채 말을 타고 오는 모습을 보게 된다. 이를 보자마자 그는 산초에게 말한다. 〈산초여 (……) 내가 잘못 본 것이 아니라면 지금 우리 쪽으로 맘브리노 투구를 쓴 사람이 오고 있기 때문이네. 자네도 알다시피 내가 반드시 손에 넣겠다고 맹세했던 그 투구 말일세.〉

이 투구에 대한 이야기는 전편 제10장에서 이미 언급되었다. 비스카야인과의 싸움으로 자기 투구가 부서지자 그 투구만큼 좋은 것을 다른 기사에게서 빼앗을 것을 맹세하는 대목이다. 그의 맹세에 산초는 이렇게 물은 바 있다. 〈만일 며칠 지나도록 투구를 가진 기사를 만나지 못한다면 우린 어떻게 해야 합니까요?〉

그런데 그 투구를 쓴 사람이 오고 있는 것이다. 하지만 산초는 주인의 말이 틀렸다고 지적하며 자기가 본 바대로 설명해 준다. 〈제 눈에 보이는 것은 제 당나귀와 비슷하게 생긴 잿빛 당나귀를 타고 번쩍거리는 물건을 머리 위에 얹고 오는 사람인데요.〉 그러

자 돈키호테는 이렇게 대답한다. 〈그것이 바로 맘브리노의 투구라는 거다.〉

　이 에피소드의 진상은 이러하다. 이발사가 놋쇠로 된 대야를 가지고 오다가 비가 오기 시작하자 그것을 머리에 덮어썼다. 워낙 깨끗해서 멀찍이 떨어진 곳에서 보니 그게 번쩍거렸던 것이다.

　『돈키호테』라는 작품은 그 자체로 외형과 실제의 미학이라 할 수 있다. 이것이 하나로 만나는 이 에피소드에는 다섯 가지 진실이 담겨 있다. 하나는 앞서 본 관점의 차이와 연결된다. 즉 산초가 이발사의 대야를 본 적이 없었다면 자기 눈에 빛나는 그 물건이, 돈키호테가 맘브리노의 투구라고 우기는 그 물건이 무엇인지를 알 수 없었을 것이다. 산초는 눈으로 보고 느낌으로 그것이 대야라는 걸 알았고, 자연스럽게 자기가 알고 있던 것과 본 것을 동일시했다. 돈키호테 역시 자기가 읽고 또 읽은 기사도 소설에서 언급된 〈머리에 쓴 빛나는 물건〉을 눈으로 보았으니 이를 투구라고 하는 것이다. 모든 판단은 그 판단 대상에 대하여 이미 머릿속에 가지고 있는 관념이나 관점인 선입견으로 이루어져 있어서 그렇다. 따라서 우리의 머릿속에 없는 관념의 대상은 아무리 봐도 그게 무엇인지 알 수가 없으며, 기사도 이야기를 읽지 않아 그게 무엇인지 모르는 산초는 자기 교양과 삶의 경험에 맞추어 맘브리노 투구의 이름을 달리 부른다. 전편 제19장에서는 〈말란드리노라던가 뭐라던가 잘 기억은 안 나지만 그 무어인의 투구〉라 하더니 제21장에서는 〈마르티노〉라 부르고 제44장에서는 〈말리노〉가 된다.

　빨랫방망이 사건에서의 돈키호테나 맘브리노 투구 사건에서의 산초는 우리 모두와 마찬가지로 각자의 세상 속에서 실수를 저지른다. 인식 행위란 불완전한 우리가 이미 알고 있는 바를 재확인하는 일이기 때문에 실수는 늘 생기기 마련이다. 이러한 실수를 통해 독자들은 인물들을 단지 문학 속의 인물만으로 이해하는 것을 넘어, 자기 스스로를 만들어 가는 주체적인 실제 인물로 느끼게 된다. 그러니 그들이 하는 터무니없는 말이나 행동에 대해 세르반테스에게 책임을 물을 수는 없으리라. 세르반테스는 이 두 인물이 하는 말이나 행동을 옮겨 놓는 일만 하고 있으니 말이다. 이렇게 작가로서 자기 자신을 감춘 채 인물들이 직접 자신의 이야기를 꺼내도록 했으니, 이것이 바로 외형과 실제를 다루는 세르반테스 미학의 핵심이다.

산초의 눈에 그것은 분명히 대야로 보였다. 하지만 대야가 빛에 반사되어 번쩍거리자, 기사 소설의 세상에 사는 돈키호테의 눈에는 투구로 보였다. 보인 것과 그 아래 숨어 있는 실체에 관한 이러한 논의는 세르반테스가 재미를 목적으로 일회용으로 내놓은 게 아니며, 이는 작품 구조상로도 입증된다. 전편 제44장에서 제46장에 걸쳐 다시금 언급되어 결론까지 내놓는 것을 보면 치밀한 계획하에 들여놓은 에피소드임이 틀림없다. 이런 인식론에 대한 또 다른 에피소드가 있으니, 바로 속편 제22장과 제23장에 설치한 몬테시노스 동굴에서의 모험이다. 벌건 대낮에 두 명의 증인과 함께 있는 동안 바깥세상에서 일어난 일이 대야 투구 모험이라면, 동굴 모험은 증인이라고는 아무도 없는 어두운 땅속에서 일어난다. 그곳에서 돈키호테가 봤다는 내용이 꿈의 소산물인지, 상상의 결실인지 독자는 아리송하다. 심지어 작품이 끝날 때까지 돈키호테 자신도 사건의 진실이 무엇인지 확신하지 못하는 인식의 딜레마를 겪는다.

언급했듯이 대야인지 투구인지에 대한 논쟁은 제44장에서 또다시 벌어지고 결국 이것은 〈대야 투구〉라는 결론에 이른다. 산초가 자신의 양심을 속이지 않으면서 주인의 믿음까지 받아들인 것이다. 이것이 두 번째 진실이다. 외부적으로 강요되는, 하지만 본인은 믿을 수 없는 교리를 받아들이되 양심을 속이지 않는 해결 방법. 강요된 믿음과 양심의 자유 사이에서의 긴장이 세르반테스의 〈가면〉 이론으로 해결되듯, 이 에피소드 또한 이렇게 마무리된다. 외부의 강권으로부터 자신의 양심을 지켜 내는 한 방편이다. 하잘것없는 이발용 대야를 두고 양심과 의지의 싸움이라는 진지한 성찰을 계획한 작가의 기지가 놀랍다.

이 에피소드에서 우리는 이야기되지 않은 부분도 읽어 내야 한다. 위작 『돈키호테』는 대놓고, 그것도 반복해서 당시 교리를 옹호하며 교리에 반대하는 자들을 공격한다. 반면 세르반테스는 자신이 드러내 보이고자 하는 진리를 결코 절대적인 것인 양 꺼내 놓지 않는다. 자기의 양심에 반영된 세상의 간단치 않은 현실, 복잡한 일들을 탐사하며 늘 스스로의 관점을 조율하고 지키는 듯하다. 그래서 그의 글에는 대립과 모순의 양면성과 역설이 존재한다.

이 에피소드에는 간단치 않은 현실 세계를 빗댄 대야 투구의 진실만 있는 것이 아니다. 대야를 빼앗긴 이발사가 줄행랑을 치느라 버리고 간 당나귀의 마구를 산초는 자기의 것과 바꾸고 싶어 돈키호테에게 허락을 구하는 대목이 나온다. 세 번째 진실이다. 산초의 부탁에 돈키호테는 이를 승낙하고, 그에 따라 산초는 교환식, 즉 〈무타티오 카파룸mutatio caparum〉을 거행한다. 〈무타티오 카파룸〉은 추기경들이 더위가 시작되는 부활절을 맞이하여 겨우내 입었던 호화스러운 가죽과 비단으로 된 망토를 가벼운 여름용으로 바꾸는 의식을 말한다. 자기 당나귀를 꾸밀 마구 교환을 추기경의 망토 바꾸기에 빗댐으로써 추기경을 당나귀와 비교한 것이다. 이발사 대야 에피소드가 어떤 목적으로 작품에 들어앉아 있는지 짐작할 만하다.

맘브리노 투구 이야기는 비스카야인과 모험을 벌인 뒤, 그 모험이 성스러운 형제단의 귀에 들어가는 것을 염려한 산초가 주인에게 잠시 숨어 있기를 청하는 제10장에서부터 시작된다. 결국 성스러운 형제단과 투구는 제45장에서 다시 관계되며 결말이 나는 셈이다. 제10장에서 맘브리노 투구를 언급했고, 제21장에서는 그 투구를 손에 넣었으며, 제44장에서는 산초가 투구의 가치와 용도에 대해 보증한다. 〈우리 주인 나리께서 그것을 획득하신 그때 이후 지금까지 그걸 쓰고 딱 한 번 싸우셨는데요, 운이 없어 쇠사슬에 묶여 가던 죄수들을 풀어 줬을 때였지요. 만일 이 대야 투구가 없었다면 그때 큰일 날 뻔했을 겁니다요. 그 절박한 때에 돌팔매질이 상당했거든요.〉

돈키호테는 누가 봐도 분명한 대야를 이용해 날아드는 돌을 막아 냈다. 머리에 쓴 채 돌팔매를 피하는 모험을 했으니, 돈키호테에게 그것은 틀림없는 투구이다. 결국 그에게 있어 사물의 실재는 그 기능으로 규정되는 것이다. 네 번째 진실이다. 만일 이발사가 이발하는 데 그 대야 투구를 사용하는 모습을 봤다면 그는 그것을 대야로 여겼을 것이다. 하지만 처음 본 순간 그것은 이발사의 머리에 쓰여 있었다. 더욱이 햇빛에 반짝반짝 빛나는 그 모습에, 그의 관념은 그것이 투구라고 일러 주었다. 현상과 실재는 진실의 두 가지 모습이다. 기독교에서 빵과 포도주를 가리켜 그리스도의 살과 피라고 하는 것을 두고 벌이는 논쟁과 같다. 산초는 대야를 대야로 믿고, 빵을 빵, 포도주를 포도주라고 한다. 반면 돈키호테에게 대야는 맘브리노의 투구로 변모되었다. 객관적으로 동일한 현상 앞에서 두 사람은 서로 다른 것을 경험하고 믿는다. 이 둘 간의 대화는 해결되지 않은 채 다른 이야기로 이어지다가 제44장에서 제46장에 걸쳐 다시 이 내용이 튀어나오는데, 이로 미루어 볼 때 작가는 그사이 독자들 또한 무의식적으로도 그 문제를 계속 품고 가져가기를 바란 듯하다.

참으로 하찮은 대야로 세르반테스는 또 하나의 철학을 만들어 낸다. 20세기 실존주의 철학자 하이데거Martin Heidegger의 말 〈망치는 망치질로써 존재한다〉와 그 맥을 같이하는, 기능에 의거한 실존론이다. 돈키호테가 벌인 모험에서 얻은 몇 안 되는 전리품 중 하나이자 노예로 끌려가던 죄수들을 풀어 준 중요한 에피소드와 연결되는 이 대야 투구는, 그저 유머가 두드러지는 해프닝 정도로 여겨질 수도 있지만, 살펴보았듯이 현실이나 인식의 모호성 속에 감춘 존재의 미학이자 인식론인 셈이다. 그리고 여기에 역시 작가의 미학인 우롱이 덧붙는다. 마지막 다섯 번째 진실이다.

전편 제45장에서 돈키호테의 친구인 이발사는(작품에는 두 명의 이발사가 나온다. 친구인 이발사와 대야를 뺏긴 이발사) 신부와 카르데니오와 돈 페르난도 및 그의 동료들과 더불어 돈키호테를 우롱하고자 장난을 꾸미고, 〈객줏집이 온통 울음과 고함과 외침과 혼란과 공포와 놀라움과 불운과 칼질과 주먹질과 몽둥이질과 발길질과 피바다로 변했다〉는 표현에서 알 수 있듯이 이 사건을 터무니없고도 혼란스러운 상황으로 몰아간다. 결국 길마는 최후 심판의 날까지 말 장식품으로 남게 되고 대야는 투구로, 그리고 객줏집은 돈키호테의 상상대로 성으로 남게 된다. 사실 길마는 교환했으나 투구에 관해서는 〈신부가 돈키호테 모르게 슬쩍 대야값으로 8레알을 주자 이발사는 그에게 영수증을 주고 이것이 거짓말이라 주장함으로써 계약을 이행하지 않는 일은 지금부터 영원히 결코 없을 것이라고 했다〉. 결국 돈키호테가 옳았던 것으로 결정되어 그는 정말로 투구를 획득하며, 이발사에게 대야값으로 몰래 돈을 지불한 신부는 공범이 되었으니 우롱하던 자가 우롱을 당한 셈이다. 돈키호테의 자의식은 이발사와 죄수들과 신부와 성스러운 형제단과 산초 앞에 승리했다.

5. 왜 광인인가

아놀드 하우저Arnold Hauser는 『매너리즘: 르네상스의 위기와 현대 예술의 기원Mannerism: The Crisis of the Renaissance and the Origin of Modern Art』에서 스페인 문학에 대한 전반적인 이야기를 던지다가 『돈키호테』에 시선을 고정하여, 돈키호테의 광기에 대한 해석에 집중한다. 『바로크 연구Estudios sobre el barroco』와 『언어 예술 작품으로서의 키호테El Quijote de Cervantes como obra de arte del lengnaje』에서 돈키호테의 정신을 반종교 개혁 시대인 바로크 정신으로 정리한 헬무드 하트필드Helmut Herzfeld의 이론에 맞서기 위해서다. 하트필드가 바로크야말로 반종교 개혁 정신의 정수이며, 돈키호테는 바로 그 산물인 반종교 개혁 작품이라고 주장한 반면, 하우저는 하트필드가 말하는 의미로 『돈키호테』를 이해해서는 안 된다고 지적한다. 바로크와는 아무런 관계가 없는 매너리즘의 소산이라는 게 그의 주장이다. 자연의 모방인 르네상스에서 초자연을 표방하는 바로크로 넘어가는 과도기인 매너리즘 시대의 창조물이 『돈키호테』라는 것이다. 그는 자연을 모방한 것도 신을 모방한 것도 아닌, 새로운 순수 환상의 세계를 창조하는 질서로 매너리즘을 정리하면서 〈소외〉 개념으로 그 현상을 설명한다. 매너리즘의 미학적·심리학적 핵심이 〈소외〉에 있다는 논리다. 하우저는 사건과 사물에 대한 르네상스적인 절대적 믿음이 사라진 후 존재와 외형, 경험과 상상, 객관적인 판단과 주관적 환상의 경계가 모호해진 시대의 문화적인 특징으로 매너리즘을 이해했다. 이러한 자세는 현실의 가장 객관적인 현상 역시 의심의 대상으로 삼아, 세계에는 해석만이 있을 뿐 사실은 존재하지 않는다는 니체Friedrich Wilhelm Nietzsche의 원근법주의에도 동참하는 일이다.

이러한 소외와 객관적 사실에 대한 의심이 매너리즘의 특징이며 바로 이 시점에 『돈키호테』가 탄생되었으니, 이 작품은 매너리즘의 소산물이라는 주장은 분명 설득력을 지닌다. 따라서 돈키호테의 〈광기〉는 바로 미학적으로 소화해 낸 〈소외〉의 한 형태이자 객관적 사실로서의 세상을 의심하는 한 패턴일 수 있다.

〈소외〉는 역사적으로 광기라는 형태로 발현되는, 막강한 인식의 수단으로 이해되어 왔다. 주된 사상과 집단의식이 지배하는 사회 구조에서 빠져나와 구조 내에서는 파악하지 못하는 것을 간파해 내는 힘을 지닌 덕에, 집단이나 사회에서는 소외될지언정 개인에 몰입하여 자유로운 상상과 생각의 시선으로 세상을 바라볼 수 있는 도구이기 때문이다. 특히 반종교 개혁이 강조하던 사상과 당시 스페인을 지배하던 순혈주의 의식에 편입되지 않으려는 소외는, 살아가기 위한 삶의 한 방편이기도 했다.

『돈키호테』를 바로크 시대의 산물로 보는 비평가들의 이론에 반대할 수 있는 논거는 이러하다. 스페인의 바로크는 1517년 루터Martin Luther의 종교 개혁으로 인해 발생한 유럽 교회의 분열과 혼란을 종식시키고자 로마 가톨릭교회의 수장들이 모여 개최한 트리엔트 종교 회의에서 공포된 반종교 개혁 사상으로 특징된다. 정교일치와 왕권신수설 및 명상과 고해, 성자와 성녀에 대한 헌신과 기도 등 외적 규율의 실천 강조와, 종교 재판소를 통한 이교도 색출 및 금서 목록을 통한 검열 강화 등이 이 회의에서 결정된 사항들이며, 정작 이러한 분위기에 충실한 작품은 『돈키호테』의 위작인 아베야네다의 『돈키호테』 제2부다. 이 위작은 익명의 작가가 세르반테스의 『돈키호테』를 공격하기 위해 쓴 것이므로 원작에서 다루어지는 내용이나 사상을 배반하는 요소들이 난무하다. 이러한 사실은 오히려 세르반테스의 『돈키호테』가 반종교 개혁에 어긋나는 작품임을 증거한다고 볼 수 있다.

한편 〈소외〉라는 개념을 세르반테스의 개인적 삶으로도 이해해 볼 수 있을 것이다. 당시 지배 집단이 강요하던 혈통에서 이탈되어 있던 신분, 미치지 않고서는 정말 돌아 버릴 것만 같은 사회, 그러한 소외가 모태가 되어 세르반테스의 양심에 제동을 걸고서 나온 작품이 『돈키호테』일 수 있다.

실존적·사회적·문예사적 현상인 소외로서의 광기 외에 우리는 주인공의 광기에 대한 두 가지 해석을 작품에서 직접적으로 얻을 수 있다. 전편 제22장에서 돈키호테가 갤리선의 노예로 끌려가던 죄수들을 해방시킨 이야기, 왕의 노예이자 범법자들을 풀어 줌으로써 법에 정면으로 도전한 사건이다. 이로 인해 돈키호테와 산초는 산속으로 숨어들기까지 한다. 결국 전편 제45장에 이르러 등장한 한 관리가 범죄자를 잡기 위해 지니고 다니는 영장 가운데 노 젓는 죄수들을 해방시킨 돈키호테의 것이 있음을 기억해 낸다. 들에서 일어난 이 범죄에 대해 성스러운 형제단이 체포를 명령한 것이다. 돈키호테의 인상착의를 확인한 관리는 영장의 인물과 같은 사람이라는 것을 알게 되고, 그러자마자 돈키호테의 목깃을 세게 잡고서 큰 소리로 말한다. 〈성스러운 형제단을 도우시오! 이 영장을 읽어 보면 내가 진정으로 이를 청한다는 것을 알 수 있을 것이오. 이 노상강도를 잡으라고 되어 있으니 말이오.〉 신부 또한 영장을 보고 관리의 말이 사실이며 인상착의도 돈키호테와 꼭 일치한다는 것을 깨닫고서 그가 붙잡혀 가지 않도록 관리들을 설득한다.

돈키호테의 말과 행동으로 알 수 있듯이 그는 제정신이 아니니 이 일을 계속 해봤자 아무 소용이 없다고 말이다. 그를 체포하여 데리고 간다 하더라도 미쳤다는 이유로 곧 풀려날 것이기 때문이라고 했다. (……) 사실 신부가 알아듣게 말을 잘 했고 돈키호테도 미친 짓을 썩 잘했으니, 만일 관리들이 돈키호테가 좀 모자라다는 것을 눈치채지 못했다면 돈키호테가 아닌 그들이 더 심한 미치광이 취급을 받았을 것이다. (전편 제46장)

광기가 모든 법적 구속에서 해방되어 있음을 세르반테스는 알고 있었던 듯하다. 작품이 품고 있는 법과 제도에 대한 비판과 인간 개개인의 존재에 대한 고민을 웃음으로 감추듯이, 광기 역시 돈키호테로 하여금 모험 세계로 나가 신랄하게 세상을 비판할 수 있도록 하는 통행증이었던 셈이다. 만약 이와 반대로 신부와 이발사(즉, 당시 일반적인 사람이나 세상)가 미쳤다고 표현했다면 아마도 세르반테스는 종교 재판소의 고문대에 묶여 엄청난 고초를 당했을 것이다. 위작 『돈키호테』 제2권을 쓴 아베야네다 역시 돈키호테를 광인으로 설정하지만 그 내용에는 중요한 차이점이 있다. 세르반테스의 돈키호테는 종자 산초 판사의 말을 듣고 그와 대화를 나누며 그의 잘못을 지적한다. 아무리 환상적인 모험에서라도 그에게 산초는 그저 산초일 뿐이다. 반면 아베야네다의 주인공은 산초를 용이나 다른 인물로 보기도 하며 결국 정신 병원에 갇히고 만다.

작품 말미, 돈키호테의 죽음 이후 삼손 카라스코는 비명을 쓴다. 〈미쳐 살다가 정신 들어 죽었다.〉 이 〈미침〉은 『돈키호테』 전편 발간 3백 주년이 되던 해 우나무노Jugo Miguel de Unamuno가 쓴 『돈키호테와 산초의 삶La vida de Don Quijote y Sancho』에서 이렇게 풀이된다.

내 좋은 친구여, 내가 정신 착란이나 흥분이나 어떠한 광기를 쇠사슬에서 풀어 놓을 방법을 아는지 묻는 건가? (……) 질서 정연하고 조용한 대중들은 나서 먹고 자고 생산하다 죽으니, 내게 자신의 몸에 채찍을 가하는 유행병이나 소란의 유행병을 다시 만들 방법은 없겠는지 묻는 건가?

〈쇠사슬에서 풀어 놓〉는다 함은 곧 우리의 이상이 먼지처럼 마음대로 퍼지도록 내버려 두어야 한다는 뜻이다. 그러기 위해서는 터질 듯한 열정이 있어야 하는데 그는 이 열정을 바로 〈정신 착란〉이나 〈흥분〉, 〈광기〉로 풀이한 것이다. 이들로써 세상을 휘저어 놓아야 하며, 그것이 바로 돈키호테가 한 일이다. 이 일은 〈질서 정연하고 조용한〉 논리의 세계인 이성의 세계와 대립된다. 이성이 다스리는 세상의 인간들은 삶의 의미를 〈나서 먹다가 자다가 생산하고 죽〉는 일에만 두는데, 이는 바로 선한 자 알론소 키하노의 세상이며 〈녹색 외투의 기사〉 돈 디에고 데 미란다의 삶이다. 이성의 세계는 〈정리되고 조용한〉 세계이며, 〈자신의 몸에 채찍을 가하는 삶〉이 요구되는 세상의 반대편에 위치한다. 우나무노의 글은 계속된다.

이것은 비참함이야. (······) 여기서는 이미 광기조차도 이해되지 않는단 말일세. 미친 자에게도 미치기 위한 계산과 까닭이 있을 것이라고 믿고 말들 하지. 무분별한 일을 하고 그 일을 하는 이유가 무엇인지를 아는 것이 이미 이 모든 불쌍한 인간들에겐 불문율처럼 되어 버렸어. 만일 우리의 돈키호테가 부활해서 자기의 조국으로 돌아온다면 사람들은 그의 귀족적이고도 터무니없는 일에서 숨겨진 의도를 찾으려 할 게야. 경찰은 그를 추적하고 그의 어쭙잖은 일을 질책하며, 노예들은 자문하겠지. 거기서 뭘 찾겠다는 거지? 뭘 바라는 거지? 그들은 믿고 말들을 할 게야. 그가 자신의 입을 황금으로 덮기 위해서 그 짓을 한다고. 아니면 즐기기 위해서, 시간을 보내기 위해서 놀이를 하듯 한 짓이라고 말일세. 그러나 그와 유사한 놀이라도 즐길 수 있는 사람이 정말 적다니 얼마나 서글픈 일인가!

모든 일에서 이유를 묻고 찾는 세상, 이성 밖의 삶은 이해될 수 없고 있을 수도 없는 세상은 분명 서글프고 비참하다. 처절한 비참함이다. 그의 글의 마지막 대목이다.

자네도 잘 생각해 보게. 관용과 영웅주의와 광기의 어느 행위 앞에서든, 오늘날의 이 우둔하기 그지없는 모든 학사와 신부와 이발사들은 단지 이런 질문만을 떠올릴 게 아니겠는가? 왜 그 짓을 할까? 그 행위의 이유를 발견하자마자, 그 이유가 그들이 상상한 것이든 아니든 간에 이렇게 말하겠지. 아, 이래서 그랬구나! 아니면 저래서 그랬구나! 하나의 사물이 존재할 이유를 가지는 순간, 또 사람들이 그 이유를 알게 되는 그 순간, 그때부터 사물의 가치는 모두 사라져 버리는 것 아니겠는가. 바로 그것을 위해 사람들에겐 논리, 그놈의 돼지 같은 논리가 소용되는 거지.

〈미친다〉는 것은 〈논리〉나 〈이성〉의 반대편에서 인간을 진실로 존재하게 하며 진정한 삶을 건설하는 동력이다. 학사와 신부와 이발사는 이성과 논리로 돈키호테의 광기를, 그의 이상을 궤멸한 장본인들이다. 이들은 논리로 돈키호테의 행위를 광란의 짓거리로밖에 생각하지 않았고, 따라서 돈키호테가 이 세상에 내리고자 한 사랑과 믿음과 정의와 자유라는 원대한 꿈은 수포로 돌아갈 수밖에 없었다. 〈논리, 그놈의 돼지 같은 논리〉는 무엇인가. 볼 수 있고 만질 수 있는 것에는 소용될지 모르지만, 인간을 알고 그의 열망을 간파하는 데 그것이 무슨 소용이 있는가. 돈키호테의 〈미친 삶〉은 〈이성〉에 매인 삶이 아니며 〈물질〉에 종속된 삶도 아니다. 이유 불문하고 뜻한 바를 실행에 옮기는 의지이며, 방해 공작에도 무너지지 않는 불굴의 정신이다. 현실에 안주하고 타협하는 사람들로 하여금 자신들의 비겁함을 인식하고 아픈 마음으로 자성토록 하는 메스이다.

이러한 돈키호테의 광기는 속편 제15장에 등장하는 카라스코와 그의 종자로 따라온 토메 세시알의 대화로 정리된다. 〈어쩔 수 없이 미친 사람과 자기가 좋아서 미친 사람이 된 사람 중에 누가 더 미친 사람인지〉라는 토메 세시알의 질문에 카라스코는 그 두 미치광이의 차이에 대해 이렇게 대답한다. 〈어쩔 수 없이 미쳐 버린 사람은 언제까지나 미치광이일 것이고 좋아서 미치광이가 된 사람은 자기가 원할 때면 언제든지 그 미치광이를 그만둘 수 있다는 것이겠죠.〉 즉, 돈키호테의 광기는 자기 의지로 인한 광기, 선택적인 광기, 논리력이나 기억력에 지장을 주지 않는 마음먹기에 따른 광기로 사물을 파악하는 데 아무런 영향을 미치지 않는다. 외부 세계의 변형은 단지 기사 소설에 나오는 이야기에 국한된 것뿐이다. 흔히 진정으로 원하는 것을 이루기 위해 미쳐야 한다고들 말한다. 돈키호테의 광기는 이러한 종류의 광기인 셈이다.

6. 왜 하필 편력 기사일까

〈기사〉라 하면 일반적으로 중세 봉건 영주가 전쟁이나 자기의 안위를 위해 훈련시킨 농민 출신의 직업군을 떠올릴 것이다. 봉건 제후와 승려 계급에게 인정받기 위해, 그리고 투쟁으로 이룬 하급 귀족 신분을 잃지 않기 위해 충성과 신앙을 맹세한 이들이다. 또한 돈키호테가 산양치기들과 만났을 때 늘어놓은 일장 연설 속 세상, 즉 그가 꿈꾸는 세상이 중세 봉건적인 질서라고 생각할 수도 있다. 그리하여 돈키호테가 편력 기사로 분한 것은 중세의 부활에 뜻을 두었기 때문이라고 이해할지 모른다. 먼저 결론부터 앞세우자면, 돈키호테는 사회적으로나 정치적으로 중세의 법과 질서와 정의 시스템을 갖춘 중세 기사 세상의 부활을 꿈꾼 것이 아니다.

전편의 서문에서 세르반테스의 친구는 〈자네 책은 기사 소설을 공격하기 위한 것이니, 단지 사실을 모방하면 되는 걸세. 모방이 완벽하면 할수록 글은 더욱 좋아지지〉라고 말한다. 한편 돈키호테는 제25장에서 이렇게 이야기한다. 〈행하고 말하고 생각한 것들을 하나하나 세세하게 모두 흉내 낼 생각은 없네. 그중에서 제

일 핵심적이라고 생각되는 것들을 큰 틀에서라도 할 수 있는 데까지 해볼 작정이네.〉

이와 같이 돈키호테는 기존 기사 소설에서 〈제일 핵심적이라고 생각되는 것들을 큰 틀에서〉 모방한다. 중세의 유기적인 조직을 이루는 한 구성원이었던 기사들은 구원과 권위의 상급 기관인 교회에 복종했으며, 그들에겐 따라야 할 규칙과 규정이 있었다. 돈키호테는 이 모든 것에서 자유롭다. 즉 돈키호테가 기존 기사 세계에서 모방한 것은 약한 자와 미망인을 돕고 세상에 정의를 내리기 위하여 편력을 하며, 그 영광을 바치고 힘을 구할 귀부인을 두는 것, 그 이상도 이하도 아니다. 역사상 이런 기사는 상상에서나 현실에서나 존재하지 않았다. 산초의 말이 이를 입증한다. 전편 제16장, 객줏집 하녀 마리토르네스가 산초에게 기사가 뭐냐고 묻자 산초가 하는 답이다. 〈기사라는 것은 두 마디 말에 몽둥이로 두들겨 맞고, 그다음엔 황제가 되는 사람이랍니다요. 오늘은 세상에서 가장 불행하고 가장 가난하고 가장 큰 어려움에 처한 인간이지만, 내일은 자기 종자에게 왕국의 관을 두세 개라도 주실 수 있는 분이시지요.〉

『돈키호테』는 순전히 허구의 작품이라는 사실을 기억하시라. 역사 속에 이런 인물은 없다. 세르반테스는 기사 소설 속 기사에게서 자신의 목적에 들어맞는 것만을 취하여 일종의 미학적 표현 수단으로, 사물을 변형시키듯 둔갑시켰다. 역사 속의 조직이나 제도나 규정에 매인 기사에서 해방된 기사이며 모방으로 창조해 낸 허구적인 존재다. 만일 기사를 중세 기사의 의미로 받아들인다면,

이는 모든 굴레로부터의 해방을 의미하는 그의 〈광기〉를 거스르는 것으로 이야기 자체가 성립되지 않는다. 돈키호테의 광기가 병리학적인 것이 아니듯, 그의 기사도는 역사성에 있는 것이 아니다.

돈키호테의 기사도는 중세에 대한 그리움이나 근대를 거부하여 과거로 회귀하려는 시도가 아니다. 존재를 지탱해 줄 무엇 하나 없는 세상, 믿을 건 자기 자신밖에 없는 상황에서 스스로의 의지에 따라 살고자 하는 최고의 미학적 형태다. 돈키호테의 광기가 믿음과 의지의 소산물이듯, 기사도 역시 주인공의 확신과 소망으로 탄생된 새로운 종교인 셈이다. 이는 교회를 대신하는 행위의 원천이다. 종교는 반드시 신에 대한 믿음에만 국한되지 않는다. 그의 기사 세계는 초인간적 법칙을 향한 믿음에 근거한 가치 체계이고, 스스로의 규범과 가치에 정당성을 부여하기 때문이다.

7. 돼지고기가 왜

　돈키호테 속편 제54장에는 새로운 인물이 등장한다. 모리스코인, 즉 기독교로 개종한 무어인 리코테. 1609년 스페인 펠리페 3세의 명으로 스페인 땅에서 추방된 그는 순례자의 복장을 하고 여섯명의 외국인 순례자들과 함께 스페인으로 돌아왔다. 이들의 목적은 〈자기들의 신대륙이자 가장 확실한 수익 장소이며 널리 알려진 구걸 장소로〉 여기는 스페인 〈성전들을 방문하는〉 것이다. 산초는 통치하던 섬을 떠나 그리 멀리 오지 않았을 때 이들을 만나게 된다. 이들을 구걸하는 사람이라 여긴 인정 많은 산초는 자기의 자루에서 준비해 온 빵 반쪽과 치즈 반 조각을 꺼내 주지만 곧 이들이 원하는 것이 돈이라는 것을 깨닫고 자리를 빠져나가려는데, 산초의 이웃으로 같은 마을에서 가게를 열었던 리코테가 그를 알아본 것이다.

　상대방이 누구인지 알아차린 산초는 그를 두 팔로 힘껏 감싸안으며 말한다. 〈그런 괴상한 복장을 하고 있으니 어떤 놈이 자네를 알아보겠는가, 리코테? 자, 말해 보게. 누가 자네를 그렇게 프랑스인으로 만들었는가? 그리고 어쩌자고 감히 에스파냐로 돌아올 생각을 한 건가? 붙잡혀 누구인지 밝혀지게 되면 몹쓸 일을 당할 텐데 말이야.〉

이 말에 순례자로 변장한 리코테는 〈자네가 나를 까발리지만 않는다면〉 괜찮을 거라고 대답하고는 추방당한 뒤 자기에게 일어난 일을 들려주고자 풀을 식탁보 삼고 그 위에 준비해 온 음식들을 올려놓는다. 빵과 소금, 호두, 치즈 그리고 〈씹기에는 어려울지 모르나 빨아먹기에는 좋을 하몽 뼈다귀〉가 바로 그것들이다. 스페인 하몽에는 뼈가 있다. 돼지 뒷다리를 통째로 소금에 절인 뒤 건조시켜 만들기 때문이다. 외국인 순례자들은 시위하듯 다른 음식들과 함께 돼지고기를 내놓는다. 거기에 리코테가 커다란 포도주 부대를 꺼내자 그들은 그것들을 천천히, 아주 맛있게 먹기 시작한다.

〈음식마다 칼끝으로 조금씩 집어 한 입 한 입 맛을 음미하면서 먹고, 그러자마자 즉시 한꺼번에 다 같이 팔을 들어 허공에 들어 올린 술 부대 주둥이에 입을 대고 눈은 하늘을 응시하는 폼이 마치 하늘을 조준하는 것 같았다. 그러고는 좌우로 머리를 흔들어 포도주 맛이 좋다는 것을 표현했다. 이런 식으로 그들은 한참을 자기들 배 속에다 술 부대의 내장을 옮기고 있었다.〉 산초는 이 모든 모습을 보고 〈조금도 고통을 느끼지 않았다〉.

이렇게 먹고 마시는 것을 보며 고통을 느낄 이유가 어디 있겠는가. 무어인들은 돼지고기를 먹지 않고 술을 마시지 않는다. 금지된 음식들이기 때문이다. 전편 제1장에서 돈키호테는 토요일마다 돼지고기를 넣은 음식을 먹어야 했다. 이는 기독교로 개종했음을 확인하는 방법이었다. 다시 말해 당시 스페인에서 돼지고기란 기독교인임을 여실히 드러내 보일 수 있는 보증서였던 셈이다. 리코테는 술을 금하는 무슬림 관습에 상관없이 다른 순례자들보다 더 많은 술을 마시기도 한다. 이러한 내용을 통해 세르반테스는 완전히 기독교로 개종한 리코테 역시 무고하게 추방당했다는 고발을 숨겨 놓는다. 동시에 무어인도 유대인도 아닌, 분명한 기독교인임을 증명하는 물건이 한낱 햄 조각이라는 사실이 얼마나 우스꽝스러운지를 넌지시 암시하고 있다. 그가 진정으로 기독교로 개종한 사람임을 알고 있는 산초로서는 아무런 고통을 느끼지 않는 것이 당연하다. 만일 리코테가 기독교인이 아니었다면, 기독교로 개종한 이들이 의무적으로 먹어야 했던 음식이 〈노고와 탄식〉이었듯(전편 제1장) 그것을 먹는 이웃의 모습을 바라보는 산초도 노고와 탄식을 느꼈을 것이다.

당시 음식으로 순수 기독교 혈통을 노래한 대표적인 작가는 케베도와 로페였다. 이들은 순수 기독교인들로 세르반테스와 달리 무어인들이 금하던 음식을 대놓고 조롱한다. 케베도는 「모든 것들의 시간 *La hora de todos*」에서 〈세상에 이보다 더 터무니없는 일은 없다. 그것을 지지할 어떠한 법칙도 없다. 술을 마시지 않고 베이컨을 먹지 않는다니 그게 말이 되는가. 마호메트의 법이 그렇다니 그보다 더 정신 나간 짓이 있을까〉라고 말한다. 로페는 돼지고기를 이달고와 같은 의미로 해석하며 「바보 여인 *La dama boba*」에서 〈그 이름에 견줄 수 있는 게 뭐가 있겠는가〉라고 반문한다. 이달고는 원래 순수 기독교인에 물질적으로도 얼마간의 자산이 있는 자에게 주어지던 작위인 이달기아를 가진 자이다. 따라서 등장인물 리세오는 이달고라면 아무런 거부감 없이 돼지고기를 먹을 수 있음을 이런 식으로 표현하는 것이다.『악녀 후스티나*La pícara justina*』와 『스페인어 보물 사전*Tesoro de la lengna castellana o española*』의 저자인 코바루비아스*Sebastián de Covarrubias*는 달걀과 돼지고기를 〈하느님의 은혜〉라고 언급한다. 즉 양심상 완전히 개종하지 못한 자의 관점에서 보면 돼지고기를 먹는다는 행위는 물리적으로나 도덕적으로 고통스러운 일이며, 완전한 기독교인의 입장에서 보면 그 음식은 신의 축복인 셈이다. 그래서 로페는 돼지고기가 곧 이달고라 평가한 것이다.

『돈키호테』에서 돼지고기는 두 번 더 언급된다. 속편 제20장 카마초의 결혼식에서, 산초는 먼저 냄새로 돼지고기를 알아본다. 〈제가 실수하는 게 아니라면 저 나뭇가지로 지붕을 인 쪽에서 골풀과 백리향 냄새 대신 구운 돼지고기 냄새가 진하게 풍겨 오는뎁쇼. 이런 냄새로 시작하는 결혼식이라면 틀림없이 풍성하고 인심이 좋을 겁니다.〉 그리고 속편 제50장에서는 산초의 딸 산치카가 공작 부부의 심부름꾼에게 돼지고기로 식사를 대접하려 한다. 〈산치카는 이 시동을 대접하기 위해 달걀로 씌울 절인 돼지고기를 썰고 있었다.〉

순혈주의에 입각한 인간 차별은 순수 혈통의 사람들을 사회의 어떤 그룹의 인간들보다 월등한 존재로 만드는 최고의 수단이었다. 다른 종족의 피가 섞이지 않은 기독교 자손이 진정한 귀족이며 최대의 명예라는 인식은 특히 농부들 사이에 강하게 나타났다. 『돈키호테』에서 부농의 딸로 나오는 도로테아와 가난한 농부 산초의 입으로 이러한 사실은 재차 강조된다. 전편 제21장에서 〈저는 오랜 전통을 가지고 대대로 하느님을 섬겨온 기독교 신자이니 이것만으로도 백작은 문제없지요〉라고 말한 산초는 제47장에서 〈비록 가난하지만 조상 대대로 기독교 집안의 자손이며, 누구에게도 빚진 게 없는 사람이라고요〉라고 강조하고, 속편 제4장에서는 〈저처럼 영혼 위로 대대로 내려온 기독교인의 기름기가 4데도(72밀리미터)나 쌓여 있는 사람에게는〉이라 말하는가 하면, 제8장에서 스스로를 가리켜 〈유대인들의 불구대천의 적〉이라고 표현한다.

물론 자신의 동족을 화해할 수 없는 두 무리로 나눈 게 다름 아닌 음식이라는 어처구니없는 사실을 직접적으로 비난하려는 목적은 아니었던 듯하다. 다만 세르반테스는 눈에 보이는 사물과 대조적으로 그 사물의 기능적인 잠재된 목적을 살펴보면서 당시 현실을 현상이 아닌, 실제로서 좀 더 깊이 있게 바라보기를 원한다. 당시 다른 작가들이 자신이 순수 기독교인임을 찬양하기 위해, 혹은 그렇지 못한 것을 저주하기 위해 돼지고기를 언급했다면, 세르반테스는 속으로 웃되 겉으로는 삼가며, 새롭게 기독교인이 된 사람이나 조상 대대로 기독교인인 사람들이나 마음 놓고 스페인을 돌아다닐 수 있는 통행 허가증이 바로 돼지고기라는 사실 그 자체를 이야기할 뿐이다. 그에게 돼지고기는 이달고를 의미하는 것도 혐오스러운 음식도 아닌, 〈여론〉에 대항한 방어막이었다.

이렇게 광기와 기사와 돼지고기는 그 자체의 의미가 아니라 기능적인 면에서 이해되어야 한다. 사물에 대한 이러한 인식은 〈외형과 실제〉라는 테마와 맞물리며, 『돈키호테』를 어떻게 읽어야 하는지를 알려 준다.

8. 돈키호테의 자유론

패러디란 결국 기존의 것을 흡수하되 마음대로 변형하여 새로운 것을 만들어 내는 작업이므로 작가의 절대적인 자유가 우선시된다. 순혈주의가 곧 스페인의 영혼이었던 시대에 〈나〉를 이루고자 갈망하는 행위는 그 자체로 자유 의지의 강력한 발로이며, 작품 속 인물들이 스스로 자신의 운명을 이루어 나가는 것 역시 자유를 향한 강렬한 열망의 방증이다. 이는 『돈키호테』의 세세한 에피소드를 인용하기에 앞서 작품 자체가 자유에 대한 찬양서라는 사실을 드러내기 위한 서언이다.

속편 제58장, 돈키호테가 산초와 더불어 자유에 대해 이야기하는 대목은 돈키호테 자유론의 대표적인 예로 볼 수 있다.

「산초, 자유라는 것은 하늘이 인간에게 주신 가장 귀중한 것들 중 하나라네. 땅이 묻고 있는 보물이나 바다가 품고 있는 보물도 자유와는 견줄 수가 없다네. 자유를 위해서라면 명예를 위한 것과 마찬가지로 목숨을 걸 만하고, 또 마땅히 걸어야 하네. 반대로 포로가 된다는 것은 인간에게 올 수 있는 최대의 불행이지.」

공작 부부의 환대 속에 살던 그들이 그곳을 떠나며 동시에 알티시도라의 구애에서 벗어나 자유로운 몸으로 탁 트인 들판에 서게 되었을 때, 돈키호테는 비로소 스스로의 중심에 있는 듯 느끼며 정신이 새로워지는 것 같다고 고백한다. 그러니까 돈키호테가 생각하는 자유란 삶에 가해지는 외부의 간섭이나 강요가 없는, 오직 자기 의지와 생각으로 갖게 되는 절대적인 주권을 말한다. 그게 어떠한 권력이든, 외부의 힘을 배제하고 거부할 수 있는 자유 말이다. 공작 부부의 성에서 극진한 대접을 받으면서도 돈키호테는 그것이 자신을 구속하는 또 다른 권력으로 느꼈던 것이다.

「내가 이런 말을 하는 것은 산초여, 우리가 떠나온 그 성에서 우리가 가졌던 안락함이나 풍성함을 자네도 잘 알고 있기 때문이라네. 그렇게 맛있는 연회와 눈처럼 차가운 그런 마실 것 속에서도 나는 굶주림의 궁핍 속에 있는 듯했다네. 그 이유는 그것들이 내 것인 양 즐길 수 있는 자유가 없었기 때문이었네. 받은 호의와 은혜는 그것에 대해 갚아야 한다는 보상 의무가 있어서 자유로운 마음으로 나대지 못하도록 속박하거든. 하늘로부터 빵 한 조각을 받는 자는 복되도다! 그 하늘 이외에는 다른 것에 감사할 의무가 없으니 말일세.」

누군가에게 신세를 진 사람은 신세를 졌다는 사실 자체로 결코 완전히 자유롭지 못하다는 돈키호테의 절대 자유론이다. 전편 제14장에서 마르셀라를 질책하는 암브로시오와 그의 일행 앞에서 마르셀라가 한 대답 또한 무엇보다 자유로운 영혼의 절규다.

「제가 들은 바로는 진정한 사랑은 결코 나누어지지 않고, 본인의 의사에 따라 결정되며, 강요되는 것이 아닙니다. 이치가 이러하고 저도 그렇게 믿고 있는데, 왜 여러분은 사랑한다는 말 한마디로 제 의지를 굴복시키고자 강요하시는 겁니까? (……) 저는 자유롭게 태어났고 자유롭게 살고자 들과 산의 고독을 선택했습니다. (……) 저는 자유로워 남에게 속박되는 것이 싫습니다.」

앞서 보았듯이 우리의 주인공이 광인이나 편력 기사로 설정되었다는 점에서도 세르반테스의 자유론을 읽을 수 있다. 이는 사회나 교회의 규정에서 벗어나기 위한, 그래서 그것들을 초월하고 무시하기 위한 방편이었다. 시대가 강요하던 상식과 종교와 국가의 권력을 비판하며 더 나은 조건의 사회와 인간을 위해 전적으로 자유로운 편력 기사의 모험을 감행한 것이다. 이러한 그도 결국은 광기로부터 이탈하여 그 시대가 요구하는 이성 세계로 다시 진입하게 되는데, 이는 〈하얀 달의 기사〉와의 결투와 약속이라는 외부적 구속으로 인한 것이다. 남에게 진 신세가 자유를 구속하는 요인이 될 수 있듯이, 약속을 이행해야 한다는 의무감 역시 구속으로 작용하여 자유를 박탈하며 궁극적으로는 그를 죽음으로 이끈다.
작가의 자유론은 사회에 의해 오염된, 물질에 의해 망가진, 문명에 의해 탁해진 인간들이 자기 본연의 모습으로 돌아가기를 원하는 모습에서도 찾을 수 있다. 전편 제11장, 돈키호테가 양치기들 앞에서 한 황금시대에 대한 일장 연설은 자유롭고 인간적인 삶에 대한 동경에 다름 아니다.

「어느 누구도 일용할 양식을 얻기 위하여 애써 일을 할 필요가 없었소. 오직 손을 뻗어 달콤하고 맛있는 열매를 매달고 관대하게 사람들을 초대하는 우람한 떡갈나무에 닿게만 하면 되었소. 맑은 샘과 졸졸 흐르는 강물은 맛있고 깨끗한 물을 사람들에게 아낌없이 베풀었소. 바위 틈새나 나무 구멍에는 근면하고 빈틈없는 벌들이 자신들의 공화국을 만들어 아무런 대가도 없이 그들의 달콤한 노동으로 거둔 풍부한 수확을 손만 내밀면 제공해 주었소. 커다란 코르크나무들은 예절 말고는 다른 재주가 없어도 그의 넓고도 가벼운 나무껍질을 스스로 벗어 주었소. 사람들은 이것들에 볼품없는 막대기를 받쳐 지붕을 이었으니, 오직 하늘의 혹독함을 막아 내기 위해서였지. 그때는 모든 것이 화평했고 모두가 의가 두터웠고 모든 것이 조화로웠소. 구부러진 쟁기의 무거운 쇠갈퀴도 우리들의 첫째 어머니인 대지의 자애로운 배를 가르거나 방문할 생각을 감히 하지 않았지. (⋯⋯) 그때는 참으로 순진하고 아름다운 처녀 목동들이 머리를 땋거나 풀어 헤친 채 골짜기로 언덕에서 언덕으로 돌아다녔고, 옷이라고 해봐야 그때나 지금이나 변함없이 가려야 할 곳을 예의상 얌전하게 가리는 것 외에는 없었지요. 요즘 하는 치장이 아니었단 말이라오. 티로의 자줏빛 물감이며, 온갖 방식으로 손질한 비단을 좋아하는 오늘날의 유행과는 달리 푸른 머위 이파리와 담쟁이덩굴로 엮은 것이면 충분했다오.」

인간이 문명의 옷을 입기 전, 먹을 것을 구하기 위해 자연에 인위적인 힘을 가할 필요가 없었던, 있는 그대로의 자연과 가까웠던 삶에 대한 동경이다. 이러한 삶에 대한 예찬은 산양치기, 즉 목동들과 기사와의 조우를 계기로 끼어든 작가의 유토피아론인 셈이다. 관대하고 단순한 삶을 살며 돈키호테와 산초에게 따뜻한 정을 베푸는 목동들의 모습이 묘사된 뒤 이 연설이 나온다는 사실로도 이를 짐작할 수 있다.

또한 돈키호테가 시에라 모레나 산으로 들어갔을 때 일어난 모험들은, 도시로 상징되는 문명에서 도망쳐 자연의 품으로 들어온 사람들의 이야기로 짜여 있다. 그곳에서 사람들은 자급자족의 단순한 삶을 영위한다. 사회에서 고통받아 산으로, 즉 인간에게 인위적으로 덧씌운 문명과 반대되는 자연의 품으로 들어온 이들은 그곳에서 자신의 불운에 울며 가장 자연스러운 방법으로 인간의 선한 본성을 찾는다. 가장 단순한 삶을 살 때 그러한 본성이 유지되는 것이다. 〈산은 학자를 키우고, 목동들의 오두막은 철학자들을 품고 있다〉(전편 제50장)는 신부의 말에 대한 산양치기의 대답을 보자. 〈목동들의 오두막은 세상에서 혼이 난 사람들을 받아 주지요.〉 작품에 등장하는 인물인 카르데니오는 친구인 페르난도와 여인 루스신다에게 배신당한 뒤 산을 찾았고, 페르난도에게 버림받은 도로테아도, 가장 자유롭게 살고 싶은 소망이 전부인 마르셀라도, 레안드라에게 상처 입은 숱한 남정네들도, 모두 상처받은 마음을 치유하고자 산을 찾는다.

　이렇게 자연으로 돌아가 단순하게 사는 삶은 사회나 물질에 흡수된 인간이 인간 본연의 모습으로, 즉 인간을 소외시키는 문명으로부터 도피할 때 가능하다. 그렇게 함으로써 자신의 내부에 침잠할 수 있고, 결국 그러한 방식으로 인간이 인간답게 살 수 있다는 것이다. 인간을 옥죄는 사회적 요소, 즉 권력과 금력과 규약과 체제와 조직들로부터 벗어나 진정으로 자유로운 인간으로 돌아갈 수 있게 해주는 것은 다름 아닌 자연이며, 그 속에서 비로소 인간은 자기 자신의 주인이 될 수 있다는 결론이다. 작가로서의 행보를 시작한 세르반테스의 첫 작품인 목가 소설『라 갈라테아』를 보면, 그가 단지 하나의 유행에 따라 그러한 책을 쓴 것은 아니라고 여겨진다. 1585년『라 갈라테아』제1부를 발표한 뒤 마지막 순간까지 그는 제2부를 생각하며 출간할 것을 약속한다. 살아 있는 내내 목가 세계를 그리면서 지냈음을 알 수 있는 대목이다. 이러한 돈키호테의 자유론은 에피소드 곳곳에서 만날 수 있다.

　그 〈케사다〉인지 〈키하나〉인지, 사람들이 부르고 싶은 대로 불리던 쉰 먹은 한 이달고가 친구도 없이 혼자 사냥이나 하고 가정부와 조카의 단순하기 그지없는 말들만 들으면서 무료하게 고독을 친구 삼아 살고 있었다. 이달기아라는 하급 귀족 작위가 그에게 먹을 것은 주었다. 하지만 먹고 난 다음에는? 조상이 물려준 유대인의 피는? 그래서 그는 기존의 자신을 모두 부수어 과거가 없는 자유인으로서 새로운 삶을 시작한다. 덕분에 돼지치기이자 농부였던 산초도 기존의 생활을 접고 꿈을 지닌 채 나선다. 주인의 생각에 전염되어 그 또한 자기 삶의 주인으로 우뚝 서는 것이다. 속편 제60장, 둘시네아의 마법을 풀기 위해서는 산초가 스스로에게 매질을 해야 하지만 돈키호테가 보기에 그는 게으르고 자비심도 별로 없는 종자다. 이에 절망한 돈키호테는 몸소 로시난테의 고삐를 끌러 그것으로 산초를 채찍질하고자 자고 있는 산초에게 다가간다. 그의 바지 끈을 풀려는 순간 산초 판사는 벌떡 일어나 덤벼들더니 온 힘을 다해 주인을 껴안고 다리를 걸어 땅바닥에 넘어뜨린다. 그의 무릎에 가슴팍을 눌리고 두 팔도 붙잡힌 채 옴짝달싹 못 하게 된 돈키호테가 먹을 것을 주는 주인에게 이런 배은망덕한 일이 있냐고 호통을 치지만 산초는 이렇게 답한다. 〈저는 왕을 제거하지도, 왕을 세우지도 않습니다요. 다만 저는 저를 도울 뿐이죠. 제가 저의 주인이니까요.〉 결국 돈키호테는 산초가 원할 때 산초의 자유 의지에 따라 매질하도록 내버려 둘 것을, 둘시네아의 목숨을 걸고 맹세한다. 종자인 산초까지 자유 의지에 따라 스스로의 삶을 살게 된 것이다.

한편 마르셀라는 자기 존재를 찾아 마을에서 도망침으로써 자신을 가두던 울타리를 가볍게 뛰어넘었다. 덕망 높은 한 마을의 사제의 조카로 지내는 게 지겨웠다. 자신의 아름다움에 퍼붓는 찬사도 권태로웠다. 그저 자기 존재로 살고 싶었을 뿐이다. 갤리선의 노예로 끌려가던 죄수들은 자유를 찾고자 돈키호테의 도움을 받아 족쇄를 때려 부수었다. 산초가 통치자로서 밤에 섬을 시찰하다가 만난 한 아리따운 소녀는 갇혀 지내는 일상에 싫증을 내어 알지 못하는 세상 속에서 자유를 만끽하고자 남장을 한 채 밤거리로 뛰쳐나왔다. 역시 시찰 중 만난 젊은이는 자신이 잠을 안 자겠다는데 어찌 다른 사람이 자기에게 잠을 자도록 강제할 수 있겠느냐고 항변한다.

등장인물들을 하나의 유형으로 고착시키는 것도 세르반테스는 거부한다. 자기의 판단으로 살아가는 등장인물들에게 작가는 〈할 수 있다면 네가 너 자신을 구하라〉라고 말한다. 사회의 편견이나 방해가 있다 하더라도, 사람들의 돌팔매가 날아든다 할지라도 자유인으로서 스스로의 주인이 되라는 것이다. 바로 여기에 『돈키호테』의 현대성이 있다. 현대 소설은 이렇게 사회적 존재로서의 나와 자유인으로서의 나라는 싸움에서 탄생했다. 나와 환경과의 다툼이나 선과 악의 대결이나 사랑의 고뇌에서 탄생한 게 아니다. 자신에 대해 충분히 자유롭게 의식하는 자만이 또 다른 나와 더불어 무언의 독백을 나눌 수 있기 때문이다. 『돈키호테』는 한마디로 〈자유의 노래〉인 셈이다.

9. 괴물들

세르반테스의 절대적인 자유론을 보여 준 전편 제22장 〈가고 싶지 않은 곳으로 할 수 없이 끌려가는 수많은 불행한 사람들에게 돈키호테가 베풀어 준 자유에 대하여〉에서 우리는 또 다른 메시지를 만난다. 일반적인 기존 기사 소설에서 기사들은 군대나 거인이나 괴물들과 싸워 이긴 뒤 그 영광을 자신의 귀부인에게 돌렸다. 돈키호테 역시 완벽한 편력 기사가 되기 위해 자기가 모방해야 할 기사들의 본을 따른다.

「따라서 아마디스의 이런 면을 모방하는 것이 거인들을 두 갈래로 갈라 버린다거나 뱀들의 머리를 잘라 버린다거나 괴물들을 죽인다거나 군대를 무찌른다거나 함대를 부수어 버린다거나 마법을 푼다든가 하는 일보다 훨씬 쉽단 말일세.」(전편 제25장)

돈키호테는 거인으로 믿은 풍차와 싸웠고, 군대로 확신한 양 떼와 싸웠으며, 왕국의 거인이라 여겨지는 포도주 자루를 박살 냈고, 뱀 대신 사자와 맞섰다. 이제 남은 상대는 〈괴물〉이다. 제22장의 갤리선 노예 에피소드에 그 괴물이 숨어 있다. 이전의 풍차, 양떼, 포도주 자루와의 싸움에서는 마법이 간여했다지만 이번에는 그 괴물과 실제로 정면 대결을 벌인다. 그리고 이들과의 모험은 다른 모험과는 비교가 되지 않을 정도로 위험하다. 갤리선에 노를 저으러 가는 죄수들은 당시 스페인 사회를 지배하던 가장 막강한 세 개의 힘, 즉 왕과 판사와 성스러운 형제단이 합작하여 만들어놓은 결과물이기 때문이다.

「저건 왕의 강요로 배에서 노를 저으러 가는 죄인들입니다요.」

「어떻게 강요당한 사람이 있을 수 있지?」 돈키호테가 물었다. 「왕이 사람들에게 강요한다는 게 가능한 일인가?」

「그 말씀이 아니고요……」 산초가 대답했다. 「죄를 지어서 배에서 노 젓는 형을 받아 왕에게 봉사하기 위해 억지로 끌려가는 사람들이라는 말씀입니다요.」

「결론적으로……」 돈키호테가 대답했다. 「이유야 어떻든 간에 자기들의 의사와 상관없이 억지로 가고 있다는 말이 아닌가.」

지금이야말로 힘 있는 자를 꺾고 불쌍한 사람들에게 달려가 돕는 의무를 수행해야 한다는 돈키호테의 말에 산초는 다시 이렇게 대답한다.

「나리, 잘 아셔야 합니다요. 왕 자체가 법인데 법은 저런 사람들을 이유 없이 강압하거나 모욕을 주지 않는단 말씀입니다요. 저 사람들이 저지른 죄에 대한 벌을 주는 것뿐입니다요.」

그들은 왕의 노예로 왕에게 봉사하러 끌려가는 것이며, 당시 법에 따라 형을 살러 간다는 것이다. 그럼에도 돈키호테는 이들을 풀어 준다. 그 결과를 두고 전편 제23장에서 산초는 이렇게 말한다.

「나리, 그 성스러운 형제단에게는 기사도에 대해 아무리 이야기해 봤자 아무 소용이 없습니다요. 편력 기사들이 아무리 많아도 두 푼 어치도 봐주지 않을 겁니다요. 나리, 저는 벌써 그 사람들의 화살 소리가 귀에 들리는 듯합니다요.」

결국 돈키호테와 산초는 성스러운 형제단이 찾더라도 들키지 않도록 험준한 산으로 숨어든다. 기존 기사 소설에서의 환상적인 괴물과의 모험 이야기가 『돈키호테』에서는 현실로 옮겨 온 것이다. 당시 스페인 사회에서 참으로 두려운 존재였던 왕과 법과 성스러운 형제단, 즉 세르반테스가 실제로 겪어 봤기에 익히 알고 있는, 법 수행이라는 명분하에 개인의 존재를 위협한 국가 체제라는 괴물에 대한 도전이다.

성스러운 형제단은 〈가톨릭 왕들〉 당시 공공질서 확립과 정의 구현을 목적으로 결성된 국가 조직이다. 그런데 카를로스 1세 때 정의의 군단이 아니라 도적 떼와 다름없는 범법 집단이 되어 버렸다. 이렇게 부패의 온상이 된 배경에는 1485년에 토레라구나에서 공표된 〈법 일지〉가 있다. 죄수에 따라 거액의 보상금을 내걸자 이들을 잡으려 혈안이 된 성스러운 형제단이 일종의 범죄 단체로 변해 버린 것이다. 이때 사형을 선고받을 정도의 범죄자는 붙잡히는 즉시 화살형에 처해졌다. 『돈키호테』의 내용에 따르면 나그네들이 쉬던 객줏집의 주인들도 성스러운 형제단의 일원이었다니, 당시 인간의 자유나 존엄성이 얼마나 훼손되고 억압받았는지 가늠하기란 어렵지 않다.

우리의 영웅은 인간 존엄성을 말살하는, 정의롭지 못한 제도에 도전한다. 갤리선으로 끌려가는 죄수들을 만났을 때, 돈키호테도 그들이 누구인지 알아보았다. 하지만 그가 이해하지 못한 것은, 아니 용납하지 못한 것은 그들에게 주어진 죄에 비해 너무나 과한 형량과 모두 굵은 쇠사슬에 목이 염주처럼 꿰여 있고 손에는 수갑을 차고 있다는 묘사에서 엿보이는 비인간적인 대우였다. 또한 신과 자연이 허락한 인간의 자유를 다른 인간이 박탈한다는 사실과, 본인의 의지가 아닌 남에게 강요되어 끌려가는 현실이기도 하다.

여기서는 거인으로 둔갑한 풍차도, 그를 추적하는 마법사도 없다. 오직 왕과 사법권의 횡포 앞에 놓인 사회와, 신과 자연이 자유롭게 한 개인을 왕과 법이 노예로 만들 수 없다는 정의감의 싸움뿐이다. 현실 앞에서 돈키호테는 정의를 행할 기회를 구원의 도구인 교회에 주지 않는다. 이는 간접적으로 교회의 무용론을 암시하는 것이기도 하다. 당시 교회는 정치권력과 결탁하여 인간성 말살에 앞장서고 있었기 때문이다. 신과 자연이 자유롭게 한 인간을 노예로 삼는 일은 문명화된 나라에서나 기독교화된 나라에서는 있을 수 없는 일이다. 전편 제22장에서 죄수들의 사연을 다 들은 다음 돈키호테는 이렇게 말한다.

「사랑하는 형제들이여, 여러분이 내게 이야기해 준 것을 모두 들어 보고 내가 분명히 깨달은 사실은, 그대들은 그대들이 지은 잘못으로 벌을 받았으나 그대들이 겪어 내야 할 형벌이 그대들에게 전혀 달갑지 않아 참으로 본의 아니게 그대들의 의사에 반해서 끌려가고 있다는 것이오. 그리고 이 친구는 고문을 이겨 낼 용기가 부족했고, 저 친구는 돈이 부족했고, 저 친구는 도와줄 사람이 없었고, 결국 판관의 비뚤어진 판단이 파멸의 원인으로 그대들은 정당한 판결을 받지 못한 것이오.」

죄수들을 향해 〈사랑하는 형제들이여〉라고 부르는 건 작가가 가진 형제애의 발로이며, 한편으로는 독자나 자신 또한 당시 법 체제에 의하면 죄인이 될 수밖에 없다는 사실을 깨우치려 한 방편이라 볼 수 있다. 나아가 인간으로서 지을 수 있는 죄에 비해 벌이 너무 무겁다는 사실과 체제나 제도를 운영하는 판관이 정의롭지 못하다는 점에 공감하도록 유도하는 기능도 수행한다. 결국 행동함으로써 존재 의미를 갖는 돈키호테는 왕과 사법권과 행정권에 대항하여 이들을 풀어 준다. 자유의 원천인 하느님과 자연에 반한 최고의 국가 권력으로부터 국민을 상징하는 죄수들을 해방시킨 것이다. 이 죄수들이 지은 죄에 대해 받은 벌을 보면 국가의 폭력이 참으로 잔인함을 알 수 있다.

첫 번째 범죄자는 바구니에 든 옷을 훔친 좀도둑인데, 등짝에 1백 대의 태형을 당한 뒤 짐승보다 못한 취급을 받으며 3년간 노 젓는 일을 해야 한다. 두 번째 범죄자는 인간성을 유린하는 고문을 못 이겨 가축을 훔쳤다고 자백한 결과, 등에 2백 대 매를 맞고 6년 동안 노 젓는 형에 처해졌다. 세 번째 죄수는 돈 10두카도(1두카도는 금 3.6그램에 상응하니, 금 36그램 가치의 돈이다), 즉 돈이 없어 5년 동안 노 젓는 일을 하게 되었다. 네 번째 죄수는 뚜쟁이 짓을 했다고, 그리고 마법사 냄새가 나는 목걸이를 걸고 수실 달린 옷차림으로 다닌 죄로 늙고 병든 몸에도 불구하고 공개적으로 창피를 당하는 벌과 4년 동안 노 젓는 형을 살아야 한다. 친척누이 둘과 친척이 아닌 두 자매를 농락한 다섯 번째 죄수는 배경도 없고 돈도 없어서 교수형에 처해질 뻔했다가 6년 동안 노 젓는 형을 받으며 간신히 죽음을 면했다.

세르반테스가 이들의 죄에 대해 구체적으로 나열해 놓은 이유는 무엇일까. 범죄보다 더 가혹한 형벌, 전혀 정의롭지 못한 사법 체제를 고발하고 그것에 도전하기 위해서다. 결국 이들이 돈키호테를 통해 풀려나는 것은 곧 권력으로부터의 해방이다. 그 나름의 정의 실현이다. 불의를 참지 못한 우리 영웅의 행동은 종자 산초의 양심까지 건드린다. 속편 제63장, 바르셀로나에서 갤리선을 방문했을 때 갑판에서 감독이 노 젓는 죄수들의 등을 때리는 모습을 본 산초는 이렇게 생각한다.

〈이 불행한 사람들은 무슨 짓을 했기에 저렇게 채찍질을 당하는 거지? 그리고 호루라기를 불면서 왔다 갔다 하고 있는 저 작자는 어떻게 혼자서 이렇게도 많은 사람들을 감히 채찍질하는 걸까? 지금에서야 하는 말이지만, 이거야말로 지옥이야. 아니면 적어도 연옥이지.〉

이 죄수들 역시 지은 죄보다 무섭고 더 가혹한 형벌에 처해진 이들일 것이다. 그러한 형벌의 장을 지옥이나 연옥이라고 표현하는 산초의 말은 국가의 권력으로 만연한 불의의 시대를 산 작가의 증언이자 항거이다.

10. 돈키호테는 무정부주의자인가

　지금껏 살펴본 바에 따르면 돈키호테가 기사로서 모험을 통해 이루고자 꿈꾸는 세상은 문명과 근대라는 이름하에 일어나던 경제적·사회적·정치적 변화와 대비되는 곳, 국가라는 이름하에 등장한 모든 정치적·종교적 공권력이 거부되는 곳이다. 전편 제29장, 노 젓는 형에 처해져 호송되어 가던 죄수들을 풀어 준 돈키호테를 조롱하는 신부의 말이 이를 입증한다. 죄수들을 단죄한 판사, 이들을 호송하는 관리, 죄수들을 추적하는 성스러운 형제단 그리고 이 모든 것 위에 군림하는 왕을 배신했다고 돈키호테를 힐책하며 영혼까지 잃으리라 말하는 내용이다. 이렇게 돈키호테는 인간 위에 군림하는 공권력이나 국가의 필요성을 부정하여 궁극적으로 행복한 사회를 목적으로 하는 개인과 사회의 개혁에 주안점을 두고 있다. 이러한 편력 기사 돈키호테와 유사한 일을 하는 다른 인물이 『돈키호테』에 등장하는데, 바로 산적 로케 기나르트다. 속편 제60장에서 공평한 분배의 정의를 실현하는 그를 본 우리의 영웅은 그에게 정신적인 동질감을 느끼며 자기와 함께 모험의 길을 가

자고 초대한다.

어떠한 식으로든, 어떠한 종류의 것이든 사회 정의를 실천하고 약자를 돕겠다는 개인적 차원의 결심은 그 자체로 기존 체제의 조직들에 대한 불신에서 연유한 것이다. 『돈키호테』에 당시 이름난 작품의 이론들이 무수히 등장하지만 근대적 의미의 정치·국가 권력의 상징인 마키아벨리에 대해서는 단 한 차례의 언급도 없다는 사실로 미루어 보아, 돈키호테는 국가적 차원의 조직을 부정적으로 보았을 수 있다.

그가 편력 기사로의 꿈을 갖고 실제 행동으로 옮긴 것은 기존 중세 기사들처럼 영토를 넓히기 위한 것이 아니라 도덕적인 자아 형성, 자신의 내적 개혁과 자신이 몸담고 있는 세상의 개혁을 꿈꾸었기 때문이다. 전편 제11장에서 돈키호테는 산양치기들에게 자신의 임무를 이렇게 알린다.

「시간이 갈수록 점점 더 악습이 늘어나자 그것을 막자고 편력 기사라는 게 생겨난 게지요. 처자들을 지키고 미망인들을 보호하며 고아와 가난한 사람들을 구제하라고 말이오. 내가 바로 이에 속하는 사람이라오.」

어떠한 조직을 통해 처자들을 지키고 미망인들을 보호하며 고아와 가난한 사람들을 구제하려는 것이 아니다. 바로 여기에 그의 정치적인 의도가 숨어 있다. 기사 개인이 세상을 행복한 낙원으로 만들 수 있다는 것, 공권력이 아니라 완벽한 덕을 이룬 기사로 인해 이루어지는 정의로운 사회에 진정한 행복이 있다는 메시지다.

세르반테스 당시와 그 전후, 인위적인 문명의 때를 벗고 자연으로 돌아가는 삶으로 낙원을 이루고자 했던 사람들이 있다. 라블레Francois Rabelais를 위시하여 토머스 모어Thomas More, 캄파넬라Tommasso Campanella, 라스 카사스Las Casas, 바스코 데 키로가Vasco de Quiroga, 안토니오 데 발데스Antonio de Valdes 등이 그들이다. 세르반테스 역시 이들과 같은 내용을 말하고 있지만, 사상에 머무르지 않고 그러한 세상을 구성하는 사람들의 위선을 향한 비난으로 이어간다. 이는 이상적 사회의 모습을 밝히되 그 사회를 운영하는 인간의 위선을 질책하고자 하는 것으로, 참된 정치가 또는 통치자의 모습을 제시하기 위한 방편이자, 권력을 남용하는 통치 체제나 통치자가 없는 사회에 대한 작가의 갈망이라 볼 수 있다.

세르반테스 당시 왕과 레르마Lerma 공작이나 우세다Uzeda 공작 등의 귀족은 국민을 위한다는 명분만 내세울 뿐, 민중의 피를 빨아먹고 재산을 훔치며 결국 나라를 파멸하는 데 일조한 이들이다. 세르반테스의 모범 소설 「개들의 대화El coloniquio de los perros」에 양 떼를 지키는 개로 등장하는 베르간사가 하는 말은 바로 이러한 사실에 대한 고발이다. 그의 말을 정리하면 이렇다. 목동들이 늑대가 나타났다고 외치면 개들은 늑대를 쫓느라 난리를 피우고, 그러는 사이 목동들은 양을 죽여 먹어 치운다. 그리고는 다음 날 아침에는 개들이 제대로 양을 못 지키니 아무 쓸모가 없다고 주인에게 고하는 것이다. 베르간사는 반문한다. 지켜야 할 자가 훔치고, 보초를 서야 할 자는 잠을 자고, 믿는 자의 신뢰가 배반당하고, 보호하는 자가 죽인다는 사실을 누가 믿을 수 있겠느냐고, 다시 말해 진정한 통치자는 없으며 통치라는 게 본디 그런 것이니 어떠한 종류의 통치 조직이나 체제도 불필요하다는 결론이다.

돈키호테가 말하는 전쟁도 국가적 차원에서 조직적으로 형성된 거대한 군대가 하는 일이 아니다. 전쟁에 정치적인 이해관계가 개입해서는 안 된다. 순전히 어느 편이 정의로운가를 따져 결국은 평화를 이루기 위한 것이어야 한다. 전쟁의 궁극적인 목적은 평화이기 때문이다.

「군사의 궁극적인 목적은 평화요. 평화야말로 이 세상에서 인간이 원할 수 있는 가장 큰 행복이라오. 그래서 이 세상이 가졌고 인간들이 가졌던 최초의 가장 좋은 소식은 (······) 〈지극히 높은 곳에서는 하느님께 영광이요, 땅에서는 기뻐하심을 입은 사람들 중에 평화로다〉라는 노래였소. 그리고 땅과 하늘의 최고 스승께서 (······) 가르쳐 주신 인사는, 남의 집에 들어가며 〈이 집에 평안 있으라〉라고 말하는 것이었지. 그리고 몇 번이나 그들에게 말씀하시기를 〈나의 평화를 그대에게 주노라. 나의 평화를 그들에게 보내노라, 평화가 그대들과 더불어 있으라〉 하셨소. 마치 보석이나 귀중품을 손에 놓아 주시듯 말이오. 이 보석이 없다면 하늘에서나 땅에서나 어떠한 행복도 있을 수가 없지요. 이 평화가 전쟁의 참된 목적이라오.」(전편 제37장)

왕국을 지키는 일도 국민을 동원한 국가의 일이 아니라 기사들의 공의로운 행위다. 그래서 대포나 총과 같은 대량 학살 무기에 우리의 주인공은 분노한다.

「그놈의 악마 같은 무기인 대포의 경악할 만한 분노가 없었던 시대는 축복받을지어다. 대포를 발명한 자는 그 악마 같은 발명으로 지옥에 떨어져 응분의 대가를 받고 있을 것이라 나는 생각하오. 그 발명으로 비천하고 겁 많은 팔이 용감무쌍한 한 기사의 목숨을 끊을 수 있게 되었소. 용맹스러운 가슴에 불을 지피고 용기를 돋우는 기운과 혈기의 와중에, 어디서 어떻게 해서인지도 모르게 천방지축으로 날뛰는 총알이 날아와 오래오래 인생을 즐겨야 할 자의 생각과 목숨을 한순간에 끝내 버리고 말기 때문이지요. 그 총알은 아마도 그 저주받은 기구의 불꽃이 만들어 낸 빛에 놀라 도망간 자가 쏜 것일게요. 이 점을 고려해 볼 때, 나는 지금 우리가 살고 있는 이 증오할 만한 시대에 편력 기사라는 이 임무를 맡게 된 것이 무척이나 마음에 걸린다고 말하고 싶소. 왜냐하면 나는 어떤 위험도 두려워하지 않지만, 이 팔의 용기와 이 칼날의 가치를 통해 지구 방방곡곡으로 내가 알려지고 유명해질 기회를 화약과 주석이 빼앗지나 않을까 하는 우려가 들기 때문이라오.」(전편 제38장)

산업 문명이라는 이름으로 탄생된 화약, 무기, 총이라는 발명품이 인간을 지배하게 되었다. 어떤 사회든 산업 문명 위에 서는 것은 인간의 내적인 힘을 억압하는 폭력으로 작용한다. 따라서 전쟁 또한 산업 문명의 부산물을 이용해 대량 학살을 자행하는 대신 기사들 간의 힘겨루기로 승패를 가르는 방법으로 이루어져야 한다.

「오만한 알리판파론, 네놈은 어디에 있느냐? 썩 나오지 못할까! 나는 단신의 기사로 너와 일대일로 붙어 너의 힘을 시험하고 네가 용감한 펜타폴린 가라만타에게 저지른 짓에 대한 벌로 네 목숨을 없애 버리려 한다!」 (전편 제18장)

이런 식으로 나라를 지키면 무고한 인명의 살상도 없다. 속편 제1장에서 우리의 영웅이 신부와 이발사에게 나라를 지킬 방법을 설명하는 대목이다.

「국왕 폐하께서 포고를 내리셔서 에스파냐에 돌아다니고 있는 모든 편력 기사들을 정해진 날 왕궁에 모이도록 명령하시는 것 말고 무슨 다른 방도가 있겠습니까? 비록 여섯 명밖에 오지 않는다 할지라도, 그중에 혼자서라도 터키군을 모두 무찌를 수 있는 그런 자가 있을 수도 있지 않겠습니까?」

이렇듯 철의 시대, 즉 증오의 사회에 절대적 자유와 평화를 내리고자 하는 그의 갈망, 그리고 그 평화와 자유를 위한 도구는 국가가 아니라 개인인 기사의 일이라는 증언에서 우리는 작가의 무정부주의적 사상을 만날 수 있다.

루소Jean Jacques Rousseau가 톨스토이Lev Tolstoy의 예고이며

세르반테스가 루소의 예고라는 말도 있듯이, 세르반테스는 인간의 절대적 자유를 옹호했고 이를 쟁취할 방법까지 다양한 방식으로 이야기한다. 그리고 돈키호테 입을 빌려 작품에 내놓는 그의 정의, 자유, 평화는 나라가 해결해 주는 것이 아니라 절대적 자유를 지닌 개인의 임무다. 오히려 국가 권력에 의해 조정되는 조직은 불의와 불운만을 가져올 뿐이다. 그래서 돈키호테는 편력 기사가 되어 세상에 선을 행하기 위해 자신부터 온갖 시련에 노출시키며 완벽한 덕을 쌓으려 했고, 세상에 자유와 정의를 내리고 약한 자를 도와주기 위해 길을 나섰다. 이렇게 작가는 인간의 궁극적인 행복을 위한 일을 정부 체제나 국가에 위임하지 않은 채 개인이 이루도록 한다.

또한 세르반테스는 인간이 아무리 자유로운 자연 속에서 선한 본성으로 살아간다 하더라도 자그마한 권력이나 금력이나마 얻게 되는 이상, 혹은 그게 아니더라도 인간인 이상 다른 사람들에게 불의를 행사할 수밖에 없다고 생각한 듯하다. 돈키호테가 산이나 들에서 만난 사람들의 삶에는 행복만이 아니라 고통과 범죄도 있기 때문이다. 이 말은 곧 시골에서의 삶과 존재 방식이 아무리 이상적이라고 해도 고통과 불의와 폭력과 범죄가 전무할 수는 없다는 뜻이다. 하지만 그렇다고 그러한 이들을 벌할 조직이 필요한 것은 아니다. 오히려 그는 정부 조직이 더 많은 악을 생산한다는 사실을 알리고 있다. 질서를 바로 세울 자가 필요하다면 그것은 규범이나 법을 정하고 명령하며 따르기를 강요하는 억압이나 구속하는 체제로서가 아니라, 다스리는 자들을 양육하고 평화롭게 살 수 있도록 도와주는 최소한의 통치 도구나 공의로움을 위해 고군분투하는 기사로 충분하다는 것이다. 이렇게 국가와 법, 감옥, 사제, 사유 재산 등이 없는 사회를 꿈꾸고 개인의 자유를 최상의 가치로 내세우며 그에 대한 모든 억압적인 힘을 부정함으로써 작가는 근대 국가 조직과 분명한 거리를 둔다.

이렇게 보면 세르반테스는 『돈키호테』를 통해 인간이 가장 행복할 수 있는 삶을 그리는 것 같지만, 사실상 자신의 꿈이 현실적으로 불가능하다는 점 또한 알고 있었던 듯하다. 새로운 기술, 군사, 경제, 정치가 요구되던 당시의 시대적 상황이나, 현실적으로 많은 문제를 안고 있는 세상에서 그러한 이상의 구현은 터무니없는 일임을 자각하고 있었다는 증거가 있으니, 바로 이 영웅의 모험이 실패에서 실패로 나아간다는 점, 그리고 역시 바라타리아 섬 통치에 실패한 산초의 모습이다.

그럼에도 세르반테스가 꿈꾼 세상은 이후 많은 개혁자들에게 행복한 미래 건설을 위한 거름으로 제공되었다. 실패한다고 해서 실체가 없어지는 것은 아니기 때문이다. 무정부주의자들은 물론이고 자유론자인 홈볼트Karl Wilhelm Von Humboldt, 밀John Stuart Mill 등의 이론에서, 현재 스페인의 몬드라곤Mondragon 시에서 그가 꿈꾸었던 세상이 재현된다. 특히 몬드라곤에서 운영되고 있는 협동조합의 모습을 보면, 개인의 자유와 공동 경제 생활과 유대를 모색하고 권력과 불평등에 반대하여 자유적으로 협동하기를 강조한 고드윈William Godwin이나 사유 재산을 도둑이라 정의하며 전적으로 자유로운 사회에서 경제적인 평등에 기초한 정의 사회를 지향한 프루동Pierre-Joseph Pourdhon, 근대 국가가 없는 사회를 부르짖은 루이 아르망Louis Armand, 조합주의를 강조한 바꾸닌Mikhail Aleksandrovich Bakunin, 소렐Georges Sorel, 모든 국가나 조직으로 이루어진 폭력에 반대한 끄로뽀낀Peter Kropotkin 등의 생각이나 이론이 삶의 모토로 발견되고 있다.

11. 시에라 모레나 산에서의 모험

    무정부주의가 인간 위에 군림하는 일체의 조직이나 권력을 인정하지 않는 것이라면, 그다음엔 종교에 대한 질문이 나올 수 있을 것이다. 무정부주의자는 성경의 권위에 반대하고 성경이 대변하는 그 모든 것에도 반대하는, 무신론자에 반(反)사제주의자이기 때문이다. 그런데 무정부주의라는 이름이 공식적으로 등장하고 붐을 일으킨 19세기 말과 20세기 초의 사회사상가 상당수가 유토피아적인 사회를 건설하기 위해 성서에서 도덕적·역사적인 정당성을 찾았다는 말은 무엇을 의미하는 것일까? 예로 기유봉Jacques de Guillebon과 가베르F. Van Gaver가 발간한 『기독교적 무정부주의*Une histoire de l'anarchisme chrétien*』를 보면, 구약이나 신약 성서에서 정치권력과 모든 우상에 대한 격렬한 비난을 발견할 수 있고, 특히 신약에 기술된 이상적인 기독교 사회는 바로 공산주의와 무정부주의론과 상당히 일치함을 알 수 있다. 이는 즉 무정부주의자들이 성서를 이론의 근거로 삼으며, 나아가 이론에 권위를 주는 수단으로 사용했다는 의미다.

조엘 델롬Joël Delhom 또한 프랑스 무정부주의 사상사를 검토하다가 스페인과 중남미 세계에 끼친 영향의 예를 발견하고, 무정부주의가 로마 가톨릭교회와 특권층에 대한 격렬한 비난을 바탕으로 하면서도 성경의 세속화와 유토피아적 사회 건설을 위해 기독교에 기대고 있다는 사실을 지적했다. 한편 그는 로마 가톨릭교회와 특권층이 원시 기독교주의와 예수의 진보적인 가르침에 오히려 역행하고 있음을 질책하기도 한다. 즉 무정부주의자들은 성서를 통해 근본적인 사회 개혁안에 대한 도덕적·역사적 정당성을 찾았던 것이다. 스페인과 중남미에서 가장 많이 읽혔던 찰스 말라토Charles Malato의 무정부주의적 사고 역시 기독교와 절대 자유주의 사상의 밀접한 관련성을 보여 주고 있다. 하지만 이들의 이론은 성서에서 말하는 복음과 형식과 의식과 엄연히 구분된다.

만일 세르반테스가 위와 같은 사실을 작품에 곧이곧대로 반영했다면 어떠한 결과가 나왔을까. 아마도 『돈키호테』는 세상에 나오지 못했을 것이다. 여기서 이 작가의 천재성이 돋보인다. 그는 당시 형식과 의식에 기대던 종교에 대해 비판하면서도 교묘한 방법으로 검열을 피하려 하는데, 그 대표적인 예가 시에라 모레나 산에서의 모험 이야기다.

갤리선 죄수들의 모험이 마무리된 뒤, 성스러운 형제단이라는 공권력을 피해 두 사람은 시에라 모레나 산으로 숨어든다. 그곳에서 돈키호테는 산초를 심부름 보내고 자기가 본보기로 삼은 편력기사들을 모방해 스스로 고행에 들어간다. 아마디스가 벨테네브로스라는 이름으로 페냐 포브레 산에 들어가 자신을 동반한 은자에게 고해를 했던 사건을 그대로 흉내 내기로 한 것이다. 그런데 문제가 있으니, 돈키호테에게는 동반한 은자가 없다. 이때 돈키호테는 다음과 같은 방법을 쓴다.

「아마디스가 한 일들이여, 내 기억 속에 되살아나 어디서부터 내가 너희들을 흉내 내야 할지 가르쳐 다오. 그런데 그가 가장 많이 한 일은 기도하며 하느님의 가호를 청한 것인데, 묵주가 없어서 어쩐다?」

이때 묵주를 만들 방법이 생각났다. 축 늘어진 셔츠 자락을 널찍하게 찢어 매듭을 열한 개 만들고 그중 한 개는 좀 더 굵게 만드는 것이었다. 이것을 그는 산에 있는 동안 묵주로 사용하여 성모송을 1백만 번이나 올렸다. (전편 제26장)

벨테네브로스를 모방하려 하지만 은자가 없어 대신 자신이 고해할 방편을 찾는데, 바로 염주를 만들어 성모송을 드리는 일이다. 염주를 잊고 가져오지 못했음을 한탄하며 그는 그 자리에서 엉덩이까지 덮는 자신의 속옷 자락을 찢어 염주를 만든다. 위생이 그리 철저하지 못했던 시대, 게다가 기사가 늘 입고 다녔던 이 속옷은 불결하다. 더욱이 사랑에 빠진 기사의 자연적인 생리 현상에 의한 분비물로도 결코 깨끗하지 못하다. 그러니 그저 더러운 천 조각 이상이다. 구약 성서 「레위기」 15장에서는 〈유출병〉이라는 이름으로 부르며 그런 일을 아주 불경스럽고 더러우며 부정한 병으로까지 이야기한다. 「이사야」 64장 6절에서도 이야기되듯, 걸

레보다 더 지저분하며 종교적으로도 불경스러운 천인데, 돈키호테는 그것으로 성모께 드릴 기도용 묵주를 만든 것이다. 이는 당시 로마 가톨릭교회가 반종교 개혁의 기치하에 국민에게 강요하던 의식과 성물을 향한 작가의 지독한 비판이다. 그러니 이 대목이 포르투갈 종교 재판소 검열에 걸린 것도 당연한 일이었으리라. 『돈키호테』 발행인 후안 데 라 쿠에스타Juan de la Cuesta는 이러한 일을 예견했던지 2판을 찍을 때 내용을 바꾸어, 속옷 자락 대신 〈코르크나무에 있는 큰 마디 열 개를 줄줄이 꿰어 묵주로 사용했다〉로 수정했다. 더럽고 불경한 속옷 자락으로 신성한 묵주를 만들고 그것으로 성모송을 1백만 번 드린다는 불순한 의도, 다시 말해 종교의 본질이 아닌 형식, 복음이 아닌 의식에 치우친 광적인 믿음에 대한 비난을 종교 재판소와 발행인은 알아챘던 것이다.

당시 대표적인 스페인 문인으로 〈국민극의 아버지〉라 불린 로페나 풍자의 대가인 케베도도 하지 못한 최대의 그로테스크한 비방이자 불경의 극치를 세르반테스는 기사 소설을 모방하여 창조적으로 멋지게 해치웠다. 이 에피소드가 작품의 내용에 있어서나 구조에 있어 가장 핵심이자 중심을 이룬다는 사실에서 작가의 의도는 더욱 분명해진다. 시에라 모레나 산에 속죄를 하러 들어간 돈키호테를 집으로 돌려보내기 위해 신부와 이발사는 산초의 안내를 받아 이곳을 찾고 이후의 이야기들이 이 사건으로부터 파생되는 것으로 보면, 이 일화는 결코 단순한 설정이나 우연의 산물이 아니다. 사실 『돈키호테』에 우연으로 들어앉은 이야기란 하나도 없다.

앞서 본 목가적 삶이, 다시 말해 자연에 순응하며 사는 삶이 도덕적인 면에서나 사회적·개인적인 차원에서 누구에게나 환영받고 긍정적으로 받아들여졌던 것은 아니다. 특히 교회와 관련한 사람들은 교회가 주문하는 훈련, 즉 성체나 고해나 미사와 같은 형식과 의식을 가볍게 만든다는 이유로 자연에 따르는 삶을 부정적으로 보았다. 특히 반종교 개혁 시대의 스페인에서 그러한 삶의 형태나 자세는 위반이자 반칙이었다. 우리의 영웅은 미학을 통해 이 위반과 반칙을 통쾌하게 저지른 셈이다.

세르반테스의 반의식주의는 여기서 머물지 않는다. 지금도 유럽이나 스페인 마을이나 도시에서는 시간이 바뀔 때마다, 또는 미사를 드려야 할 때마다 교회의 종소리로 사람들을 불러 모으는데, 『돈키호테』에는 그가 지나간 장소나 머물렀던 곳 어디에서도 종소리에 대한 언급이 없다. 새벽부터 밤까지 일상의 중요한 대목마다 울리던, 다시 말해 종소리가 종교였고 삶이었던 시대에 이에 대한 언급이 작품 속에 전혀 없다는 것은 세르반테스가 교회에서 요구하던 의식에 어떠한 중요성도 두지 않음을 의미한다. 그리고 작품 속에 등장하는 교회와 관련한 사람들 중 자신의 업무인 목회에 전념하는 사람은 거의 없다. 대표적으로 속편 제32장, 공작 부부의 성을 드나들며 온갖 간섭을 하는 사제와 돈키호테가 벌이는 언쟁을 보면 당시의 정교일치나 사제주의와 관련한 작가의 부정적인 생각이 분명하게 드러난다. 사제에게 하는 돈키호테의 말이다.

「덮어 놓고 남의 집에 불법으로 들어가 그 집의 주인들에게 이래

라저래라 해도 되는 겁니까? 오직 기숙사에서 궁핍하게 자라 고작 해야 그 지역 20레과나 30레과 거리 안에 들어갈 수 있는 세상보다 더 많은 세상을 본 적이 없는 자가 갑자기 기사도 규정을 들먹이고 편력 기사들을 판단하겠다고 끼어들어도 된단 말이오? (……) 만 일 기사나 뛰어나신 분이나 관대하신 분들이나 태생이 높으신 분 들이 나를 바보 취급한다면 회복할 수 없는 모욕으로 받아들일 것 이오. 하지만 기사의 길에 들어온 적도 없고, 그 길을 밟지도 않은 학생이 나를 멍청이로 본다면 난 콧방귀도 안 뀔 테요.」

교회 업무를 볼 능력조차 부족한 자가 교회 밖으로 나가 온갖 간섭을 일삼는 것에 대한 작가의 비난이다. 돈키호테의 친구로 등 장하는 사제 역시 주인공의 이상을 이해하지 못할 뿐만 아니라 본 분을 다하지 않는 인물로 그려진다. 오히려 그는 임무를 버린 채 돈키호테를 따라다니며 모험을 즐기고, 여인의 자태를 몰래 즐기 는 모습까지 보인다(전편 제27장). 또한 작품에서 사제의 직분을 갖는 일은 영혼의 구제가 아니라 이익의 한 방편으로 그려지며(전 편 제12장, 제26장, 속편 제20장) 수당을 받고(전편 제26장, 속편 제13장), 훌륭한 식사를 하고(전편 제19장), 그리 성스럽지 못한 삶을 사는가 하면(전편 제25장) 위선자인 은자의 이야기도(속편 제24장) 암시된다.

본분을 다하지 못하는 사제나 교회에 대한 더 강력한 비판은, 갤리선의 죄수들을 풀어 준 모험담을 들은 신부가 돈키호테를 파 렴치한으로 몰아 질책했을 때 돈키호테의 반응에서 만날 수 있다.

먼저 신부의 말이다.

「그런데 기가 막힌 것은 이 근방에 공공연히 알려져 있는 소문으로, 우리를 들치기한 이들이 배를 젓는 형에 처해져 호송되어 가던 죄수들이라는 걸세. 사람들 말에 의하면, 역시 이 근방에서 한 용감무쌍한 남자가 호송 관리와 경찰들도 아랑곳하지 않고 그들 모두를 풀어 해방시켰다더군. 분명 그 남자는 제정신이 아니거나, 혹은 죄수들 못지않은 대단한 망나니거나 영혼도 양심도 없는 자일 게 분명하네. 그렇지 않고서야 어떻게 늑대를 양 떼 사이에, 여우를 닭장에, 파리를 꿀 속에 풀어 넣을 수가 있단 말인가. 정의를 사취하고자 했으니 이는 자기가 태어난 나라의 왕을 배신한 것이지. 왕의 정당한 명령을 어겼으니 말이네. 배에서 노 저을 자들을 빼앗고, 오래도록 무사태평하게 지내 온 성스러운 형제단을 소용돌이 속으로 몰아넣은 셈이며, 결과적으로 자기의 영혼을 잃고 육체도 못 살릴 일을 저지르고 만 것이지.」 (전편 제29장)

당시 불의로 만연한 사회에 전혀 개의치 않으며, 문제의식도 없는 신부의 이 같은 말에 돈키호테는 이렇게 대답한다.

「어리석긴. 편력 기사의 일은 괴로워하는 자나 사슬에 묶여 있는 자나 억압받는 자들이 그런 모습으로 길을 가는 것을 보게 되었을 때, 그렇게 고통스러운 상황에 놓이게 된 이유가 그들의 잘못으로 인한 것인지 아니면 다른 짓들 때문인지 알아보는 데 있는 게 아니다. 그들의 고약한 행위를 보는 게 아니라 그들의 고통에 눈을 돌려 도움을 필요로 하는 그들을 도와주는 것이 기사의 임무란 말이다. 나는 슬픔에 찌들고 불행한 사람들이 염주처럼 줄줄이 묶여 가는 것을 보았다. 그래서 기사의 법도가 명하는 대로 그들에게 해야 할 일을 한 것이야. 그 밖의 일은 내가 상관할 바가 아니다. 이 일을 놓고 잘못했다고 하는 사람은, 신부님의 성스러운 존귀함과 정직한 인품을 두고 말하는 것은 아니지만, 기사들의 일에 대해 아무것도 모르는 빌어먹을 쌍놈의 자식으로 거짓말을 하는 것이라고 나는 말하고 있는 것이다.」(전편 제30장)

스페인에 차고 넘치던, 하지만 자신의 임무를 제대로 수행하지 못하던 교회와 사제에 대한 비판이다. 돈키호테에게 그들은 〈슬픔에 찌들고 불행한 사람들〉에게 눈감은 〈빌어먹을 쌍놈의 자식〉들이었던 것이다.

트리엔트 공의회 이후 형식과 의식에 열광하는 기독교가 아니라, 신교와 구교를 가르던 행위의 순화를 원하는 돈키호테는 내용 없는 형식적 믿음을 비난한다. 따라서 우리의 두 주인공이 미사에 참여하는 내용이 작품에 나타나지 않는 것은 당연하다. 그들은 교회가 부여한 의무나 훈련 등에 무지하기까지 하다. 고행자들의 이상한 복장 앞에서는, 이미 그것을 보며 살았다는 사실을 잊은 채 모험이라 생각할 뿐이다. 인간성 말살에 앞장섰던 종교 재판소에 대한 암시 역시 작품 속의 책 검열과 화형식(전편 제6장)에서뿐만 아니라, 공작 부부의 성에서 종이 고깔모자를 쓴 산초의 모습(속편 제69장)에서 나타난다. 우리의 두 주인공은 미신화되어 버린 종교 의식이 두렵기만 하다. 이러한 종교 의식들에 대한 돈키호테의 생각은 열한 명의 사제들과 함께 오던 성직자 알론소 로페스에게 한 말로 정리된다.

「잘못은, 알론소 로페스 학사, 당신들이 한밤중에 흰 셔츠 차림에 횃불을 들고 기도문을 외면서, 게다가 시커먼 상복까지 입고 왔다는 데 있소. 그 모습이 얼마나 불길했는지 내겐 바로 저세상에서 온 것들 같았소. 그러니 당신들을 공격하여 내 임무를 수행하지 않을 수가 없었소. 당신들이 지옥에서 온 끔찍한 사탄이었다 해도 나는 공격했을 것이오. 사실 나는 당신들을 그렇게 생각했고 줄곧 그렇게 믿고 있었소.」(전편 제19장)

형식과 의식에 정열을 바치는 기독교인들을 돈키호테는 불길하고 〈끔찍한 사탄〉으로 느낀 것이다.

국가 때문에 종교를 믿던 시절, 어떠한 것도 종교로부터 자유로울 수 없었지만 세르반테스는 종교를 제도와 조직이라는 문제와 믿음이라는 문제로 나누어 생각한다. 특히 종교와 정치가 하나 되어 인간성 말살을 자행했던 시대에 대한 작가의 반감은 분명 컸을 것이다. 종교가 정치나 권력과 결탁한 외형에 얽매인 의식이 아니라, 인간의 기본 조건을 인정하고 행복을 보장하는 수단으로서 존재해야 한다는 생각이 그를 지배했던 듯하다.

12. 지는 것 같아 보이지만
결코 지는 법이 없도다!

외형과 실제는 『돈키호테』의 구조로서, 이 시적 수사가 인식의 단계에서 다음 단계로 들어가면 세르반테스의 혁명적인 사고를 숨기는 위장술이 된다. 속편 제45장 〈위대한 산초 판사가 어떻게 섬에 취임했는지와 어떻게 통치를 시작했는지에 대하여〉는 이렇게 시작한다.

오! 지구 양극의 대치점을 영원히 밝혀 주는 자여, 세상의 횃불이여, 하늘의 눈이여, 물통을 달콤하게 다루는 자여, 여기서는 팀브리오, 저기서는 페보, 여기서는 활 쏘는 자, 저기서는 의사, 시의 아버지, 음악의 창시자인 그대는 언제나 솟아오르며, 지는 것 같아 보이지만 결코 지는 법이 없도다! 나 그대에게 말하노니, 오 태양이여, 그대의 도움으로 인간은 인간을 낳는 게 아니던가! 나 그대에게 말하노니, 나에게 은혜를 베풀고 내 기지의 어둠을 밝혀 위대한 산초 판사의 통치를 이야기하는 데 있어 세세하게 기술할 수 있도록 해주오. 나는 소심하고 의기소침하여 그대 없이 어찌할 바를 모르니 말이오.

시의 신이자 예술의 신이며 태양의 신인 페보를 향해 영감을 기원하는 이 말은 외형적으로 보통의 관례를 흉내 내는 기도문 이상의 별다른 의미가 없어 보인다. 중세부터 작가들은 작품의 포문을 성모 마리아나 예수, 또는 고대 그리스, 로마의 신들에게 영감을 구하는 기도로 열어 왔기 때문이다. 세르반테스도 그렇게 하고 있는데, 이 기도에서는 새로운 대목이 눈에 띈다. 〈지는 것 같아 보이지만 결코 지는 법이 없도다!〉 우리는 아침이 되면 해가 뜬다 하고, 저녁이 되면 해가 진다고 말한다. 그런데 정말 해가 지는가? 해는 뜨지도, 지지도 않는다. 지는 것 같아 보이지만 결코 지는 법이 없다.

돈키호테 속편은 1615년에 발표되었다. 같은 해 지동설을 주장했던 갈릴레오 갈릴레이가 스페인 종교 재판소의 고발로 일흔의 나이에도 불구하고 로마 종교 재판소에 소환되었다. 자기의 주장을 철회한다는 조건하에 그는 교수형이나 화형 대신 가택에 연금된 채 남은 삶을 보내야 했다. 그리고 코페르니쿠스Nicolaus Copernicus의 지동설을 재확인한 갈릴레오의 『태양의 흑점에 관한 편지Letters on Sunspots』는 코페르니쿠스의 『천체의 회전에 관하여 De revolutionibus libri sex』와 마찬가지로 1616년 금서 목록에 올랐다. 젊은이들로 하여금 프톨레마이오스Klaudios Ptolemaios의 천동설과 관련한 로마 가톨릭교회의 믿음을 의심하게 만든다는 죄목이었다.

〈지는 것 같아 보이지만 결코 지는 법이 없도다〉라는 이 시적 수사는 결국 지동설을 설명한다. 세르반테스의 이러한 의도는 속편 제29장 〈그 유명한 마법에 걸린 배 모험에 대하여〉에서 이미 프톨레마이오스에 대한 공격으로 시동을 걸었다. 마법에 걸린 배를 타고 가던 중, 적도에 도달하면 얼마나 간 셈이냐는 산초의 질문에 돈키호테는 이렇게 답한다.

「많이 간 게 되지. 프톨로메오라는 이름으로 알려진 세계 최고의 우주 학자였던 사람이 계산한 바에 따르면, 물과 뭍으로 이루어진 지구는 360도로 되어 있는데, 내가 말한 적도까지 가면 우리는 지구의 절반을 간 셈이 되는 거야.」

이 말에 산초는 이렇게 반응한다.

「세상에……. 나리께서는 말씀하시는 내용의 증인으로서 멋진 인간을 데려오셨는데, 제겐 창부인지 문둥이인지, 오줌싸개인지 뭔지도 모를 인간입니다요.」

산초는 프톨로메오의 〈프토pto〉에서 스페인어 〈푸토puto(창부)〉를, 〈메오meo〉에서는 〈메온meon(오줌싸개)〉을, 우주학자 〈코스모그라포cosmografo〉에서는 〈가포gafo(문둥이)〉를 들었다. 이 〈세계 최고의 우주학자〉이자 〈멋진 인간〉이 말한 바를 믿고 맹목적으로 따르며 가다가 결국은 물에 휩쓸려 배는 망가지고 돈키호테와 산초는 목숨을 잃을 뻔한다. 결국 프톨레마이오스에 대한 돈 키호테의 평가는 반어적이고, 반면 아무것도 모른 채 자기 식으로 해석한 산초의 평가는 적중한 것이다.

갈릴레오의 『태양의 흑점에 관한 편지』로 알려진 지동설이 로마 종교 재판소에서 이교도적인 발상으로 단죄의 대상이 되었다는 사실을 알고 있던 세르반테스는 양심의 문제를 그만의 변증법, 즉 외형과 실제의 미학으로 위장하여 갈릴레오와 달리 종교 재판소의 가혹한 마수에서 도망칠 수 있었다.

소설의 화자는 우주의 중심인 태양의 신에게 〈나 그대에게 말하노니 (……) 내 기지의 어둠을 밝혀 산초 판사의 통치를 이야기하는 데 있어 세세하게 서술할 수 있도록 해주오〉라 기도한다. 즉 코페르니쿠스와 같이 혁신적이며 진실된 영감으로 산초의 통치를 말하게 해달라는 기원이다. 산초의 통치는 코페르니쿠스적인 생각만큼이나 혁명적인 내용들로 이루어지게 됨을 예감할 수 있는 대목이기도 하다.

지동설을 두고, 괴테는 천동설이 부정됨으로써 지구는 〈우주의 중심점〉이라는 엄청난 특권을 포기해야 했다면서 이렇게 말했다. 〈이제 인간은 크나큰 위기에 봉착했다. 낙원으로의 복귀, 종교적 믿음에 대한 확신, 거룩함, 죄 없는 세상, 이런 것들이 모두 일장춘몽으로 끝날 위기에 놓인 것이다. 새로운 우주관을 받아들인다는 것은 사상 유례가 없는 사고의 자유와 감성의 위대함을 일깨워야 하는 일이다.〉 우주의 중심이 지구가 아니라 태양이며, 지구는 그 태양 주위를 도는 일개 행성에 불과하다는 이론은 우주에서 신을 제거한다. 또한 우주와 지구에서 일어나는 모든 운동을 물리 법칙으로 설명할 수 있다고 여기게 한 엄청난 진리이며, 「창세기」를 믿은 종교인들에게는 전복적인 이론임이 틀림없다. 세르반테스는 이 엄청난 진리를 참으로 해학적으로 유쾌하게 숨겨서 풀어 놓은 것이다.

13. 바라타리아 섬 통치

갤리선의 노예로 끌려가던 죄수들을 풀어 준 이야기와 산적 두목 로케 기나르트 이야기도, 산초의 바라타리아 섬 통치 이야기와 비교하면 서막에 불과하다. 이 통치 에피소드는 스페인의 불편한 현실 앞에 작가의 사회 정치적 관점을 보여 주면서도, 『돈키호테』가 추상적인 사상서가 아닌 문학인지라 미학적으로 그려졌다. 세르반테스는 자신의 생각을 독자에게 제대로 밝히지 않는다. 직접적으로 일러 주지 않으니 무시하고 넘어가도 좋다는 이야기는 아니다. 세르반테스는 양심상 당연히 언급되어야 할 내용들은 암시로 일관함으로써 독자의 직관을 요구하고 있다. 특히 독자의 참여가 요구되는 부분이 바로 이 통치 이야기이다. 또한 만일 이 에피소드가 없다면 섬의 영주를 시켜 준다는 돈키호테의 약속에 산초가 종자로서 따라나설 이유가 사라지고, 그렇게 되면 작품 자체가 성립되지 않으므로 산초의 통치는 구조는 물론 내용에 있어서도 매우 중요하다.

이 에피소드는 전편 제7장에서 돈키호테의 두 번째로 출정과 함께 시작되어 속편 제32장에서 공작 부인이 산초에게 섬의 영주 자리를 약속함으로써 실현될 때까지 간헐적으로 언급되며 이어지다가, 이후 제33장부터 제53장 가운데 총 열두 장에 걸쳐 전개된다. 그중 제42장과 제43장은 돈키호테가 통치자로 떠나는 산초에게 주는 조언으로 이루어져 있고, 제45장은 산초의 유토피아가 실현된 모습이다.

세르반테스는 두 주인공이 공작 부부의 성에 도착한 첫 부분에, 산초가 섬에서 통치할 때 가장 근본적으로 해결해야 할 사회 정치 문제 중의 하나를 삽입했다. 돈키호테가 산초에게 준 조언에는 포함되지 않은 아주 전복적인 주제다. 공작의 성에서 성직자와 만나게 된 돈키호테는 이 성직자가 자기에게 퍼부은 모욕에 대해 부들부들 떨며 응대하는데, 두 페이지에 걸쳐 나오는 돈키호테 말은 산초의 의식 속에 깊이 박혔을 것이고, 산초는 통치할 때 이를 당연히 실천에 옮겼을 것이다. 세르반테스는 그렇게 하도록 작품을 구성했다.

속편 제32장에서, 주인이 성직자를 공박하자마자 산초는 바로 이렇게 반응한다.

「와우, 정말 잘하십니다요! 나리, 더 이상 말씀하실 것도 없습니다요. 우리 나리, 우리 주인님, 설명도 필요 없습니다요. 더 이상 말할 것도, 더 이상 생각할 것도, 더 이상 세상에 참고 버틸 것도 없으니까 말입니다요. 더군다나 이분이 편력 기사들은 세상에 없었고 지금도 없다고 부정하고 계시지만, 말씀하신 것에 대하여 스스로 아는 것은 전혀 없으니 무슨 말을 할 수 있겠습니까요?」

　이 말에 성직자가 〈자네가 주인으로부터 섬을 준다는 약속을 받았다는 그 산초 판사인가?〉라고 묻자 산초는 〈예, 그렇습니다요. 어느 누구나처럼 저도 섬을 가질 만한 사람입니다요〉라고 당당하게 대답한다. 그리고 이때 공작이 산초에게 섬을 약속한다. 〈내가 돈키호테 나리의 대리자로서, 내게 남아도는 꽤 괜찮은 섬을 하나 자네에게 통치하도록 하겠네.〉

　편력 기사로서 종자인 산초에게 약속한 바가 이루어진, 가장 고귀한 꿈같은 상황 앞에서 돈키호테는 산초에게 말한다. 〈무릎을 꿇게 산초. 그리고 자네에게 베풀어 주시는 이 은혜에 감사하는 의미로 각하의 발에 입을 맞추게.〉 산초는 시키는 대로 했고 성직자가 보는 앞에서 섬의 통치자가 되었다.

　이 모습을 지켜보던 성직자는 식탁에서 일어나 당치 않을 정도로 화를 내며 먹지도 않고 가버리는데, 이 모습이 어찌나 우스운지 공작은 터지는 웃음을 참느라 말도 많이 못 했다고 작품에는 기술되어 있다. 당시 정교일치로 제 역할을 하지 못하던 교회를 대변하는 이 성직자는 공작의 성에서 통치자처럼 군림하다가 결국 돈키호테에 의해 쫓겨난 셈이다. 그리고 산초는 선출된 통치자로서 섬으로 가게 된다. 성직자에게 한 돈키호테의 말마따나, 종교인은 교회로 가고 서민인 산초가 공작에게 발탁되어 국가의 일, 즉 통치를 하게 된 것이다.

　성직자를 향한 돈키호테의 이 무모한 공격은 반사제주의의 차원을 넘어 그보다 더 근본적인 문제에 접근하고 있다. 국가 일에 개입한 교회를 겨냥한 것이다. 이렇게 이 글이 공작의 성에서 특권을 누리던 성직자라는 인물로 대변된 교회를 향한 공격에 그쳤다면, 분명 검열에 걸렸을 것이다. 그러나 세르반테스는 비난에 이어 곧장 기사도의 길에 대한 이야기를 끌어오면서 사제에 대한 비난의 강도를 누그러뜨리는 것을 잊지 않는다. 물론 성직자를 향한 공격도 존중과 함께 부드럽게 시작한다. 〈당신의 직분에 대해 내가 늘 가져 왔고 여전히 갖고 있는 존경심〉을 가지고 응대하는 것이다. 진정으로 종교 일을 하는 참된 종교인에게 돈키호테는 마땅히 존경을 바칠 수 있다. 하지만 종교인으로서의 한계를 넘어 통치자로 군림하며 권력을 휘두를 때는 비난의 화살을 피해 갈 수 없다. 갤리선의 노예를 풀어 준 일과 관련하여 신부에게 우롱당했을 때 돈키호테가 그를 일컬어 〈쌍놈의 자식〉이라고 했던 사실을 기억해 보라.

또한 속편 제32장에 나타난 돈키호테의 연설에 따르면, 신부의 비난은 십계명 중 아홉 번째 계명인 〈네 이웃에 대하여 거짓 증거하지 말라〉를 어긴 것이기도 하다.

「훌륭한 비난은 신랄함보다 부드러움 위에 훨씬 더 잘 안착하기 때문이오. 비난의 대상이 되는 죄에 대해 알지도 못하면서 다짜고짜로 죄인을 얼간이니 바보니 말하는 것은 좋지 않은 일이오. (……) 게다가 내게 아내가 있는지 자식들이 있는지도 모르면서 집으로 돌아가 집과 처자식 돌보는 일에나 신경 쓰라고 하다니.」

결국 성직자는 종교인으로서 나랏일에 간섭하지 말아야 한다는 규율을 위반했을 뿐만 아니라 십계명까지 어긴 죄인인 셈이다.

다시 산초의 통치로 돌아가 보자. 산초가 가게 되는 바라타리아 섬을 정치적·종교적·사회적인 유토피아로 해석하는 이론이 많다. 학자들은 1516년에 발간된 토머스 모어의 『유토피아*Utopia*』, 1623년 토마스 캄파넬라의 『태양의 나라*Civitas Solis*』, 1627년 프랜시스 베이컨Francis Bacon의 『새로운 아틀란티스*The New Atlantis*』, 1619년 요한 발렌틴 안드레아Johann Valentin Andreae의 『그리스도인들의 도시*Christianopolis*』, 역사를 거슬러 플라톤의 『국가*Politeia*』와 성 아우구스티누스St. Augustinus의 『신의 도시*De Civitate Dei*』까지 들먹이며 산초의 섬을 이야기한다. 하지만 이러한 이론만으로는 바라타리아 섬 통치를 제대로 이해할 수 없다.

유토피아의 실현이긴 하지만, 바라타리아 섬은 역사 속에 존재해 온 고전적 유토피아 이론과는 관점에서나 형태에서나 사뭇 다른 모습이다. 잘 알려져 있듯이 유토피아라는 용어는 토머스 모어가 두 개의 그리스 낱말을 조합하여 자신의 책 제목으로 붙인 데서 유래한다. 〈멋진 곳〉이라는 〈*eutopos*〉와 〈없는 곳〉이라는 〈*outopos*〉에서 〈*utopia*〉를 조어하여, 〈환상으로는 가능하나 실제로는 없는 곳〉이라는 의미를 만들어 냈다.

정교의 관점에서 봤을 때 유토피아 문학은 현재보다 더 나은 사회를 건설하자는, 현실의 모습에서 벗어나려는 움직임으로 이교도적 냄새가 짙다. 유토피아 이론을 담은 작품들이 역사적 순간 종교적·사회적·정치적인 문제를 해결토록 마련한 비평서인 동시에 이상 도시 건설을 위한 정치서인 터였으니 당연히 그럴 수밖에 없다. 이브의 죄 때문에 낙원에서 쫓겨난 인간으로서 천국에 기대는 대신, 현실에서 이상 사회를 추구하는 집단적·개인적 의식을 반영한 이론서이므로 정교의 논지에서 이탈하는 내용이 적지 않은 것이다.

하지만 산초의 섬은 유토피아가 아니다. 바라타리아 섬은 우선 유토피아 이론을 담고 있는 다른 문학 작품에 등장하는 신화적인 〈섬〉이 아닌, 실제 아라곤의 공작 부부가 소유하고 있던 영지이다. 물론 바다로 둘러싸인 물리적인 〈섬〉도 아니다. 기사 소설에서 〈섬〉이라고 쓰여 있기 때문에 돈키호테가 처음부터 그렇게 약속했을 뿐인, 이름만 〈섬〉이다. 산초는 배가 아니라 노새를 타고 그곳에 갔고, 잿빛 당나귀와 함께 걸어서 나왔다.

섬에서 산초는 본연의 지혜로움과 올바른 정치 윤리, 그리고 완벽한 도덕성과 선한 마음으로 지역민들이 놀랄 정도로 훌륭하게 통치한다. 공작 부부는 신하들을 시켜 산초를 우롱하고자 했으나, 이들은 신부나 성직자가 당했듯이 오히려 우롱당하는 꼴이 되어 버린다. 왕실 가문의 사람조차 촌놈 산초에게 허를 찔린 것이다. 공작의 명령으로 산초의 집사 일을 맡은 자가 산초에게 하는 말이다.

「통치자 나리, 나리처럼 학문이 전혀 없으신 ── 그러니까 제가 알기로 학문을 전혀 안 하신 줄 알고 있습니다만 ── 그런 분께서 금언과 경고에 찬 그 많은 말씀을 하시니 저희는 무척 놀랐답니다. 저희를 여기로 보내신 분들이나 이곳에 온 저희가 나리의 재능에 기대하고 있던 것과는 전혀 다른 말씀들이니 말입니다. 세상에는 날마다 새로운 일이 보이지요. 그러니까 장난이 진실이 되고 놀리는 사람들이 놀림을 당하게 되는 일들 말입니다.」 (속편 제49장)

〈새로운 일〉이자 〈장난이 진실이 된〉 이 지점에 바로 전복적인 발상이 있다. 기존의 유토피아 문학에서 더 나은 세상을 꿈꾸는 주체는 군주이거나 왕자, 혹은 귀족이거나 성직자이거나 철학자였다. 하지만 『돈키호테』의 산초는 종교적·학문적으로 아무런 업적이 없는 평범한 시민이다. 가진 거라곤 단지 정직함과 통치를 잘하고자 하는 선한 마음뿐, 그것 말고는 내세울 것 하나 없는 평민이 한 정부의 수장이 된 것이다. 세르반테스 이전의 문학에서는, 심지어 인본주의적 작품에서도 왕이나 왕자, 혹은 적어도 혈통이나 족보가 있는 가문의 사람만이 통치를 도맡는다. 반면 『돈키호테』에서는 진정한 시민의 대변자인 한 시골 농부가 통치자의 자리에 앉아 최초의 민주주의 정부의 형태를 탄생시켰다. 속편 제32장에서 돈키호테가 공작에게 하는 말이다.

「덕이 혈통을 뜯어고치는 법이며, 좋은 가문의 부덕한 사람보다 천한 혈통의 덕스러운 자가 더 중시되고 존경받아야 한다는 말씀이지요.」

또한 속편 제42장에서 조언을 주던 중 산초가 〈어른이 된 다음에는 돼지가 아니라 거위를 키웠습니다요. 하지만 이런 사실은 하

등 중요하지 않아 보입니다요. 통치를 하는 사람들이 모두 왕의
혈통에서 나온 건 아니니까요〉라고 말했을 때는 이렇게 대답한다.

「산초, 자네 가문이 천한 것을 떳떳하게 여기게. 농부 출신이라
고 말하는 것을 부끄럽게 생각하지 말게. (……) 죄 많은 고관대작
이 아니라 후덕한 시민이라는 것을 자랑스러워하게. (……) 혈통은
계승되는 것이지만 덕은 획득하는 것이며, 덕은 그 자체만으로도
혈통이 가지지 못하는 가치를 갖기 때문이라네.」

이에 비하면 세르반테스와 동시대인이자 인간에 대한 뛰어난
통찰력을 보였으나 혈통에 의거한 왕실이나 귀족들을 작품 속 통
치자로 삼았던 셰익스피어William Shakespeare는 시대의 한계를 벗
어나지 못한 듯 여겨진다. 세르반테스는 통치에 필요한 지혜나 기
술이 상류층만의 비밀이 아니며, 법과 정치에 관한 학문이나 지식
보다는 기본 되는 양식과 정직함과 건전한 판단과 제대로 통치하
고자 하는 마음에 그 핵심이 있음을 반복해서 일깨우고 있다.
　속편 제42장, 섬을 통치하러 가기 전에 공작과 대화를 나누던
산초는 이렇게 말한다.

「학문은 제가 아는 게 별로 없습니다요. 아직 〈ABC〉도 모르는
데요. 하지만 크리스투스만 기억하고 있어도 훌륭한 통치자가 되
기에 충분할 겁니다요.」

이 대목을 두고 혹자는 많은 학문보다 하느님을 염두에 두고 통치하는 것이 무엇보다 중요하다는 의미로 받아들이기도 하지만, 산초는 〈하느님보다 도마뱀을 더 무서워하는〉 자다. 그러므로 산초의 〈크리스투스〉는 〈ABC〉만큼이나 기본적으로 머리에 넣어 두고 있는 양식을 뜻한다. 글을 읽을 줄도 쓸 줄도 모르지만 작품에서 보여 준 타고난 재치와 맑고 분명한 생각, 속담으로 드러난 그의 기본적인 지혜와 착한 심성은 올바른 판단을 내리기에 부족함이 없다.

속편 제32장, 공작 성에 있던 성직자가 산초에게 〈자네가 주인으로부터 섬을 준다는 약속을 받은 그 산초 판사인가〉라고 물었을 때 산초가 대답한 내용을 자세히 살펴보자.

「예, 그렇습니다요. 어느 누구나처럼 저도 섬을 가질 만한 사람입니다요. 그리고 저는 〈좋은 사람들과 함께하라. 그러면 너도 좋은 사람이 되리라〉라고 주장하는 사람이고, 〈함께 태어난 사람이 아니라 함께 풀을 뜯는 사람〉들 중 하나이며, 〈좋은 나무에 기대는 자는 좋은 그늘을 쓴다〉라는 걸 아는 사람입니다요. 저는 좋은 주인에게 기대어 그분을 모시고 다닌 지 몇 달이 되었습니다요. 하느님이 원하신다면 저도 그분처럼 다른 인간이 될 겁니다요. 그분이 사시면 저도 사는 것이니, 주인 나리께서 통치하실 나라가 있을 것이므로 제가 다스릴 섬도 있을 겁니다요.」

성직자 앞에서 자기의 지혜를 보여 준 이와 같은 산초의 생활

신조는, 종교적 믿음에 근거했다기보다는 도덕적 관습에 뿌리를 두고 있다. 어떠한 조건, 어떠한 신분의 사람이라도 훌륭한 동반자와 본보기를 가지면 의지로써 통치자가 될 수 있다는 것이다. 잊을 만하면 등장하는 『돈키호테』 속 속담만 마음에 새겨도 훌륭한 통치자가 되기에 부족함이 없으리라.

또한 〈하느님이 원하신다면〉이라는 표현이 작품에 자주 등장하는데, 이 역시 종교적 의미라기보다는 오늘날까지도 스페인 사람들이 즐겨 사용하는 일종의 말버릇이다. 〈모든 게 잘되면〉, 또는 〈운이 좋으면〉이라는 뜻의 언어 유물인 셈이다. 속편 제33장에서 산초의 어리석음과 미련함이 어느 정도인지를 떠보기 위해 던진 공작 부인의 미끼에 산초는 이렇게 반응한다.

「만일 귀하께서 약속하신 섬을 제게 주기 싫으시다면 하느님도 절 부족하게 하셨던 만큼, 그걸 주시지 않는 게 제 양심을 위해서도 더 좋을지 모릅니다. 저는 비록 바보지만 〈개미에게 날개가 난 것은 그의 불행〉이라는 속담은 잘 알고 있습니다요. 그리고 더 나아가 통치자 산초보다는 종자 산초가 훨씬 쉽게 천국에 갈 수 있을 겁니다요.」

성직자와 공작 부인에게 하는 이 같은 산초의 말은 기독교 원칙인 원죄와는 아무런 상관이 없는, 인간의 정치에 대한 도덕적인 양심의 투영이다. 종교적 교리에 의하면 인간의 육신은 나약하고 영혼과 정신은 썩었기 때문에 종교와 관련이 없는 일을 하는 데 있어서도 신으로부터 은혜의 은사를 입어야만 제대로 능력을 발휘할 수 있다. 하지만 세르반테스는 이런 교리를 전혀 염두에 두지 않는다. 자기의 두 주인공이 완벽한 인간이 되고자 하는 데 뜻을 두고 실제로 그렇게 행동하는 자주적인 인물이기를 바라는 것이다.

산초 역시 코페르니쿠스나 갈릴레오가 가졌을, 원대한 우주 앞에 선 인간의 겸손함을 느낀다. 클라빌레뇨의 비행이 있던 다음 날, 속편 제42장에서 공작이 산초에게 옷을 갖춰 입고 통치자로 부임하러 갈 준비를 하라고 일러 주자 그는 이렇게 말한다.

「제가 하늘에서 내려온 이후, 그리고 그 높은 곳에서 땅을 내려다보고 그것이 얼마나 작은지를 안 이후로 통치자가 되고자 했던 그 간절했던 욕망이 저의 몸에서 얼마간 절제되었습니요. 그건 겨자씨만 한 데서 명령을 내린다는 게 얼마나 대단한 일이겠는가 하는 생각이 들었기 때문이고, 또 개암 열매 정도 크기밖에 안 되는 인간들, 그것도 내가 보기에 온 땅에 여섯 명밖에 안 되는 그들을 통치한다는 일이 얼마나 위엄 있고 권세를 볼 일이겠는가 하는 생각이 들었기 때문입니다요.」

이 말에 이어, 산초는 공작에게 〈만일 나리께서 하늘의 아주 적은 부분이라도 제게 주실 수만 있다면〉이라고 말한다. 앞서 언급한 〈크리스투스〉와 함께, 산초의 천성적인 낙관주의에 반대되는 종교적 의미로 해석할 수도 있다. 만일 세르반테스가 종교적인 내용으로 이 부분을 채우고 싶어 했더라면 이 겸허함을 그러한 차원으로 해석하는 것도 가능할 것이다. 하지만 산초는 우주적·자연적인 느낌으로 자기의 바라타리아 섬 통치가 그리 대단한 일이 아님을 이미 알고 있다.

「그렇다고 제가 제 삶을 바꿔 보자거나 높은 자리로 올라가고자 하는 욕심으로 이 일을 하는 건 아닙니다요. 그것보다는 통치자가 되는 게 어떤 것인지 맛이나 좀 보고 싶어서 이러는 거지요. (……) 저는요, 다스린다는 건 멋진 일이라고 생각합니다요. 비록 그게 가축 떼라고 할지라도 말입니다요.」

단지 정치 권력에 대한 호기심 때문에 통치를 하고 싶은 산초는 〈자네의 분별력에 걸맞은 그런 통치자가 되기를 바라네〉라는 공작의 승인과 함께 통치자로 떠날 준비를 한다. 이 소식을 들은 돈키호테는 산초를 자기 방으로 데리고 가 통치 일을 어떻게 해야 할지 조언하는데, 그 내용은 바로 신체와 영혼에 관한 것이다. 인간이 갖춰야 할 내적인 면과 외적인 면의 아름다운 조화로 〈건강한 육체에 건전한 정신〉이라는 명제를 떠올리게 하는 도덕적인 조언을 들려주던 돈키호테는, 마지막으로 혹시나 통치가 자기에게 맞지 않으면 손을 떼겠다는 산초의 말에 이렇게 대답한다.

「자네는 1천 개의 섬을 다스릴 수 있는 통치자가 될 만하네. 참으로 착한 천성을 갖고 있으니 말일세. 이것이 없다면 어떤 학문도 소용이 없네. (……) 처음 먹은 마음을 잊지 않도록 하게. 무슨 말이냐 하면, 자네에게 일어날 모든 일들을 제대로 해결해 나가겠다는 뜻과 신념을 늘 확고히 지니고 있으라는 것이네.」(속편 제43장)

결국 통치자로 떠난 섬에서 산초의 도덕과 양심, 주인의 조언에 힘입어 이성적으로나 윤리적으로 흠잡을 데 없는 판결을 내리는 모습을 본 〈그 자리에 있던 사람들은 다시 한 번 새로 온 통치자의 판단력과 판단에 감탄했다〉(속편 제45장).

14. 산초의 반유토피아

　여드레에서 열흘 정도 지속된 통치로 하나의 섬에 산초의 정치이념을 적용하기란 불가능하다. 하지만 세르반테스가 꿈꾸는 세상을 보여 줄 수 있는 시간으로는 충분하다. 세르반테스의 반유토피아는 토머스 모어나 캄파넬라의 방식과 다르다. 이들의 작품에는 작가 자신이 상상하는 사회와 정치적 이념이 구체적으로 세세하게 설명되어 있다. 만일 세르반테스도 이들처럼 했다면 종교재판관이나 검열관의 눈에서 살아남지 못했을 것이다. 언제나처럼 기록된 내용에서는 암시를 읽어야 하고, 기록되지 못한 내용은 또 무엇인지를 들여다봐야 하는 『돈키호테』의 미학이 산초의 통치 에피소드에서도 어김없이 드러난다. 앞서 언급했듯이, 이해력이 훌륭한 사람에게는 많은 말이 필요 없다는 듯 세르반테스는 가히 혁명적인 발상인 반유토피아론의 포문을 지동설로 열었다.

　페보에게 바치는 기원에 이어 산초는 자신의 수행원들과 함께 인구가 1천 명에 이르는, 공작의 영지 중에서도 가장 훌륭한 마을에 도착한다. 입구에 이르자 마을 관리들이 나와 그를 맞이하여 마을 성당으로 모시고 가 그곳에서 우스꽝스러운 몇 가지 의식을 행한다. 작품을 통틀어 처음으로 산초가 성당에 갔다. 하지만 자기 의지로써가 아니라 사람들에게 떠밀리듯 갔다. 그리고 그곳에서 미사를 드렸는지, 지역 신부나 주교는 있었는지에 대한 언급도 없이 산초는 그저 〈우스꽝스러운 의식〉을 치른다.

성당에서 나와 판관의 자리에 앉은 산초가 의자 정면 벽에 잔뜩 쓰여 있는 큰 글자를 보고 집사에게 글의 의미를 묻자 집사는 이렇게 대답한다. 《《오늘, 모년 모월 모일에 돈 산초 판사 나리께서 이 섬에 취임하셨으니, 부디 오래오래 이 섬을 향유하시기를》이라고 되어 있습니다.》이에 산초가 〈그런데 누구를 가리켜 돈 산초 판사라고 한 게요?〉라고 묻자 집사는 〈나리시지요. (……) 다른 판사라는 분은 이 섬에 들어오지 않았습니다〉라고 대답하는데, 돈키호테의 종자이자 제자인 산초는 스승의 가르침과 자기의 양심에 입각하여 다음과 같이 말한다.

「나는 내 이름 앞에 〈돈〉을 갖고 있지 않으며 우리 가문에 그것을 가졌던 사람도 없소. 그러니까 내 이름은 그저 산초 판사이고, 우리 아버지도 산초라 불렸으며, 우리 할아버지도 산초였다는 거요. 모두가 〈돈〉이나 〈도냐〉니 하는 게 붙지 않은 그저 판사였단 말이오. 내가 보기에 이 섬에는 돌멩이보다 〈돈〉이 더 많은 거 같소. 하지만 됐소, 하느님은 나를 이해하시니, 내 통치가 나흘만 가도 이놈의 〈돈〉을 죄다 뿌리째 뽑아 버릴 수 있을 거요. 너무 많아 모기처럼 짜증 나게 만드니 말이오.」(속편 제45장)

하지만 이 말은 〈그건 그렇고 집사여, 그 질문이라는 걸 계속하시오〉라는 말, 즉 산초의 판단력을 시험하는 첫 번째 에피소드로 재빨리 넘어간다. 뭔가 숨기고 있다는 신호다.

통치가 나흘만 가도 그 〈돈〉을 뿌리째 뽑아 버린단다. 농부인 산초가 구사한 스페인 동사 〈뿌리째 뽑다escardar〉는 밭에서 쓸데없는 잡풀이나 엉겅퀴나 독초를 호미나 곡괭이로 뿌리째 제거한다는 뜻을 갖고 있다. 식물이 자라는 데 전혀 도움이 되지 않고 방해만 되는 잡초나 독초, 밭을 황폐하게 만드는 엉겅퀴를 싹 쓸어 버리겠다는 얘기다. 이것들이 〈너무 많아 모기처럼 짜증 나게〉 만들기 때문이다.

〈돈don〉은 스페인에서 특권층과 귀족에게 붙여 주던 경칭이다. 결국 세르반테스는 이들이 사회의 기생충인 모기이고 식물의 성장을 저해하는 잡초이자 독초이니, 결국 귀족이나 특권층을 없애 버리고 싶다는 뜻을 드러내는 셈이다. 이들이 사라지면 이들이 개간도 하지 않은 채 소유만 하고 있던 방대한 땅이 일반 서민에게 돌아갈 것이다. 당시 스페인 국토의 70퍼센트 이상이 하나의 가문과 하나의 귀족과 하나의 장손가와 하나의 교단에 속해 있었는데, 대부분의 땅이 개간되지 않은 채 그냥 놀고 있었다. 반면 일반 서민은 소작농이나 일용직 노동자로 하루 온종일 일해 준 대가로 달걀 두 개 값인 2레알이라는 품삯을 받고 살았다. 계급이 없어지면 이 땅들은 서민들에게 재분배될 것이고, 그 결과 특권층은 엄청난 타격을 입는 대신 서민들은 독립적이며 자주적인 삶을 살아갈 수 있게 될 터였다.

계급을 타파하고 귀족의 지위를 무효화한 프랑스 대혁명이나 미국 독립에 맞먹을 만큼 진보적이며 급진적인 발상이다. 역사적으로 혁명에 농부들이 개입했던 전례에 비추어 볼 때, 우리의 산초는 지금까지 광대로서 웃음을 줬던 인물이 아니라 혁명 전사로 등장하는 셈이다. 이러한 세르반테스의 혁명적 사고는 독서의 영향이 아닌, 작가 자신의 양심의 소리로 보인다. 미래를 앞서 재단했던 예술가의 비전이며 천재적 직관의 소산이다.

세르반테스와 함께, 스페인 문학사에는 나라의 정책으로 인해 국민들의 기억에서 지워져야 했던 문호가 있다. 페데리코 가르시아 로르카Federico Garcia Lorca. 그는 세르반테스와 달리 부농의 집안에서 태어나 귀족 교육을 받았지만, 이념을 떠나 예술가로서의 직관과 양심에 입각한 혁명적 사고의 소유자였다. 제1차 세계대전 이후 생활비가 폭등하고 국민이 도탄에 빠지던 시기에 공산주의 이념에 혹했던 예술가들은 적지 않았다. 하지만 영원한 자유인 로르카는 세르반테스와 마찬가지로 이념이나 정치와 상관없는 혁명가였다. 1920년 로르카는 이렇게 말했다. 〈난 언제나 없는 자들, 아무것도 가지지 않는 평안함마저 거부당하는 그들 편에 설 것이다. 우리, 소위 경제적으로 편안한 환경에서 교육받고 지식을 갖춘 사람들은 희생을 하도록 부름받고 있다. 그렇게 하자. 여기 너의 고통과 너의 희생이 필요하다. 여기 모든 사람들에게 정의가 실현되어야 한다.〉

하지만 세르반테스의 시대에는 이렇게 직접적으로 이야기할 수 없었다. 부가적인 설명이나 해석을 덧붙여 자기의 뜻을 완전히 개진하지 못한 채 얼른 다른 애기로 넘어가야 했다. 그러니 우리는 산초가 통치하는 동안 했던 일들보다는, 알아채지 못하도록 암시만 하고 넘어간 일이나 말에 더 신경을 집중해야 한다. 이렇게 보면 세르반테스가 얼마나 철저한 계산하에 이야기를 배치하고 구성하였는지 알 수 있을 것이다.

산초가 던지듯 내뱉은 진술을 독자나 검열관이 곱씹어 생각할 틈도 없이 이야기는 산초의 세 가지 판결로 급히 넘어가고, 앞선 과정과 대비될 정도로 세세하게 묘사되는 판결 내용과 함께 제45장은 마무리된다. 상당한 분량으로 소개되는 산초의 현명한 판결은 그의 지혜와 예리한 분별력을 확인시켜 준다. 돈과 성(性)에 대한 산초의 심리적 고찰로, 일상 삶에서 얻은 상식과 그의 양식을 확인할 수 있는 사안이다.

그 밖에 산초가 통치 기간 동안 이룬 일들을 살펴보자. 우선 미겔투라 출신의 농부의 농간 이야기에서 보듯이, 그는 기생충처럼 살려는 인간을 질책한다. 기존의 사법 체제와 법으로써 해결하지 못하는 사안에서는 섬으로 떠나기 전 스승 돈키호테로부터 받은 조언과 편지를 통해 전해 들은 바에 따라 지역민들을 살피며 현명한 판결을 내린다. 부랑자들을 섬에서 내쫓고, 가난한 자들을 도와주기 위한 관리를 두고, 시장의 질서를 바로잡고, 상도 규정을 세운다.

그는 자기의 관할 지역에서는 양식을 도매가로 사서 소매가로 넘기는 자들이 없도록 하라고 명령했다. 그리고 어느 곳에서 생산

된 것이든 포도주는 모두 다 자기 관할 지역으로 들어올 수 있지만, 평가와 품질과 평판에 따라 가격을 매기기 위하여 산지가 어디인지 추가적으로 밝히도록 했다. 포도주에 물을 섞거나 상표를 바꾸는 자는 그 죄로 사형에 처하도록 했다.

그는 모든 종류의 신발값을 내렸는데, 우선적으로 구두값이 지나치게 비싼 것 같아 조절했다. (속편 제51장)

오늘날 뉴스에 나오는 문제나 경제학자들이 자신들이 발명한 것인 양 뻐기는 아이디어들이 보이는 듯하다. 몇 세기나 앞서 세르반테스는 이러한 생각을 해낸 것이다. 이 모든 일을 정리하듯 〈결론적으로 그는 대단히 훌륭한 법들을 제정했으니, 그 법들은 오늘날까지 그곳에서 지켜지고 있으며 이 법을 《위대한 통치자 산초 판사의 법령》이라 이름하고 있다〉라는 문장으로 제51장은 마무리된다.

하지만 이토록 훌륭한 일을 하는 산초에게는 괴로운 일만 일어난다. 통치자를 독살하려는 시도가 있다는 둥, 자객이 잠입해서 통치자의 목숨을 노린다는 둥, 적들의 섬 공습 정보까지 들려오기도 한다. 이보다 더 심한 고통은 음식이다. 페드로 레시오 아구에로 의사가 통치자의 건강을 살펴야 한다는 핑계로 뼈가 앙상하게 남을 때까지 절식에 또 절식을 시켜 천천히 굶어 죽일 작정이란다.

제51장에서 산초가 돈키호테에게 보내는 편지를 보면, 처음 통치를 하러 갈 생각을 했을 때 그는 〈따뜻한 것을 먹고 시원한 것을 마시며 깃털이 들어 있는 요 위에서 네덜란드산 이불을 덮고 몸을

편히 쉬게〉 될 줄 알았다. 그런데 막상 처한 상황은 〈마치 은둔자가 되어 고행을 하러 온 것〉만 같다. 더군다나 자기가 원해서 하는 고행도 아니니 결국은 악마가 자기를 데려갈 거라는 생각이 들 정도라는 것이다.

가혹할 정도로 느껴지는 주치의의 지시와 권력의 남용은 신화 속 탄탈로스Tantalos의 형벌을 보는 듯하다. 고대 그리스가 아닌 현실에서, 의사는 의학과 건강이라는 새로운 신의 이름으로 산초의 목숨을 위태롭게 하고 있다. 산초의 삶은 금욕주의에 있는 것이 아니다. 반대로 그는 적절한 삶의 기쁨을 추구하고자 하며, 이는 종교적인 관점에서도 죄가 아니다. 산초에게 금욕주의는 축복이 아니라 악마 그 자체다. 이렇게 세르반테스는 윤리적 차원에서의 쾌락주의를 인정하면서 동시에 종교적인 금욕주의를 처벌하고 있다.

한편 통치에 있어 산초의 도덕률은 엄격하다. 스승이자 주인도 조언했듯이, 그는 통치자들이 관례적으로 해오던 일에 동참할 의사가 없다.

평화롭고 의좋게 먹읍시다. (……) 나는 정의를 포기하지 않고 뇌물도 받지 않으며 이 섬을 다스릴 것이오. 그러니 모두가 눈 똑바로 뜨고 자기가 할 일에 마음을 쓰기 바라오. (……) 여러분들이 꿀이 되면 파리가 여러분들을 먹을 게요. (속편 제49장)

통치에 있어서 산초의 정직함과 도덕성은 그의 전임자나 다른 곳의 통치자들보다 훨씬 훌륭하고 위대하다. 상식상 다른 통치자들은 시대의 요구에 따라 미사에 참석하고 교회에도 가고 적선도 할 것이다. 하지만 산초는 이 섬, 어떻게 보면 한 나라를 축소해서 보여 주는 이곳에서 감옥과 정육점과 광장을 몸소 시찰하고 시장을 조사하며 식량을 살피는가 하면, 지역의 문제를 알기 위해 야경까지 나선다.

이런 그가 결국은 공작 부부의 우롱으로 그토록 두려워하던 전쟁에 휘말려, 용감한 주인 ── 〈통치자에게는 다스릴 줄 아는 지혜와 함께 어떤 일이 일어나더라도 공격하고 방어할 수 있는 용기가 필요하다는 말일세〉(전편 제15장) ── 과는 달리 부끄럽고 초라한 겁쟁이가 되고 만다. 산초는 원래 타고난 겁쟁이다. 레시오 의사의 처방으로 살이 별로 남지 않은 그의 가슴팍 양쪽에 끼워진 두 개의 방패, 그 위에 떨어지는 수많은 사람들의 발길질을 통해 산초의 인생관이 드러난다. 전쟁이 일어났을 때 주인이 인문학과 군사학을 동시에 무기 삼았다면 종자는 오직 인문학, 즉 평화만을 원한다. 군인으로서는 아무런 가치가 없다. 평화롭고 온건하게 삶의 쾌락을 누리는 것만이 산초의 이상이다. 그는 만일 전쟁이 통치의 일부라면 자기는 통치자가 되지 않는 게 더 낫다고 말한다. 극단적인 기쁨도, 극단적인 고통도 없는 삶을 추구한다. 그 지독한 고통에 처하느니 차라리 죽여 달라고 하는 걸 보면 죽음에 대한 두려움도 없다.

이 전쟁 이야기로 우리는 산초의 꿈이 그 주인의 꿈만큼이나 터무니없다는 것을 깨닫게 된다.

「나는 통치자가 되려고 태어난 사람이 아니라오. 도시나 섬을 공격하고자 하는 적으로부터 그것들을 방어하려고 태어난 사람도 아니라오. 나는 법을 만들고 땅이나 왕국을 지키는 일보다 밭을 일구고 땅을 파고 포도나무를 베고 가지를 치는 일에 대해 훨씬 더 잘 알고 있는 사람이라오.」 (속편 제53장)

이러한 환멸을 맛보며 산초는 집사와 비서와 식당 시종장과 페드로 레시오 의사, 그리고 그 자리에 있던 사람들에게 부탁한다. 〈여러분, 길을 비켜 주시오. 그리고 내가 옛날의 자유로운 몸으로 돌아가도록 놔두시오. 현재의 이 죽음과 같은 생활에서 되살아나도록 지난 삶을 찾으러 가게 해주시오〉라고 말이다.

이렇게 산초는 바라타리아 섬의 통치를 그만두고 떠나지만 이 포기는 좌절이나 실패가 아니다. 그는 두 가지 면에서 위대한 승리를 거두었다. 하나는 제42장에서 주인이 언급한 문제, 세상에서 가장 어려운 문제인 〈자기 자신에 대해 알게 된 것〉이고, 다른 하나는 가장 정의롭고 훌륭하며 모범적인 통치자로 인정받은 것이다. 후자와 관련하여, 제51장에서 집사는 이렇게 말한다. 〈제가 보기에 라세데모니아인들에게 법을 주었던 리쿠르고스라도 위대하신 판사 나리께서 내리신 판결보다 더 나은 판결을 내리지 못했을 것으로 사료됩니다.〉 결국 그를 우롱하고자 했던 최고의 귀족 공작 부부들, 즉 〈놀리는 사람〉이 놀림을 당한 셈이다.

산초의 통치 에피소드를 통해 작가가 전하고자 하는 메시지는 무엇일까? 돈키호테처럼 현실을 무시한 이상향의 실패를 말하려는 것일까? 물론 당시의 상황에서 사회 정치 개혁으로 일반 서민들에게 힘을 실어 주는 제도는 불가능했다. 산초의 통치 또한 실현 불가능한 꿈, 농간으로 끝난 일시적인 것이었지만 정치적·도덕적인 면에서 그의 위대한 성공은 미래의 산초들에게 삶의 북극성이자 안내자 역할을 할 것이며 결국 빛나는 새로운 미래와 정치적·경제적·사회적인 면에서, 그리고 종교적인 면에서도 인간의 완벽한 해방을 위한 첫 발걸음이 될 것이다.

만일 산초가 당시의 관례를 따라 평등을 무시한 채 혈통에 의거한 특권층 위주로 만들어진 규정이나 법으로써 통치했다면, 과연 제대로 된 판결을 내릴 수 있었을까? 그는 자신의 자유롭고 자연스러운 인간 본연의 지혜와 덕과 타고난 재능으로 통치하였고, 스스로 제정한 법과 판결과 말을 통해 이것이 민주주의의 기본임을 보여 주었다.

통치의 기본은 덕이다. 덕이 없으면 인간이 만든 법은 오히려 덫으로 작용할지 모른다. 법에서 덕을 볼 줄 아는 자는 덕스러운 통치자인 반면, 법만을 보는 자는 편의주의자나 관례주의자가 될 뿐이다. 이렇게 세르반테스는 정교분리, 덕, 민주주의, 자비, 평화 등의 사회 정치적 가치로 유토피아를 일구어 냈다. 직접적으로 교리나 사상을 밝힌 다른 유토피아 서적들과 달리, 문학이라는 허구적 창조물을 통해서다. 그리고 이 위험한 바라타리아 섬 통치 이야기를 작가는 『돈키호테』라는 작품 속, 공작 부부의 에피소드에 끼워 넣었다. 결국 공작 부부가 우롱을 목적으로 한 이 에피소드는 〈우롱〉 이외에 두 개의 보호막을 더 가지고 있는 셈이다. 종교적으로나 정치적으로 이 에피소드를 검열하기 위해서는 우선 기사 소설을 우롱한다는 목적으로 작성된『돈키호테』를 비난하고 공격하여 그것을 모두 무너뜨려야 하고, 그다음으로는 공작의 우롱을 무너뜨린 뒤 마지막으로 섬을 공략해야 하니, 난공불락이다.

　여기서 독자의 상상력을 요구해 본다. 만일 산초의 섬 통치를 전쟁이라는 공격으로 마감하지 않고 책에 언급되는 다른 방식으로 끝냈다면 어땠을까? 산초는 자신을 굶기던 레시오 의사로 인해 더 이상 배고픔을 견디지 못해서, 혹은 의사가 음식 속에 독을 넣을까 봐 두려워서, 혹은 섬에 침투해 자기를 죽이려 하는 첩보원이 무서워서 사임할 수도 있었을 것이다. 하지만 세르반테스는 이러한 방법들을 사용하는 대신 산초의 민주주의 정부를 공격함으로써 산초 스스로 물러나도록 했다. 왜 이러한 과감한 해결책을 모색했을까? 산초가 겁쟁이라서 공작 부부가 그걸 이용한 것일까? 세르반테스는 돈키호테의 우스꽝스러운 모험 사이사이에 혁명적인 사고를 감춰 넣으며 어느 것 하나도 인과 관계 없이 우연적으로 배치하지 않았다. 이 에피소드 역시 그러하다.

　부임 첫날, 자기의 통치가 나흘만 지속되어도 모든 특권층이 뿌리째 뽑혀 나갈 거라고 호언장담하던 산초의 모습을 기억할 것이다. 그 특권층의 대표적인 존재가 바로 공작이다. 산초를 수행한 집사는 본래 공작의 집사로, 섬에서 일어나는 일을 낱낱이 고하라는 공작의 명을 따라 그에게 이 혁명적인 발언을 알렸을 것이다. 공작은 바보이자 시골 촌부로 여겼던 농부인 산초의 말이 정치 사회적으로 혁명적인 발상임을 깨달았던 것이 분명하다. 그러니 산초의 민주주의 권력을 빼앗기 위해 열흘도 채 못 되어 그를 공격한 것이 아닐까. 『돈키호테』는 어디까지나 문학 작품이니 이러한 가설도 용납되지 않을까.

15. 돈키호테의 인류애

전편 제31장에는 제4장에서 등장했던 하인 소년 안드레스가 다시 나타난다. 샘가에 앉아 식사를 하던 중 이 소년을 알아본 돈키호테는 자신이 행한 정의 실현의 증인으로 그를 일행에게 내세우지만 결국은 본의 아니게 자신이 그를 우롱했다는 사실을 확인하게 되고, 따라서 다시 안드레스의 복수를 하고자 맹세한다. 그러자 안드레스가 하는 말이 뒤를 잇는다. 〈그런 맹세 전 안 믿어요. 세상의 모든 복수보다, 지금은 세비야로 갈 수 있게 뭐라도 좀 있었으면 좋겠네요. 먹을 것이나 가져갈 거라도 있으면 좀 주세요.〉이에 산초는 가진 것 중에서 빵 한 조각과 치즈 한 조각을 꺼내 아이에게 주면서 말한다. 〈자, 받아라, 내 형제 안드레스. 네 불운의 일부가 우리 모두에게 미치는구나.〉

그보다 앞서 제22장에서 돈키호테는 갤리선으로 끌려가는 죄수들을 돌아보며 〈사랑하는 형제들이여〉라고 말했다. 한 사람의 불운은 그 한 사람만의 것이 아니라 우리 모두 공유하게 되는 것이며, 신분 고하를 막론하고 모두가 형제라는 인류애적 발상은 산초가 섬 통치를 마치고 주인과 함께하기 위해 공작의 성으로 돌아갈 때 좀 더 구체적으로 드러난다.

통치하던 섬에서 나와 그리 멀리 오지 않아 만나게 되는 순례자 일행과의 에피소드다. 일행 중 산초의 이웃이었던 리코테는 16세기 말과 17세기 초 스페인에서 개종한 유대인과 함께 속죄양이 되어 추방된 모리스코인으로 잔인한 역사의 증인이다. 산초는 이들과 함께 땅바닥에 퍼질러 앉아 음식과 포도주를 꺼내 놓고 맛있게 먹고 마시는데, 그들 중 누군가 이따금씩 자기의 오른손을 산초의 오른손에 가져다 대면서 말한다. 〈에스파냐 사람 그리고 도길(독일) 사람, 모디(모두) 하나, 조은 첸구(좋은 친구).〉 그러자 산초는 이렇게 대답한다. 〈조은 첸구지, 정말로!〉

돈키호테와 달리 산초는 작품 내내 자신이 조상 대대로 내려온 순수 기독교인이라고 주장하고 있다. 이런 자가 이슬람교도로 몰려 추방당했다가 변장을 하고서 순례자 일행들과 함께 다시 스페인을 찾은 리코테와 함께 앉아 마시고 먹고 사랑으로 대화를 나눈다. 세르반테스의 세계 속 주인공들은 남이 자기와 다르다는 사실에 개의치 않으며 종교의 다름 또한 그들에겐 중요하지 않다. 전편 제40장 〈포로 이야기〉에서 볼 수 있듯이 다인종, 다종교의 세상에서도 인종이나 종교가 문제 되는 일은 없다. 모든 것이 인간에게 부여된 자유의 문제이자 삶의 양식 차이일 뿐, 서로 소통하고 이해하며 사랑할 수 있는 인간 관계를 이룬다.

속편 제54장, 술에 취해 다른 순례자 일행들이 단잠에 떨어지자 산초와 리코테는 단둘이 앉아 무어인의 말에 방해받지 않는 순수

한 카스티야어로 이야기를 나눈다.

「오, 나의 이웃이자 친구인 산초 판사여! 폐하께서 내린 추방령
이 우리 모두에게 얼마나 많은 공포와 놀라움을 주었는지 자네는
잘 알고 있을 걸세. (……) 그때 내린 포고가 누군가의 말처럼 단순
한 협박이 아니라 정해진 날 집행될 진짜 법이라는 것을 나나 나
이 드신 우리 어르신네들은 분명히 알았기 때문이지. (……) 물론
내 동족들이 모두 죄를 지었다는 말은 아닐세. 진정으로 개종해서
확고한 믿음을 지켰던 사람들도 있으니까. 하지만 그런 사람들은
워낙 적어서 개종하지 않은 사람들에게 맞설 수가 없었다네. 그리
고 집 안에 적을 두고 품속에다 뱀을 기르는 일은 잘하는 짓이 아
니지. 결국 우리는 합당한 이유로 추방이라는 형벌을 받게 된 거라
네. (……) 우리들에겐 가장 무서운 형벌이었다네.」

리코테의 반어적 표현에서 이스라엘 민족을 데리고 이집트에서
나온 모세의 「출애굽기」가 읽히는 까닭은 무엇일까? 이어지는 말
이다.

「나는 우리 마을을 떠나 프랑스로 들어갔었네. 거기 사람들은
우리를 환영해 주었지만 나는 모든 곳을 살펴보고 싶었네. 그래서
이탈리아로 건너갔다가 다시 독일로 갔는데, 그곳에서는 좀 더 자
유롭게 살 수 있을 것 같더군. 거기 사람들은 남의 일에 그리 신경
을 쓰지 않고 각자 자기 마음대로 사니 말일세. 어디에서든 양심의

자유를 가지고 살기 때문이라네.」

리코테는 속편 제63장에 다시 등장하여 딸을 만나고 추방의 길을 떠난 기독교인을 구하는데, 이때 〈진주와 보석으로 2천 두카도 이상을 내놓겠노라고 제의〉한다. 그런가 하면 이 에피소드에 나오는 기독교인 부왕 역시 장군에게 자기 부하를 죽인 터키인 두 명을 교수형에 처하지 말아 달라고, 그들의 잘못은 용맹함보다는 광기에서 온 것이라고 말한다. 이 장군 역시 흔쾌히 부왕의 청을 따르니, 〈피도 눈물도 없이 냉정하게 가하는 복수는 좋은 것이 아니기 때문이었다〉.

한편 전편 제5장에서 톨레도 상인의 하인에게 모진 매를 맞고 땅바닥을 기어가던 돈키호테를 지나던 이웃이 알아보고 자기 당나귀에 실어 집으로 가는 대목이 있다. 이때 돈키호테는 무어인 아빈다라에스를 기억해 낸다. 안테케라의 성주인 기독교인 로드리고 데 나르바에스가 그를 포로로 잡아 자기의 성채로 데려갔을 때의 이야기다. 돈키호테는 자기를 무어 여인 하리파를 사랑했던 아빈다라에스에 견주고 둘시네아를 하리파라 생각하며 이렇게 말한다. 〈제가 말씀드린 그 아름다운 하리파가 지금은 바로 둘시네아 델 토보소로, 저는 단지 이 공주를 위하여 이 세상 사람들이 보았고, 보고 있고, 앞으로 보게 될 기사도의 가장 혁혁한 공적을 쌓고 있으며 앞으로도 쌓을 생각이라오.〉 1528년 프란시스코 델리카도Francisco Delicado가 발표한 『안달루시아의 로사나*Lozana Andaluza*』를 보면 주인공 〈로사나는 가장 흔한 이름으로 성은 알돈사, 또는 아랍어로 알라로사이다〉라는 내용이 언급된다. 따라서 둘시네아의 성인 〈알돈사〉는 무어인의 성이며, 둘시네아는 무어인 가계의 여인인 셈이다.

만일 세르반테스가 다른 인종과 종교에 관용을 보이지 않았다면, 또한 순수 기독교인과 개종한 기독교인들과의 차별 없는 삶을 생각하지 않았더라면 〈포로 이야기〉 속 기독교인과 무어 여인과의 결혼이나 무어인 리코테의 딸인 안나 펠릭스와 기독교인 가르파르 돈 그레고리오의 사랑을 작품에 담지 않았을 것이다. 둘시네아에 대한 돈키호테의 열렬한 사랑도 역시 불가능했으리라. 돈키호테가 둘시네아의 가문에 대해 말하는 전편 제13장을 보면 스페인 카탈루냐, 카스티야, 발렌시아, 포르투갈 그리고 아라곤의 유서 깊은 가문들이 모두 열거된다. 하지만 둘시네아는 이 가문의 여인이 아니라 〈라만차의 엘 토보소 가문으로, 앞으로 올 시대에 가장 이름 있을 가문의 시작이 될 것〉이다. 1576년 토보소에는 그라나다에서 올라온 모리스코인들이 9백 가구에 이를 정도로 많았다. 이들은 대부분 농업에 종사했고 그 지역 이달고들과 같이 어울려 살았다.

결국 세르반테스 작품에는 세 개의 인종과 세 개의 종교가 이상적으로 공존하는 셈인데, 이러한 작가의 사상은 그의 삶에 기인한다고 볼 수 있다. 5년간 알제에서 포로 생활을 했던 세르반테스는 그곳에 있던 포로 3천 명의 지도자격이었다. 당시 가장 세계화된 도시였던 알제에서 기독교인과 무어인과 유대인들은, 물론 긴장이 감돌긴 했지만 그런대로 공존하고 있었다. 작가는 그곳에서 생애의 가장 힘든 순간들을 보내며 인간을 이해하게 되었고, 불행 속에서 긍정적인 사고를, 역경 속에서 인내를 가지는 법도 배웠다. 『모범 소설집』 서문에는 그가 3인칭 화법으로 자기 자신에 대해 말하는 대목이 나온다. 〈오랜 세월 군인으로 지내면서, 그리고 5년 반을 포로로 살면서 역경에서 인내를 가지는 법을 배웠다.〉 인내를 가지는 법만 배웠겠는가. 고국으로 돌아와서는 세금 징수원 생활을 하던 중 파문을 당하고 감옥 생활도 겪었으니, 그는 고난을 통해 인간이 얼마나 나약한 존재인지 처절하게 이해했을 것이다. 그와 함께 알제에 있었던 포로들 중 에르난도 데 베가Hernando de vega가 증언한 내용을, 가르세스María Antonia Garcés는 저서 『알제에서의 세르반테스Cervantes in Algiers』를 통해 이렇게 밝힌다.

주인은 그(세르반테스)를 아주 소중하고 귀한 사람으로 여겨 쇠로 단단히 묶고 경비까지 붙여 데려왔다. 참으로 힘들었을 텐데, 이는 모두 그의 몸값을 높이고 하루 빨리 협상이 이루어지도록 하기 위한 조치였다. (……) 노 젓는 일은 악명 높았기에 귀한 인물은 협상 대상이 되었다. 세르반테스는 아주 신중한 사람이었고 성품이나 버릇 또한 참으로 훌륭하여 누구나 다 그와 교제하기를 원했다. 신병 인수를 맡았던 신부들뿐 아니라 기독교 기사들, 종교인, 군인들도 모두 그를 친구로 삼았다. 그토록 기독교인들로부터 사랑과 존경을 받았던 인물임에도 불구하고 기독교인이 아닌 다른 인종과 종교의 사람들 역시 그를 사랑하고 존경했으며 깊은 우정을 나누고자 했다. 그는 모든 사람들과 격의 없이 소탈하게 지냈다.

『돈키호테』 전편 제40장에도 세르반테스에 대한 기록이 나온다. 알제에서 포로 생활을 하다가 고국 땅을 밟은 스페인 포로가 포로 생활 중 주인의 잔혹함을 말하는 대목이다.

「제일 괴로웠던 것은 제 주인이 기독교인들에게 가하는 듣도 보도 못한 잔인한 학대를 매일 듣고 봐야만 한다는 것이었습니다. 매일 자기 포로를 교수형에 처하기도 하고, 이 사람은 찔러 죽이고, 저 사람은 귀를 자르곤 했으니까요. (……) 에스파냐 병사인 사아베드라만이 그자로부터 자유로웠습니다. (……) 그가 한 많은 일들 중 가장 사소한 일이라도 우리가 했다면 찔러 죽이지나 않을까 싶었던 것이라 모두가 걱정했으며 몇 번인가는 그 자신도 두려워했는데 말입니다.」

세르반테스가 다른 인종과 종교에, 더 나아가 인간의 나약함과 사회의 불의로 인해 범죄자가 된 사람에게까지 관대함과 관용으로 대하는 이야기는 『돈키호테』뿐만 아니라 그의 희극 작품인 「스페인 멋쟁이El gallardo español)」, 「위대한 술탄의 아내 도냐 카탈리나 데 오비에도La gran sultana doña Catalina de Oviedo」 그리고 모범 소설인 「영국의 스페인 여자La española inglesa」, 장편 『페르실레스와 시히스문다의 고난』에서도 잘 드러난다.

16. 돈키호테의 정의

　돈키호테는 자기가 읽은 소설 속의 편력 기사들이 행한 그 모든 것들을 실천해 보고자 한다. 혹독한 수행과 위험에 몸을 던지는 모험을 통해 그가 이루고자 했던 바는 무엇이었을까? 그 목적은 작품 초반부터 등장한다. 전편 제2장에서 언급하는바, 〈모욕을 되돌려 주고 불의를 바로잡고 무분별한 일들을 고치고 권력의 남용을 막으며 빚은 갚아 주〉는 것이다. 전편 제3장에서는 〈도움이 필요한 사람들을 위한 일〉을 하려 한다. 제8장에서의 임무는 귀부인을 유괴해 가는 마법사들, 즉 힘 있는 자로부터 연약한 자를 구해내는 일이며 제18장에서는 〈한없이 자비로우셔서 착한 사람에게나 악한 사람에게나 똑같은 빛을 내려 주시는〉 신처럼 평등을 구현하는 일이다. 그런가 하면 제19장에서는 나쁜 짓에 벌을 주고 모욕에 복수를 내리는 일이다. 한마디로 그가 뜻한 바는 약한 자, 불쌍한 자를 위해 정의를 실현하는 일이다. 이런 일을 함으로써 〈아울러 나라를 위해 봉사〉(전편 제9장)하게 되니, 정치적인 일이기도 하다.

이러한 정의 실현은 작품 『돈키호테』의 정수를 이룬다. 전편 제4장 〈객줏집에서 나온 뒤 우리의 기사에게 일어난 일에 대하여〉와 제11장 〈산양치기들과 함께 있을 때 돈키호테에게 일어난 일들에 대하여〉, 그리고 제22장 〈가고 싶지 않은 곳으로 할 수 없이 끌려가는 수많은 불행한 사람들에게 돈키호테가 베풀어 준 자유에 대한 이야기〉에서 그의 정의관과 정의 구현 방법이 구체적으로 드러난다.

전편 제4장에는 당시 어른이나 아이에 관계없이 똑같은 벌이 적용된다는 사실에 대한 작가의 반감과 정의 실현 방법이 엿보인다. 기사 서품식으로 정식 기사가 되어 기분 좋게 객줏집을 나서서, 객줏집 주인이 충고한 바를 갖추기 위해 일단 집으로 돌아가는 길에 일어난 모험이다. 열다섯 살쯤 되어 보이는 사내아이가 상반신이 벗겨진 채 떡갈나무에 묶여 혁대로 매질을 당하고 있다. 이 광경을 지켜본 돈키호테는 성난 목소리로 말한다. 〈무례한 기사 양반, 자신을 방어할 수도 없는 자와 싸움을 벌이는 건 당치 않소. (……) 그대가 하는 짓이 얼마나 비열한 행동인지 깨닫게 해주겠소.〉

자신을 방어할 수도 없는 약자에게 권력으로 폭력을 행사하는 것은 최악의 불의이다. 이러한 불의 앞에 우리의 영웅이 당장 아이를 풀어 줄 것을 명하고 아이가 받아야 할 급료를 요구하자, 주인은 급료는 주겠지만 아이에게 준 신발 세 켤레 값과 아팠을 때 두 번 피를 뺀 비용을 제하겠다고 한다. 이에 돈키호테는 이렇게 응한다. 〈그 말은 맞는군. 하지만 신발값과 치료비는 그대가 죄

없는 이 아이에게 가한 매질과 상쇄하도록 하시오. 그대가 지불한 신발의 가죽을 아이가 찢었다면, 그대는 아이의 몸을 찢었으니 말이오. 그리고 아이가 병이 들었을 때 이발사가 저 아이에게서 피를 뽑았다고 했는데, 그대는 병에 걸리지도 않은 이 아이를 때려 피를 뽑은 셈이니, 이렇게 따지면 아이는 그대에게 빚진 게 없소.〉

한편 전편 제11장에서는 다음과 같은 일장연설을 늘어놓으며 정의에 대해 직접적으로 밝힌다.

「옛 사람이 황금세기라고 일컫은 그 행복한 시대, 행복한 세기가 있었으니 (……) 속임수도 없었고 진실과 평범함을 가장한 사악한 행동도 없었소. 정의도 말 그대로 정의였소. 오늘날처럼 배경과 이해관계가 정의를 교란하고 모욕하는 일은 없었소. 지금은 이것들이 너무나 정의를 무시하고 교란하고 추적하고 있소. 판사가 갖는 자유재량권도 그 당시 재판관의 머릿속에는 있지 않았다오.」

구약의 탈리오 법칙, 즉 정의 실현이 개인적인 복수가 되어 또 다른 복수의 순환 고리를 야기하는 동해 보복법의 부작용을 방지하기 위해, 국가는 개인을 대신해 법과 공정한 재판으로 하여금 죄인을 적절하게 처벌하도록 했다. 하지만 판사들의 빗나간 상황 인식과 사사로움으로 법에 대한 믿음까지 해치는 일은 지금까지도 종종 발생하는 것이 사실이다. 하물며 그때는 어떠했으랴. 특히 세르반테스는 그러한 불공정한 재판과 적절하지 못한 처벌의 희생양이 되기도 했으니, 그의 정의론은 글감의 재료만이 아닌 인간 삶의 기본권으로 절절하게 읽히며 작품의 영혼을 이룬다. 전편 제22장에서 세르반테스는 정의 실현을 아예 하늘의 소관으로 넘기고 있다.

> 「결국 판관의 비뚤어진 판단이 파멸의 원인으로 여러분은 정당한 판결을 받지 못한 것이오. (……) 더군다나 호송원 여러분, 이 불쌍한 인간들은 여러분들에게 나쁜 짓을 한 게 하나도 없지 않소. 각자 저지른 죄는 저세상에서 벌을 받으면 되는 것이오. 악한 자를 벌하시고 착한 자에게 상을 주시는 데 빈틈이 없으신 하느님이 하늘에 계시잖소. 그리고 정직한 사람들이 자기들과 아무런 상관도 없는 다른 사람들의 형 집행자가 된다는 것은 별로 좋은 일이 아니오.」

인간을 재판하는, 즉 정의를 행하는 일은 신에게 맡겨 놓으라는 얘기다. 이야기는 당시 정의라는 이름으로 자행된 불의를 단죄하는 내용으로 이어진다. 범죄에 비해 과한 형벌과 범죄자에 대한 비인간적인 대우는 정의의 눈으로 보면 결코 옳은 일이 아니며, 정의 실현은 인간성을 존중하는 데 있다는 메시지를 담고 있다. 특히 매수나 뇌물로 인해 정의가 이루어지지 않는다는 고발은 당시 비일비재하던 불의에 대한 역사적 증언이기도 하다. 1601년 포라스 데 라 카마라Foras de la Cámara 학사가 페르난도 니뇨 데 게바라Don Fernando Nino de Guevara 추기경에게 보낸 편지도 그러한 사실을 알리고 있다.

정의를 행해야 할 어떠한 기관도 진실에 눈을 감고 있습니다. 부끄러움도, 하느님에 대한 두려움도 없습니다. 그러니 신의가 어디에 있겠습니까. 인간이 당연히 누려야 할 권리가 돈으로 사는 것으로 전락해 버렸습니다.

〈10 두카도가 없어서 5년 동안 배에서 일을 하게 된〉 갤리선 죄수에게 돈키호테가 20두카도를 주겠다고 제안하자 죄수는 이렇게 말한다. 〈지금 나리께서 내게 주신다는 그 20두카도를 그때 내가 갖고 있었더라면, 그 돈으로 서기에게 뇌물을 먹이고 변호인의 기지를 살려 지금쯤은 톨레도 소코도베르 광장 한가운데 있을 거란 얘깁니다. 개처럼 묶여 이 길바닥에 있는 대신 말이에요.〉 죄의 유무가 서기의 펜과 변호사의 입에 달려 있고, 그 펜과 입은 돈의 무게에 매여 있음을 알리는 내용이다. 죄수들의 이야기를 모두 듣고 난 돈키호테는 이렇게 결론짓는다.

「사랑하는 형제들이여, 여러분이 내게 해준 것을 모두 들어 보고 내가 분명히 깨달은 사실은, 그대들은 (……) 본의 아니게 그대들의 의사에 반해서 끌려가고 있다는 것이오. 그리고 이 친구는 고문을 이겨 낼 용기가 부족했고, 저 친구는 돈이 부족했고, 저 친구는 도와줄 사람이 없었고, 결국 판관의 비뚤어진 판단이 파멸의 원인으로 그대들은 정당한 판결을 받지 못한 것이오.」

돈과 배경이 없어서 벌을 받고, 고문이나 분별력 없는 판관으로 인해 벌을 받는 건 부당하기 이를 데 없는 일이다. 자신이 하늘의 뜻에 따라 기사도에 몸을 바치고 정의를 행할 의무를 졌다고 믿는 돈키호테는, 따라서 도움이 필요한 사람들과 힘 있는 자로부터 억압받는 사람들을 도와주려 한다. 정의를 행해야 할 책임이 있는 왕이나 법이나 제도 등이 불의에 둔감하여 제구실을 다하지 못할 때는 누군가 그 일을 대신해야만 한다. 돈키호테는 완벽한 도덕성을 갖춘 한 시민이 불의에 맞서 일어나야 한다고 촉구한다. 하지만 폭력으로 이루는 정의 실현은 또 다른 불의를 낳을 수 있기 때문에 그는 말로써 요구할 뿐이다. 안드레스를 매질하고 있던 부자 후안 알두도에게 〈인간은 각자 자기 행위의 자식이니〉 맹세한 대로 지킬 것을 부탁한다. 죄수를 끌고 가던 호송원들에게는 〈좋게 할 수 있는 일을 나쁜 방법으로 하지 말라는 것이 신중함의 한 요소〉라면서 부드럽고 안온한 태도로 죄수들을 풀어 줄 것을 부탁한다.

속편 제42장 〈산초가 섬을 통치하러 가기 전에 돈키호테가 그에게 준 충고와 신중하게 고려될 만한 다른 일들에 대하여〉에서 돈키호테는 통치자의 정의 실현에 대해 이렇게 조언한다.

「부자가 하는 말보다 가난한 자의 눈물에 더 많은 연민을 가지도록 하게. 그렇다고 가난한 자들의 편만 들라는 건 아니네. 정의는 공평해야 하니까 말일세. 가난한 자의 흐느낌과 끈질기고 성가신 호소 속에서와 마찬가지로 부자의 약속과 선물 속에서도 진실을 발견하도록 해야 하네. 중죄인에게 그 죄에 합당한 무거운 벌을 내릴 수 있고 또 그렇게 해야만 하는 경우에 서더라도 너무 가혹한 벌은 내리지 말게. 준엄한 재판관이라는 명성은 동정심 많은 재판관이라는 명성보다 더 좋은 게 아니라서 그러하네. 혹시 정의의 회초리를 꺾어야 할 경우가 있다면, 그것은 뇌물의 무게 때문이 아니라 자비의 무게 때문에 그렇게 해야 하네. 자네의 원수와 관련한 소송을 재판할 일이 생길 때는, 자네가 받은 모욕은 머리에서 떨쳐 버리고 사건의 진실에만 생각을 집중해야 하네. 자네와 관계없는 남의 사건에서 자네 개인의 감정으로 인해 눈이 멀어서는 안 되는 법이니 말일세. 그런 일에서 자네가 만일 실수를 저지른다면 대부분의 경우 그 실수를 만회할 방법은 없을 것일세. (……) 만일 한 아름다운 여인이 자네에게 판결을 요구하러 온다면, 그녀의 눈물에 눈을 두거나 그녀의 신음 소리에 귀를 기울이지 말고 그녀가 요구하는 것의 본질이 무엇인지를 차분히 생각해야 하네. (……) 체형으로 벌해야 할 사람을 말로써 학대하지 말게. 체형의 고통은 고약한 말을 보태지 않더라도 그 불행한 사람에게는 충분하네. 자네의 사법권 아래에 들어올 죄인을 타락한 우리 인간성에서 벗어나지 못한 자라고 생각하며 가엾게 여기게. 자네 쪽에서는 어떠한 경우라도 상대를 모욕하지 말고, 늘 인정과 자비를 베풀도록 하게. 하느님의 속성들이 모두가 다 똑같이 훌륭하긴 하지만 특히 자비의 속성은 정의의 속성보다 훨씬 눈부시고 뛰어나 보이기 때문이네.」

정의란 진실에 입각한 공평성, 더 나아가 동정심과 자비와 인정으로 판결하는 데 있음을 말하고 있다. 『돈키호테』에서 공평성은 속편 제60장에 등장하는 산적인 로케 기나르트를 통해 다시 언급된다. 돈키호테에 등장하는 인물들의 수는 약 659명에 이른다. 남성 607명과 여성 52명 가운데 150명의 남성과 50명의 여성이 행동하고 말한다. 여기서 돈키호테가 유일하게 영혼의 동반자로 느껴 자기와 더불어 편력의 모험을 떠나자고 초대하는 사람은 산에서 숨어 지내며 도적질을 하는 로케 기나르트가 유일하다.

의적이나 테러 조직원으로 사회 불의에 맞서 나라의 법보다 더 고양된 정의를 실현하기 위해서는 완벽한 사회적 양심과 도량을 지닌 인물이어야 한다. 돈키호테는 이자를 보고 〈내가 슬픈 것은 그대 수중에 떨어졌기 때문이 아니오. 오, 용감한 로케, 그대의 명성은 세상에서 끝을 모르고 퍼져 나가고 있노라!〉라고 말한다. 이는 돈키호테가 자기 자신한테 사용하던 말이며, 따라서 로케를 자기와 같은 부류의 인물로 인정하고 이해한다는 뜻이다. 그가 자신을 〈오, 내가 바로 전 세계를 무훈으로 가득 채우고 있는 자, 돈키호테 데 라만차이기 때문이오〉라고 소개하는 것도 그 때문이다.

돈키호테는 로케를 위대한 인물로 칭송하고, 로케 또한 돈키호테를 우롱하지 않는다. 같이 모험의 길을 떠나자는 돈키호테의 제안에도 그는 감탄과 호감을 표하며 웃음으로 화답할 뿐이다. 돈키호테의 이웃인 신부나 이발사나 삼손에게서는 발견할 수 없는 반응이다. 두 사람의 만남은 평화롭고 조화롭다. 돈키호테의 꿈을 이해하지 못했던 갤리선 죄수들이나 호송원과 달리 로케는 돈키호테를 이해하고, 그리하여 그가 산속에 있는 다른 도적 무리들에게 해를 입지 않고 무사히 바르셀로나에 도착할 수 있도록 통행

증과 함께 자신의 심복을 딸려 보낸다.

　로케는 돈키호테에게 고백한다. 〈내가 이런 일을 하게 된 것은 알 수 없는 복수에 대한 열망이 있었기 때문인데, 이러한 열망은 아무리 평온한 마음이라도 깨뜨리고 마는 힘이 있지. 천성적으로 나는 동정심이 많은 사람이었고 선한 마음을 갖고 있었소. 하지만 방금 이야기한 것처럼 내가 받은 모욕에 대해 복수하고자 하는 마음으로 나의 착한 성향들은 모두 땅바닥에 곤두박질쳐졌고, 어떻게 사는 것이 옳은지 알고 있음에도 불구하고 이런 생활을 계속하게 되었소.〉 동정심 많고 선한 사람으로 〈모욕은 갚아 줘야 한다〉고 모험에 나선 돈키호테, 그리고 세르반테스의 모습이 특히 이 대목에서 로케와 겹쳐지는 건 우연이 아니다. 로케는 나머지 둘의 또 다른 자아인 셈이다. 이들에게는 인간미가 배어 있다. 이에 돈키호테는 말한다.

「로케 씨, 건강의 시작은 자신의 병을 알고 의사가 처방해 주는 약을 먹고자 하는 의지에 있소이다. (……) 그런 약은 조금씩 낫게 하는 것으로, 결코 갑자기 기적적으로 고치는 일은 없다오. 또한 분별 있는 죄인들은 어리석은 죄인들보다 자신을 교화하기가 더 쉽다오. 당신의 말 속에는 신중함이 들어 있는 듯하니, 단지 굳센 용기를 갖고 당신 양심의 병이 낫기를 기다리기만 하면 될 것이오. 만일 당신이 여정을 짧게 단축시키기를 원하고 구원의 길에 쉽게 들어서기를 바란다면, 나와 함께 갑시다. 내가 당신에게 편력 기사가 되는 길을 가르쳐 주겠소. 그 길에는 수많은 고생과 불행이 있지만 그것들을 속죄라고 생각한다면 당신은 그 자리에서 즉각 천국으로 들어갈 수 있을 것이오.」(속편 제60장)

돈키호테가 초대하는 기사도의 길은 천국으로 들어 갈 수 있는 속죄의 삶으로, 교회에서 요구하는 속죄의 방법보다 짧고 쉬운 길이기도 하다. 교회를 통하지 않고서는 구원이 길이 없었던 당시, 돈키호테의 이 발언은 교회의 근간을 뿌리부터 뒤흔드는 종교에 대한 전복적 비난에 다름 아니다.

또한 공평성의 실현으로 자기가 강탈하거나 훔친 전리품을 〈나눌 수 없는 것은 돈으로 계산해서 자신의 모든 부하들에게 아주 적법하고도 신중하게, 분배의 정의에서 조금이라도 넘치거나 어긋남이 없이 나누어 주〉는 로케의 모습을 본 산초는 이렇게 말한다. 〈보아하니 공평하고 정의롭다는 건 참으로 훌륭한 것이라서, 진짜 도둑들에게도 그것이 행해질 필요가 있군요.〉

그리고 곧 이러한 그의 정의 실현에 대한 세인의 판단을 구체적으로 보여 주는 사건이 일어난다. 부하의 정보를 들은 로케는 말 탄 두 명의 신사와 걸어서 온 순례자 두 명, 그리고 여인들이 타고 있는 마차를 끌어오라고 명령한다. 이들은 두 명의 육군 대위와 나폴리 지방 재판소 주임의 부인인 도냐 기오마르 데 키뇨네스 마님, 그리고 순례 중인 두 명의 수도사로 당시 스페인 사회를 대표하는 세 가지 신분의 사람들이다. 군인과 성직자와 귀족이 그 지역을 공포에 몰아넣고 자신들의 목숨을 위협하는 도적 떼에 둘러싸이게 된 것이다. 살아 나갈 희망도 보이지 않는다. 하지만 이들의 두려움과 비탄은 로케의 형평성과 자비에 입각한 일처리로 오히려 감사와 존경으로 바뀐다. 가문이나 직업이나 외형으로 측량되지 않는 로케의 관대한 일처리를 보고 등장인물인 부인은, 돈을 빼앗겼음에도 불구하고 〈위대한 로케의 발과 손에 입을 맞추려고 마차 밖으로 몸을 날리고 싶었으나 로케가 그것을 전혀 하지 못하게 했다. 오히려 자기의 사악한 직업상 부득이 행해야 하는 일이니, 자기가 부인에게 준 모욕을 용서해 달라고 말하기까지 했다. (……) 사람들은 로케의 고상함과 시원시원한 일처리와 흔치 않은 행동에 감탄하며 그를 유명한 도둑이라기보다는 오히려 관대함의 원형인 알렉산드로스 대왕으로 여겼다〉.

소외되고 가난한 자들을 돕고 정의를 실현하기로 결심한 편력 기사 돈키호테나, 그 근거가 자비든 대범함이든 건강한 사회의 필수 요건인 재산의 균등한 분배의 정의를 실현한 산적 로케는 나라가 제구실을 못 할 때, 제도가 제 기능을 상실했을 때, 나라의 법보다 더 막강한 스스로의 법을 행사하는 이상적인 수호자들이다. 작품 『돈키호테』에서 이 두 사람의 영혼은 정의 구현으로 하나가 되는 듯 보인다.

특히 이 에피소드와 갤리선에 끌려가던 죄수 에피소드에서 엿보이는 것은 오늘날에야 이해될 수 있는 인권 존중 차원의 정의 실현이다. 비록 상대가 죄수나 도적이라 할지라도 대우에 공평해야 하며, 최소한의 인권이나 법의 보호를 약속해야 한다는 인본주의 사상. 〈그들을 이곳에서 처형하곤 하는데 스무 명을 잡으면 스무 명, 서른 명을 잡으면 서른 명을 한꺼번에 목매달아 죽이지.〉 돈키호테의 말처럼 아무런 법적 절차도 없이 잡히는 대로 죽임을 당해 나무에 주렁주렁 매달려 늘어진 가지들 같은 도적들의 시체나, 굵은 쇠사슬에 목이 염주처럼 꿰이고 손에는 수갑을 찬 갤리선 죄수들의 비참한 모습을 통해 세르반테스는 모든 인간을 향해 예의를 갖추기를 요구하는, 인간 본위의 정의 실현 사상을 암시한다.

스페인의 시인 레온 펠리페Leon Felipe는 이러한 돈키호테의 정의를 두고 다음과 같이 외친다.

누가 돈키호테를 모른다고 할 수 있겠는가? 그가 제네바의 법정에서 정의를 외치는 소리를 듣지 못했다고 할 사람, 누가 있겠는가? 누가 말할 수 있겠는가? 한 번 패배한 후 영원토록 앙심을 품은 반역자이자 서자인 학사와, 공모한 시민들과, 전사들과, 종교사직에 있는, 즉 세상의 모든 권력가들의 웃음과 우롱과 박장대소를 듣지 않았다고 말이다. 쓰러지면 다시 일어나고, 열 번을 더 일어나고, 아니 1백 번을 더 일어나고, 아니 1천 번을 일어나면서 입에는 늘 정의라는 말을 달고 있는, 그러다가 따귀를 맞는 이 가련한 광대를 두고 웃지 않은 자가 누구였단 말인가? 그래, 돈키호테는 광대였고 스페인도 그렇다. 따귀 맞는 광대이다. (……) 세르반테스는 단지 서커스의 기획자일 뿐이다. 돈키호테는 미치지 않았다. 그는 지금까지 어떤 인간도 다다르지 못한 인간성의 최고봉에 있다. 그를 이렇게 만든 것은 기사도를 기록한 너무나 많은 책이 아니다. 정의를 향한 이상향이다. 돈키호테는 정의의 복음을 실현하기 위하여 모험을 찾아 나선 것이다.

스페인 내란(1936~1939) 당시 파시스트들의 승리가 결정되자 당시 상황에 분노하고 절망한 펠리페는, 정의를 모르는 사회에 정의를 내리려다 따귀 맞고 또 맞아도 다시 일어나고 또다시 일어나는 돈키호테를 『따귀 맞는 광대와 낚시꾼*El payaso de las bofetadas y el pescador de caña*』으로 부활시켰다.

사실 〈정의〉만큼이나 시대와 문명에 따라 각기 다른 해석이 가능하며 또한 대화를 촉발하는 어휘도 드물다. 사회와 말하는 주체와 문화에 따라 아주 다양한 방법으로 이해되기 때문이다. 한 사회와 그 구성원들 간의 조화를 위해 생겨난 이 용어는 인간과 체제의 윤활제인 규칙이자 질서로 작용하며, 그 개념과 실현 방법에 대한 논의는 참으로 길고도 다양하게 이루어지고 있다.

처음으로 〈정의〉의 개념을 풀이한 사람은 아리스토텔레스였다. 그는 각자에게 합당한 것을 주는 것을 정의라고 말한다. 노력에 상응하는 보답이라는 의미이리라. 한편 스페인 한림원에서 발간한 사전에 의하면 정의란 〈각자에게 상응하는 것이나 속한 바를 주려고 하는 기본 되는 덕이자 모든 덕의 총체. 권리나 옳음에 따라 행하여져야 할 것. 공개적인 형벌이나 벌 또는 사법권〉이라고 밝히며 다음과 같은 종교적인 의미를 덧붙인다. 〈각자에게 합당한 것에 따라 벌을 주거나 상을 주는 신의 섭리.〉 다시 말해 자연계를 지배하는 원리나 법칙으로, 신의 속성으로 보고 있는 셈이다. 반면 국어사전은 〈진리에 맞는 올바른 도리이자 올바른 의의〉라고 밝히며 〈개인 간의 올바른 도리 또는 사회를 구성하고 유지하는 공정한 도리〉라는 철학적 의미를 덧붙인다. 이런 정의는 한자어 사용국에서 공통적으로 나타나는 것으로, 결국 〈인간이라면 어떠한 입장에 있든 마땅히 행하여야 할 바른 길〉로 해석된다. 영어권의 〈하는 일이나 태도에 사사로움이나 그릇됨이 없이 아주 정당하고 떳떳하며 바르고 공명정대한 도리〉와도 크게 다르지 않다.

인간의 차원이 아닌 신의 계명으로 작성된 성서로 눈을 돌려 보면, 구약 성서와 신약 성서에서 정의에 대해 이야기하는 바가 각각 다르다. 「출애굽기」 21장 23절~25절에서 만날 수 있는 정의는 탈리오 법칙, 즉 똑같은 것으로 되갚아 준다는 동해 보복법으로 그 내용은 이러하다. 〈그러나 다른 사고가 생겨 목숨을 앗았으면 제 목숨으로 갚아야 한다. 눈은 눈으로, 이는 이로, 손은 손으로, 발은 발로, 화상은 화상으로, 상처는 상처로, 멍은 멍으로 갚아야 한다.〉 이에 적극 동의했던 프랜시스 베이컨을 비롯해, 근대에 이르기까지 사람들은 이러한 정의 실현을 자연스러운 것으로 여겼다. 하지만 신약 성서에서 말하는 정의는 전혀 다르니, 「로마인들에게 보낸 편지」 12장 19절에는 이렇게 기록되어 있다. 〈친애하는 여러분, 여러분 자신이 복수할 생각을 하지 말고 하느님의 진노에 맡기십시오. 성서에도 《원수 갚는 것은 내가 할 일이니 내가 갚아 주겠다》 하신 주님의 말씀이 있습니다.〉 즉, 구약의 탈리오 법칙이 신약 성서의 사랑과 관용으로 갈아타면서 정의를 신의 소관으로 넣어 버리는 것이다.

이렇듯 정의라는 단어에는 공명정대함, 덕, 자유와 번영, 복지, 사랑과 관용 등 세상에 있는 좋은 의미의 단어는 모두 포함되어 있는 듯하다. 그래서 스페인 한림원에서도 〈모든 덕의 총체〉로 보

앉을 것이다. 정의는 신의 소관으로 여겨졌지만 신의 정의란 실현
되기까지 시간이 걸리므로, 사람들은 신의 대리인을 만들어 자신
들과 같은 인간의 일에 개입하도록 했다. 이 과정에서 인간의 이
기심과 욕심이 또 다른 불의를 만들어 내면서 정의 실현은 영원한
딜레마에 빠져 버렸지만, 『돈키호테』는 일찍이 이 모든 문제를 지
적하고 그 해결 방안을 제시한 것이다.

　따라서 레온 펠리페는 돈키호테를 프로메테우스Prometheus나
그리스도와 같은 반열에 올려놓는다. 정의를 실천하려다 모진 매
를 맞아야 했던 돈키호테를, 사랑을 외친 죄로 십자가에 못 박혀
야 했던 그리스도와 신의 전유물인 불을 훔쳐 인간에게 준 벌로
코카서스 바위에 묶인 채 독수리에게 영원히 간을 쪼이며 엄청난
고통을 견뎌야 했던 신화 속 프로메테우스에 견주는 것이다. 이들
은 사랑을 행하려다 사랑을 모르는 사람들로부터, 정의롭지 못한
신으로부터 무자비한 대우를 받았던 존재들이다. 자기희생으로
인간에게 영웅주의를 깨우고, 어려운 역사적 순간에 인간을 들어
세우며, 신이 지쳐서나 교활하여 잠들 때면 대신해서 경계를 서는
파수꾼이자 경보를 울리는 정의의 전사 말이다.

17. 돈키호테의 죽음

　우리의 주인공은 제정신을 찾자마자 죽는다. 이러한 역설적인 결말이 또 어디에 있을까. 능동적인 독자로서, 우리 주인공의 마지막을 다른 모습으로 한번 상상해 보자. 〈하얀 달의 기사〉와의 결투로 주인공의 죽음이 예견되어 있긴 했지만, 혹시 위작에 나오는 가짜 돈키호테와의 만남으로 마지막을 장식했다면 어땠을까. 기발한 결말일 수 있다. 하지만 그렇게 한다면 원작을 가장 신랄하게 비판한 자가 창조한 인물에게 주인공의 마지막을 맡기는 셈이다. 혹은 우리의 주인공을 정말 완전히 미친 사람으로 만들어 정신 병동에 넣어 버리는 건 어떨까. 그러면 다시는 모험을 할 수 없을 테니 말이다. 아니면 〈하얀 달의 기사〉에게 패배하고도 이를 인정하지 않는다는 결말은 어떨까. 앞선 다른 에피소드에서처럼 마법사의 계략이라고 우기면서 말이다. 그래서 삼손이 억지로 그를 정신 병원으로 데려가게 하는 것이다. 그것도 아니면 〈하얀 달의 기사〉에게 패배하고 약속을 이행하려 고향으로 돌아가다가 모험에 휘말려 그 자리에서 죽는 것도 한 방법이며, 고향으로 돌아가 이전의 알론소 키하노로서 행복하게 오래오래 살도록 하는 결말도 있다. 마지막의 예는 돈키호테를 알론소 키하노의 상태로 되돌려 그가 미쳐서 놓아 버렸던 일들을 오랫동안 즐기며 살아가는 삶의 사이클을 이루는 것으로, 가장 고려할 만한 방법이다. 『돈키호테』의 진정한 가치를 이해하지 못하는 독자들은 이 마지막 가능성에 많은 기대를 걸지 모른다.

만일 세르반테스가 『돈키호테』를 편력 기사의 아류작으로 생각했다면 위에서 나열한 가능성들만큼 완벽한 스토리는 없을 터, 특히 마지막의 예는 알론소 키하노로 하여금 이제까지와는 완전히 반대로 조용하고 편안한 시골의 삶을 영위하게 하며 돈 디에고 데 미란다, 즉 〈녹색 외투의 기사〉처럼 살게 함으로써 언뜻 이상적인 결말로 여겨진다. 훌륭한 로마 가톨릭 신자로서 미사에 빠짐없이 참석하고 종교 행사나 축일을 모두 지키면서 사는 삶이다. 하지만 꿈을 접고 당시 사회와 종교가 요구하는 대로 기존 체제에 순응하게 하는 것은 결국 돈키호테의 이상에 반대되는 일이며, 그의 존재 가치를 부정하는 일이다.

세르반테스는 이러한 가능성을 모두 거부한다. 영웅을 집으로 돌려보내지만, 병에 걸려 짧은 시일 안에 침상에서 평안하게 죽음을 맞이하도록 만든다. 알론소 키하노로 돌아와 그가 계획했던 목동으로서의 또 다른 삶을 살 겨를도 주지 않은 채 황급히 자기의 주인공을 저세상으로 보내기로 한 것이다. 돈키호테는 결국 집에 돌아와 곧바로 병석에 눕고, 환자 상태에서 제정신으로 돌아오자마자 죽어 버린다.

작품에 따르면 그는 모험을 할 수 없다는 데서 온 무력감과 삶의 무미건조함 때문에 죽는다. 더 이상 돈키호테가 될 수 없음을 알론소 키하노가 알았으므로 그는 죽는다. 알론소 키하노의 그 〈앎〉이야말로 이성적 판단으로, 바로 돈키호테를 죽인 원인이다. 자신이 창조한 돈키호테를 존재하게 했던 동력인 모험이 끝나 버렸으니 이제 자신을 기다리고 있는 삶은 살 만한 가치가 없다는 것을 알론소 키하노는 깨달았다. 더 이상 그를 살게 할 역동적인 삶이 존재하지 않는다고 판단한 것이다. 결국 그는 죽음으로써 〈녹색 외투의 기사〉와 같은 삶을 살기를 거부한다. 이렇게 보면 현실에 환멸을 느낀, 다시 말해 현실에 눈을 뜬 주인공이 그 현실이 싫어 죽음으로 달음질친 셈이니 얼마나 비극적인 작품인가.

그러나 이 위대한 인간 희극은 그것으로 끝나지 않는다. 속편 제74장, 삼손 카라스코가 돈키호테를 위해 지은 비명이 그의 임종 뒤를 잇는다.

그 용기가 하늘을 찌른
강인한 이달고 이곳에 잠드노라.
죽음이 죽음으로도
그의 목숨을 이기지 못했음을
깨닫노라.
그는 온 세상을 하찮게 여겼으니,
세상은 그가 무서워
떨었노라. 그런 시절 그의 운명은

그가 미쳐 살다가

정신 들어 죽었음을 보증하노라.

정신 들기 전, 다시 말해 현실을 현실로서 보지 않았을 때, 모험의 세계에서 꿈을 이루려 고군분투했을 때 그의 삶은 생명력으로 넘쳐 났고, 그로 인해 돈키호테는 죽음으로도 죽지 않는 존재가 되었다. 다시 말해, 불멸화되었다. 정신 들어 현실을 파악한 뒤 죽음으로써 불멸화된 것이 아니라, 자기 꿈속에 미쳐 살았기 때문에 그는 영원히 살게 된 것이다. 이것이 『돈키호테』의 죽음이 주는 첫 번째 메시지다.

또한 작가는 돈키호테 영혼의 구원에 대해서는 단 한 마디도 언급하지 않는다. 이달고의 죽음에 대한 묘사는 〈사람들의 동정과 눈물 속에서 자기의 영혼을 내놓았다. 다시 말해 죽었다〉라는 두 문장이 전부다. 죽음 이상의 어떤 현상에 대해서 일절 말이 없다. 미술 작품에서도 확인할 수 있듯이, 당시 예술에서 죽음은 온갖 종교적인 장식을 달고 있다. 『돈키호테』에는 셰익스피어가 햄릿의 죽음 후 노래했던 〈천사들의 비행〉과 같은 어떠한 묘사도 없다. 세르반테스는 우리 영웅의 죽음에 하늘의 합창을 동원하지 않는다. 〈죽음이 죽음으로도 그의 목숨을 이기지 못했음을 깨닫노라.〉 여기서 말하는 〈목숨〉은 그의 영혼의 불멸이 아니다. 불멸의 목숨, 즉 사후의 명성을 말한다. 기독교인이든 이교도든 간에 자기의 노력으로 덕을 쌓은 자들이 영원히 얻는 명성을 말한다. 다시 말하지만, 종교에서 말하는 멸하지 않는 영혼이 아님을 강조한다.

속편을 마무리하는 제74장은 세르반테스의 〈쓴다, 고로 감춘다〉라는 명제가 집약적으로 보여지는 부분이기도 하다. 더 분명하게, 더 자세하게 기술될 수 있었을 요소들이 아주 깔끔하게 절제되어 있다. 설명을 최대한 배제함으로써 독자들로 하여금 행간을 읽어 낼 것을 요구하는 것이다. 액면으로 얘기되지 않은 이야기들을 알아내라고 암시만 주면서, 독자로 하여금 퍼즐 맞추듯 내용을 완벽하게 완성시키도록 부추기고 있다.

정신이 든 알론소는 미쳤던 돈키호테를 기억하면서 자기가 미쳐 있었을 때 한 말과 모험들을 모두 거부하고 무효화한다. 그런다고 작품에서 이미 행해지고 얘기된 것들이 없어지지도 않으며, 지금껏 얘기됐던 것들을 뒤엎을 수 있는 것도 아닌데 말이다. 질문은 여기에 있다. 작가는 왜 그러한 전략을 썼을까?

제정신이 든 알론소의 후회와 자신의 말과 행동에 대한 철회는 영웅 돈키호테와 그의 행위를 보호하기 위한 책략이다. 자기의 영웅에게 이교도라는 낙인이 찍히지 않도록 준비한 보호막인 셈이다. 사후에조차 이교도의 무덤을 파헤쳐 유골까지 화형에 처하던 당시 종교 재판소로부터 돈키호테를 지키기 위한 안전한 방어막. 세르반테스가 작품에서 펼쳐 놓은 이교도적인 요소들로 인해 받을 불이익을 줄이고 종교 재판소의 분노를 잠재우기 위해, 단 며칠 만에 알론소 키하노는 돈키호테 고행의 대리자가 되어 전통적인 방식으로 죽음을 맞이하는 종교인의 자세를 취한다.

이러한 책략은 전편 시에라 모레나 산에서의 고행 에피소드에서도 사용된 바 있다. 고해할 은자가 없다고 한탄하면서 셔츠 자락으로 묵주를 만들어 냈던 바로 그 대목 말이다. 그와 같이 속편 제74장에서 제정신이 든 마지막 순간, 이제는 알론소 키하노가 된 주인공은 이렇게 말한다.

「나는 이제 자유롭고 맑은 이성을 갖게 되었구나. 그 증오할 만한 기사도 책들을 쉬지 않고 지독히도 읽은 탓에 내 이성에 내려앉았던 무지의 어두운 그림자가 이제는 없어졌거든. (……) 이러한 사실을 참으로 늦게 깨달아, 영혼의 빛이 될 다른 책들을 읽음으로써 얼마간이라도 보상할 수 있는 시간이 조금밖에 남지 않았다는 것이 단지 원통하구나.」

원하기만 했다면 세르반테스는 돈키호테가 〈영혼의 빛이 될 다른 책들〉을 읽을 수 있도록, 종교적인 헌신을 드리고 미쳐서 한 앞선 행동들에 대해 회개하며 교정하도록 돈키호테의 죽음을 연기하는 데 펜을 사용했을 수도 있다. 하지만 작가는 한탄만 허락하고 그의 목숨을 급하게 끊어 버린다. 따라서 하고자 했던 바를 행한 돈키호테와 달리 알론소 키하노는 자기 뜻대로 여생을 살지 못하게 된다. 정신을 차렸지만 그런 일을 하기엔 〈시간이 조금밖에 남지 않았〉기 때문이다.

제74장 마지막에서 세르반테스는 위작 돈키호테의 저자를 겨냥해 자신의 펜에게 이렇게 말한다.

나의 용감한 기사가 이룬 무훈들을 투박하고 조잡하게 만들어진 타조 깃털 펜으로 쓰겠다고 무모하게 굴었거나 굴게 될 그 가짜 토르데시야스 작가에게는 실망스럽고 안된 일이로다. 이런 일은 그의 어깨가 질 수 있는 일이 아니며, 썰렁한 그의 재능으로는 터무니없는 일이기 때문이다.

위작의 작가, 토르데시야스 출신의 아베야네다가 만들어 낸 『돈키호테』는 〈투박하고 조잡하〉다. 그의 돈키호테는 성모 마리아에게 하는 기도와 염주로 드리는 기도 말고도 종교적인 의식을 수없이 행한다. 하지만 세르반테스의 돈키호테에겐 이제 그런 일을 할 시간이 없다. 더군다나 아베야네다는 세르반테스의 『돈키호테』 같은 작품을 만들어 낼 수 없다. 종교 재판소의 엄격한 검열에 걸리지 않으면서도 자기가 이야기하고 싶은 것을 교묘하게 숨겨서 모두 이야기할 수 있는 능력이 그에게는 없으니 말이다.

세르반테스는 종교적·사회적인 강요로부터 자유로운 자기의 영웅을 보호할 목적으로 그에게 이성을 찾아 주었고, 동시에 영웅으로 남기기 위하여 대행자를 만들어 내고는 그마저 급히 죽음으로 몰아갔다. 주인공의 유언과 고해에 대한 부분도 아주 간결하게 정리되어 있다.

신부는 사람들을 내보낸 뒤에 돈키호테와 단둘이 남아 그의 고해를 들었다. (……) 고해가 끝나자 신부가 나와서 말했다. 「착한 자 알론소 키하노는 정말로 죽어 가고 있으며, 정말로 제정신으로 돌아왔소이다. 그분이 유언을 하도록 우리 모두 들어갑시다.」 (속편 제74장)

이보다 더 절제되고 검소하며 말을 삼가는 부분도 흔치 않다. 우리는 돈키호테가 고해한 내용이 무엇인지 전혀 모른다. 신부가 우리에게 전하는 말은 죽음을 앞에 둔 사람의 고해와 관련한 것이라기보다는 의사의 진단에 더 가깝다. 정신이 돌아온 돈키호테가 정말로 회개했는지, 시에라 모레나 산에서 셔츠 자락으로 묵주를 우롱한 건에 대해 사면은 받았는지에 대한 아무런 언급도 없다. 작품 내내 왜 우리의 영웅은 고해한 적이 없으며 미사에는 왜 참석하지 않았는지, 그 많은 모험 동안 한 번도 교회에 발을 들이지 않은 까닭은 무엇인지에 대한 해명도 없다. 갤리선의 노예들을 풀어 준 일을 두고 신부가 자신을 우롱했을 때 그를 두고 〈쌍놈의 자식〉이라고 한 것에 대해 용서를 구했는지도 알려 주지 않는다.

고해는 임종의 순간 가톨릭 신자라면 누구나 해야 할 교회의 규정이다. 돈키호테는 물론 그러한 형식을 지킨다. 하지만 형식 안에 담긴 내용이 무엇이었는지에 대해서는 언급이 없는, 실체 없는 껍데기 의식만을 치른 것이다. 누군가는 사제에게 강요된 직업적 의무, 즉 비밀을 지켜야 할 묵언 서원으로 그 침묵을 이해하려 할지 모른다. 세르반테스의 기지가 번득이는 부분이다.

종부 성사에 대한 대목 역시 아주 깔끔하다. 〈결국 돈키호테의 마지막이 왔다. 모든 종부 성사를 받고, 유효한 숱한 말로써 기사도 책들을 증오하고 난 다음이었다.〉 세월이 한참 흐른 뒤인 20세기에 오르테가 이 가세트가 임종 시 종부 성사를 거부한 바 있지만, 당시 스페인에서 종부 성사는 어느 누구도 피해 갈 수 없는 일로 당연히 받아야만 할 의무였다. 그런데 돈키호테에게 이러한 종부 성사를 행한 신부는 어떤 사람이었던가. 적어도 작품에서는 단 한 번도 미사를 보거나 미사를 집전하거나 교회에 간 일이 없는 자이다. 자기의 교구인 토보소에 있는 교회에조차 발을 들여놓는 모습이 나타나지 않는다. 주지로서의 의무, 종교인으로서의 의무를 잊고 한 미친 자의 뒤를 쫓아다니는 데 시간을 보낸 자이다. 우리의 영웅을 교회로 인도하기는커녕, 세속의 일에만 연연해하던 신부이다.

유언장에도 역시 종교적 관례에 대한 언급은 분명히 나타나지 않는다. 공증인은 〈나머지 사람들과 함께 들어가서 유언장의 머리말을 쓰고, 돈키호테는 기독교인으로서 요구되는 모든 절차를 통해 자기의 영혼을 정리한 다음 유산 문제로 들어〉간다. 관례에 따르면 죽음을 앞둔 사람의 영혼을 비는 미사와 기도 의식을 며칠에 걸쳐 행하며 〈로마 가톨릭교회〉가 요구하는 절차를 밟아야 하지만, 작품에는 〈기독교인으로서 요구되는 모든 절차〉로만 언급될 뿐, 심지어 그게 무엇인지에 대한 설명조차 없다. 당시 세비야와 바야돌리드에서는 신앙 고백을 할 때 〈로마 가톨릭교회를 믿는다〉라는 말이 필수적으로 들어가야 했고, 이를 어길 경우 종교 재판에 의해 화형에 처해지기까지 했다. 이를 고려하면 돈키호테의 유언은 그러한 현실에 대한 도전임이 틀림없어 보인다. 자기 영혼을 위해 미사를 청하는 내용도 없다. 대신 위작을 쓴 저자를 알게 되면 자기를 대신해 용서를 구하도록 부탁한다. 이유는 〈그런 엄청난 엉터리 이야기들을 그로 하여금 너무 많이 쓰도록 (……) 본의 아니게 빌미를 제공했〉기 때문이다. 그가 말하는 〈엄청난 엉터리〉란 결국 돈키호테를 반종교 개혁의 선봉자인 양 그리며 로마 가톨릭교회가 원하는 대로 교회를 신성화한 짓이 아닐까.

돈키호테는 세 번에 걸쳐 집으로 돌아온다. 처음은 자기의 뜻으로 종자를 구하기 위해서였으나 이후의 두 번은 모두 강제로 이루어졌다. 마법에 걸렸다면서 달구지를 타고 소 우리에 갇혀 왔으며, 〈하얀 달의 기사〉에게 패하여 약속을 지키기 위해 돌아왔다. 율리시스 역시 집으로 돌아갔으나 누구의 강요에 의해서가 아니었다. 그의 귀향은 곧 과거로의 회귀였고, 이는 미래의 모험을 준비하기 위한 것이었다. 반면 돈키호테에게는 돌아갈 과거가 없다. 그는 꿈으로 자기 자신을 창조했고, 상상으로 모험을 만들었으며, 삶의 계획은 미래를 향해 있었다. 돈키호테의 모험을 향한 채워지지 않는 갈증은 허기진 영혼의 반영이다. 그리고 그 허기진 영혼을 하늘의 일이 아니라 지상의 모험으로 대체했다는 것에 그의 현대성이 있다. 단테Alighieri Dante의 『신곡La divina commedia』과 호메로스의 『율리시스Ulysses』를 이끈 신의 계시가 인간 희극으로 탈바꿈하며, 신이 인간의 의지와 상상 앞에 자리를 내주고 물러가 버린 모습이다.

우리의 영웅에게는 조상도, 유년기도, 청년기도 없이 그 자신 자체가 온전한 미래였다. 하지만 그의 친구이자 동시에 적들은 그에게 꿈꾸는 삶을 살 자유를 주고 싶지 않아 그를 과거로 되돌렸다. 그러니 돈키호테의 귀가는 퇴화와 자기 부정의 과정이다. 죽음밖에는 다른 길이 없다. 그렇지만 죽은 자는 돈키호테가 아니다. 〈죽음이 죽음으로도 그의 목숨을 이기지 못했〉기 때문이다. 죽은 자는 이성을 찾은 그의 대행자인 〈선한 자 알론소 키하노〉였다.

우리의 영웅이 기존 기사 소설에 나오는 다른 기사들과 달리 침상에서 죽음을 맞이하리라는 사실은 전편 제6장 책 검열 에피소드에서 이미 암시된다. 돈키호테의 서재에서 책을 검열하다가 마지막 순간 이발사의 발치에 떨어져 화형을 면한 작품 『티란테 엘 블랑코』라는 스페인 기사 소설에 대해 신부는 이렇게 평한다.

「특히 문체로 봐서 이건 세계에서 가장 잘 쓴 책일세. 다른 모든 기사 소설과 달리 이 책에서는 기사들이 먹고, 잠자고, 자기 침대에서 죽고, 죽기 전에 유언을 하는 등 보통 사람들이 하는 짓을 그대로 하고 있다네.」

모험하다 죽음을 맞는 대신 자기 침대에서 유언까지 남기고 죽어 가는 기사들에 대한 이러한 평가는 반어적인 것이 분명한데, 그럼에도 세르반테스는 작품의 결말을 자신이 조롱한 기사와 같은 식으로 맺는다. 그 이유가 궁금해진다.

『티란테 엘 블랑코』는 가톨릭교회의 규정에 의거해 〈잘 죽는 것〉이 어떠한 모습인지를 보여 주는 작품이다. 죽음을 앞둔 티란테 엘 블랑코의 기도(제468장)와 그의 아내 카르메시나의 유언(제477장)에는 저세상으로 즐겁게 돌아가 축복을 받기 위해 영혼 구제를 위한 모든 종교적인 의식, 즉 속죄와 고해와 하느님과 예수 및 성모에게 비는 자비와 감사 및 후회 등이 줄줄이 이어진다. 제478장에서는 십자가를 바라보며 드리는 헌신의 기도가 두 페이지 반에 걸쳐 계속되기도 한다. 티란테 엘 블랑코가 남기는 유언(제469장)과 죽는 순간의 고해(제471장)에서도, 그는 이 비참한 세상을 떠나 예수와 성모의 품으로 돌아가도록 성모의 자비와 보호를 요청하며 자신의 주 예수에게 영혼을 바친다. 영혼의 문제와는 거리가 먼 돈키호테의 유언과는 완전한 대조를 이룬다. 작가가 그 책을 통해 『돈키호테』의 진짜 의미를 읽어 내라며 독자들을 초대하는 것이다. 결국 『티란테 엘 블랑코』는 돈키호테의 죽음이 당시 로마 가톨릭교회가 요구하는 바들과 전혀 다름을 강조하는 거울이다. 세르반테스가 왜 이 작품을 과할 정도로 칭찬하면서 자신의 작품을 시작했는지, 그 이유가 작품 마지막에 밝혀지는 셈이다.

본 해설서 제1부의 마지막에서는 〈인생은 꿈이며 꿈은 단지 꿈일 뿐〉이라는 『돈키호테』의 기독교적인 관점을 드러낸 바 있다. 그렇지만 제2부 마지막에 이른 지금 돈키호테는 〈죽음으로도 그의 목숨을 이기지 못한〉 불멸의 존재로 부각되며, 작품 『돈키호테』 역시 종교와는 전혀 상관없는 실존적인 관점으로 풀이된다. 제1부의 해석이 제2부의 가면인 셈이다. 하지만 이는 양립할 수 있는 이론이기도 하다.

세르반테스는 변증법, 또는 역설의 미학을 사용하여 세상의 양면을 보여 주었다. 실체에 대한 인식의 불확실성, 현실과 환상 간의 모호한 경계, 비극을 통한 희극, 희극을 통한 비극의 투영, 우스꽝스러우면서 동시에 진지하고 엄숙하기 짝이 없는 인물, 현실과 픽션의 경계 파괴, 인물과 독자와 작가의 불투명한 정체성 등을 통해 세상은 단 하나의 관점으로 존재하지 않는다는 진리를 알리는 것이다. 현실은 다양하며, 그러한 다양성을 반영하지 않는 정의는 그게 어떠한 것이든 현실을 왜곡한다. 결국 『돈키호테』는 한 가지 제국적인 진실, 반종교 개혁의 진실만을 용납하던 획일화된 사회에서 이 모든 것에 맞선 작가의, 가면을 쓴 미학이다.

나가는 글

세르반테스의 가족은 경제적 어려움에서 벗어날 기회를 얻고자 궁정이 위치를 옮길 때마다 그 뒤를 따라다니곤 했다. 지난한 가난과 비참함과 부끄러움 속에 어린 시절을 보냈고, 그로 인해 정규 과정의 교육은 전혀 받을 수 없었다. 스물네 살 때는 레판토 해전의 용사로 싸우다 왼쪽 어깨에 입은 총상으로 한쪽 팔을 잃는 영원한 불구자가 되었다. 군 생활을 마치고 조국으로 돌아오던 중 터키 해적들에 끌려가 알제리에서 5년간 노예로 살기도 했다. 네 번의 탈출 시도가 모두 실패로 끝나고 결국 서른세 살이 되어서야 조국으로 돌아왔으나, 그가 충성을 다했던 조국은 그를 외면했다. 생계를 위해 온갖 물건들을 사고파느라 또 다른 세상사를 경험하며 어느덧 마흔이 된 그에게, 나라는 그가 회계와 재무에 남다른 능력이 있다며 명예와는 거리가 한참이나 먼 무적함대 물자 조달을 위한 밀 징발 업무를 맡겼다. 정당하고도 인간적으로 일을 처리했지만 그는 교회의 밀을 징발했다는 이유로 종교 재판소에 의해 파문되어야 했다. 끊이지 않는 전쟁 속에서 징발 일을 계속하던 그는, 그동안 쌓은 경험을 바탕으로 신대륙 중남미에서 회계사 또는 관리 업무를 할 수 있도록 당국에 청원했으나 〈이곳에서 네가 할 일을 찾아라〉라는 매몰찬 대답만 들을 뿐이었다. 그때 그의 나이 마흔셋, 할 수 없이 4년을 더 무적함대에 밀, 보리, 빵, 콩 등을 조달하는 일을 하다가 부당한 옥살이를 되풀이하고, 이어 연체된 세금을 징수하는 일을 담당하던 중 또다시 억울하게 감옥에 갇히기도 했다. 1600년부터는 글 쓰는 일과 개인 사업으로 생계를 꾸려 가게 되지만 불운은 그치지 않아 이번에는 가족사로 다시 무고하게 투옥당했다.

훌륭한 문인이자 지중해와 레판토의 영웅이었으며 포로 3천 명의 대장으로 살았고 국가에 충성을 다한 우리의 작가는 살아생전 대접받지 못했으며, 죽고 난 뒤에도 자국과 자국민으로부터 의도적으로 외면당하여 기억에서 지워지기까지 했다. 이렇게 보면 세르반테스보다 불행한 작가도, 서글픈 환멸을 맛본 인간도 없을 듯하다. 그런데 그런 그가 어떻게 그토록 원대한 꿈과 불굴의 의지로 더 나은 세상과 인류를 위해 무모한 모험까지 벌일 수 있었을까.

학교 문턱도 넘어 보지 못한 우리의 작가는 길바닥에 떨어져 있는 종이 쪼가리도 주워 읽을 정도로 열렬한 독서광이었다. 고대 그리스 로마 고전, 르네상스와 인본주의 시대에 발간된 서적들을 널리 읽고 당시 경제와 행정 등을 두루 경험했다. 그러한 독서와 삶의 경험을 통하여 그는 꿈을 가졌다. 스물두 살 때 훗날 추기경이 된 아쿠아비바Claudio Acquviva의 수행원이 되었지만 자신의 영혼을 살찌운 안락한 생활을 접고 군인으로서 삶을 산 이유도 바로 그가 탐닉해서 읽었던 기사 소설에 있었다. 기사 소설에서 추구하는 이상을 꿈으로 삼고, 터키인들에게서 콘스탄티노플을 지켜 내고 그들을 무찔러, 황제까지는 아니더라도 가능하다면 영웅으로 역사를 살고 싶었다. 불가능해져 버린 이 꿈은 다음 꿈, 경험과 지식을 몸소 실행으로 옮겨 정의로운 신세계를 열고 싶은 열망으로 대체되었다. 중남미 신대륙으로 보내 줄 것을 두 차례에 걸쳐 당국에 청원했던 이유가 거기에 있다. 소외와 불의의 스페인을 떠나, 신대륙에서 막 태어난 아담으로서 자기가 꿈꾸던 세상을 이루고 싶었다. 하지만 이 열망도 불가능해지자, 그는 〈펜은 영혼의 혀〉라며 자기가 바라던 인간과 세상을 『돈키호테』로 이루었다. 행동함으로써 존재 의미를 찾았던 우리의 작가는 글로써나마 자신의 꿈을 이룬 것이다. 사람은 갔으나 이야기는 남아 시간도 지우지 못하는 최고의 고전으로 불멸하고 있으니 역경만큼이나 큰 보상을 죽어서 받고 있는 셈이 되었다.

이렇게 평생을 꿈으로 살았기에 세르반테스의 영혼은 순수했고, 좌절이라는 것을 몰랐다. 나아가 불의와 소외와 억울함 앞에서도 오히려 인간에게 연민을 느꼈으며, 스스로의 환경을 바꾸려 끊임없이 노력했다. 그러니 그가 『돈키호테』로 우리에게 진정 알리고자 했던 바가 다가온다. 〈자신은 웃음을 선사하는 자〉라는 말을 곧이곧대로 내보일 의향이었다면, 그리고 〈모름지기 책은 재미있기만 하면 된다〉는 사회의 속성을 알릴 생각이었다면, 그는 훌륭한 극작가이기도 했으니 막간극이나 소극으로 충분했을 터였다. 그러나 그는 이처럼 한 인간의 흥망성쇠를 풍자와 해학과 눈물로 버무림으로써 비밀스러운 속내를 암시했다.

소설의 형식을 개혁하고, 동시대의 불행한 영혼을 꿰뚫어 보고, 괴물 같은 조국을 조롱하고, 세금 징수 일보다 더 많은 돈을 버는 것보다 그가 진정 하고 싶었던 바는, 아마도 신부와 이발사가 미쳤다는 것을 밝히고 그들을 우롱하기 위함이었으리라. 돈키호테의 원대한 꿈을 이해하지 못하고 그를 집으로만 돌려보내려 했던 그들이 오히려 미쳤다는 것을 말하고자 했던 것이리라. 자신이 누구인지도 모르고 어떠한 삶을 살고 있는지, 또 어떠한 세상을 살아야 하는지도 모르는 그들, 자신과 환경에 대한 성찰이나 인식 없이 잘못된 지배 이데올로기에 포섭되어 비전이나 모험이라는 걸 모르고 사는 그들이야말로 진정 미친 자들이라 말하고 싶었던 것이리라. 만일 돈키호테가 정신 온전한 사람으로서 그들을 비웃었다면 그들은 참지 않고 무슨 조치를 내렸을 터, 우리의 주인공은 소 우리 대신 종교 재판소의 고문대에 묶여 온갖 고초를 겪었을 것이 틀림없다.

이렇게 『돈키호테』를 읽으며 우리는 우리 자신이야말로 진정 실패한 돈키호테들은 아닌지 돌아보게 된다. 우리의 꿈은 어디에 있을까? 환경을 핑계 삼아 사제와 이발사처럼 관습과 전통의 틀에서 벗어나지 않으려 애쓰고 있는 건 아닐까? 다수의 윤리를 위대한 어머니로 세운 채 우리의 원대한 이상을 강탈하게끔 내버려 두고 있는 건 아닐까? 자기 존재의 추구, 그것을 위한 첫 시도조차도 물질 만능주의와 이성 만능주의 논리로 가차 없이 뭉개 버리고 마는 건 아닐까? 가장 인간적인 것을 파괴하는 현실주의와 보신주의를 앞세워, 우리는 새로움 앞에서 항상 〈왜?〉와 〈무엇 때문에?〉를 자문하고 있지는 않은가? 진정 인간다운 삶은 논리나 계산 저 너머에 있다는 것을 모르고 있는 것이 아닐까?

온갖 역경과 모멸과 수모에도 연연하지 않아 넘어뜨리면 몇 번이나 일어나고, 차이고 짓밟혀도 기죽지 않은 돈키호테는 바로 세르반테스 자신이리라. 이상적인 인간상, 이상적인 세상을 만들고 싶다는 원대하고도 담대한 비전이 있었기에 혹독한 현실과 몰이해 속에서도 그의 모험은 지칠 줄을 몰랐으리라. 비전이 있었으니 그의 가슴은 늘 벅차올랐으리라. 자신의 비전을 행동으로 옮기며 살아 있음을 느꼈고 자존감도 높아졌으리라. 의지로 꿈을 이루어 나가며 스스로의 주인이 자기 자신임을 확인했으리라. 특히 그 꿈이 자신만의 이기적인 목표와 욕심을 위한 것이 아닌, 돈키호테가 그랬듯 남까지 품어 안는 것이었기에 그의 존재 의미는 오히려 더 커졌으리라. 그뿐일까, 그런 이타성과 정의와 평화에 근거한 꿈은 환경까지 변화시켰다. 산초가 돈키호테로 인해 자기 자신의 주인이 되어 바라타리아 섬 통치를 훌륭하게 해냈듯이 말이다.

『돈키호테』를 알면 알수록, 우리는 경제와 경쟁 논리 이외에 인간이 인간일 수 있는 좀 더 고귀한 목표를 추구해야 한다는 의무감마저 느끼게 된다. 편협하고 이성적인 계산만 할 게 아니라, 내 이웃을 위한 자그마한 희생을 감수하거나 좀 더 높은 가치를 향해 돈키호테처럼 날아 오르고 싶은 마음이 간절해진다. 바로 거기에 사람으로서의 존재 의미가 있으니.

참고 문헌

세르반테스, 미겔 데, 『돈키호테 1』, 『돈키호테 2』, 안영옥 옮김(열린책들, 2014).

아리오스토, 루도비코, 『광란의 오를란도 *L'Orlando furioso*』, 김운찬 옮김(아카 넷, 2013).

오르테가 이 가세트, 호세, 『예술의 비인간화 *La deshumanización del arte*』, 안영 옥 옮김(고려대학교출판부, 2004).

요시노, 켄지, 『셰익스피어, 정의를 말하다 *A Thousand Times More Fair*』, 김수림 옮김(지식의 날개, 2012).

Alemán, Mateo, *Guzmán de Alfarache*. ed. J. M. Micó(Madrid: Cátedra, 1987).

Alfonso X, el Sabio, *Las siete partidas*(Madrid: Editorial Castalia, 1992).

Alonso Hernández, José Luis, *Léxico del marginalismo del Siglo de Oro*(Salamanca: Publicaciones de la Universidad, 1977).

Anónimo, *Lazarillo de Tormes*, ed. F. Rico(Madrid: Cátedra, 1987)

Avalle-Arce, Juan Bautista, *Don Quijote como forma de vida*(Madrid: Editorial Castalia, 1976).

Bakhtin, Mikhail, *La cultura popular en la Edad Media y el Renacimiento* (Barcelona: Barral Editores, 1970).

_____, *Rabelais and His World*, trans. by Heléns Iswolsky(Bloomington: Indiana University press, 1984).

Baroja, Julio Caro, *Algunos mitos españoles: Ensayos de mitología popular* (Madrid: editora Nacional, 1941).

_____, *Los judíos en la España moderna y contemporánea*, 3 vols(Madrid: Arión, 1961).

Bataillon, Marcel, *Pícaros y picaresca: La Pícara Justina*(Madrid: Taurus, 1969).

Blanco, Mercedes, *Los trabajos de Persiles y Sigismunda: entretenimiento y verdad poética*(Criticón, 2004).

Brumont, Francis, *Campo y campesinos de Castilla la vieja en tiempos de Felipe II*(Madrid: Siglo XXI, 1984).

Cabal, Constantino, *Mitología Ibérica*(Oviedo: GEA, 1993).

Castro, Américo, *Cervantismo y casticismos españoles*(Madrid: Alianza, 1974).

_____, *El pensamiento de Cervantes*(Barcelona: Crítica, 1987).

Cervantes Saavedra, Miguel de, *Don Quijote de la Mancha I, II*(Barcelona: Planeta S.A., 1983).

_____, *Novelas Ejemplares*, I.II.III., ed. Juan Bautista Avalle-Arce (Madrid: Clásicos Castalia, 1987·1989).

_____, *Viaje del Parnaso*, ed. M. Herrero García(Madrid: CSIC, 1983).

_____, *Los trabajos de Persiles y Sigismunda*, ed. C. Romero Muñoz (Madrid: Cátedra, 2002).

_____, *Ocho comedias y Ocho entremeses*, ed. Real Academia Española (Madrid: Real Academia Española, 1984)

Corominas, Joan, *Diccionario crítico etimológico de la lengua catellana*, 4 vols(Madrid: Gredos, 1954).

Correas, Gonzalo, *Vocabulario de refranes y frases proverbiales*, ed. Louis Combet(Bordeaux: Institut d'études Ibériques et Ibéro-Américaines de l'Université, 1967).

Covarrubias, Sebastián de, *Tesoro de la lengua castellana o española*, ed. Martín de Riquer(Barcelona: Horta, 1943).

Crespo, Virgilio Pinto, *Inquisición y control ideológico en la España del siglo 16*(Madrid: Taurus, 1983).

Delhom, Joël y Attala, Danieldirs, *Cuando los anarquistas citaban la Biblia* (Madrid: Catarata, 2014).

Descouzis, Paul, *Cervantes a nueva luz. El Quijote y el Concilio de Trento* (Frankfurt am Main: Vittorio Klostermann, 1966).

Dominguez Ortiz, Antonio, *Los judeoconversos en España y América* (Madrid: Ediciones Istmo, 1971).

Echevarría, Roberto Gonzalez, *Love and the law in Cervantes*(Yale University Press, 2005).

Eliade, Mircea, *The sacred and the Profane: The Nature of Religion*(New York: Harper & Brothers, 1959).

Espinosa, Aurelio M, *Cuentos populares españoles recogidos de la tradición oral*, 3 vols.(Madrid: CSIC, 1946~1947).

Gilman, Stephen, *Cervantes y Avellaneda*(México: Fondo de Cultura Económica, 1951).

Garcés, María Antonia, *Cervantes en Argel: Historia de un cautivo*(Madrid: Gredos, 2005).

Hauser, Arnold, *Mannerism: The Crisis of the Renaissance and the Origin of Modern Art*(Cambridge, MA: The Belknap Press of Harvard University Press, 1986).

_____, *Historia social de la literatura y del Arte I, II, III*(Barcelona: Editorial Labor, S.A., 1992).

Ibañez, Tomás, *Anarquismo es movimiento*(Barcelona: Virus editorial, 2014).

Idoate, Florencio, *Un documento de la Inquisición sobre brujería en Navarra* (Pamplona: Editorial Aranzadi, 1972).

Larroque, Luis, *La ideología y el humanismo de Cervantes*(Madrid: Biblioteca

Nueva, 2001).

León, Felipe, *El payaso de las bofetadas y el pescador de caña*(Madrid: Colección Visor, 1993).

Madariaga, Salvador de, *Guía del lector del Quijote, Prólogo de Luis María Ansón*(Madrid: Espasa-Calpe, S.A., 1976)

Maravall, José Antonio, *Utopía y Contrautopia en el Quijote*(Madrid: Pico Sacro, 1976).

_____, *La cultura del Barroco*(Barcelona: Ariel, 1975).

Martorell, Joanot, *Tirante el Blanco*, ed. de Martín de Riquer(Barcelona: Planeta, 1990).

Martínez Mata, Emilio, *Cervantes comenta el Quijote*(Madrid: Cátedra, 2008).

Montalvo, Garcí Rodríquez de, *Amadís de Gaula I, II*, ed. Juan Manuel Cacho Blecua(Madrid: Cátedra, 1999).

Nabokov, Vladimir, *Curso sobre el Quijote*, Traducción María Luisa Balseiro(Barcelona: Clásico Zeta, 2009).

Navarro, Alberto, *El Quijote español del siglo XVII*(Madrid: Rialp, 1964).

Nieto, José C., *Consideraciones del Quijote, Juan de la Cuesta*(Delaware: Newark, 2002).

Ortega y Gasset, José, *Meditaciones del Quijote*(Madrid: Revista de Occidente, 1981).

Ortiz, Antonio Domínguez, *La sociedad española en el siglo XVII*, 2 vols (Madrid: CSIC, 1964~1970).

_____, *Los judioconversos en España y América*(Madrid: Istmo, 1978).

Osterc, Ludovik, *El pensamiento social y político del Quijote*(México: Ediciones de Andrea, 1963).

_____, *El Quijote, la Iglesia y la Inquisición*(México: Universidad Nacional Autónoma de México, 1972).

Oteiza, Antonio de, *Comentarios al Examen de Ingenios de Huarte de San Juan*, Editorial La gran enciclopedia Vasca(1975).

Quevedo y Villegas, Francisco de, *Obras Completas 2 tomos*(Madrid: Aguilar, 1988).

Redondo, Augustín, *Otra manera de leer el Quijote*(Madrid: Castalia, 1998).

Riquer, Martín de, *Para leer a Cervantes*(Barcelona: Acantilado, 2005).

Sandel, Michel L., *Justicia, ¿Hacemos lo que debemos*, Traducción de Juan Pedro Campos Gómez(Barcelona: Debate, 2011).

Spitzer, Leo, *Perspectivismo lingüístico en el Quijote: en Lingüística e historia literaria*(Madrid: Gredos, 1955).

Unamuno, Miguel de, *Vida de don Quijote y Sancho*(Madrid: Espasa-Calpe, S.A, 1935).

Ubeda, Francisco López de, *Pícara Justina*, 2 vols ed. Antonio Rey Hazas (Madrid: Editora Nacional, 1977).

Van Effen, Justus, *Le Misanthrope*, ed. J. L. Schorr(Oxford: Voltaire Foundation, 1986).

Vega, Lope de, *Epistolario*, 4 vols, ed. Agustín G. de Amezúa(Madrid: Real Academia Española, 1941).

Viñas y Mey, Carmelo, *El problema de la tierra en la España de los siglos XVI y XVII*(Madrid: CSIC, 1941).

http://es.wikipedia.org/wiki/Anarquismo en España(2013.02).

Quirarte, Benjamin, http://www.oocities.org/fallasdelsistema/antecedentes. html(2013.02).

지은이 **안영옥** 한국외국어대학교 스페인어과를 졸업하고 스페인 마드리드 국립 대학에서 「오르테가의 진리 사상 연구」로 문학박사 학위를 취득했다. 스페인 외무부와 오르테가 이 가세트 재단 초빙 교수를 지냈으며 현재 고려대학교 스페인어문학과 교수로 재직하고 있다. 『스페인 중세극』, 『스페인 문화의 이해』, 『스페인 문법의 이해』, 『올라, 에스파냐: 스페인의 자연과 사람들』, 『왜, 스페인은 끌리는가?』, 『페데리코 가르시아 로르카』 등을 썼고, 『돈키호테』 1, 2권, 스페인 최초의 서사 작품 『엘 시드의 노래』, 14세기 승려 문학의 꽃 『좋은 사랑의 이야기』, 『돈키호테』가 없었더라면 대신 그 영광을 차지했을 『라 셀레스티나』, 돈 후안을 탄생시킨 『세비야의 난봉꾼과 석상의 초대』, 바로크극의 완결판 『인생은 꿈입니다』, 케베도의 시 105편과 해설집 『죽음 저 너머의 사랑』, 오르테가의 미학론 『예술의 비인간화』, 로르카의 3대 비극 『피의 혼례』, 『예르마』, 『베르나르다 알바의 집』, 스페인 최초의 부조리극 『세 개의 해트 모자』, 라파엘 알베르티 시선 『죽음의 황소』, 비오이 카사레스의 판타지 소설 『러시아 인형』 외 다수의 책을 우리말로 옮겼다.

돈키호테를 읽다 해설과 숨은 의미 찾기

발행일　2016년 3월 15일 초판 1쇄
　　　　2023년 2월 15일 초판 3쇄

지은이　안영옥
발행인　홍예빈 · 홍유진
발행처　주식회사 열린책들

경기도 파주시 문발로 253 파주출판도시
전화 031-955-4000 팩스 031-955-4004
www.openbooks.co.kr

이 도서의 국립중앙도서관 출판예정도서목록(CIP)은 서지정보유통지원시스템 홈페이지(http://seoji.nl.go.kr)와 국가자료공동목록시스템(http://www.nl.go.kr/kolisnet)에서 이용하실 수 있습니다.(CIP제어번호: CIP2016005640)